TANT QUE CE SERA L'ÉTÉ

Catalogage avant publication de Bibliothèque et Archives nationales du Québec et Bibliothèque et Archives Canada

Titre: Tant que ce sera l'été / Marianne Brisebois.
Noms: Brisebois, Marianne, auteur.
Identifiants: Canadiana (livre imprimé) 20220034451 | Canadiana (livre numérique) 20220034478 | ISBN 9782897819330 | ISBN 9782897819347 (PDF) | ISBN 9782897819354 (EPUB)
Classification: LCC PS8603.R574 T36 2023 | CDD C843/.6—dc23

Les Éditions Hurtubise bénéficient du soutien financier du gouvernement du Québec par l'entremise du programme de crédit d'impôt pour l'édition de livres et de la Société de développement des entreprises culturelles du Québec (SODEC). L'éditeur remercie également le Conseil des arts du Canada de l'aide accordée à son programme de publication.

Financé par le gouvernement du Canada | Canada

Illustration de la couverture: Mélanie Masclé
Conception graphique de la couverture: Sabrina Soto
Mise en pages: Folio infographie

Copyright © 2023, Éditions Hurtubise inc.

ISBN: 978-2-89781-933-0 (version imprimée)
ISBN: 978-2-89781-934-7 (version PDF)
ISBN: 978-2-89781-935-4 (version ePub)

Dépôt légal: 2e trimestre 2023

Bibliothèque et Archives nationales du Québec
Bibliothèque et Archives Canada

Diffusion-distribution au Canada:
Distribution HMH
1815, avenue De Lorimier
Montréal (Québec) H2K 3W6
www.distributionhmh.com

Diffusion-distribution en Europe:
Librairie du Québec/DNM
30, rue Gay-Lussac
75005 Paris FRANCE
www.librairieduquebec.fr

Imprimé au Canada
www.editionshurtubise.com

MARIANNE BRISEBOIS

Tant que ce sera l'été

Hurtubise

DE LA MÊME AUTRICE

Sauf que Sam est mort, roman, Hurtubise, Montréal, 2021.
Quelques solitudes, roman, Hurtubise, Montréal, 2022.

À Lysane, et aux libertés

Because if we don't leave this town
We might never make it out
I was not born to drown
Baby, come on

    The Lumineers

Juin

Emma

Je me demande s'il regrette.
Deux heures sont passsées sans qu'il tourne de nouveau les yeux vers moi, sans qu'il ouvre la bouche. Je n'ose pas lui demander quelle est notre destination, simplement parce que je m'accroche à l'espoir qu'il ne me laissera pas tomber en chemin, que peu importe où il décide d'aller, je pourrai le suivre. J'espère que nous allons loin. C'est tout ce qui compte.
Mis à part les cigarettes qu'il enchaîne, j'ai du mal à comprendre ses automatismes, cette façon qu'il a de toujours regarder devant lui comme s'il cherchait à déchiffrer la pire des souffrances, l'esquisse du chaos. J'essaye de le fixer le moins possible, de me concentrer sur la route, de fermer les yeux de temps à autre. J'ai trop peur de m'endormir et de perdre contact avec la réalité. Je ne veux pas qu'il en profite pour me déposer quelque part et me souhaiter bonne chance pour la suite. Je ne sais même pas s'il se donnerait la peine de ce genre de banalités.
Quelque chose me dit qu'il doit probablement attendre que je parle la première, peut-être parce qu'il croit que je suis du genre à paniquer, à vouloir rebrousser chemin. Il veut sûrement éviter que je renverse tout. Il n'en sera rien. Jamais. J'aimerais le lui dire, mais le silence m'apaise. Je ne sais pas s'il est calme en ce moment, mais moi, je le suis. Étrangement. J'imagine que je devrais trembler, appréhender la suite, être secouée par l'adrénaline et m'en vouloir jusqu'à en avoir mal. Mais non. Je me dis plutôt que j'aurais dû le faire bien avant. Agir par pur égoïsme. Lui, par contre, je ne le comprends toujours pas. Comment a-t-il pu avoir cette facilité, ce calme, alors que je le

croyais beaucoup trop accroché pour partager ma vision des choses, ma souffrance, mon envie de m'échapper ? Il aurait pu partir il y a longtemps.

Je ne sais pas ce que je ferais s'il me disait qu'il ne veut pas que je reste avec lui. Ma tête refuse de penser plus loin, laissant mes réflexions sombrer dans la paresse, me limitant aux heures à passer dans cette voiture. Pour l'instant, c'est le seul avenir auquel j'ai envie de m'accrocher. Peut-être aussi que c'est la première fois que j'en ai vraiment un.

J'ai envie de lui parler malgré moi ; de comprendre, de savoir où il nous emmène. En même temps, je ne me rappelle pas m'être sentie aussi bien, aussi libre de toute ma vie. Ne pas avoir à regarder l'heure, à faire de plan pour rentrer le plus tard possible, ne plus avoir peur. Peut-être que je devrais avoir peur. Je ne connais pas ses plans. Je serais idiote de présumer que nous en sommes au même point, qu'aucune part de lui ne souhaite revenir en arrière. J'ose espérer que c'est possible de faire réellement une croix sur tout ce que nous laissons derrière. C'est ce qui m'angoisse le plus : qu'il m'en reste des parcelles toute ma vie, qu'elles s'accrochent à moi, qu'elles aient forgé celle que je suis. Malgré la révolte, la colère que j'ai tue trop longtemps. C'est peut-être ce que je vois dans ses yeux, derrière ses cils interminables, et ce qui prend le dessus sur la couleur étrange de ses iris d'un noisette presque orangé. L'envie de tout brûler.

— Ça va être plus compliqué que ce que je pensais, dit-il en brisant le silence.

Il soupire bruyamment comme s'il était impatient, presque furieux. J'ai légèrement sursauté au son de sa voix. J'ose tourner les yeux vers lui, pas certaine de comprendre à quoi il fait référence.

— T'es mineure. Toi, ils vont te chercher.
— J'ai dix-neuf ans, dis-je en fronçant les sourcils.

Il est bizarre. Il pourrait me poser des questions plutôt que de se faire des scénarios. Maintenant, il me toise comme si je venais de lui annoncer quelque chose de complètement incompréhensible.

— Pourquoi tu vivais encore là ?
— Ma sœur.

Ses yeux retournent vers la route alors qu'il semble méditer sur ce que je viens de dire.

— Toi, je t'ai vu souvent. T'as genre vingt-cinq ans ?
— Vingt et un, répond-il sèchement. Je vis pas avec eux, non plus.
— Mais ça revient au même.
— Non.

Il baisse la vitre, s'allume une autre cigarette. Je le pensais plus vieux. Je suis certaine qu'il pourrait passer pour quelqu'un fin vingtaine, même. Juste avec son air torturé, ses tatouages sur les bras et sa façon de parler. On dirait qu'un monde le sépare de moi et des références que j'ai des gens de mon âge, même si j'en ai peu. Lui, il semble complètement en marge. J'ai cru qu'il habitait avec eux simplement parce que les apparences laissent croire qu'il ne mange pas à sa faim, comme moi, et que j'ai du mal à comprendre comment il peut être possible de vivre ailleurs.

— Ton nom, c'est ?
— Emma. La version courte.
— Ouais, je m'en doutais.
— Toi, c'est Gabriel. À moins qu'il y ait une autre version ?
— Beaucoup.
— Comment ça ?
— Laisse faire.
— Est-ce qu'on va devoir changer de nom ?
— Pas besoin. Ils nous chercheront pas longtemps.
— Même si…
— Aucune chance. Crois-moi.

Qu'est-ce que j'en sais ? Probablement rien. Comme pour tout le reste. Mais lui ? Trop de questions me trottent dans la tête, même si je m'ennuie déjà du temps où aucun de nous deux ne semblait vouloir rompre la quiétude. Peut-être que faire semblant que tout ça est banal nous aide un peu. Je ne sais pas si ce l'est pour lui, s'il s'attend à ce que je sois plus réactive, que je suggère une porte de sortie.

Il n'est pas beaucoup plus vieux que moi. Nos vécus doivent être semblables. Je ne devrais pas tenir si facilement pour acquis qu'il sait ce qu'il fait, me laisser porter par ma confiance aveugle comme une pauvre princesse désespérée qu'on vient sauver dans sa tour. Il vient de la même tour que moi. C'est peut-être ici que je perçois les séquelles d'emprisonnement qui ont trop d'influence sur ma façon de raisonner. Je ne sais pas faire autrement que de laisser ma vie entre les mains de quelqu'un d'autre. Beaucoup de gens cherchent ça, pourtant.

Il n'est peut-être pas aussi révolté que je le suis, ou alors il s'enfuit seulement parce qu'il a peur pour sa vie, maintenant. Je ne sais pas si je devrais avoir peur pour la mienne. Avoir peur, ça fait partie de moi, de nous. Constamment. Ça, déjà, mon esprit se délecte de s'en éloigner. Regarder la route qui se dessine, laisser le vent et la fumée des cigarettes de Gabriel jouer dans mes cheveux doucement, relâcher la tête sur le siège de la voiture pendant que mes muscles se détendent… Tout ça est déjà une première fois. Mais lui, il semble aussi tendu que d'ordinaire. Bien que je ne l'aie pas croisé souvent, son langage corporel trahit un genre de névrose. J'avais toujours eu l'impression qu'il pourrait exploser à tout moment, malgré le calme apparent qu'affichent ces personnes qui bouillent intérieurement. Si j'avais su que derrière toute cette tension se cachait la même haine que celle que j'alimente depuis que ma conscience est assez mûre pour m'appartenir… En même temps, je me base sur bien peu de choses pour conclure que nous en sommes au même point.

J'envie ces gens qui connaissent beaucoup de monde, qui ont croisé suffisamment de personnalités différentes pour arriver à faire des liens, comprendre les intentions sous les paroles et les gestes pour les déchiffrer sans poser de questions. Ne pas poser de questions. C'est bien ce que j'ai toujours appris à faire. Mais avec lui, maintenant, il y en a des milliers qui prennent toute la place dans ma tête, me faisant oublier ce pour quoi nous sommes dans cette voiture.

— J'espère que t'as un moyen pour revenir. Tu vas devoir t'arranger sans moi si c'est ce que tu comptes faire.

— Revenir ? T'es malade. Je retourne pas là-bas.

Il me jette un coup d'œil rapidement, comme s'il voulait saisir le sérieux de ma réponse.

— Ta sœur. Je sais que tu vas penser à elle.

— Toi, tu vas penser à qui ?

— À personne.

Facile à dire. Je sais très bien qu'on ne reste pas si on n'a personne. Même si c'est le point de départ, n'avoir personne. Après, c'est un cercle vicieux. Parce qu'on a enfin quelque chose à quoi s'accrocher. Je pense qu'il a une mère, si je me souviens bien. Des frères et sœurs, je n'en suis pas certaine. Mais les chances sont qu'il en ait plusieurs. Surtout s'il est là depuis le début.

— J'ai pas peur pour ma sœur, si c'est ça qui t'inquiète. Rendu là, j'ai fait tout ce que je pouvais.

Il encaisse ma réponse en silence, haussant les sourcils comme s'il acquiesçait, dans un certain sens. Ça me fait drôle qu'il me parle de ma sœur. Je réalise en ce moment que je ne m'en fais plus pour personne. On ne peut pas donner la liberté à d'autres alors qu'ils choisissent leur propre prison, qu'ils y retournent chaque soir sans savoir faire autrement.

Je commençais à comprendre qu'il était possible de vivre autrement. Maintenant, je ne sais plus trop en quoi ça consiste. Cette utopie que je repassais sans cesse dans ma tête depuis trop longtemps, m'imaginant disparaître pour atterrir ailleurs, comme par magie... Ce n'est pas si simple. Nous sortirons éventuellement de cette voiture et je ne sais pas ce que nous ferons de nos vies. Peut-être que je ne devrais pas penser à la sienne et que la mienne ne devrait pas forcément l'inclure. Il est la seule chose qui me rattache à eux. Je ne devrais peut-être pas me convaincre qu'il nous emmène loin pour qu'on reparte à zéro. S'il restait, malgré ses vingt et un ans, il doit bien y avoir une part de lui qui tient à tout ça.

— Tu sais où on va ?

— Ben oui. On en a encore pour plusieurs heures. Libre à toi de me suivre.

— Ça me convient.

— Je te demande pas si ça te convient. Tu peux descendre quand tu veux. Moi, je sais où je vais, toi, tu t'arranges si ça fait pas ton affaire.

Est-ce qu'il se force pour être si désagréable ? Il ne m'a même pas demandé mon avis, d'ailleurs, avant de partir. Il a simplement eu l'air d'assumer que la meilleure des idées était de déguerpir. Il n'est peut-être pas aussi en contrôle qu'il veut bien le montrer. Il a pu agir sans réfléchir, dans l'empressement, la panique, même s'il n'a jamais semblé paniquer. Pas plus que moi.

— T'as déjà passé du temps avec d'autre monde ? Pendant longtemps ? demande-t-il sans me regarder.

— Euh. À l'école.

— T'es allée jusqu'à quel âge ?

— Seize ans.

— Sérieux ? Comment t'as fait ?

Il tourne finalement les yeux vers moi, intrigué.

— Parce que j'ai déjà eu les services sociaux après moi.

Il soupire, secoue la tête.

— Et maintenant ? Ils sont encore dans le portrait ?

— Non, non. Ça s'est terminé assez vite. Mais ça m'a permis de finir mon secondaire, au moins.

— Ta sœur... Ils sont sur son cas ?

— Non. Jamais.

— Tant mieux.

Maintenant qu'il me pose des questions, j'ai envie de laisser aller les miennes. Mais il est tellement bizarre. J'ai peur que ça le rende impatient, qu'il en ait assez de moi et qu'il me laisse sur le bord de la route. Je devrais attendre de voir où il nous emmène pour au moins avoir la certitude que j'aurai un endroit où dormir. Après, on verra bien.

— On changera pas de nom. Mais on parle de ça à personne.

— J'avais pas l'intention d'en parler.

— C'est facile à dire.

— Si toi, tu comptais pas en parler, pourquoi tu penses que je pourrais pas en faire autant ?

J'apprécie malgré moi son expression constante, celle de celui qui réfléchit. C'est fou. Réfléchir veut dire qu'on ne se laisse pas porter. Je n'ai pas vu ça souvent. Je ne lui prêterai pas d'intentions, contrairement à lui, mais persiste en moi le sentiment qu'il est rendu ailleurs depuis plus longtemps que moi encore. Ce n'est peut-être pas si mal de sentir que j'ai besoin de lui. Ça n'a probablement rien à voir avec toute forme de séquelle de ce que j'ai vécu, c'est même l'inverse. Je pense que le reste du monde aime la liberté de réfléchir. Même si ça semble faire mal pour lui, il ressemble déjà plus à une vraie personne.

J'espère que j'y arriverai, moi aussi.

Gabriel

Je ne m'attendais pas à ça aujourd'hui. Encore moins avec l'un d'eux. Partir. J'avais même arrêté d'y penser depuis la dernière fois. Je ne sais même plus ce que ça veut dire, si c'est réellement possible. Être loin pour un temps, ça, oui. C'est peut-être tout ce qui compte pour l'instant. Un peu comme une pause, j'imagine. Je ne sais pas ce que ça fait, mais c'est proche de ce que je ressens en ce moment.

Ça m'étonne qu'elle ne se mette pas à pleurer. Elle est probablement en état de choc, ce n'est qu'une question de temps avant qu'elle craque. Je ne saurais pas comment gérer ça. Les émotions. Peut-être que nous n'en avons plus. C'est ce qui m'a frappé en premier, beaucoup plus que ce que nous avons fait. J'ai toujours eu conscience que j'étais capable de mettre mon cerveau sur pause. Les années m'ont rendu plus qu'excellent. Mais elle ? Aucune idée comment elle a pu agir avec la même facilité. Elle est tellement bizarre. Elle aurait dû partir dès ses dix-huit ans. Elle doit être mariée, j'aurais dû y penser plus tôt. Ça changerait beaucoup de choses.

Mettre ma vie sur le pilote automatique m'a sauvé bien souvent, mais je n'ai jamais pu m'enlever de la tête que mon existence aurait été bien pire si j'avais été une fille. Comme elle. Je ne l'ai pas vue souvent. Peut-être que sa famille n'est pas là depuis bien longtemps. Mais il y a tellement de monde… Je me force à ne pas me rappeler chaque visage, à oublier leur nom, même s'ils portent tous les mêmes. D'après moi, si elle reste ici sans broncher alors qu'elle me connaît à peine, c'est sûrement parce qu'elle s'attend à ce qu'on mène le même genre de vie. Elle s'accroche à moi parce que je suis ce qui la rattache à la seule chose qu'elle connaît. Elle va être déçue.

C'est dans les moments comme celui-ci que je réalise à quel point ça aurait pu m'être utile d'avoir regardé des films. J'aurais peut-être eu plus de facilité à envisager la suite, à comparer des scénarios avec ce que nous sommes en train de faire. Au moins, ce n'est pas ma première fois. Je sais qu'il est possible de partir pour un temps.

— T'es mariée ?
— Non.
— C'était pour quand ?
— Je sais pas trop. J'ai pas vu le gars.
— Comment t'as pu passer un an sans qu'ils te marient à quelqu'un ?
— Justement à cause de mon dossier aux services sociaux. Je pense que ça aurait été louche. C'était censé être cette année. Un gars d'une nouvelle famille, mais j'en sais pas plus. Probablement que ça va être ma sœur à ma place.

Elle est tellement détendue quand elle parle. Un peu comme si elle s'en foutait. Comme si nous parlions de banalités. Je devrais peut-être la croire quand elle me dit qu'elle ne pensera plus à sa sœur.

— Toi ? T'es marié avec qui ?
— Personne.
— Comment ça ?
— C'est pas important.

Je ne veux pas parler de ça avec elle. Ça ne la regarde en rien. Il y a peu de chances que plus rien ne nous rattache directement à eux… Il y a nos familles, mais n'importe quel adulte peut choisir de couper les ponts et de ne plus donner de nouvelles. Il y a au moins ça. Ça s'entend déjà qu'elle est allée à l'école plus longtemps que la grande majorité d'entre nous. Elle n'a pas ce défaut de langue développé par les plus jeunes ni cette façon de parler à voix basse en se repliant sur soi-même. J'ai dû apprendre à me débrouiller seul beaucoup trop tôt pour que tout ça m'arrive à moi aussi. Ç'a du bon pour certaines choses. J'arrive souvent à me dire que j'ai réussi à m'en sortir, même si j'ai du mal à suivre une conversation avec qui que ce soit. Les gens ne réalisent pas à quel point leur cerveau a de l'espace pour toutes ces références populaires qui forgent pourtant l'ensemble de leurs réflexions. Ne pas lire, ne pas regarder la télé, n'avoir aucun accès à l'information laisse tellement de place… Ça creuse un immense trou avec le reste du monde. Je pense qu'il est trop tard, maintenant. Je ne peux pas penser rattraper plus de vingt ans d'informations.

— Est-ce que t'as de l'argent ? me demande-t-elle comme si elle venait de se réveiller.
— Ben oui. Qu'est-ce que tu penses ?
— Tu travaillais où ?
— Un peu partout.

Au moins, peu importe où je choisirai d'aller, je n'ai pas à m'en faire pour mes revenus. Aussi maigres puissent-ils être par moments, la demande est toujours là.

— Toi ? Tu ramenais l'argent comment ?
— Rien de déclaré. Mais je sais où ma mère cachait l'argent. J'en ai pris avant de partir.
— Tu sais que c'est vraiment grave ?
— Ben oui. Rendu là, à quel point c'est pire ?

Elle ferme les yeux, appuyant sa tête sur son dossier comme si elle se laissait aller à se reposer pour vrai. Je commence à me dire qu'elle est aussi brisée que moi, se contrefichant complètement de ce que nous venons de faire. Ça ne peut pas être si simple. Ça va la rattraper, j'en suis certain. Elle serait partie bien avant si elle était différente. Même ceux qui prétendent l'être sont éventuellement rattrapés, j'en sais quelque chose.

— T'as déjà quitté la ville avant ? m'interroge-t-elle après un instant de silence.
— Oui.
— Comment t'as fait ?
— C'était l'été. Ça compte pas.
— Tu penses que ça compte pas ?
— On a pas à s'en faire avant septembre.
— OK.

Ça m'étonne qu'elle ne me contredise pas, affichant toujours cet air satisfait, légèrement songeur, mais aucunement perturbé. Elle est peut-être ce genre de fille soumise comme elles le deviennent toutes une fois adultes, se laissant contrôler parce qu'elle a fini par croire qu'elle ne pouvait pas penser par elle-même. Mais ce serait trop facile. Elle n'aurait pas fait ça si c'était le cas. Encore une dizaine d'heures sur la route, elle a bien assez de temps pour changer d'avis avant de savoir où je me rends.

Emma

Je n'ai jamais vu rien d'aussi beau. L'immensité. La route en hauteur parmi les montagnes, l'eau qui semble aller jusqu'à l'infini. C'est magnifique, je ne veux pas que la route finisse. Gabriel ne me pose plus de questions et ça me convient tout à fait. J'ai envie de profiter de ce temps de pause pour être dans ma tête, comprendre enfin ce que je trouve beau, ce qui me fait du bien, découvrir ce qui se passe quand la peur ne prend plus toute la place. C'est complètement fou. Même lui a déjà l'air plus paisible et je pense qu'il commence à se sentir fatigué. Je lui proposerais bien de prendre la relève, mais il doit se douter que je ne sais pas conduire. Je ne suis pas certaine qu'il me ferait confiance. Nous ne savons rien l'un de l'autre.

— Est-ce qu'on va rester en Gaspésie ?
— Oui.
— C'est tellement beau.
— Je sais, dit-il en souriant vaguement.

Wow. Je ne savais pas qu'il était capable de sourire. Je le comprends quand même ; moi aussi, j'ai envie de sourire et de m'endormir devant tant de beauté. C'est fou que seulement quelques heures de route me séparaient de cet émerveillement.

— T'es déjà venu avant ?
— Oui.
— Chanceux.
— Si on veut, dit-il avec un demi-sourire.
— Tu sais qu'on peut parler ?
— Parler de quoi ?
— Ben, je sais pas. T'as l'air de savoir où on s'en va, d'avoir déjà expérimenté ce que ça fait de s'en aller.

— C'est vrai. Je sais pas ce que je devrais dire de plus.

Il soupire et passe une main dans ses cheveux en bâillant. Ça doit paraître beaucoup plus long pour lui que pour moi. Nous n'avons rien mangé depuis ce matin et nous ne nous sommes arrêtés que deux fois pour faire le plein. J'avoue que je commence à avoir envie d'avaler quelque chose et de dormir.

— On est presque arrivés. Je dois quand même te dire que mon plan, c'est de rester là tout l'été. Après, on verra. Tu pourras aller ailleurs si t'as d'autres idées pour occuper ta vie, dit-il sans quitter la route des yeux.

— Ben... OK. J'ai pas de plan. Pour l'instant, ça me va. Est-ce qu'on a une façon de travailler ou quelque chose pour vivre?

— Moi, oui. Toi, je pense qu'ils pourront te donner de la job. On va être corrects. Tant que ce sera l'été.

— OK.

Trois mois, donc. Ça me paraît comme une vie entière. Je savais qu'il avait un plan, et il a une longueur d'avance, si ce que je comprends est vrai. Il lui est déjà arrivé de partir. C'est déjà un univers qui nous sépare. Sauf qu'il est revenu. Pourquoi? J'espère qu'il ne refera pas la même chose. Partir un été pour réaliser par la suite que tout ça ne fonctionne pas, qu'il ne sait plus comment se débrouiller, qu'il n'a personne d'autre au monde. C'est peut-être ce que je souhaite. Ne plus avoir personne.

Gabriel est presque beau quand il bâille et que ses traits se détendent. En fait, je suis certaine qu'il est beau. Il le serait s'il s'alimentait adéquatement et qu'un peu de bonheur déteignait sur son visage. C'est peut-être ce qui le fait paraître plus vieux. Ça et l'odeur de cigarette, même si j'avoue que ça m'apporte un certain réconfort de savoir qu'il a développé cette habitude qui contredit je ne sais plus quel principe. Il va de soi que personne ne pouvait fumer ni avoir des tatouages comme les siens. Il a dû faire bien des choses durant cet été où il était parti... Il n'aurait jamais dû revenir si la liberté avait eu le temps de se dessiner sur son corps.

La voiture quitte finalement les routes sinueuses des montagnes et nous nous retrouvons dans les bois avant de déboucher vers un nouvel horizon laissant voir une étendue d'eau. Malgré la nuit qui tombe et l'obscurité depuis que nous avons emprunté le chemin de gravier, j'arrive à distinguer une grande maison de bois rond. Je ne peux pas croire que c'est ici que Gabriel nous emmène. Ça me semble trop beau pour être vrai.

— On est arrivés. Là, j'ai juste envie d'aller dormir. Tu me dois rien et je te dois rien. Je te connais pas, tu me connais pas, on fait ce qu'on a à faire chacun de notre bord pis on oublie tout ça.

Il s'appuie encore au volant, les yeux clos. Je ne sais pas quoi répondre ni quel ton adopter quand il s'adresse à moi aussi sèchement. Moi aussi, j'ai seulement envie de dormir dans un vrai lit, même si je sais que j'aurai du mal à sombrer. Je n'en reviens toujours pas d'être ici, à l'autre bout du monde, parmi les arbres, au bord de l'eau et à des milliers de kilomètres de la vie que j'ai connue. J'aimerais remercier Gabriel, mais je ne crois pas que ce serait approprié.

Il sort de la voiture en même temps que moi, ramassant le peu de choses qu'il avait déjà avec lui. Je sais que je devrai me contenter des affaires que j'ai emportées à la hâte. Ça suffira pour l'instant. Je le suis en silence, me tenant assez loin derrière pour ne plus avoir à croiser son regard. Nous franchissons une lourde porte de bois, mais j'ai du mal à me repérer dans la noirceur.

— Gabriel!

Nous avons à peine mis les pieds dans l'entrée de ce que je devine être une auberge qu'une fille contourne avec énergie le comptoir d'accueil en s'exclamant. L'endroit est peu éclairé par des lampes aux halos jaunâtres, mais ma première impression est celle d'une immense vague de chaleur. Ça sent quelque chose que je n'ai jamais senti. Peut-être que c'est l'odeur du bois dont tout ici semble fait. De la moquette recouvre le plancher et juste à côté du comptoir se dresse un escalier décoré de photos encadrées. Le menu est rédigé à la main sur une grande ardoise posée sur un chevalet. Ça me rappelle que je meurs de faim, mais je n'ose pas bouger pour essayer de voir où peut bien être la salle à manger. Gabriel demeure figé pendant que la fille le serre contre elle. Il semble mal à l'aise et il ne lui rend pas son étreinte.

— Salut, Florence.

La fille recule, le dévisage un moment, soudainement hésitante.

— Mon dieu. Je m'attendais pas à ça. Excuse-moi. Je sais que t'aimes pas trop ça…

— C'est beau. Est-ce qu'on peut avoir une chambre?

La fille me regarde finalement, puis ses yeux font des allers-retours entre Gabriel et moi, comme si elle cherchait à comprendre quelque chose. C'est intimidant et je réalise que Gabriel avait raison de me demander si j'étais habituée de parler à d'autres gens. Ça me rappelle que non. La fille doit être dans la mi-vingtaine, elle est grande et bronzée avec de longs cheveux châtains un peu dans tous les sens; certaines mèches sont tressées alors que d'autres sont teintes en blond plus clair. Elle retourne derrière le comptoir après un autre moment de brève hésitation, comme si elle cherchait quelque chose à dire, en vain.

— C'est pour combien de nuits?

— Le plus longtemps possible.

— Sérieux? Est-ce que tu restes aussi longtemps que la dernière fois?

Elle le regarde en écarquillant les yeux, cette fois plus suspicieuse qu'enthousiaste.

— Je sais pas. Juste, donne-moi n'importe quelle chambre, je m'en fous.

Son ton est aussi sec qu'avec moi. J'ose croire que ce n'est pas mon unique présence qui le rend aussi à pic. Florence lève les yeux vers moi et je baisse aussitôt la tête.

— J'imagine qu'elle, c'est Gaëlle?

— Non. Est-ce que t'as de la place pour nous?

Gabriel appuie ses mains au comptoir en fixant Florence dans les yeux, impatient.

— Oui, oui. Heum… y a la chambre en haut. La troisième. C'est la seule pour ce soir. J'ai pas encore ouvert les chalets, l'auberge est pleine. Demain, je peux vous réserver deux chambres.

Gabriel tourne la tête vers moi, soupirant.
— Y a deux lits, j'espère ?
— Ouais, y a un lit à étages. Vous êtes pas ben gros, ça devrait être correct.
— On s'en fout.

Elle prend une clé sur un crochet derrière elle et la lui tend. Le mur aussi est couvert de photos de différents groupes de personnes. Je devine que les paysages derrière eux sont ceux que je n'ai pas pu distinguer à cause de la nuit qui commençait à tomber. Gabriel s'empare de la clé avec rudesse, se dirige vers l'escalier sans remercier la fille qui semble l'implorer du regard. Tout ça me fait bizarre. Je me dépêche de suivre Gabriel, ne sachant que faire d'autre.

— Gab ! Faut que je te dise… William est ici.

Il tourne finalement les yeux vers elle.

— Je pensais qu'il arrivait juste à la Saint-Jean.
— Non. Il a acheté la place avec moi. T'as manqué ben des affaires.
— Regarde, je veux juste aller me coucher. Dis-lui pas que je suis ici. Je te jure que je vais lui parler demain, mais là, donnez-moi un break.

Elle le fixe en silence, comme si tous les deux partageaient un certain embarras.

— Florence, s'il te plaît…
— OK. Bonne nuit.

Il monte l'escalier sans prendre la peine de répondre. Je le suis. L'étage du haut est assez étroit, un unique couloir encore couvert de moquette. Gabriel ouvre la troisième porte avant que j'aie le temps de sonder les lieux. Moi qui espérais trouver un frigo et une salle de bain…

Comme Florence l'avait dit, la pièce est occupée principalement par un lit à étages. Une petite commode et une étagère sont poussées contre le mur. Ce n'est pas grand-chose, mais ce sera certainement plus confortable que tout ce que j'ai connu dans ma vie. Il ne sera finalement pas bien difficile de m'endormir.

Gabriel se débarrasse de son jeans devant moi sans la moindre pudeur et gagne le lit du haut.

— Les toilettes sont au bout du couloir, si jamais.

Je suis trop fatiguée pour demander s'il est possible de manger quelque chose. J'avoue que ça m'embarrasserait de devoir descendre sans Gabriel et de recroiser Florence. Je ne sais pas comment parler aux gens. Aux autres. Je préfère mourir de faim que de tenir une conversation, aussi banale soit-elle.

J'éteins la lumière avant de rejoindre le lit et d'enlever mon jeans, même si je sais que je serais beaucoup plus à l'aise de retirer tous mes vêtements pour dormir. Une chose à la fois. Pour l'instant, je veux me délecter du calme, de l'odeur du bois et du confort des draps propres. C'est déjà un immense pas en avant.

Gabriel

C'est souffrant. L'envie de dormir qui donne des frissons, qui empêche les paupières de se soulever, mais c'est insuffisant. J'ai le cœur qui cogne dans ma poitrine, j'ai du mal à réaliser que je suis de retour ici; que cette fois, c'est la bonne. L'odeur, le lit, les lieux, je me sens comme durant cet été où j'ai été heureux pour la première fois de ma vie. Je n'avais pas les mots pour le dire, mais c'était bien ça. Le bonheur. La liberté. J'espère arriver à ne pas me sentir coupable, à ne plus réprimer ce que j'ai vraiment envie de faire de ma peau. Je veux vraiment croire que je ne suis pas revenu à la case départ, qu'il reste en moi certains des progrès que j'avais réussi à faire il y a trois ans. Même si j'avais essayé de les chasser, même si ça m'avait fait plus de mal que de bien. La liberté… C'est bien pire une fois qu'on sait ce que c'est. Comme pour tout le reste qui ne ressemble pas à de la peur.

J'essaye de chasser mes pensées, mes souvenirs qui se mélangent et qui frappent malgré moi, mais ça semble impossible avec mon corps qui crie famine. Je me rappelle le goût de la nourriture comme si c'était hier. Avec un peu de chance, il se fait déjà tard et Florence doit être partie dormir. Je sais que mon corps ne me laissera pas me reposer si je ne le nourris pas un peu. D'ordinaire, j'y arrive assez bien. Ce soir, c'est différent. Ça veut dire que ça recommence déjà. Écouter mon corps, comprendre ce qu'il veut, le laisser aller; c'est bien ce qui s'était passé la dernière fois. C'est déjà plus facile.

Je sors de la chambre en faisant le moins de bruit possible. Ça me rappelle cette vie que j'ai fuie, cette absence d'intimité, le malaise de partager une chambre avec quelqu'un à qui je n'ai pas envie de parler. Normalement, personne ne parle, au moins.

Mais Emma est tellement bizarre qu'on dirait qu'elle aimerait discuter. Je ne suis pas la bonne personne pour ça. Même si, ici, ça avait changé... Ce n'est pas la même chose. Elle est l'un d'eux.

— Hey. Tu dors pas ?

On dirait presque que Florence avait oublié mon arrivée, sursautant de la même façon que lorsque j'ai franchi le seuil de la porte. Elle me fixe en écarquillant les yeux, affichant un air confus.

— Toi non plus.

— Comment tu veux que j'arrive à dormir ? Je peux pas croire que tu sois là. C'est la dernière chose à laquelle je m'attendais.

Florence semble installée dans la cuisine depuis un bon moment. Elle mange un bol de soupe, un livre ouvert devant elle. Je ne sais même pas quelle heure il est, mais apparemment, le timing est assez mauvais pour moi qui espérais un peu de silence avec moi-même.

— Est-ce que je peux prendre quelque chose à manger ?

Elle se lève précipitamment pour me préparer une assiette. Elle n'a pas changé, toujours dans ses livres et faisant tout ce qu'elle peut pour rendre service, partager, créer. Comme la dernière fois, elle va se démener pour que je mange le plus possible. Je ne m'en plaindrai certainement pas.

— Merci, dis-je en prenant place à table alors qu'elle dépose une assiette chaude devant moi.

Je reconnais dans ses yeux une immense pitié, des milliers de questions auxquelles je n'ai pas envie de répondre. J'en aurais aussi pour elle, mais je sais que ça prendra un certain temps pour que je puisse arriver à parler comme avant.

— On t'espérait plus. Même si on y a cru pendant trop longtemps. T'aurais dû l'appeler, lui dire que tu voulais revenir.

— Il vit encore dans sa roulotte ?

— Oui. Inquiète-toi pas, je suis pas allée lui dire que t'étais là. T'as pas l'air bien. Ça serait pas le bon moment.

Elle pose sa main sur la mienne et je la retire dans un réflexe que je regrette rapidement, conscient que ça lui fait de la peine.

— Je savais pas que j'allais venir ici. Je suis parti ce matin et hier, j'en avais aucune idée.

— La fille avec toi, c'est avec elle que tu t'es marié ?

— Non. Ça s'est pas passé, finalement.

Florence me regarde comme si elle était soulagée. Je la connais quand même bien, je sais qu'elle se retient pour se lancer dans un interrogatoire sur ma vie depuis les trois dernières années. Pas ce soir. C'est déjà trop.

— Pourquoi t'es avec elle ?

— Je sais pas. Elle voulait partir elle aussi. Je la connais pas.

— Ah ouais ? T'as pas peur qu'elle…

— Regarde, je sais pas.

Elle pince les lèvres et baisse les yeux vers la table. Je sais que je mange beaucoup trop vite, que ça doit l'inquiéter encore plus de me voir me précipiter ainsi. Elle doit croire que je suis revenu à la case départ, que je suis une cause désespérée, que m'aider n'a servi à strictement rien. Est-ce que je suis un traître pour eux ? Je m'en fous. Je ne veux plus être redevable à qui que ce soit. J'ai assez eu de ma vie entière pour savoir que tout ça ne sert qu'à me tuer. Le reste de l'univers peut bien me haïr et me rejeter, pourvu que je sois capable de parler et de penser ; je n'ai rien à faire de tout le reste.

— Je suis contente que tu sois là. Pour vrai. C'est juste que j'ai du mal à comprendre.

— Y a rien à comprendre.

C'est ce que j'avais essayé de lui expliquer de long en large la dernière fois. Ma vie n'est pas un film avec plein d'intrigues à décortiquer. Il n'y a rien à comprendre, seulement de la souffrance à endurer. Parce qu'elle est là pour de bon. Malgré elle, malgré lui, malgré la beauté des lieux. Elle ne peut pas me réparer en essayant de me faire comprendre l'absurdité derrière l'essentiel de ce que j'ai connu en vingt ans. Or elle essayera de nouveau, je le sais bien.

— Est-ce que tu vas bien ? Je veux dire, physiquement ?

— Les derniers temps ont été plus durs, mais sur papier, je suis en santé. Ben, il me manque une couple de livres sur la balance. À part ça, inquiète-toi pas.

Elle hoche la tête en continuant de m'étudier sans gêne. J'étais bien plus mal en point la dernière fois.

— Ça va te faire du bien de passer du temps ici. Je vais te donner de la job en masse pour que tu voies la lumière du jour. Tu pourras te servir dans ma bouffe autant que tu veux, encore plus que Will.

— Merci. Emma, la fille avec moi, je sais qu'elle a nulle part où aller. Je vais la surveiller un peu, m'assurer qu'elle savait vraiment ce qu'elle faisait en partant, mais je pense qu'elle mérite sa chance elle aussi. Si t'as de la job à lui donner, tu sais qu'on ferait n'importe quoi juste pour manger et avoir un vrai lit.

— Hmm. Un peu d'empathie! dit-elle, surprise.

Elle hausse les sourcils comme si elle ressassait certains jugements. Je sais que c'est impossible de ne pas en avoir.

— OK. J'ai justement besoin de quelqu'un pour m'aider pendant la saison. On est rendus pas mal plus occupés que ce que t'as connu la dernière fois.

— C'est cool.

« La dernière fois. » C'est comme une autre vie, comme un rêve. C'est fou qu'elle arrive à m'accueillir ce soir avec la même bienveillance qu'à l'époque. Pour quelqu'un qui disait ne pas savoir quoi faire de sa vie, elle ignore à quel point elle a de la chance d'avoir des qualités évidentes et du talent dans presque tout. Les gens ne saisissent pas que leurs angoisses proviennent justement du fait d'avoir trop de possibilités.

— Ç'a vraiment été dur, quand t'es parti, dit-elle à voix basse en baissant les yeux.

— Je m'excuse. J'ai rien d'autre à dire. Vous pouvez pas comprendre. Parce que vous avez toujours des questions.

Elle soupire, regardant devant elle.

— Je sais, Gab, qu'on pourra jamais comprendre. Mais t'avais l'air tellement bien! Peu importe d'où tu venais, on aurait eu du mal à comprendre ta décision.

— *J'étais* vraiment bien. Mais c'est compliqué.

— Je sais... Y a une partie de moi qui veut juste être contente que tu reviennes enfin, qui veut vraiment croire qu'on va oublier tout ça… Mais je peux pas oublier ce que ç'a fait à Will quand t'as décidé de t'en aller sans rien dire du jour au lendemain.

Je m'étais promis de ne plus ressentir de culpabilité. C'est déjà difficile, même si c'est différent de ce que je connais. J'avais repoussé mes émotions comme j'avais toujours su le faire, mais me retrouver dans les mêmes lieux et voir la peine sur le visage de Florence me ramène trop bien à cet été où j'avais vraiment cru que du bonheur était possible. Ce sera pire avec lui demain matin.

— Je suis pas comme vous. Vous pouvez pas vous attendre à ce que je sache comment ces choses-là fonctionnent, comment agir avec les gens, comment vivre une vie normale…

— Mais t'avais commencé à changer.

— Je sais.

— Maintenant, t'as l'air aussi perturbé qu'à ton arrivée la dernière fois.

— Trois années ont passé, aussi. Et j'ai toutes celles derrière moi. Vous aurez beau faire n'importe quoi, ça changera pas mon passé.

Elle pose de nouveau sa main sur la mienne, cette fois avec une certaine insistance, comme si elle voulait m'imposer son contact.

— L'important, pour moi, c'est que cette fois, ce soit pour de bon. On peut pas encore être juste une pause. Y a bien des gens qui passent par ici pour remettre leur vie à plus tard le temps d'un été, mais toi, tu peux pas nous faire ça une deuxième fois. Tu veux arrêter d'avoir mal, mais tu nous en as fait beaucoup quand t'as décidé que ça voulait rien dire pour toi, finalement.

— Ça voulait pas rien dire.

Elle soupire de nouveau, secouant la tête.

— Je sais pas ce que tu comptes dire à Will, mais je t'avoue que ça m'inquiète un peu.

— Ça va être correct.

J'espère que j'ai l'air plus convaincu que je le suis en réalité. J'appréhende de le croiser demain matin, de répondre à ses questions qui ne seront certainement pas aussi subtiles que celles de Florence.

— T'as régressé avec ta manie de toujours vouloir parler le moins possible. Promets-moi qu'on va se refaire des longs matins au bord de l'eau juste pour jaser. T'étais devenu bon, dit-elle en me souriant.

— La fille avec moi, elle est bizarre. On dirait qu'elle veut parler. C'est la première fois que je vois ça... Je pense que tu vas mieux t'entendre avec elle qu'avec moi.

— Ah ouais ? Pour vous, parler, c'est bizarre ? J'imagine que si elle parle, ça veut justement dire qu'elle est la plus normale de votre gang. Dans la mesure du possible, ajoute-t-elle en levant les yeux au ciel.

— Tu le sais que mes références sont pas comme les tiennes.

Elle m'adresse un nouveau sourire et frotte doucement mon avant-bras.

— Ça m'étonnerait que je l'aime plus que toi, même si elle a de la jasette. Tu penses qu'elle va vouloir que je lui fasse un cours de réseaux sociaux ? À quel point elle est aussi déconnectée de la vraie vie que tu l'étais ?

— Aucune idée. Bon, Florence, merci encore pour la bouffe. Si ça te dérange pas, je vais retourner dans mon lit.

Elle se lève en même temps que moi, me prenant mon assiette pour la remplir de nouveau.

— Tiens, apporte ça. Je sais que t'as encore faim.

— Merci.

— Est-ce que tu me laisses te faire un câlin ? Un petit.

Je roule les yeux. Elle n'a vraiment pas changé.

— OK. Juste parce que tu me demandes mon consentement.

Elle s'avance en souriant pour enrouler ses bras autour de mon cou. Elle me serre de toutes ses forces, même si elle m'avait dit que ce serait un petit câlin. Ça me fait drôle, mais je sais que ça lui fait plaisir. Je n'ai pas perdu toute empathie, c'est elle qui vient de le dire. J'étais pourtant certain du contraire.

— T'es encore beau. Même si t'as besoin de soleil et de te lâcher lousse dans ma lasagne.

— Ouin. Bonne nuit.

— Bonne nuit. À demain.

Emma

Je me réveille en sursaut, constatant que la lampe de chevet est allumée. Gabriel vient de remonter dans le lit du dessus, secouant la structure dans un grincement. Ça sent vraiment bon.

— Je voulais pas te réveiller.
— Ça va. Tu manges quoi ?
— Je suis allé chercher quelque chose en bas.

Il redescend quelques barreaux pour me tendre une assiette qui contient deux tranches de pain et des morceaux de bœuf. Il me jette un coup d'œil et semble hésiter à remonter dans son lit.

— On peut partager, si tu veux. Il reste pas grand-chose, mais j'arrivais pas à dormir.
— Merci. J'ai tellement faim.

Je me redresse dans le lit pour me couvrir les jambes le plus possible et m'adosser au mur.

— Est-ce que je peux m'asseoir ? demande-t-il, hésitant.
— Oui, ça va.

Je m'empare d'une tranche de pain avant qu'il n'ait pris place sur le lit, la dévorant à la hâte.

— C'est tellement bon.
— Ouais, la bouffe est bonne, ici. Ils te feront pas payer pour manger.
— Pour vrai ?
— Oui. C'est complètement différent.

Il continue de manger en silence et je crois qu'il se force pour ne pas lever les yeux dans ma direction, comme dans la voiture tout au long de la journée. Ça me fait étrange de me sentir embarrassée par sa présence et sa proximité, mais d'avoir tellement envie de lui parler en même temps.

— La dernière fois que t'es venu ici, c'était quand ?

— Ça fait trois ans. L'été de mes dix-huit ans, répond-il en fixant le matelas.

Évidemment. J'y avais pensé aussi, l'an dernier, alors que j'avais attendu ce moment toute ma vie pour finalement me laisser avoir par la peur.

— Je sais que tu veux pas parler. Mais je veux juste te dire que jamais je vais retourner là-bas. Je veux pas que tu penses que je vais gâcher tes plans.

— Je peux pas te croire, désolé. Je te connais pas, et je les connais trop. Au pire, j'irai ailleurs si tu me mets dans le trouble.

— Je te jure que je ferai jamais ça.

Il lève finalement les yeux et me toise un moment, cette fois avec un regard plus doux.

— Tu parles pas comme eux.

— Toi non plus.

Je ne sais pas si c'est l'endroit, le calme ou peut-être le fait d'avoir mangé un peu, mais l'impression qu'il me donne est déjà différente. Il est plus posé, à moins que ce soit de la timidité ? On ne dirait plus qu'il respire l'impatience et la contrariété, seulement de la fatigue et une espèce de découragement. Je suis peut-être complètement nulle pour déchiffrer les autres, mais il faisait quand même partie du même monde que moi.

— Est-ce que tu te sens mal de ce qu'on a fait ?

Il soutient mon regard en me posant la question, ravivant les souvenirs de cette matinée.

— Non. Vraiment pas. Toi ?

— J'ai du mal à te croire.

— Je me dis même que j'aurais dû le faire avant. Je m'en fous si tu me crois pas. Ça change rien. Toi, t'as l'air stressé. T'as peur ?

— Non.

Il fronce les sourcils comme si ce que je venais de dire l'avait insulté. Il fait comme s'il me connaissait, je peux bien commencer à jouer à son petit jeu.

— C'est qui, Gaëlle ?
— Personne, répond-il en retrouvant son ton sec.
— T'es venu avec elle, la dernière fois ?
— Non. J'étais tout seul.
— Pourquoi t'es revenu ? C'est ça que tu fais ? Partir l'été ?
— Non. Maintenant, c'est vraiment fini.
— Pour moi aussi. Même si tu me crois pas.

Je tente de soutenir son regard, ne voulant pas me laisser intimider. Mais intimider par quoi ? Parce qu'il est un peu plus vieux ? Parce qu'il semble savoir ce qu'il fait plus que moi ? J'essaye de rester indifférente et de cesser dès maintenant de me sentir inférieure. J'ai tellement d'objectifs et si peu de temps.

— La fille en bas, qu'est-ce qu'elle sait de nous ?
— Pratiquement tout. Tu vas voir qu'avec eux, tu vas parler plus que jamais.
— Tu parles déjà plus que depuis que je te connais. C'est qui, les gens ici ? Est-ce qu'ils ont quoi que ce soit à voir avec...
— Jamais de la vie, dit-il avec empressement, se levant du lit. Tu peux finir de manger le reste. Je vais me coucher, maintenant.

Bon. Son calme apparent n'aura pas duré bien longtemps. J'éprouve quand même une certaine curiosité. Ça devrait m'angoisser de savoir que nous ne sommes pas coupés du monde, mais c'est différent parce que je suis avec Gabriel. Je ne crois pas que ça aurait été possible de vivre un si grand changement sans un pilier, quelqu'un qui appartient à mon monde. J'espère que c'est un réel avantage, que ça m'empêchera de revenir, comme lui l'avait fait.

Gabriel

Il est déjà installé au comptoir, faisant dos à l'escalier. L'odeur du café et du pain grillé, mêlée à celle sans pareille des vents salins, me fait l'effet d'une vague de chaleur, une boule dans l'estomac. Je dois me ressaisir un peu, sinon je n'arriverai pas à prononcer un seul mot. Il n'a pas vraiment changé, mis à part ses cheveux qui sont plus longs, plus blonds. Ça m'aurait peut-être aidé si je l'avais trouvé différent. Je le souhaitais, en quelque sorte, parce que ça aurait pu vouloir dire qu'on ne reprend pas les choses où nous les avions laissées. Mais le simple fait de le voir boire son café en regardant son téléphone, un léger sourire en coin, et de ressentir toutes sortes de flash-back au son de la musique qu'il fait jouer dans l'entrée me confirme que rien n'a vraiment changé.

Je descends les dernières marches, essayant de regarder ailleurs avant de me rapprocher du comptoir. Dans un léger sursaut, il lève les yeux vers moi, délaissant immédiatement son sourire rêveur. Il écarquille les yeux, se fige un moment en se redressant.

— Salut, William.
— Gabriel? Ben voyons.

Il semble moins émotif que Florence, plus confus. Je ne sais pas où me mettre, quoi dire de plus, comment reprendre les choses, conclure ce que je n'avais pas conclu.

— T'es arrivé quand?
— Hier soir.

Il se déplace finalement pour venir me rejoindre près de l'escalier, passant une main dans ses cheveux avec nervosité. Il me regarde de haut en bas, secouant la tête. Maintenant, il sourit.

— Mon dieu. Je m'attendais pas à ça. T'es revenu ? Pour combien de temps ? Tu t'es marié ? T'étais retourné à Montréal ? T'habitais où ? Est-ce que t'avais un téléphone ?

Je recommence à me sentir dépassé. L'empressement des autres et leurs questions me font toujours ce même effet : l'envie de déguerpir pour retrouver ma pesante solitude. Je n'ai jamais de questions pour personne, et j'ai bien l'impression que répondre aux leurs est tout ce qu'ils attendent de moi. Mais je sais que je le lui dois bien. Encore de l'empathie. C'est quand même bizarre de ressentir ça. J'espère que ce n'est pas de la culpabilité – en tout cas, pas la même que celle qui a habité mon cerveau toute ma vie. Cette culpabilité-là ne me fait pas peur, elle me fait de la peine.

J'ai l'impression que William va pleurer alors qu'il continue de me fixer en souriant, se frottant le cou nerveusement.

— Hey, excuse-moi. T'as l'air fatigué. Tu veux un café ? Manger quelque chose ?

— Oui, merci. N'importe quoi.

Il se dirige vers la cuisine et je le suis. Je ne me sens pas bien, c'est tout ce que je sais, mais je dois faire des efforts pour lui. Je ne peux pas assumer que William et Florence me rendront encore service puisque je sais très bien que j'ai mal agi en les quittant sans le moindre remerciement. J'aurais cru que de le revoir ce matin m'aurait apporté, malgré tout, des parcelles de bonheur, m'aurait ramené à cet été où tout avait été tellement facile. Mais je ne suis plus cette personne-là. C'est ce qui fait le plus mal. Réaliser que j'ai eu bien peu de pouvoir sur ma vie, sur ma tête, que ça n'a duré qu'un seul été.

Je m'assois au bout de la table, observant William se précipiter maladroitement pour me servir une tasse de café et mettre des toasts dans le grille-pain. Il prend place à côté de moi, reculant un peu sa chaise. Peut-être que j'arrive à le rendre mal à l'aise.

— Gabriel… est-ce que… Mon dieu… Je sais pas par où commencer. Dis-moi juste que t'es parti pour de bon.

— Oui. Pour vrai.

Il continue de fixer la table en souriant.

— J'étais certain que t'avais décidé de retourner là-dedans, de te marier avec Gaëlle...
— Non. C'est fini tout ça.
— Pour vrai? demande-t-il en levant les yeux vers moi.

J'essaye de trouver quoi lui dire, mais je préfère combler le silence en mangeant, savourant le café qui me ramène trois ans en arrière.

— T'aurais dû me dire que tu voulais revenir.
— Je savais pas que j'allais revenir. C'est compliqué.
— Tu dis toujours ça.
— Mais c'est vrai.

Il regarde devant lui, continuant de se toucher les cheveux comme il le fait quand il est nerveux, qu'il essaye de comprendre. Je sais que ça le frustre, qu'il aimerait me raisonner, arriver à me faire voir la vie aussi simplement que lui. Mais ce ne sera jamais possible.

— Pourquoi t'es revenu?

Je sais exactement ce qu'il aimerait que je réponde. Je suis déphasé avec les gens, mais avec Florence et William, j'avais quand même commencé à développer une certaine facilité à les décoder. Peut-être que ça m'avait aidé d'avoir été initié au vrai monde par des êtres si transparents, simples et authentiques.

— Parce que j'aurais jamais dû repartir.

Il tourne les yeux vers moi. J'ai encore l'impression qu'il va pleurer. Ça, je ne saurais pas comment gérer ça. C'est beaucoup trop tôt.

— Gabriel... Je suis tellement content que tu sois là. J'arrive pas à le réaliser.
— Je sais que tu dois m'en vouloir.
— Pas maintenant. Pas maintenant que t'es là.

Il avance sa main sur la table pour la poser sur mon bras, comme Florence l'avait fait. Je me crispe et recule aussitôt. Ça le déstabilise. Il a perdu son sourire, son expression émue. Maintenant, il m'analyse avec suspicion, jugement, inquiétude.

— T'as recommencé.
— Fallait bien que je vive.

— Tu sais que tu feras pas ça ici.
— Tu sais que personne me dit quoi faire. Plus maintenant.

Ses yeux sont maintenant remplis de colère. Il avance sa main de nouveau pour retourner mon avant-bras. Il hausse les sourcils, levant les yeux au ciel.

— T'es pas obligé de faire ça, dit-il en faisant glisser son index sur mes ecchymoses.

Je suis parcouru de frissons, d'angoisse alors que mes muscles se tendent à son contact. Je n'aime pas qu'on me touche ainsi et il le sait.

— C'est l'anémie qui fait ça.
— T'as vu un médecin ?
— Ouais. Je m'arrange.

Il semble un peu soulagé. Florence et lui sont beaucoup trop préoccupés par ma santé. Je n'ai jamais connu ailleurs cet intérêt pour mon bilan sanguin et ce que j'avale dans une journée.

— On dirait que t'as perdu vingt livres.
— C'est ce que vous m'aviez fait prendre en un été.
— C'est juste parce que tu mangeais normalement. Tu feras plus d'anémie dans pas long.

Déjà, il s'imagine me sauver, oubliant à quel point j'ai été une mauvaise personne en les laissant tomber, en retournant dans mon enfer sans donner de nouvelles. Ils sont beaucoup trop bons avec moi.

— T'as l'air d'un emo, dit-il en souriant légèrement.
— Ça veut dire quoi ?

Il soupire et secoue la tête en me regardant de travers.

— J'oubliais que tu connais rien. C'est peut-être aussi parce que t'es trop jeune.
— Tu viens d'avoir vingt-sept…
— Tu t'en souviens ?

De tout, en fait. Cet été-là avait représenté la seule période où j'avais réussi à arrêter de tout refouler. J'avais passé ma vie à essayer de ne me souvenir de rien, de ne plus accorder d'importance aux autres – juste de survivre en me foutant du reste. Mais je n'ai rien voulu oublier de ces trois mois au bord de l'eau.

— Toi, t'as eu vingt et un. Ça commence à être moins pire, maintenant que t'es dans la vingtaine.
— Ah... ben... je sais pas ce que ça change.
— Je voudrais te dire que ça te va bien, la vingtaine, mais avec ton teint blême, tes cheveux presque noirs pis tes cent vingt livres mouillé, t'as l'air du chanteur de All-American Rejects, dit-il en retrouvant son sourire.
— Tu le sais que je sais pas de quoi tu parles.
Il soupire encore, retrouvant son air découragé, songeur.
— Des fois, j'avais espoir que t'avais peut-être refait ta vie. Que t'aurais pu trouver quelqu'un qui t'aurait convaincu de t'en aller...
— C'est compliqué.
— Je le sais, Gab. Je le sais. J'hésite à te demander ce que t'as bien pu faire depuis trois ans. Rien qu'à te regarder, c'est évident que t'es revenu à la case départ. T'as pas rencontré l'amour, t'es pas parti étudier, trouver le bonheur... T'es juste retourné d'où tu venais. Tu le sais que je comprendrai jamais.
— Je m'excuse. Je sais pas quoi dire de plus.
Et c'est tout à fait vrai. Je n'essaye pas d'éviter une conversation. Je ne sais tout simplement pas comment en tenir une, même si, avec lui, c'est un peu plus facile. Je le connais, je sais que malgré son attitude dépassée de ce matin, il va finir par redoubler d'ardeur pour essayer de comprendre, me faire parler, arriver à ce que je me laisse toucher sans me crisper.
— Tu m'as tellement manqué, dit-il à voix basse, levant les yeux dans ma direction avec une certaine hésitation.
M'ennuyer. Je ne sais pas si ça m'était arrivé. Du moment où j'avais pris la décision de repartir, j'avais retrouvé si facilement l'habitude de tout bloquer, de m'empêcher de ressentir quoi que ce soit... On dirait que c'est seulement maintenant que j'arrive à ressentir qu'il m'avait manqué, que cet été tout entier m'avait terriblement manqué.
Il me regarde un moment, attendant probablement ma réponse. Il a l'air un peu triste, mais je n'y peux rien.
— Y a rien qui a changé... en tout cas, pour moi, ajoute-t-il à voix basse.

J'ai du mal à le croire. Même pour moi, avec mes horribles habiletés avec les relations, je sais très bien que ce que j'ai fait est impardonnable. Il est juste surpris par mon arrivée. C'est impossible que son opinion sur moi n'ait pas changé, qu'il n'éprouve aucune rancœur.

— T'as quand même dû vivre plein de choses en trois ans, dis-je en espérant lui faire réaliser que le reste de sa vie est certainement plus intéressant que moi.

— C'est vrai, mais ça m'a jamais empêché de penser à toi. Je m'inquiétais souvent, je me disais que t'allais finir par revenir. Tu vois, j'avais raison.

— Ouais. Même moi, je le savais pas.

— Mais... maintenant, c'est pour toujours? On peut commencer à te chercher une place pour l'automne, tu peux venir dans mon coin...

— Je veux pas penser à ça. Ça fait déjà beaucoup. L'été, ici, avec toi pis Florence...

Il hoche la tête, détournant les yeux en continuant de boire son café.

— OK. On va y aller tranquillement. Comme la dernière fois.

— Merci.

— J'espère que t'es aussi content que moi, me dit-il, le sourire aux lèvres.

Je ne sais pas ce que ça veut dire. Je ne veux pas lui mentir, lui faire croire que tout redeviendra comme avant en un rien de temps. Ce sera peut-être plus long que la dernière fois, surtout maintenant que je sais qu'il est possible de faire du mal à quelqu'un que j'aime. C'est fou quand on réalise ce que ça fait. Je ne l'ai pas oublié, ça non plus.

— Je suis content d'être ici.

Ma réponse un peu brève semble le décevoir, mais il va devoir se souvenir que ça n'avait pas été si simple de tisser des liens avec moi, de me faire parler comme lui, de briser ma carapace et de cesser de froncer les sourcils chaque fois qu'il réalisait que je ne connaissais rien de rien. Je ne serai jamais comme lui, peu importe la longueur de l'été.

— J'ai acheté la place avec Florence. T'auras pas besoin de payer, tu peux prendre la chambre que tu veux. Prends le temps qu'il te faut. Tu sais que je suis là, que je vais être patient.

— Je vais payer. C'est pas correct ce que j'ai fait, la dernière fois. Je veux faire les choses comme il faut...

— Comme si tu savais ce que ça veut dire...

Voilà. Un peu de rancune. Ça fait bizarre dans ses yeux bleus qui renferment presque toujours de l'amusement, mais ça n'aurait pas été normal qu'il n'en éprouve pas.

— Je suis tellement content que tu sois là, répète-t-il comme s'il ne le réalisait toujours pas.

— William... Je veux pas que tu penses que... J'ai besoin de temps, de dormir, de manger, de retrouver mes esprits.

— Je sais. Je m'en souviens.

Je vois dans son regard qu'il ressasse des souvenirs, ce que j'ai du mal à faire. Je me sens trop dépassé en ce moment, troublé. Ma tête m'envoie des signaux contradictoires, me demande de lutter contre certaines émotions alors que ça m'angoisse de ne pas arriver à ressentir tout ce que j'avais réussi à découvrir la dernière fois.

— C'est juste que... il faut que je commence par m'enlever de la tête que je dois ma vie à quelqu'un d'autre.

— Gab, dit-il en me regardant, surpris, j'espère que c'est pas comme ça que tu te sens envers moi. Tu me dois rien. Absolument rien. Pour vrai, je sais que tu connais pas ça, mais la dernière fois, on te faisait pas une faveur. On fait juste ce que n'importe qui ferait avec une personne comme toi. Une personne qu'on aime. C'est tout.

— Je méritais pas tout ça.

— Mais... Gab, j'espère juste que ç'a été vrai pour toi.

Ses yeux me ramènent plus que jamais à l'été de mes dix-huit ans. Probablement parce que ce sont les seuls souvenirs que nous partageons, mais je trouve William insistant de me ramener là aussi brusquement. J'ai du mal à intérioriser ce qui m'est arrivé hier, je n'ai pas l'énergie pour penser plus loin. Je ne sais pas si c'est normal. Penser au passé, le décortiquer, l'aimer, l'envier... Je ne connais pas ça. Même ces souvenirs-là, je ne suis pas arrivé à les voir avec nostalgie, à essayer de me les expliquer une fois sorti du moment. Mais il ne peut pas comprendre.

— Ça fait longtemps, William.

— Pas tant que ça. Pas pour moi.

— Je suis revenu. Y a nulle part ailleurs où j'aurais voulu aller. Mais ça veut pas dire que je veux revenir exactement au même point qu'il y a trois ans. Je pensais que ce serait impossible. Encore plus pour toi.

— Parce que tu sais pas comment ça marche. Tu vois, ça, je l'ai compris.

Il pose de nouveau sa main sur mon bras, baissant les yeux alors que je devine la peine sur son visage. Je ne sais pas comment ça marche. Comme pour la majorité des choses. Peut-être que ça n'a aucun sens de revenir, que personne d'autre au monde n'aurait osé. Mais je ne sais pas ce que j'aurais pu faire d'autre. Je suis tellement limité, totalement à son opposé. Pourtant, malgré les trois ans qui sont passés, il semble en être au même point. C'est tellement incompréhensible pour moi.

— Je vais te laisser tout le temps dont t'as besoin. Mais je suis certain que tu t'ennuies déjà de ma roulotte, de nos marches au bord de l'eau. Je te jure que je te ferai pas trop parler. T'auras juste à m'écouter.

— Ça me convient.

Je me laisse un peu contaminer par son sourire, même si j'imagine le mien assez faible à côté des émotions que William laisse aisément transparaître. J'espère qu'il me comprend bien, dans la mesure du possible.

— J'en reviens pas que tu sois là.

— J'en reviens pas non plus.

Emma

Je ne sais pas quelle heure il est, mais j'ai bien l'impression de ne jamais avoir dormi aussi longtemps de toute ma vie. Hier, je me suis laissée porter avec paresse par les idées de Gabriel, sans me poser plus de questions. Après, il y a eu cet endroit ; j'avais quelque part où dormir et me sentir à l'abri. Mais maintenant ? Comment sommes-nous censés occuper nos journées ? Comment se fait-il qu'il connaisse d'autres gens, ici, aussi loin ? Cette fille que nous avons croisée hier et qui semblait l'apprécier, est-ce que c'est son amie ? C'est complètement fou. J'ai du mal à me sentir bien, malgré la fraîcheur des draps, l'odeur de la nourriture qui commence à faire crier mon ventre. Un jour à la fois. C'est bien la seule chose que je peux me répéter sans paniquer. Je ne sais même pas si ce que je ressens est bien de la panique. L'inconnu. C'est tout ce que je sais. Que je ne sais rien.

Je sors du lit pour remettre mon jeans, constatant que Gabriel n'est plus dans le lit du dessus. J'espère qu'il sera dans la cuisine, je me sentirai plus à l'aise si je croise d'autres gens. C'est moins bizarre quand on est deux à l'être autant.

Je descends l'escalier le plus lentement possible, heureuse de voir que personne n'est derrière le comptoir d'accueil. Avec la lumière du jour, j'arrive à mieux cerner les lieux, les laisser me donner une impression différente, bien que tout aussi chaleureuse. La cuisine est au fond, à droite. J'espère que c'est vrai que la nourriture est gratuite parce que je sens que j'aurai du mal à ne pas tout dévorer. J'avance doucement, un peu angoissée en entendant l'écho de doux bavardages. Gabriel est assis à table avec un autre garçon. Ça me fait drôle. On dirait le total contraire de Gabriel avec son corps musclé et élancé, son teint bronzé et ses longs cheveux blonds ondulés. Il a aussi ces espèces de boucles d'oreilles qui élargissent exagérément les lobes, même si c'est assez cohérent avec le reste de son accoutrement. J'ai vu des gens avec le même genre de physique à Montréal. Ses cheveux me rappellent ceux de Florence, avec les mèches plus claires et le bandeau qui laisse voir la racine. Il porte une camisole ample échancrée dévoilant sa poitrine et ses bras remplis de tatouages colorés. Il sourit en regardant Gabriel; bien qu'il semble maintenir une certaine distance, j'ai l'impression qu'il est aussi ému que Florence de le voir devant lui. Je pense que personne ne m'a jamais regardée de cette façon. En fait, je le sais. Comment Gabriel a-t-il pu connaître des gens comme eux deux et retourner dans la pire des prisons? Je n'y comprends rien.

Gabriel se retourne en m'entendant arriver dans la cuisine, surpris, comme s'il venait de se rappeler mon existence.

— Salut. Je viens juste chercher quelque chose à manger. Je vais retourner en haut.

L'ami de Gabriel m'observe avec suspicion, ses yeux faisant des allers-retours entre Gabriel et moi.

— Emma, William. William, Emma.

— Pourquoi tu m'as pas dit ça? C'est avec elle que tu t'es marié?

Pourquoi ils pensent tous ça? Gabriel devait se marier avec qui? Je me raidis, ne sachant quoi répondre.

— Non, non. C'est juste... une fille.

— Ouais, mais elle vient clairement de la même gang que toi. Je te gage que ton vrai nom c'est Emmanuelle-Rose-Destinée-Soleil-Vie-Pure pis plein d'autres niaiseries?

Gabriel esquisse un sourire. Wow. C'est bizarre.

— Quelque chose dans ce genre-là, dis-je en regardant William.

Il roule les yeux puis fixe Gabriel, attendant je ne sais quoi alors que je reste plantée là.

— Will, inquiète-toi pas. Elle est venue avec moi, mais on est pas mariés ni rien. Elle voulait partir autant que moi.

Florence arrive derrière nous, prenant place à côté de moi en observant les garçons un moment.

— Flo ! Tu m'avais pas dit que Gab était là !
— Ça change quoi ? Il est là, t'as bien vu.
— Avoue que c'est complètement fou !
— Ouais. On peut dire ça.

Elle lève les yeux au ciel, affichant un sourire moins convaincant que celui de William, puis elle se retourne vers moi et me touche le bras.

— Emma, c'est ça ?
— Oui.
— Tu peux t'asseoir. Je vais te servir à manger. T'aimes le café, la confiture aux bleuets ?
— Euh. Je sais pas.

William et Florence échangent un long regard. Je prends place à côté de Gabriel, encore déstabilisée par le sourire qu'il affiche et l'ambiance que je n'arrive pas à saisir.

— Évidemment que tu le sais pas, dit William avec un air découragé. Toi aussi, t'as l'air tout droit sortie d'un film de vampires.

Florence s'assoit à la table avec nous, déposant devant moi une assiette et une tasse. Du pain grillé, du beurre, de la confiture, des fruits tranchés… Je vais rester ici toute ma vie.

— Moi, je trouve que vous avez l'air de deux mannequins haute couture. Genre, on est pas sûr si vous êtes beaux ou si vous allez casser en deux. Vos cernes, vos cheveux foncés pis vos teints blêmes, j'avoue que ç'a quelque chose de presque élégant. Mais c'est malsain. Tu vas voir, ajoute-t-elle en se retournant vers moi, la société, c'est très malsain.

— Florence, Emma est allée à l'école, elle, dit Gabriel en se resservant du café.

Florence fronce les sourcils en échangeant de nouveaux regards avec William.

— Ah ouais ?

J'imagine que je vais devoir parler. Si Gabriel y arrive, je peux bien le faire moi aussi. Je suis certaine qu'il est encore pire que moi.

— Oui. Mais… je suis quand même pas… Y a plein de choses que je connais pas.

— J'imagine, dit William en roulant les yeux de nouveau. Flo ! On devrait se partir un camp de réinsertion pour les évadés de leur gang. On en a déjà deux ! Je suis sûr qu'on est des super bons éducateurs de la vie en société. Faudrait juste qu'ils nous en envoient pas des trop jeunes parce que j'avoue que je commence à être dépassé par certaines affaires. Toi, t'as quel âge ?

— Dix-neuf.

— Ça te va si on t'éduque comme si t'étais née dans les années quatre-vingt-dix ? Dis-toi que c'est vraiment mieux, anyway.

— Heum… OK.

Gabriel secoue la tête en souriant. Il me jette des regards de temps à autre. Je ne sais tellement pas comment l'analyser, comment évaluer la situation. Qui sont ces gens ? Que savent-ils de nos vies ?

— J'avoue qu'on avait fait de la belle job avec Gab la dernière fois, approuve Florence. Mais faut croire que c'était pas assez…

— Flo. Arrête. L'important, c'est qu'il soit revenu. Et qu'il reparte plus. Toi, ajoute William en me fixant avec insistance, je sais pas t'es qui, mais je te jure qu'on va te surveiller pour que tu l'influences pas à partir comme l'autre été.

— Heum… ben… je veux pas partir. Je veux dire… je veux pas retourner là-bas.

Je ne sais même pas s'ils savent à quoi je fais référence. Il va bien falloir que Gabriel se décide à me parler s'il veut me faciliter un peu les choses. Surtout que Florence et William sont tellement différents de tout ce que j'ai pu connaître… Je ne peux pas m'adapter si facilement.

— Si y a des mots que tu comprends pas, tu dois nous le dire. Je pense que c'est la première étape. C'est correct de manger pis de parler, aussi.

— Heum… OK.

Florence penche de nouveau la tête vers moi, affichant une expression inquiète.

— Est-ce que t'as des vêtements ? Des affaires pour la salle de bain ? Fais-moi une liste de ce que tu veux, je dois aller acheter des trucs aujourd'hui. Même chose pour toi, Gab.

— Regarde-le, dit William en touchant le bras de Gabriel. C'est clair qu'il roule encore avec ses trois t-shirts noirs pis ses deux paires de jeans.

Gabriel ne répond pas puis tourne la tête vers Florence.

— Merci, Florence. Je vais te faire une liste pis j'ai assez d'argent cash. Toi, Emma, t'as pas pris grand-chose avant de partir.

— Heum… ben… je vais être correcte. Ça va.

Florence pousse un soupir puis penche la tête pour me regarder dans les yeux avec insistance.

— Bon, écoute-moi. Ici, on laisse pas les gens crever de faim pis mettre du vieux linge avec des trous pour économiser de l'eau. La première étape, bien avant celle de nous dire les mots que tu comprends pas, c'est d'apprendre à te sentir bien dans ta peau. Tu vas certainement pas y arriver si t'as pas de savon pis de linge propre pour toffer une semaine.

« Me sentir bien dans ma peau. » Je ne sais pas trop ce que ça veut dire. Pour moi, mon mal-être est simplement attribuable à l'entièreté de ma vie, et mon corps en fait partie malgré lui.

— Gab, Emma, prenez ça relax aussi longtemps que vous voulez, ajoute Florence. Pour vrai. Je sais que vous avez passé vos vies à vous sentir coupables de n'importe quoi, mais ici, c'est pas comme ça. Will, y a les deux autres chambres en haut à cleaner, mais on attend personne avant cinq heures ce soir.

Tout ici me semble à des années-lumière de mon univers et c'est pour ça que je n'ai qu'une seule envie : celle de me retrouver dans ma chambre avec Gabriel. Il est tout ce que je connais. Tout ce qui me rattache à ma vie. Même si elle est bien triste en comparaison de la chaleur des lieux ici, des sourires de Florence et William, de leur apparente affection pour Gabriel. Mais c'est de l'inconnu, et ça fait peur.

Gabriel

J'ai laissé William m'entraîner dehors, même si je me sens mal d'avoir plutôt envie de retourner dormir. C'est ce que j'avais fait pendant les premiers jours, la dernière fois. Je suis conscient que ce serait difficile pour lui d'attendre encore, alors je le lui dois bien, même s'il dit que je ne lui dois rien. C'est peut-être ça, l'empathie. Peut-être que c'est différent de la culpabilité. Je devrai démêler tout ça. Comme pour tout le reste.

— On a acheté l'auberge en plus des trois chalets, dit-il en désignant de la main le terrain qui s'étend au loin. Ça fait que tout l'espace est juste à nous et on arrive assez bien à tout booker jusqu'à la première semaine de septembre.

— Tu fais quoi quand la saison est finie ?

Il passe une main dans ses cheveux, s'arrête de marcher pour me faire face.

— Normalement, j'étudie. Mais là, je le sais plus. Je viens de finir ma maîtrise. Pis j'ai déjà deux bacs. Ça commence à être en masse. Mais je sais pas quoi faire d'autre.

— C'est quoi, une maîtrise ?

— Oh, Gab. T'es cute.

— Parce que je connais rien ?

— Ben non. J'ai pas dit ça. Une maîtrise, c'est le niveau après un bac. Un bac, c'est ce que je faisais la dernière fois. La maîtrise, c'est comme un approfondissement pendant deux ans sur un sujet spécifique en lien avec ton domaine. Tu peux faire une recherche ou un travail. Ça finit par un super gros document écrit que personne va lire. Ça te rend fou pis t'as juste le goût de le brûler pis de plus jamais lire un livre de ta vie. Mais je vais peut-être continuer au doctorat.

— En philosophie ?
— Oui.

J'ai arrêté d'aller à l'école à treize ans, ce qui me donne envie de me cacher chaque fois que je dois écrire ou que j'assiste à l'une de ses conversations avec Florence, quand ils se lancent dans de grands sujets qui ne me disent absolument rien. Étrangement pour moi, William se trouve complètement pathétique de ne pas arriver à se sortir des bancs d'école.

— Tu sais, Gab, si t'en as envie, y a plein de façons de retourner à l'école, de rattraper ce que t'as manqué. Tu vas pouvoir reprendre une vie comme les autres.

— Tu sais bien que non.

Je m'allume une cigarette et il me la vole des doigts, prenant une bouffée.

— Ça m'avait manqué, ton odeur de vieille clope.
— T'aimais même pas ça que je fume.
— J'aime pas ça, non plus.

Je me sens déjà un peu détendu, laissant la fumée s'échapper doucement, profitant du vent frais sur ma peau, m'émerveillant peu à peu de l'horizon, du son des cailloux sous nos pieds. Tranquillement, je m'apaise. Ça fait du bien. De ce que j'en sais.

— La fille avec toi, c'est qui ?
— Je te l'ai dit. C'est personne. Pour vrai, je la connais pas.
— Vous vous connaissez pas tous ?
— Pas dans le sens que toi tu l'entends. On est liés d'une certaine façon, nos vies sont à peu près pareilles et nos passés sont dégueulasses, mais je savais même pas son nom.
— Bah, vous avez tous à peu près les mêmes.

C'est moi qui ai répondu à toutes ses questions sur « ma gang de fuckés » et il pense qu'il peut maintenant m'en faire un résumé simpliste. Il n'a vraiment pas changé.

— Je trouve juste que c'est pas ton genre d'avoir une amie. Encore moins de l'amener ici si ton but c'est de quitter cette vie-là.

— C'est pas mon amie. C'est juste que je pense que ça aurait été plus risqué pour moi de pas savoir ce qu'elle fait, de la déposer quelque part et de la laisser s'en aller comme ça. Je le sais que c'est pas si simple. Je l'ai déjà fait. Et là, ça aurait pu me mettre dans le trouble parce qu'on est partis en même temps. Comme ça, je me dis que j'ai pas à m'en faire. Ça va être moins stressant pour moi. J'espère que c'est correct pour vous. Je vous l'impose un peu, je le sais. Mais j'ai aucune autre option.

— Tu lui fais confiance ?

— Je sais pas. En même temps, je les connais, les fuckés, comme tu les appelles. Elle me fait pas le même effet. On dirait qu'elle pense, qu'elle a envie de parler. Je la sens pas accrochée.

Il commence à marcher plus lentement, se rapprochant de moi. J'essaye de me contenir, de garder une distance. Je dois me rappeler que ce n'est pas la même chose avec lui, que les gens normaux font ça.

— Je trouve qu'elle a l'air aussi fuckée que toi au début.

— Je pense qu'elle a une longueur d'avance. Elle est pas mariée, non plus.

— Mais peut-être que le gars va la convaincre de revenir, dit-il en tournant la tête vers moi.

Je me force pour ne pas le regarder.

— Elle m'a dit qu'elle savait pas c'était qui.

— Ah ouais ? Vous faites ça avec du monde que vous connaissez pas ?

— Je te l'ai dit qu'on se connaissait pas vraiment, dans le fond. Personne.

— Vous êtes tellement weird. Pourquoi choisir une vie comme ça quand tu peux juste aimer quelqu'un pour vrai, vivre comme tu le souhaites, baiser en masse pis faire toutes les expériences possibles ? Je comprends pas.

— William, on en a parlé mille fois.

— Je sais, je sais. J'aimerais ça en reparler... comme avant.

Je ne réponds pas, mais je suis conscient d'avoir fait le tour de la question, d'avoir écouté toutes ses théories, ses comparaisons avec des courants philosophiques et anthropologiques, buvant ses paroles et me faisant mes propres théories. Mais ça, ça vient plus tard. Penser. Il tend la main dans ma direction, ses doigts frôlant les miens.

— À part Florence, l'auberge, tes études ? Tu m'as dit que t'allais me parler de toi. Que j'allais juste devoir écouter. Je suis certain que ta vie est beaucoup plus intéressante que la mienne. Vas-y. Je t'écoute.

— Avec Florence, c'est aussi cool qu'avant. On est des bons partenaires d'affaires. Je savais qu'on se complétait dans tout, mais c'est encore mieux que je pensais.

— C'est vrai que vous êtes parfaits ensemble.

Il hoche la tête en souriant, se lançant dans une longue explication de son mémoire de maîtrise. J'essaye de suivre du mieux que je peux, conscient que mon vocabulaire a fait du chemin dans les dernières années. Il pense que ma façon de gagner ma vie ne m'a rien apporté, mais il se trompe. C'est drôle de parler avec autant de passion, mais de respirer l'ennui et le découragement en même temps. J'imagine que les études, c'est quelque chose que je ne peux pas comprendre.

— Je suis allé à Montréal de temps en temps. J'espérais tomber sur toi. Je sais même pas dans quel coin tu vivais.

— Un peu partout.

— Est-ce que t'avais un téléphone ?

— Des fois. Quand j'arrivais à le payer.

Je sais qu'il doit se demander pourquoi je ne l'ai pas appelé. Mais je n'ai pas de réponse. Aucune qui puisse le satisfaire.

— Tu vivais pas dans la rue, quand même, Gab ?

— Non, non. Presque toujours chez des clients.

Il soupire, s'arrêtant de marcher pour me forcer à le regarder.

— Des clients qui te laissaient dormir chez eux ?

— Ouais. C'est pas ce que tu crois. J'ai jamais fait la rue. Je connais les spots pour trouver du monde plein de cash qui veulent faire semblant d'avoir un chum ou quelque chose dans le genre.

Il écarquille les yeux, me dévisageant de nouveau. Même ça, on en avait parlé trop souvent.

— Comment tu fais, sans téléphone ? T'es comme une escorte du Moyen Âge qui se fait désirer dans un bordel plein de gens de la monarchie ?

— Je sais pas de quoi tu parles. Mais, oui, je suis arrivé à bien m'en sortir sans finir dans la rue.

— C'est pas ce que j'appelle bien s'en sortir.

— C'est pas tout le monde qui a des clients qui les nourrissent, qui les laissent prendre leur douche et dormir un peu. J'ai eu de la chance.

— Dis surtout que t'as de la chance d'être aussi beau. Dans ton domaine, ça paye, clairement.

Il ne sait pas de quoi il parle, mais je préfère ne pas m'étendre sur le sujet. J'ai toujours eu l'impression qu'il m'imaginait dans des contextes ne reflétant pas la réalité, mais qu'aucune de mes explications n'arrivait à l'en dissuader. Les années sont passées, mais je sais que ce sera toujours trop loin de lui pour qu'il puisse arriver à voir les choses de mon point de vue.

— Ç'a pas rapport.

— Gab... Dis-moi juste que tu vas pas continuer à faire ça ici. Tu le sais que ce sera pas aussi simple qu'à Montréal.

— Je vais m'arranger. J'ai besoin d'argent pis c'est comme ça que moi, j'en fais.

— Mais... la dernière fois... t'avais arrêté. Tu le sais que moi pis Flo, on te fera pas payer, qu'on peut te donner de la job...

— J'ai besoin d'être indépendant. Vous allez pas me soutenir toute ma vie.

William soupire bruyamment, il me force à m'arrêter de marcher en me prenant le bras avec un peu trop de force. Je le repousse automatiquement, reculant, agacé. Nos regards se croisent, je vois la peine dans ses yeux, l'impuissance. Je sais que je viens de crever sa bulle d'espoir, le scénario qu'il venait de se faire pour l'été à venir.

— Excuse-moi. C'est dur pour moi de plus pouvoir te toucher. Dans la vraie vie, on peut pas accepter si facilement que les gens qu'on aime se mettent en danger. Je sais ce que tu veux dire. T'as passé ta vie à rendre des comptes, sans aucune indépendance. Ce que je te demande, c'est un peu contradictoire, je le sais. Mais ça ressemblera jamais à ce que t'as vécu là-dedans. Ici, c'est simple, c'est facile, on veut juste ton bonheur.

— Mais vous avez quand même une certaine supériorité. Je le sens tout le temps. Même si vous êtes pleins de bonnes intentions. Ça revient encore au fait que je dépends de vous, que je me sens surveillé, que je suis pas libre de faire ce que je veux de ma vie. J'ai peur de vous décevoir. Ça aussi, ça gâche ma liberté.

Il soupire encore et secoue la tête, avançant doucement son bras pour que ses doigts touchent les miens.

— Gab... Tu me déçois jamais. Jamais. Je me sens pas du tout supérieur à toi. Dans toutes les relations, y a des moments comme ça où l'un des deux a plus besoin d'aide, de soutien. C'est pas un rapport de force malsain. C'est la beauté de ce que font les humains quand ils tiennent l'un à l'autre. C'est juste naturel.

Je continue de fixer le sol, ne sachant quoi penser.

— Moi, je pourrai jamais arriver à t'aider, à te soutenir, comme tu dis. C'est là que je sens que je suis toujours le pauvre gars qu'on essaye de sauver. Les rôles vont jamais s'inverser, si c'est vraiment ça, une relation.

— C'est pas vrai, Gab. T'as aucune idée de tout ce que tu m'as apporté cet été-là. Pourquoi tu penses que je t'ai jamais oublié? Parce que je m'ennuyais de te sauver? Ç'a rien à voir. C'est juste... toi.

Je m'éloigne un peu, incapable de supporter cette conversation qui m'épuise émotivement et physiquement. Florence m'avait presque fait du bien en me laissant voir que je l'avais déçue, qu'elle éprouvait de l'amertume. C'est beaucoup plus facile à digérer que William qui veut me faire revenir trois ans en arrière alors que je suis ici depuis moins de douze heures.

— Je vais jamais rien pouvoir t'apporter. Vous serez toujours supérieurs à moi, peu importe si ça sonne négatif pour toi. J'ai aucune éducation, aucune habileté relationnelle, aucune connaissance générale, mes expériences de vies te font peur... T'as raison, Will, je suis fucké. Brisé.

— T'as pas le droit de dire ça. J'ai hâte que tu retrouves tes esprits. Parce que t'as vraiment le plus beau de tous ceux que j'ai connus. Je sais que ç'a pas changé.

Ça me rappelle trop de nos conversations. Elles étaient arrivées à me faire du bien ; maintenant, elles me frustrent, m'irritent. Je m'allume une autre cigarette, me remettant à marcher pour augmenter la distance entre William et moi.

— Excuse-moi, Gabriel, dit-il en me rattrapant. Je sais que je fais pas les choses comme il faut. J'ai pas oublié. C'est juste que j'ai du mal à mettre de côté comment je me sens, l'effet que ça me fait que tu sois là. Je veux pas tout gâcher. Je t'ai pas donné assez de temps. Tu peux m'ignorer, si tu veux.

Il sait très bien qu'il est impossible à ignorer. Même quand il se veut discret, il n'y arrive jamais bien longtemps. Une chance que Florence est là pour lui rappeler de prendre moins de place. Il a raison, ils se complètent à merveille. Je n'avais jamais connu ça avant, mais je comprends, juste à les regarder, toutes ces choses que ma vie m'a fait manquer. C'est beau pour eux comme c'est triste pour moi.

— Je veux juste pas que t'aies envie de repartir, continue-t-il en s'arrêtant plus près de moi. Dans le fond, c'est tout ce qui compte. Fais ce que tu veux, parle-moi pas, continue ton métier discutable, mais reste.

— Inquiète-toi pas. Je m'en vais plus. Y a pas grand-chose que je sais sur moi, sur ma vie, mais ça, c'est ma seule vérité.

Il me vole de nouveau ma cigarette des doigts, souriant en prenant une bouffée avant de me la rendre.

— Tu parles bien.

— J'ai continué à lire. C'est grâce à Florence. C'est vrai qu'on apprend les mots inconsciemment...

— Oh, Gab ! T'as vraiment pensé à nous pendant trois ans ?

— Ben oui. Surtout quand je réalisais que j'étais capable de tenir une conversation avec un client. Je me rappelais les films que vous m'aviez fait écouter, tous les termes que vous m'avez appris...

Il m'adresse un sourire en coin et je me laisse un peu contaminer, ces souvenirs évoqués me ramenant en tête nos bons moments de « l'école de la vie », comme ils aimaient bien appeler nos soirées à m'apprendre toutes sortes de choses à la mode.

— J'espère vraiment qu'y a autre chose que t'as pas oublié.
— Will...
— OK, j'arrête. Ignore-moi.

Emma

J'ai suivi le conseil de Florence. Prendre mon temps. Je ne sais pas trop ce que ça veut dire, mais j'ai quand même l'impression que c'est ce que je fais. Ce qui se dresse devant moi est tellement beau. Le gazon qui forme toutes sortes de buttes pour ensuite disparaître jusqu'où la marée arrive à se rendre, les galets et les algues séchées par le soleil qui font un bruit sans pareil quand on marche dessus… C'est magnifique. C'est ce que je me répète sans arrêt. Je ne pense à rien d'autre. J'oublie ma mère, ma sœur, mon départ d'hier. Je ne sais pas combien de temps ça va durer, mais je veux profiter de chaque instant où mon esprit est libéré.

Je me suis assise à une dizaine de mètres du bord de l'eau, mon dos appuyé contre un banc de bois usé par les vagues et le temps. J'enroule mes bras autour de mes jambes repliées, fermant les yeux par moments, les rouvrant plus tard parce que je ne veux rien manquer du paysage. J'arrive à voir Gabriel et William qui marchent plus loin, près des vagues. Je ne crois pas qu'eux arrivent à me voir, j'ai le sentiment de les espionner, curieuse, en me demandant de quoi ils peuvent bien parler. On dirait que Gabriel parle aussi et je me demande comment il s'en sort, comment William le trouve.

— Je peux m'asseoir ?

Florence me fait sursauter en s'installant à côté de moi. Elle est jolie avec son short court et son haut léger qu'elle porte sans soutien-gorge, ses multiples bagues et bracelets dorés qui font ressortir sa peau mielleuse. Elle a un tatouage sur les côtes, je crois que c'est une vague au milieu d'un cercle, mais c'est beaucoup plus subtil que ceux de William.

— Oui, salut.

— Je t'ai acheté plein d'affaires. Je me sentais comme si j'avais une petite sœur, c'était cool.

— Merci.

Elle penche la tête pour me regarder, puis me tend un sac de noix dans lequel elle avait commencé à piger.

— Gab m'a dit que t'aimais parler? Bon, je sais pas ce que ça veut dire chez vous, mais je veux que tu saches qu'avec moi, y a rien qu'on peut pas dire. Tu peux me poser toutes les questions que tu veux, y a jamais rien qui me dérange.

« Aimer parler. » C'est vraiment l'impression que j'ai donnée à Gabriel? C'est vrai que j'en ai envie, que derrière ma colère et ma révolte se cache un insatiable besoin de comprendre, de poser des questions, de connaître le reste du monde.

— Vous faites quoi dans la vie, toi pis William?

Elle me sourit comme si elle s'attendait à une bien meilleure question. Elle ne sait pas à quel point la vie des autres est fascinante pour moi.

— Je te dirais qu'on a pas mal étudié. Maintenant, on est propriétaires. On espère que ça nous rapporte assez pour nous donner le temps de se trouver d'autres projets quand l'hiver fait peur aux touristes.

— Ça fait combien de temps que vous êtes mariés?

Elle éclate de rire et tend la main pour la poser sur ma cuisse.

— T'es cute! Mais non. William, c'est pas mon mari. C'est mon demi-frère.

— Ça veut dire quoi?

Elle sourit encore, et même si je ne suis pas certaine de savoir si elle se moque de moi ou non, sa présence me fait du bien. Elle est gentille, amusante.

— Ma mère s'est mariée avec son père quand on avait seize ans. Donc, c'est pas mon frère, biologiquement parlant. On a pas été élevés ensemble non plus. Mais quand on s'est connus, on est devenus les meilleurs amis du monde. Son père a déménagé en Gaspésie pour être avec ma mère. La sœur de Will lui a jamais pardonné de s'éloigner autant. Mais Will, il a tripé sur la vie ici. On est devenus super proches.

— Vous êtes comme une famille de deux différentes familles ?
— Pas vraiment. Je pense qu'on est juste amis, dans le fond. L'auberge, ça appartenait à mon cousin et il a décidé de vendre quand il a eu des enfants. Will et moi on travaillait ici chaque été, alors on voulait pas laisser la place à d'autres. Je sais pas si on a pas d'allure d'avoir fait ça aussi spontanément, mais c'est vraiment cool.
— C'est tellement beau.

Elle hoche la tête, me jetant encore des regards en souriant. Elle s'allonge sur le sol, dépliant ses jambes et plaçant ses mains sous sa tête. Elle me fait signe de garder le sac de noix que je commençais à vider malgré la retenue que je m'imposais.

— Comment vous avez connu Gabriel ?

Elle soupire bruyamment, laissant échapper un son de frustration ou de découragement – c'est dur à dire.

— Y a trois ans, en juin, il a débarqué ici parce qu'il se cherchait une place où dormir. Je pense qu'il avait eu accès à un ordi pis il trouvait qu'on était un trou assez perdu pour être suffisamment loin de votre gang. Finalement, il est resté jusqu'en septembre…

— Il vous a tout expliqué ? Sur la Cité ?

— Ben oui. Comme si c'était possible de nous cacher quelque chose… Surtout que je faisais un bac en anthropologie. J'avais beaucoup trop de questions sur les fonctionnements sectaires. C'est tellement capoté, mais ça me fascine en même temps. L'anthropo, c'est l'étude des groupes humains, genre.

Elle est agréable à entendre parler. On dirait qu'elle n'a pas à réfléchir, que les mots sortent tout seuls de sa bouche.

— Je te pose pas de questions sur ta vie là-dedans parce que j'ai fait cette erreur-là avec Gab. Dès qu'on a compris d'où il venait, on l'a bombardé de questions. Je pense qu'on lui a manqué de respect sans le vouloir. On l'a peut-être traumatisé encore plus.

— Je le connais pas, Gabriel, mais je sais qu'il est chanceux d'avoir connu un endroit comme ici. Je l'avais jamais vu sourire.

— Ouais. Il avait fait du chemin, notre petit Gab.

William et Gabriel sont un peu plus près, on entend même des éclats de rire. Ce doit être William. Mais Gabriel se tient étonnamment proche de lui, fumant comme à son habitude. C'est fou. Je ne pensais pas que ce genre de personne aurait pu avoir un ami dans le vrai monde. Ils ont l'air de passer un bon moment.

Florence se redresse brusquement, avançant la tête en replaçant ses lunettes de soleil.

— Est-ce qu'ils se tiennent la main? demande-t-elle sans vraiment s'adresser à moi.

Je les observe moi aussi, mais je n'arrive pas à voir. Elle semble choquée, exaspérée; elle remet ses lunettes sur sa tête, soupire avant de s'allonger de nouveau.

— Esti, ça va recommencer. Je le savais.

— Quoi?

— La dernière fois, ils ont couché ensemble tout l'été. Will est tombé en amour solide pis... Oh mon dieu! Je devrais pas te dire ça! Ça va? T'as l'air troublée...

Je détourne les yeux, mal à l'aise parce qu'elle semble beaucoup trop scruter ma réaction. Je ne m'attendais pas à ça. Je savais que ça existait ailleurs, mais pas dans la Cité. Ça doit être pour ça que Gabriel était parti. Si ça s'était su... À moins que ce soit pour ça qu'il ne soit pas marié? Non. Jamais on ne lui aurait fait la faveur d'aimer qui il veut bien. On dirait que ça change complètement mon opinion de lui, de savoir qu'il était allé à l'inverse de tout ce qu'on nous interdit de faire, que quelqu'un a été amoureux de lui...

— Oui, ça va. Je le savais pas.

— Vous avez pas le droit, han? Bon, dis-toi que vous êtes pas les seuls arriérés. Y en a encore pas mal dans le vrai monde pis dans presque toutes les religions qu'on considère quand même comme légitimes. Des gens qui s'aiment, c'est juste beau, mais ça rentre pas dans la tête de tout le monde.

«Ils ont couché ensemble tout l'été.» Je n'arrête pas de me repasser cette phrase en boucle. Ça n'a aucun sens pour moi. Je ne voyais pas Gabriel comme quelqu'un qui se laisse aller. Il a l'air de souffrir en permanence, de ne laisser personne l'approcher. Je ne pouvais même pas le regarder sans que ça semble le déranger, l'agresser. Je me demande tellement ce que ça fait... Avoir envie que quelqu'un nous touche, de le toucher aussi. Je n'arrive pas à croire que ça puisse lui arriver. Il a dû traverser un genre de révolte passagère, cherchant à vivre dans l'unique but de confronter tout ce qu'on nous a appris à craindre. Comment William a-t-il pu être amoureux de lui ? Ça veut dire quoi ?

— Voyons, Emma, on dirait que t'as vu un fantôme. Y a pas de mal à ça. Deux gars qui s'aiment, ça vaut autant qu'un gars et une fille. Y a rien de choquant là-dedans.

— Je sais. Moi, je le sais. Mais... Gabriel, est-ce qu'il l'aimait ?

Elle soupire encore, cachant son visage avec son coude. Je crois qu'elle ne comprend pas les racines derrière ma réaction. Ce n'est pas attribuable au fait que ce soit deux garçons. C'est l'amour, le sexe, le lien avec une personne qui ne soit pas de la Cité, les trois ans qui sont passés...

— Honnêtement, je le sais pas. Gabriel était complètement déconnecté en arrivant ici. Il connaissait rien à l'amour, à l'amitié, à la générosité. Je pense pas qu'en seulement trois mois il ait réussi à aimer comme tout le monde. Même pour ceux qui sont nés là-dedans, l'amour, c'est compliqué.

Moi non plus, je ne connais rien à tout ça. On dirait que ce qu'elle vient de m'avouer me déprime un peu, m'amène à être plus réaliste devant les progrès que je souhaitais faire. D'un autre côté, je sais que je suis moins réticente que Gabriel à la proximité des autres. Ça me fait bizarre que Florence me parle si aisément, qu'elle me touche, mais ça ne me donne pas envie de m'enfuir.

— Je savais que William avait jamais arrêté de l'aimer. Pour moi, ç'a aucun sens. Ç'a duré seulement trois mois. Après, plus de nouvelles pendant trois ans. Trois ans ! Pis maintenant, regarde-le ! C'est comme s'il était jamais parti. Ça paraît que Gab est ailleurs. J'espère que William arrive à le voir. Il va encore lui briser le cœur pis c'est moi qui vais être prise à le ramasser dans sa déprime.

— Pourquoi il lui a brisé le cœur ?

— Tu connais l'expression ?
— Oui, oui. J'ai vu des films à l'école, j'ai lu des livres…

Et j'avais compris pourquoi on nous les interdisait. C'est ce qui m'a donné envie de m'échapper, c'est ce qui m'a fait comprendre qu'on nous empêchait de connaître ce que la vie semble avoir de plus beau à offrir. Je sais que ce n'est pas un reflet réaliste du monde, mais ce qu'on y retrouve est une création des humains. Des humains qui ont connu ces émotions, cette liberté, l'amour, surtout. Je ne savais pas ce que c'était, mais je savais qu'un jour je m'échapperais pour y avoir droit. Gabriel y a eu droit.

Florence hoche la tête, réfléchissant un moment comme si, cette fois, les mots n'arrivaient pas à débouler aussi rapidement.

— Je connais pas toute l'histoire et j'ose pas lui demander de me la raconter. Notre été avec lui, c'était complètement inusité, mais on s'est tellement attachés à lui… On a assisté à toute sa progression. J'ai jamais vu William aussi heureux avec quelqu'un, aussi amoureux. Une partie de moi voulait y croire, mais je savais que ça pouvait pas être si simple. Tout est allé trop vite. Puis, le 1er septembre, Gabriel était plus là.

Ce qu'elle me dit m'angoisse. Les mots qu'elle utilise quand elle parle d'amour, d'attachement, me déroutent. Je me sens de nouveau comme quand j'arrivais à me cacher pour lire des livres, pleurant même s'il n'y avait rien de triste dans l'histoire. Parce que ce sont des choses pour lesquelles mon corps crie famine. Mais il n'y avait pas d'issue. Même si je savais qu'il n'y avait rien de mal à ça, je n'arrivais pas à m'enlever la culpabilité de la tête – la peur qu'on sache que j'en rêvais. Parce qu'on ne peut pas y rêver sans souhaiter s'enfuir. C'est fou que Gabriel ait pu découvrir en seulement un été ce que je recherche depuis des années. Lui avec son attitude de glace, son corps qui se braque, son regard fuyant…

— Ça se peut d'aimer quelqu'un qu'on a pas vu pendant trois ans ?

— Wow ! T'as des super questions ! Je sens qu'on va devenir des bonnes amies, tu vas voir, même si je me fais déjà à l'idée que vous allez encore disparaître un jour ou l'autre.

Je ne réponds pas, même si j'aimerais lui faire comprendre que je ne suis pas Gabriel. Du moins, pas le Gabriel d'il y a trois ans.

— Y a des gens qui arrêtent d'aimer quand ils se sentent rejetés. Parce que ça change leurs sentiments. Mais ça peut arriver qu'une personne nous fasse ressentir quelque chose de tellement fort que même le temps, le rejet et la distance arrivent pas à effacer ça complètement. C'est ce qui s'est passé pour William.

— Mais… pourquoi ?

— Ça s'explique pas vraiment. Je sais que vos histoires de mariages pis d'unions entre les familles, c'est complètement calculé. Mais si on oublie tout ça et qu'on fait juste suivre ce qu'on ressent, c'est rare qu'on arrive à comprendre pourquoi une personne est plus spéciale qu'une autre, pourquoi on arrive pas à se l'enlever de la tête. J'aurais jamais cru que William s'accrocherait à quelqu'un comme Gabriel. Ils sont tellement différents.

N'importe qui ayant grandi dans la Cité est complètement différent d'eux. C'est bien ce qui me fascine : cette proximité qu'il est parvenu à établir malgré tout. Je trouve ça complètement fou, ce qu'elle me raconte. Tomber amoureux n'importe quand, par pur hasard, et ne pas comprendre pourquoi. J'aimerais bien y croire.

— Mais comment ça marche ? Si Gabriel était jamais revenu, William l'aurait aimé toute sa vie ? Il aurait jamais pu se marier avec quelqu'un d'autre ?

Maintenant elle rit, me jetant le même regard que tout à l'heure.

— Oublie les affaires de mariage. Je sais qu'il pensait encore trop souvent à lui, qu'il l'attendait, en quelque sorte. Mais après un moment, il a quand même réussi à voir d'autres gars, à être en couple pendant un petit bout. C'est différent d'aimer quelqu'un qui est pas là parce que rien alimente nos sentiments, nous comble. Mais je savais que s'il revenait un jour, Will lui pardonnerait tout. Il lui a même pas donné le temps de se réveiller qu'il devait déjà faire des plans pour l'emmener dans sa roulotte. Je veux pas te choquer en t'imposant des images, mais faut bien qu'on commence à briser la glace.

Je ne sais pas si ça me choque, mais les questions m'envahissent. Même si Florence semble ouverte à répondre à tout, ce ne sont quand même pas les réponses de Gabriel. C'est son point de vue à lui qui m'intéresse. J'aimerais savoir tout ce qui s'est passé dans sa tête cet été-là. C'est probablement indiscret et je sais qu'il ne serait pas à l'aise de me le raconter. Mais je n'arriverai jamais à me dire que c'est possible pour moi si je n'ai pas un peu droit à la perspective de quelqu'un qui a un chemin semblable au mien. Ça semble facile quand on l'entend de la bouche de Florence. Je crois que ça l'est pour des gens comme eux, qui sont nés avec cette conception si simple de l'amour pour la personne qui croise notre route en nous remplissant de bonheur. Mais pour Gabriel et moi, j'ai bien peur que les explications ne soient jamais les mêmes.

— Je peux te demander pourquoi t'es partie ?

— J'en pouvais plus. Depuis longtemps. De la peur, de me priver, d'être à l'écart du monde. Je comprenais pas pourquoi on choisissait cette vie-là. Je veux vivre ça, les belles choses dont tu me parles. Ça me donne l'espoir que ça arrive pas juste dans les films ou dans les livres.

Elle tend la main pour placer mes cheveux derrière mon oreille, me souriant.

— Si tu trouves ça aussi beau, une histoire d'amour de trois mois qui finit mal, je comprends que t'as pas dû connaître grand-chose de l'affection. C'était la même chose pour Gab. Si tu restes, crois-moi, les choses vont changer plus vite que tu t'y attends. Faut pas que tu luttes.

— Je veux pas lutter. Juste… m'adapter.

— Si je me fie à ce qui s'est passé avec Gabriel, je peux te donner une idée de ce qui t'attend. Je sais que ça vous sécurise de penser comme si y avait jamais de nuances. Ça doit vous rappeler votre obéissance ou vos trucs spirituels weird. Ressentir, parler, penser. Tu vas passer par tout ça dans l'ordre.

Mon premier réflexe est d'éprouver un certain soulagement, simplement parce qu'elle a raison : je ne connais pas d'autre façon de vivre que de suivre ce que d'autres me disent de faire. Je dois arrêter de chercher tout ça, même si je vois bien que Florence n'a rien à voir avec la vie que j'ai laissée derrière moi.

— Tu vas commencer par écouter ton corps. Juste ton corps. Manger, dormir, abuser de ce que ton corps te demande parce que t'as passé ta vie à le priver. Ça va finir par se stabiliser, tu vas apprendre à connaître tes besoins, mais tu vas passer par une étape où tu vas penser à rien d'autre qu'à faire plaisir à ton corps. Laisse-toi aller, personne va te punir pour ça. Tu vas le regretter des fois, mais ça arrive à tout le monde.

— Même à vous ?

— Ben oui. On fait souvent le party. Surtout ici.

On dirait que ça l'amuse, qu'elle pense à plein de choses qui la font sourire. Dormir, manger. Mais pour le reste, je ne sais pas de quoi elle parle.

— Après, une fois que tu vas connaître ton corps, l'aimer, le respecter, le considérer, tu vas te mettre à parler beaucoup plus. Parce que ta tête va enfin avoir de la place pour autre chose que la faim et la fatigue. On est beaucoup plus apte à parler quand on est bien dans son corps, plus confiant, plus éveillé. On s'ouvre aux autres parce qu'on est plus à l'aise avec soi-même.

Si ça veut dire être comme elle, aussi belle et éloquente, ça m'inspire. Mais je ne veux pas la voir comme une personne supérieure, comme les Élus de la Cité. Elle n'est pas comme eux, je le sais déjà, et c'est ce qui m'attire tellement chez elle.

— Une fois que tu parles pour vrai, que ça devient facile, tu vas te mettre à penser. Ça va briser la bulle de verre dans laquelle ils ont essayé de te garder. Penser d'une façon différente de celle que tu connais. À première vue, vous avez l'air tellement perdus, tellement naïfs avec les mots que vous connaissez pas, les expériences que vous avez pas vécues. Mais si t'es un peu comme Gab, le genre qui avait mal de rester dans cette vie-là, quand t'auras enfin de la place pour penser, tu vas voir que t'es loin d'être naïve. Vous êtes brisés, on dira pas le contraire. Mais vous avez vu et connu des choses qu'on pourra jamais comprendre. Votre esprit est étonnant.

Ça me fait du bien qu'on me parle avec bienveillance, qu'on me laisse de la place pour écouter, qu'on s'ouvre à moi. Il n'y a rien que je puisse répondre, parce que j'ai du mal à voir comment je pourrais approuver ou rejeter ce qu'elle me dit. Elle a raison de dire que je suis brisée, que mon cerveau n'a pas de place pour autre chose que de penser à me débattre, à survivre.

— C'est rare, les gens qui ont les cheveux et les yeux aussi foncés avec plein de taches de rousseur dans le visage comme toi. C'est vraiment beau, me dit-elle après un moment de silence.

— Merci.

— Est-ce que vous êtes genre consanguins dans votre secte ? Vous dites "secte" ou "culte" ? Ou "nouveau mouvement religieux" ? Je sais qu'il y en a des plus péjoratifs que d'autres.

— On dit "communauté" ou juste "la Cité". On est pas consanguins, ça serait impur.

— Ah. Pourtant, tu ressembles à Gab.

— Tu ressembles aussi à William, même si c'est pas ton frère.

— Tu trouves ? demande-t-elle en fronçant les sourcils.

— Vous êtes beaux, bronzés avec des longs cheveux et vous souriez tout le temps.

Elle penche la tête en regardant William et Gabriel qui se rapprochent de plus en plus de nous.

— On doit ressembler aux gens qui vivent comme nous. Peut-être qu'on se fait tous des mini-sectes sans le savoir. Tu commences à me donner le goût de continuer à la maîtrise en anthropo. Will avait raison de dire qu'on pourrait pas s'empêcher de retourner à l'école.

— Vous allez partir, ça veut dire ?

J'aimais croire qu'ils passaient leur vie dans ce magnifique espace, servant de la bonne nourriture à longueur d'année et offrant des lits confortables aux gens qui ont besoin d'un peu d'air. Je ne veux pas imaginer que ça prenne fin une fois l'automne arrivé.

— Inquiète-toi pas. J'arrête un peu de penser à mon avenir et aux choses sérieuses, ces temps-ci. En tout cas, pas tant qu'on est en été. Commence par te dire ça, toi aussi.

Gabriel

L'endroit n'a pas changé. C'est complètement différent de ma façon de faire en ville, mais j'ai quand même l'impression que je suis un peu plus libre de choisir mes clients. L'offre est moins compétitive, mais disons que ce serait difficile de varier les bars où offrir mes services. J'avais repéré ce motel la première fois, m'arrêtant pour une nuit alors que je n'en pouvais plus de conduire, mais sachant très bien que je ne pourrais pas m'y éterniser. Personne ne semble y dormir pour plus d'une nuit, profitant plutôt du bar adjacent, des loteries vidéo et de la bière au goût discutable. Ça ne m'étonnerait pas que le fût soit coupé avec de l'eau.

Me faire désirer, comme dit William, c'est quand même un peu ce à quoi ça ressemble comme expérience. J'ai l'impression que c'est écrit dans mon visage que je suis une pute. Chaque fois, j'ai seulement besoin de m'asseoir au bar, volontairement à l'écart, pour que quelqu'un me demande si je veux le suivre pour une heure dans l'une des chambres à la propreté minimale. C'est assez facile. Peut-être parce que je suis la seule personne qui n'occupe pas sa solitude en fixant l'écran d'un téléphone. J'ai l'air d'attendre qu'on se joigne à moi, ça doit être ça. Je sais aussi que mon apparence ne ment pas. Ça se voit que ma vie est constituée de choix discutables et que l'argent se fait rare. Presque tous mes clients m'offrent de la drogue, probablement convaincus que les ecchymoses sur mes bras sont le reflet de ma consommation. J'accepte presque toujours l'alcool et certaines substances, mais jamais celles qui pourraient me faire perdre le contrôle, oublier l'endroit où je me trouve ou m'affaiblir physiquement et m'empêcher de partir si jamais les choses devaient mal tourner. On ne sait jamais sur qui on va tomber, je l'ai appris à mes dépens.

J'ai un peu augmenté mes tarifs avec le gars de ce soir, simplement parce que je devrai réduire mes activités pour un certain temps. Je sais que William et Florence me surveillent. Mon client, assez jeune avec une belle voiture, ne semble pas paumé comme les derniers que j'ai connus dans le coin. Ça m'étonne. Il me fait un peu penser à ceux qui se justifient en me racontant de long en large la dérape de leur mariage et leur besoin d'expérimenter pour se sentir de nouveau attirant, rattraper la débauche que leurs années de relation ennuyante leur ont fait rater. Honnêtement, je n'en ai rien à foutre. Au moins, ce genre de client paye souvent plus, calculant le temps passé à bavarder. Je me doute que c'est aussi une façon de se déculpabiliser.

Du peu qu'il m'ait raconté avant de me demander de le suivre dans une chambre, il est de passage dans la région, mais je n'ai pas trop compris ce qu'il fait dans la vie, même si derrière toutes ses explications, il semblait chercher à se valoriser, à ce que je le trouve intéressant ou attirant. Je pense qu'il est un habitué, mais probablement plus avec des escortes dont le tarif vient aussi avec de longues soirées. Ni les lieux ni l'ambiance ne sont appropriés pour cette fausse séduction et je crois que ça le déstabilise un peu. Je sais jouer le jeu quand les circonstances et les avantages s'y prêtent, mais je ne suis pas d'humeur pour ça. Je fixe l'horloge au mur en espérant que William est encore bien occupé avec les voyageurs qu'ils attendaient ce soir. Il doit croire que je dors encore.

Mon client s'assoit sur le bord du lit et s'allume une cigarette, m'en proposant une que j'accepte volontiers.

— T'es un gars du coin ? me demande-t-il sans se tourner vers moi.

Je déteste ceux qui me posent des questions sur ma vie. Je mens toujours, mais ça demande quand même des efforts.

— Non.

— C'est ce que je pensais. Si t'as envie de m'accompagner, je suis ici pour encore une semaine.

— Non, désolé.

J'ai toujours eu du mal à comprendre le genre de personnes qui ne peuvent pas passer trop de temps hors de leur routine sans avoir besoin d'un jouet sexuel. Je ne sais pas si ç'a quelque chose de sécurisant ou si c'est un fantasme commun que de profiter des voyages pour se créer une vie passagère et artificielle, mais j'ai réussi à vivre grâce à cette tendance.

— T'aurais juste à relaxer dans la journée, on irait au resto tout le temps, je pourrais te ramener à Montréal…

Je me lève pour me rhabiller au plus vite, reconnaissant bien le réflexe de celui qui veut enterrer le remords d'avoir besoin d'une pute en se donnant bonne conscience. Je vois qu'il m'observe avec une certaine pitié.

— Je dois y aller.

Je ramasse machinalement mes affaires dans ce processus automatique répété des centaines de fois pour être certain de ne jamais m'éparpiller, ne rien laisser derrière et surtout ne pas me faire voler. Il me tend l'argent et se rallonge sur le lit, continuant de fumer en se concentrant maintenant sur son téléphone.

— Bonne soirée.

J'avais raison, il m'a donné beaucoup plus que ce que j'avais demandé. Ce genre de client m'aurait intéressé dans ma vie d'avant, mais je n'ai plus le temps ni l'énergie pour ça. Mon lit à l'auberge me manque, l'odeur des lieux, la meilleure nourriture au monde… J'essayerai maintenant de me débarrasser de mes clients en moins d'une heure, comme à mes débuts.

J'espère que William ne m'entendra pas me garer, qu'il est toujours en train de tenir le bar et que la musique l'empêchera de remarquer mon arrivée. Au moins, ce client-là n'a laissé aucune trace sur mon corps, il a été assez doux et traditionnel dans sa façon de se servir de moi. Certains sont plus rudes que d'autres, mais je n'ai jamais accepté toute demande impliquant la violence. Quelques égratignures dans le dos ou des bleus sur les bras ne sont pas bien dangereux, mais il faut appartenir à mon monde pour en saisir les nuances. William et Florence me scrutent tellement que je sais qu'à la moindre nouvelle marque, j'aurai droit au reflet de la plus grande déception dans leurs yeux.

J'ai longtemps accepté que ma sexualité soit vouée à l'échec, complètement foutue parce que j'y avais été initié par le travail du sexe avant même d'avoir pu ressentir du désir, de l'excitation ou de la simple curiosité pour la chose. Je ne me sentais attiré ni par les hommes ni par les femmes, ne voyant le sexe que comme une opération marchande qui me permettait d'avoir moins peur pour ma mère.

Puis il y a eu William. L'affection, le temps, les regards, les mots qui font frissonner, les longs baisers qui ne servent qu'à les apprécier… Tout ça n'a rien à voir avec ce à quoi la prostitution m'avait habitué, la perception de la sensualité et du corps des autres qu'elle était venue distordre dans ma tête. C'est un autre univers. Je n'ai jamais senti que je méritais d'y appartenir.

Emma

Il est passé minuit et je n'arrive pas à trouver le sommeil. Je devrais pourtant me sentir bien, toute seule dans une chambre avec un lit encore plus grand. C'est peut-être ce qui me fait me sentir aussi angoissée : la solitude. J'allume la lumière, je me redresse dans mon lit. J'ai encore envie d'aller prendre une douche tellement j'ai apprécié sentir sur ma peau le savon que Florence m'a offert, masser mes cheveux aussi longtemps que je le voulais, profiter de l'eau chaude pour ensuite m'envelopper dans une serviette moelleuse. J'étais restée assise par terre dans la salle de bain pour ne rien manquer de la douce vapeur qui m'apaisait, du carrelage frais et des effluves qui s'échappaient encore de la douche. J'ai même des vêtements neufs pour la première fois de ma vie. Florence avait paru amusée de me voir si émue par quelques t-shirts et de nouveaux jeans, mais elle ne peut pas comprendre à quel point j'ai hâte aux jours à venir simplement pour pouvoir les porter.

Ça me fait penser malgré moi à notre appartement insalubre, à l'eau chaude qui manquait, à l'électricité qu'on nous coupait, à la nourriture que je gardais pour ma sœur, au peu de vêtements surutilisés que je lavais constamment parce que nous n'en avions pas assez pour nous deux. Puis il y a eu ce matin paisible au bord de l'eau, mon esprit qui a voulu chasser l'entièreté de mes souvenirs pour repartir à zéro, m'imaginer devenir aussi forte et parler aussi bien que Florence. J'avais eu espoir de conserver mon calme et mon détachement comme pendant le trajet avec Gabriel. Mais on dirait que ça ne fonctionne plus.

Mon cœur commence à cogner dans ma poitrine, l'air me manque, mes mains tremblent. Je ne sais pas pourquoi. Je devrais me sentir bien, reconnaître la chance que j'ai. Pourquoi tout ça me rend si anxieuse ? Mes pensées explosent, je me sens perdue, dépassée, coupable. Pourquoi ça ne passe pas ? Je veux ressentir la faiblesse et l'épuisement qui envahissaient mon corps depuis que nous nous sommes enfuis, retrouver cette accablante fatigue et ne pas avoir de place pour autre chose que dormir. J'ai voulu avoir de l'intimité toute ma vie. Pourquoi est-ce que ça me fait aussi peur ? J'ai l'impression que je vais mourir, que mon cœur va lâcher.

Est-ce que c'est pour ça que Gabriel est reparti ? Peut-être qu'il n'était pas arrivé à apprivoiser l'indépendance, à trouver sa place dans le vrai monde. Gabriel. J'ai envie de lui parler, qu'il réponde enfin à mes questions. C'est le seul qui arriverait à m'apaiser, à me donner des repères, à me sécuriser, parce qu'il est la seule chose que je connaisse ici. Je l'ai entendu monter l'escalier, prendre sa douche. Je sais qu'il est dans la chambre juste en face. Je veux comprendre pourquoi cette fois il y croit, s'il sait comment s'y prendre, s'il est encore aussi certain que personne ne va nous chercher. Ma confiance aveugle est maintenant brouillée de questions sans réponse. Je tente de me ressaisir, d'essuyer mes larmes, de respirer. Je sors du lit, j'enfile un de mes nouveaux pantalons. Sa porte n'est pas complètement fermée, il est en train de lire sur son lit, les cheveux encore mouillés.

— Gabriel, excuse-moi. Ça va pas. J'ai l'impression que je vais mourir.

Je recommence à chercher mon air, à trembler, ma voix peine à s'élever. Il se lève rapidement, m'observe en conservant son calme.

— Qu'est-ce que t'as ?

— Je sais pas. C'est… mon cœur… j'ai plus d'air… j'ai peur.

Il ferme la porte derrière moi. Son odeur me rappelle la douche qui m'avait fait tant de bien. J'aurais envie de me coller à lui pour que ça prenne toute la place. Mais je n'ai jamais fait ça de ma vie. Avec personne.

— Viens t'asseoir. Ça va passer. Faut juste respirer.

Je m'assois sur son lit, appuyant ma tête et mon dos contre le mur, envahie par les battements de mon cœur qui font

presque mal. Mes oreilles sont comme embrouillées, ma gorge est si serrée que j'ai du mal à avaler.
— C'est normal. Concentre-toi sur ta respiration.
— J'y arrive pas. C'est pire. Je vais mourir.
— Non. Y a rien qui va t'arriver. Tu pensais à ta vie là-bas ?
— Oui.
Il s'approche un peu pour s'adosser au mur à côté de moi.
— Ça fait ça, au début.
— Pourquoi ? Je comprends pas. J'ai peur.
— Parce que ça fait beaucoup. La liberté, changer de vie… C'est beau, mais ça fait peur.

Je tourne la tête vers lui et il me laisse le regarder dans les yeux. Ça me fait du bien, ça m'accroche à la réalité, à la sienne, à la nôtre. Lui qui est arrivé à partir, qui semble beaucoup plus à l'aise ici, certain de ne plus repartir. Je ne veux pas m'en aller. Mais pourquoi j'ai aussi peur ?

— Parle-moi, Gabriel. J'ai besoin de savoir, de me convaincre que je vais y arriver, moi aussi.

Il respire et ferme les yeux, penche la tête un peu plus vers l'arrière. J'écoute sa respiration, essayant d'y synchroniser la mienne pour qu'elle retrouve un rythme plus lent. J'avais raison de croire que sa simple présence me ferait du bien. Je suis condamnée à rechercher ce qui me rappelle la Cité – je suis complètement effrayée et perdue dès que je m'en éloigne.

— Donne-toi du temps. Ça peut pas être naturel si rapidement. Même si tout ici devrait te faire sentir bien, ça marche pas comme ça.
— Mais… pourquoi ?
— Parce qu'on connaît rien. Ça fait peur, je sais.
— T'as encore peur ?
— Trop. Faut parler d'autre chose pour te calmer.

Parler d'autres choses. Je ne sais pas ce que ça veut dire. Tout ce qui se faufile dans ma tête n'est qu'en lien avec cette vie que je voudrais fuir et la sienne que je ne comprends pas.

— T'étais en bas avec Florence et William, ce soir ?
— Non. Je suis allé faire un tour.

— Gabriel, s'il te plaît, ça me ferait du bien que tu répondes à mes questions. C'est pas la même chose avec moi, on vient de la même place. Je veux pas te juger, je veux juste avoir des repères.

Il replie ses jambes pour s'asseoir en tailleur devant moi, baissant les yeux. Je ne crois pas qu'il s'attendait à ça ce soir.

— OK, vas-y. Mais y a des sujets où je veux pas aller.

— Depuis quand ta famille est dans la Cité?

Il soupire, levant les yeux vers moi alors que je me concentre sur les battements de mon cœur qui ralentissent peu à peu.

— Un peu avant ma naissance.

— Pourquoi ils ont rejoint la communauté?

Il m'observe un moment, probablement rassuré de voir que je commence déjà à mieux respirer. Je ne sais pas ce qu'il entendait en proposant de parler d'autres choses, mais je me rends compte que ne rien connaître de lui me fait paniquer davantage.

— On comprend les vraies raisons quand on vieillit. Ça dû te faire la même chose. Avant moi, mes parents ont eu deux enfants. Les deux sont nés atteints d'une maladie dégénérative et ils sont morts à petit feu, sous leurs yeux. Ma sœur à l'âge de six ans, mon frère à cinq ans.

Il semble prendre un moment pour reconstruire l'histoire dans sa tête, chercher les mots. Nous avons tous un ancrage provenant d'un passé difficile, mais le sien semble différent du mien.

— Les chances étaient vraiment faibles que ça arrive et mes parents étaient du genre à penser que la vie nous donne ce qu'on mérite. Ils ont déménagé à Montréal pour avoir plus de soins et de services pour faciliter la fin de vie de mon frère et de ma sœur. C'est là qu'ils ont rencontré quelqu'un de la Cité. Meilleur timing pour se faire laver le cerveau : mes parents auraient pas pu être plus vulnérables. Un des Élus leur a expliqué que rejoindre la Cité allait purifier leurs vies, leurs âmes, qu'ils arriveraient à avoir un enfant en santé en adoptant son mode de vie, en passant par les rituels d'initiation, de pardon. Ils ont tout donné pour y croire. Puis ils m'ont eu, moi. J'étais en santé, tiens donc. Ils étaient redevables à la communauté.

Il marque une pause, de nouveau dans sa tête.

— Après, ils ont mis de la pression pour avoir plus d'argent, que ma mère fasse d'autres enfants, qu'elle lâche son emploi pour s'occuper de la communauté. Plus tard... mon père s'est suicidé, ils ont fait payer ma mère. J'ai eu l'impression qu'elle avait complètement perdu la raison, mais je pense que ça avait commencé avec la mort de mon frère et de ma sœur. Un mal de vivre que la Cité promet de régler...

C'est bien comme ça que tout déboule. Des gens souffrent, n'ont personne, rien à quoi s'accrocher. La Cité se présente en sauveur, en grande communauté qui viendra nous soutenir, nous épauler, nous donner droit à de la solidarité. Elle nous affirme que la société telle que nous la connaissons est la cause de tous nos maux, elle se présente comme la plus belle échappatoire, la solution pour sauver nos âmes. Ça donne envie. Puis il y a cette façon de tout nous arracher qui apaise les plus abîmés, qui débarrasse du mal de vivre pour un temps parce qu'on se retrouve à ne plus rien choisir, à se laisser porter. Même si tout ça est dirigé par la peur, dans une violence excusée, les agressions sexuelles et l'extrême pauvreté, on ne décide plus de rien et on espère se sentir libre. C'est complètement fou. Mais ça fonctionne. On ne possède plus rien, mais on nous fait croire qu'on partage, on nous violente en prétendant nous libérer, parce que c'est ainsi qu'on doit mériter notre délivrance. On nous fait la faveur de nous pardonner. On nous prend notre argent, on nous isole du reste du monde, on nous prive d'informations, on nous rentre dans la tête que tout ce qui n'est pas de la Cité est impur – une trahison pour tous les autres qui ont bien voulu nous sauver. L'argent, la vie intime et l'éducation... Une fois qu'on a perdu le contrôle là-dessus, ils peuvent faire ce qu'ils veulent de nous sans qu'on s'oppose. Ils nous font une place, nous devons la gagner. Et on veut la garder, parce que nous ne sommes plus rien sans eux.

— Il reste seulement ta mère et toi ?

— Oui. Elle a jamais réussi à avoir d'autres enfants après moi. Et elle a dû payer plus pour compenser la mort de mon père. On lui disait qu'elle était punie, que le suicide de mon père nous empêchait d'être complètement pardonnés.

Je ne sais pas si je vois de la peine dans ses yeux. Il semble plutôt amer, en colère, fatigué. Je le comprends. Je ressens la même chose quand je pense aux choix de ma mère, aux conséquences de son manque de jugement sur ma sœur et moi. Je ne pourrai jamais lui pardonner d'avoir gaspillé ma vie.

— Ma mère est devenue encore plus accrochée quand mon père est mort. Elle a donné tout ce qu'on avait à la communauté par peur qu'ils nous rejettent, puis on est venus s'installer dans un des immeubles avec seulement des gens de la Cité. Comme où tu vivais. Ma mère s'occupait des enfants des autres, mais elle avait plus rien pour rapporter de l'argent. C'est moi qui ai dû me charger de tout. J'avais à peine quatorze ans.

Ça me rappelle mon propre chemin. Payer pour les erreurs de ma mère, avoir peur pour elle malgré tout, faire taire mes propres besoins pour survivre et atterrir dans ces appartements horribles où nous étions entassés les uns sur les autres, partageant notre misère en courant après l'argent qu'on ne verra jamais.

— Je sais que tu veux pas en parler. Mais je me doute un peu de ce que tu faisais. T'avais pas peur qu'ils te punissent ou qu'ils rejettent ta famille si ça se savait ?

Il esquisse un sourire sans joie, levant les yeux au ciel.

— Ils le savaient très bien. Je rapportais à moi tout seul plus d'argent que bien d'autres familles. Ils ont rien à faire de leurs principes spirituels et de leur vie chaste du moment que ça les enrichit encore plus. Ce que je faisais de ma vie, c'était tant mieux pour eux. Ma mère le savait aussi, mais elle était trop dans les vapes pour que ça lui fasse quoi que ce soit.

C'est bien là l'un des plus grands paradoxes : nous vendre une vie pure et chaste, bien loin de celle qu'on connaît en société, en nous promettant d'expérimenter la supériorité qui vient avec et en nous laissant espérer un jour nous élever au rang des Élus si on suit à la lettre la façon de vivre qu'on nous impose, alors que ces mêmes gens sont les premiers à coucher avec des mineurs pratiquement sous les yeux de leurs parents. Mais c'est une vie pure, c'est ce qu'on nous répète et ce qu'on s'évertue à croire malgré la faim et l'isolement.

— C'est à cause de ta mère que t'es revenu, la dernière fois ?
— C'est compliqué. Toi, je me rappelle pas t'avoir vue souvent aux assemblées. Ta famille était là depuis quand ?

Je réalise que j'ai recommencé à respirer calmement, que malgré les horreurs que Gabriel évoque, ça me fait du bien de me sentir un peu plus proche de lui, de comprendre avec des mots et une histoire ce qui nous relie : ce n'est pas la Cité, c'est nos vies brisées.

— On a rejoint la communauté quand j'avais douze ans. Je suis habituée de me cacher, ça doit être pour ça que tu m'as jamais remarquée. Mais honnêtement, j'ai pas l'impression que ma vie d'avant était vraiment mieux. J'ai jamais connu mon père et je suis pas certaine que ma mère sache c'est qui. Elle a toujours eu des conjoints violents, des alcooliques qui l'empêchaient de sortir. On a jamais eu d'argent, j'ai toujours eu peur, j'ai jamais pu avoir d'amis... Elle a fini par rencontrer un gars de la Cité après la mort de son dernier chum – un alcoolique qui a fini par faire une crise cardiaque dans notre salon. Elle s'est laissée séduire par tout ce que la Cité nous promettait, elle qui avait jamais rien connu d'autre que du contrôle, de toute façon. Pour elle, ça paraissait mille fois mieux. Finalement, elle s'est mise à travailler jour et nuit en accumulant les petites jobs, on s'est ramassés dans l'immeuble dégueulasse, elle a même fait changer mon nom et celui de ma sœur... Ma mère avait l'obsession de se marier avec un des Élus. Elle aurait fait n'importe quoi pour savoir ce que ça fait de vivre confortablement. Mais ça arrive jamais, tu le sais.

J'ai l'impression d'expliquer tout ça sans la moindre émotion, mais c'est vrai que ça ne me fait plus rien. J'étais devenue résiliente, uniquement préoccupée par ma sœur jusqu'à ce que j'en vienne à la conclusion que je ne pouvais pas sacrifier ma vie pour la sienne. C'est peut-être égoïste, mais c'est fini pour moi, la culpabilité. Ils ont trop joué là-dessus et je me délecte d'arriver à passer par-dessus.

— C'était quoi ton nom, avant ?
— Émilie. C'est pour ça que je préfère Emma qu'Emmanuelle.

Nous nous regardons en silence. Je sais que nous n'avons pas de regrets de laisser nos familles derrière nous. Mais ce qui fait mal, c'est de faire face aux blessures que cette vie nous a laissées, nous empêchant de saisir la liberté quand elle se présente à nous. Le bonheur n'est pas naturel, encore moins évident.

— Tu penses qu'on va s'en sortir ?

— Je pense qu'on va faire tout ce qu'on peut. C'est déjà beaucoup d'être partis, d'être lucides. Même si c'est un cadeau empoisonné.

Il ne pourrait pas mieux dire. Ma vie a toujours été menée par la peur, mais la colère est bien pire et elle arrive en même temps que la lucidité. Réaliser que tout ça n'a aucun sens, qu'on aurait pu connaître autre chose, qu'on n'a rien choisi, qu'on a perdu des années à cause des mauvais choix de nos parents, ça donne envie de hurler, mais on sait que ça ne changera rien. Le mal est fait, et il est si grand.

— Gabriel, j'ai une dernière question pour ce soir.

— Je t'écoute.

— Est-ce que ça t'empêche de te sentir libre que je sois là ? Je sais que je dois te donner l'impression d'avoir ramené quelque chose de la Cité…

Il semble hésiter, baissant les yeux pour ne plus me regarder.

— Honnêtement, je préfère que tu sois là. Ça m'aide de sentir que je suis pas tout seul, que William et Florence mettront pas toute leur énergie sur moi comme la dernière fois. Je me sens moins incompris, aussi. Mais je viens à peine de le réaliser.

Ça me fait du bien qu'il me le dise et d'avoir eu le courage de venir le déranger ce soir. Même si nous sommes tous les deux de beaux désastres, j'espère que nous pourrons compter l'un sur l'autre. Ce serait au moins un avantage qui nous unirait.

— C'est vrai qu'on est comme dans un camp de réinsertion. Ils sont cool.

— C'est les meilleurs, dit-il en me souriant.

— Surtout William ?

Il lève les yeux au ciel, ne perdant pas son sourire, ce qui me fait plaisir.

— Assez de questions. T'as-tu le goût qu'on aille manger quelque chose en bas ? Tout le monde doit être encore dehors.

— Toi aussi, t'as tout le temps faim ?

— Sans arrêt. Ça va mieux ? Je veux pas te faire peur, mais j'ai dû passer par plusieurs crises d'angoisse la première semaine. Ça s'apprivoise. Tu pourras venir me voir si ça arrive encore.

— Merci. Je me sens mieux. Je comprends que tu sois parti, t'es vraiment pas comme eux.

— Toi non plus.

Gabriel

Il fait encore frais ce matin, c'est complètement différent de l'humidité qu'on ressent beaucoup trop tôt quand la chaleur s'installe à Montréal. Ici, le vent est presque gênant, mais il fait tellement de bien. William est encore dans l'abri qui sert de bar, s'affairant à ramasser les dégâts laissés après la fête d'hier. On dirait bien que l'été a commencé en force, même si ce n'est rien comparé à la soirée du fameux 23 juin qu'on célèbre en grand ici. Ça m'étonne d'espérer revivre un tel événement, mais j'avais pris goût à me laisser aller.

Je m'assois au bord de l'eau pour allumer ma première cigarette, profitant de cette matinée tranquille, quoique bien avancée. Les voyageurs d'hier sont déjà partis, je n'ai donc plus à rester caché en haut pour éviter toute socialisation. Nous faisons ça depuis maintenant une semaine, Emma et moi. Elle passe beaucoup de temps avec Florence, lui offrant peu à peu son aide avec la cuisine et le rangement.

Je dois penser à ma façon de contribuer, je le sais, mais ça veut aussi dire de passer moins de temps seul et d'être confronté à la présence de William. C'est plus facile pour moi de tenir mes distances, parce que ça m'évite de penser à ce que je veux vraiment et de faire face à mes lacunes. Je n'arrive toujours pas à croire que les trois dernières années n'ont rien changé pour lui, mais c'est bien ce que ses yeux me démontrent chaque fois qu'ils croisent les miens. Peut-être que je ne connais vraiment rien aux humains, même si j'ai grandi dans le travail du sexe, jonglant avec des rapports complexes à l'affection. Je sais qu'avec lui, ça n'a rien à voir avec ce à quoi mes clients m'ont habitué.

Je me sens déjà mal de m'être laissé un peu plus aller avec lui, il y a deux jours. J'avais apparemment manqué un excellent film qu'il devait me faire regarder pour me mettre à jour sur la vraie vie. Ça m'a trop replongé dans ce dernier été, trop rapidement. Je pense qu'il m'a eu, même s'il a dû le faire avec son innocence habituelle. Je sais que ni lui ni moi n'étions capables de suivre le film, alors je l'ai enfin laissé caresser mes bras du bout des doigts, me prendre la main, jouer dans mes cheveux parce que je laissais ma tête aller dans le creux de son épaule... Ça semble peu, mais la tension était si grande et je sais que ses espoirs ont grimpé encore plus.

C'était allé vite la dernière fois aussi, mais j'étais encore plus confus qu'aujourd'hui parce que je n'avais jamais goûté à l'affection et que je ne voulais pas voir ce que ça signifiait. J'avais pensé au début que mon corps ne servait qu'à son plaisir à lui, que c'est tout ce que j'inspirais – et c'est aussi tout ce que je savais faire. J'avais eu du mal à me débarrasser de mes automatismes, à écouter mon corps qui voulait éterniser nos moments, se laisser porter par mon désir parce que c'était bien la première fois que j'expérimentais ce que ça faisait que d'en avoir réellement. Mais il y a toutes les choses que je n'avais jamais partagées avec aucun client ; l'avant et l'après qui comblent d'une étrange façon, parce qu'il ne se passe rien d'autre que de longs regards, le son de nos respirations, et les mots qu'il était capable de me dire. Mais je sais qu'encore aujourd'hui, il attendra mes mots à moi, et j'ai bien peur de ne jamais y arriver.

— Hey, tu viens de te lever ?

— Salut, William. Ouais, je sais. Je dors beaucoup.

Il prend place à côté de moi, me regardant en souriant.

— T'es sexy avec ta chemise par-dessus ton t-shirt. T'as l'air d'un musicien.

— Ah. C'est Florence qui me l'a achetée.

— T'aurais dû venir, hier soir. C'était cool. On avait des gens qui venaient de Vancouver.

— Une autre fois.

Je sais à quel point il a hâte que je me joigne à son quotidien comme j'avais réussi à le faire auparavant. Mais je n'en ai pas encore envie. Je suis encore trop déconnecté, j'ai trop d'absences, j'ai trop mal, trop peur. Le fait qu'Emma soit encore plus perdue que moi lui donne l'impression que j'ai fait énormément de chemin, mais c'est simplement parce qu'elle et moi n'avons pas fait face à l'horreur de la même façon. Elle s'est effacée, je me suis débattu, mais aucun de nous deux n'a une réelle idée de ce que ça fait que de vivre dans le vrai monde. Nous sommes tous les deux des échecs à notre image.

William ne profite pas bien longtemps du silence et je crois que c'est pour ça qu'il ne peut s'empêcher de me prendre ma cigarette chaque fois. Il n'a jamais fumé et il m'a toujours dit que ça l'agaçait que je n'essaye même pas d'arrêter, mais il a cette manie de faire comme si on partageait.

— Will, laisse-moi la finir.

— Tu me donnes le goût de me rouler un joint. Mais il est un peu tôt. Tu te rappelles, quand on avait fait semblant de fêter le Canada avec le monde de l'Alberta? Je savais même pas que tu parlais anglais.

— Tu m'as juste connu pendant trois mois, aussi.

Mon ton est un peu sec, je le regrette aussitôt. Mais je sais bien que chaque fois qu'il en apprend sur moi, je n'ai pas le choix de parler de mes clients, de la Cité, de tout ce que je ne connais pas ou que j'ai appris dans des circonstances qui le feront sourciller.

— Je sais que j'en ai encore tellement à découvrir sur toi. J'ai souvent des questions, je comprends que ça t'énerve. Mais... des souvenirs comme ceux de la fête du Canada, c'est apprendre à te connaître à travers des moments. C'est beaucoup mieux que mes interrogatoires avec Florence. C'est ça que j'ai hâte qu'on revive ensemble. Tu m'étonnes constamment...

Il se rapproche un peu de moi, caressant le dos de ma main posée sur mon genou. Je commence à perdre le réflexe de me braquer, mais je n'ai toujours pas celui de me laisser aller.

— Gab... Je sais que ça t'en demande beaucoup. Je veux pas te presser pour que tu t'ouvres à moi. Mais... est-ce que je perds mon temps ? Est-ce que t'es rendu ailleurs ? Est-ce que tu penses encore à Gaëlle ?

Je continue de regarder devant moi, encore une fois confronté à mon manque de réponses. C'est difficile à comprendre pour Florence et lui, qui sont de véritables livres ouverts, des boules d'émotions qui n'ont pas besoin de réfléchir à ce qu'ils veulent pour le saisir et en profiter au maximum. Mais c'est tellement complexe pour moi.

— Oublie Gaëlle. Je te jure que c'est bien fini. Si je suis rendu ailleurs... Je sais pas ce que ça veut dire. Je pensais que j'allais devoir m'excuser, que t'allais m'en vouloir, que j'allais devoir accepter que ma deuxième chance soit pas du tout la même. Je t'avoue que je comprends pas.

— Tu comprends pas que je tienne encore à toi ?

— Je sais même pas ce que ça veut dire.

Il commence à jouer avec mes doigts, les caressant du bout de l'index avant de remonter le long de mon bras. Ça me fait frissonner.

— Y a tellement de choses que je voudrais te dire, Gabriel. À quel point j'ai jamais arrêté de penser à toi, puis tout ce que je ressens depuis que t'es revenu... Mais je sais que c'est pas la même chose de ton côté. Je vais respecter ça. Tu peux pas savoir à quel point c'est dur de réfléchir à ce que je dis, de me retenir quand je te touche...

Je n'ai jamais compris ce qu'il disait éprouver pour moi. J'ai toujours tenté de le raisonner, de lui faire comprendre qu'il ne pouvait pas désirer quelqu'un de si différent de lui. Nos vies sont à l'opposé : il est libre, je suis un éternel condamné. Nous n'arrivons jamais à nous comprendre complètement et ça nous confronte constamment. Il pourrait tellement vivre quelque chose de plus simple, de plus naturel et de plus proche de sa réalité avec quelqu'un d'autre... Je ne sais pas pourquoi il s'acharne à me réparer, à m'attendre, à s'adapter à mon silence. J'aurais tort de dire que ça n'a jamais fonctionné. Mais c'était il y a déjà trop longtemps. Ça lui paraît hier, mais c'était une autre vie.

— Est-ce que t'es bien avec moi ?

— Oui. Tu le sais.

— Non, Gab. Je le sais pas. C'est pas évident parce que tu dis presque rien. Faut que je le sache si je t'énerve, si tu veux rien savoir de moi. Je veux pas être insistant.

Il baisse les yeux, laissant sa main sur la mienne. Je sais ce que c'est que de se sentir harcelé, pourchassé ; qu'on me manque de respect. Ça n'a rien à voir avec lui qui tente de recoller les morceaux avec tellement de douceur. C'est fou combien les gens de la Cité nous décrivaient un monde extérieur rempli de personnes fondamentalement mauvaises et impures... L'authenticité de William me déstabilise.

— Tu m'énerves pas. Ça me fait toujours du bien quand t'es là. Même si je dis rien. C'est juste que j'ai jamais ressenti ça. Je veux pas dire ou faire quelque chose qui te ferait du mal.

— Ben, Gab... C'est justement ce que ça fait, tenir à quelqu'un. Tu vois, tu le sais ce que ça veut dire.

Je ferme les yeux, vaguement satisfait par ce qu'il vient de me résumer. Je crois que je préfère comprendre les émotions et les relations plutôt que tous les anglicismes propres aux réseaux sociaux et à la technologie dont Florence et lui me bombardent en s'amusant gentiment de mon ignorance. Ça me fait du bien de croire que je ne suis peut-être pas à côté de la plaque, que j'ai peut-être un peu d'habiletés innées. Peut-être que je tiens à William.

— On va se faire du café ?

Il n'attend pas ma réponse et me prend la main, m'entraînant avec lui. Sa roulotte est stationnée sur la partie surélevée du terrain, lui permettant d'être assez près du bord de l'eau sans que la marée haute ne puisse lui jouer des tours. Je garde de magnifiques souvenirs des soirées où nous pouvions observer les étoiles et nous réveiller avec la fraîcheur du vent qui y entrait. Il m'avait dit que ses parents désapprouvaient sa façon de vivre pendant l'été, l'argent qu'il avait investi pour se faire l'équivalent d'une maison mobile dans laquelle il n'habite qu'une courte partie de l'année. Pour moi, ça reste l'endroit le plus agréable dans lequel j'ai dormi. Tout ça m'a fait comprendre une fois de plus que les milieux desquels nous provenons sont des planètes différentes. Je ne suis pas certain que les parents de William arriveraient à concevoir que j'ai pu être élevé dans un appartement d'à peine quatre pièces, entassé dans la même chambre que trois autres enfants, sans fenêtre et avec un matelas au sol.

William a grandement amélioré la roulotte depuis le temps. La petite cuisine est complètement rénovée et il a remplacé la table et les chaises par des banquettes et un comptoir de bois. C'est encore plus beau et ça semble même plus vaste avec le lit tout au fond, là où la lumière passe grâce au toit en toile. On remarque tout de suite son goût pour les couleurs vives, son habileté pour travailler le bois et son talent pour créer du confort.

Il m'offre déjà une tasse dont l'odeur me fait le plus grand bien, puis me présente toutes les améliorations qu'il a faites à sa roulotte au courant des derniers étés. Je sais qu'il mourait d'envie de me montrer son espace depuis mon arrivée. Mais il sait ce que ça veut dire pour moi et mes apparentes réticences. Je regarde un instant des livres empilés près du lit, retirant mes chaussures pour m'y installer. William semble surpris, s'adossant à la paroi en continuant de boire son café.

— Tu peux m'en emprunter si t'es tanné des vieilles affaires à Florence. Tu devrais avoir assez de l'été pour lire *Game of Thrones*. Je te conseillerai pas la série – la fin, c'est le pire turn off. Mais t'aimerais les livres, c'est sûr.

— Ça parle de quoi ?

— Un autre monde, style Moyen Âge fictif. T'as pas besoin de connaissances de base avec la société moderne. Ça te donnera pas un meilleur feeling par rapport au sexe, mais ça sort quand même des cadres.

Il me rejoint sur le lit, s'installant en tailleur à ma gauche.

— J'essaye de lire depuis que je suis arrivé pour pas perdre l'habitude. Mais mon lit est tellement confortable que je m'endors après deux pages.

— Profites-en. T'es déjà moins cerné.

William passe doucement le côté de son doigt en haut de ma joue alors que je ferme les yeux, commençant à ressentir tout ce qui s'était passé en moi la dernière fois.

— J'aimerais ça avoir plus d'énergie. Mais même après douze heures de sommeil, je suis encore fatigué.

— C'est normal. Ça paraît que tu l'as pas eue facile avant d'arriver ici. Ton corps veut s'en remettre.

— Je sais pas si ça se peut.

Il penche la tête pour poser ses lèvres dans mon cou et remonte jusqu'à ma mâchoire. Je ne bouge pas, mais cette fois, j'arrive à me détendre, à apprécier son contact.

— Moi, je le sais, souffle-t-il à mon oreille. T'es tellement beau, Gabriel.

Je tourne les yeux vers lui, déstabilisé par mon cœur qui commence à cogner dans ma poitrine et les frissons qui n'arrêtent plus sur ma nuque. Je sais qu'il n'ira pas plus loin, il m'observe trop pour agir spontanément. Ce n'est pas comme la dernière fois ; il fait trop attention pour ne pas me blesser, me faire fuir, dépasser mes limites. Mais j'ai l'impression de les oublier en ce moment.

— Si tu veux, on peut faire une sieste. Pour vrai. Je vais rien essayer, je te le jure.

Je me laisse tomber sur les coussins parce que j'en mourais d'envie depuis le début, l'entraînant avec moi. Ça m'avait fait bizarre d'expérimenter ce que ça fait que de dormir avec quelqu'un par pur plaisir. Simplement parce que j'aimais lover ma tête dans le creux de son épaule, sentir son bras qui m'étreignait, les doux baisers qu'il posait sur ma tête... Je sais que je viens de le surprendre, et le contrôle dont il fait preuve m'étonne. Ça doit être vrai qu'il tient à moi.

— Ça m'avait manqué, ton petit corps. J'espère que tu l'as pas fait souffrir.

Probablement beaucoup trop selon sa définition, même si je considère personnellement avoir mieux survécu qu'à bien des moments dans ma vie.

— J'ai connu pire. Inquiète-toi pas.

— Tu dis toujours ça.

Il tourne la tête pour me regarder dans les yeux et je me concentre pour ne pas baisser les miens, me laisser envahir par mon confort parmi les oreillers moelleux et l'odeur du café.

Et il y a ses yeux bleus qui me regardent comme jamais personne d'autre ne m'a regardé.

— J'espérais tellement que tu reviennes...

— William... Je te connais quand même un peu, tu dis ça maintenant, mais c'est sûr que t'as dû voir d'autre monde, te laisser aller avec des gens plus simples, plus comme toi. Trois ans, c'est long.

Il soupire et m'adresse un léger sourire, faisant courir ses doigts le long de mon bras.

— J'ai fréquenté d'autres gars, oui. Mais y a jamais rien qui arrivait à la cheville de ce qu'on a vécu ensemble. Même si j'ai eu des sentiments pour d'autres, ça m'empêchait jamais de penser à toi. T'es tellement différent de tout le monde que j'ai connu.

— C'est justement ça le problème.

— Non. C'est ce qui fait toute ta beauté.

Il soutient mon regard quelques secondes puis s'avance pour m'embrasser sur les lèvres. J'ai l'impression que ça fait une éternité, que ça appartient à une autre vie. Je me laisse aller, lui rendant son baiser avec une passion qui me surprend, qui rattrape les trois dernières années où je me suis forcé à refouler tout ce que j'avais connu avec lui. C'est différent, parce qu'aujourd'hui, je peux rattacher ce qui se passe à des souvenirs. C'est beaucoup plus facile de me débarrasser des réflexes développés avec mes clients, d'écouter ce que mon corps veut.

J'ai l'impression qu'il ne s'attendait pas à ce que je m'abandonne si vite – même moi, j'ai du mal à suivre. Mais c'est tellement bon. Il me fait basculer pour se positionner au-dessus de moi, redoublant d'ardeur pour m'embrasser. Ses lèvres descendent dans mon cou, ses mains déboutonnent doucement ma chemise. Je glisse les miennes sous son t-shirt, explorant les muscles de son dos, m'agrippant à sa peau aussi douce que dans mes souvenirs. Nos souffles s'accélèrent, le mien surtout, parce que cet écho de mon propre plaisir me déstabilise. Je me redresse sur mes coudes alors qu'il s'empresse de retirer mon t-shirt, ses mains ne quittant plus ma peau. Il me pousse pour que je me recouche, reculant pour promener ses lèvres sur mes clavicules et les descendre de plus en plus. C'est fou tout ce que ma misérable vie m'a fait manquer, tout ce dont on m'a demandé de me priver. J'ai pourtant connu toutes les nuances de l'expression de ce besoin, entraînant la déconnexion de mon esprit, m'habituant de plus en plus, laissant les drogues faire leur travail pour que l'heure soit vite passée. Mais avec William, je veux tout ressentir. Même si ses gestes sont techniquement ceux que j'ai connus ailleurs, c'est tellement unique, parce que ça vient de lui, que ça me surprend et que j'en veux plus.

Je sens son souffle sur le bas de mon ventre, ses doigts sur mes côtes qui descendent tranquillement pour défaire ma ceinture. Mon corps commence à crever d'impatience, mais la culpabilité remonte comme une vague, une claque en plein visage.

— William, attends.

Je me redresse sur mes coudes, ramenant rapidement mes jambes vers moi. William a les joues roses, les yeux luisants de désir.

— C'est allé trop vite ? Je pensais que tu voulais…
— J'ai eu deux clients cette semaine.

Maintenant, il a l'air triste. Je sais que je le déçois, que ça le blesse, que je viens de briser le moment qu'il attendait depuis trop longtemps. Mais ce serait pire de ne pas avoir été honnête avec lui. Il l'est tellement avec moi. Il secoue la tête, pinçant les lèvres.

— Quand ça ?
— Heum… lundi pis jeudi.
— Hier ?
— Ben… oui.

Il soupire bruyamment, comme impatient, évitant de me regarder.

— Tu fais ça ici ?
— Ben non.

Je vois maintenant de la colère dans ses yeux. Je n'y peux rien. Il connaît très bien ma vie et j'ai été clair dès le début. Mais il est trop naïf pour ne pas se laisser avoir par l'espoir.

— Gab… je sais qu'on en a parlé mille fois. Tu veux être libre, arrêter de dépendre de nous. Mais tu penses vraiment que faire ça te rend libre ? Regarde ce que ça te fait. Tu deviens une ombre, t'as peur des autres, tu te renfermes, ça te fait mal quand on te touche... C'est pas ce que j'appelle être libre.

— C'est beaucoup mieux que de crever de faim.

— Pis les bleus sur tes bras ? La fatigue, tes vingt livres en moins ? J'ai plutôt l'impression que ça te fait mourir tranquillement.

— Tu sais pas de quoi tu parles.

J'évite de le regarder, mais l'ambiance vient de se briser en un claquement de doigts. Il soupire et se rapproche de moi, mais je me retourne rapidement pour remettre mon t-shirt. Je l'entends renifler.

— Gabriel, pourquoi t'es revenu ? Honnêtement. Parce que si tu veux rien savoir de moi et continuer à te prostituer en paix, je comprends pas ce que tu fais ici.

Il ne s'est jamais adressé à moi avec autant d'amertume. De l'incompréhension, de l'impatience, j'ai déjà connu ça chez lui. Maintenant, j'ai l'impression qu'il m'en veut cruellement. Nous en sommes au même point. Nous ne nous comprendrons jamais.

— Tu savais que je serais ici. Tu savais que je t'aimais. T'avais d'autres options si tu voulais rester dans ta misère sans que ça dérange personne.

Je ne sais pas si c'est ce que je veux. Et que ça ne dérange personne. J'ai connu les deux extrêmes à la fois : être redevable de ma propre vie tout en crevant de faim sans que ça ne fasse rien à personne. Je ne connais pas d'équilibre. Je ne sais pas ce que ça veut dire que de faire des choix en fonction de personnes qui tiennent à moi. J'ai tendance à voir ça comme de la dépendance, un manque de liberté, une nouvelle barrière dans la prison de ma vie. Mais William n'a rien à voir avec tous ces extrêmes. Il est peut-être l'équilibre que mon corps et mon esprit n'arrivent pas à accepter par peur de l'inconnu. Ça voudrait dire que tout éclaterait, que je n'aurais d'autre choix que de me reconstruire pour que le bonheur devienne enfin cohérent.

— Je suis revenu parce que je sais qu'y a pas un plus bel endroit au monde. Ça m'intéressait pas d'aller ailleurs quand je savais déjà que le bonheur existait ici. Tu me manquais, William. Mais c'est pas la même chose pour moi parce que j'ai dû essayer de plus y penser pour arriver à gagner ma vie. J'avais pas d'espace pour des souvenirs et il valait mieux pour moi d'oublier ce que ça fait que d'être bien. Maintenant que je suis ici, ça me rattrape tellement vite… Je me dis que j'aurais jamais dû partir. Mais ça, je te l'ai déjà dit.

Je replie mes genoux plus près de moi pour y appuyer ma tête, angoissé d'avoir réussi à dire autant de choses. Je le sens passer son doigt sur mon bras, se rapprochant encore de moi.

— La vague sur ton bras, c'est un souvenir d'ici ?

— C'est la *Vague* de Kanagawa. C'est une œuvre japonaise qui symbolise la force de la nature sur les hommes.

— C'est symbolique pour toi ?

— Dans la vraie version, on voit des barques juste en dessous. Ça montre que si les gens à bord restent en vie, c'est seulement à cause du bon vouloir de la nature. Mais pour moi, la vie, c'est pas la nature qui laisse les humains vivre. Les humains se tuent entre eux bien avant de laisser le temps à la nature de s'en mêler. J'ai voulu voir la vague toute seule parce que ça me fait du bien de croire que la beauté de la nature est ignorante des horreurs des humains. Même si elle doit en souffrir elle aussi.

— Après ça, tu dis que tu connais rien, dit-il avec un sourire dans la voix.

Je me redresse pour le regarder, constatant qu'il semble moins énervé, même si l'espoir ne luit plus dans ses yeux.

— J'ai vu la toile chez un de mes clients pleins de cash. Je te mentirai pas, c'est comme ça que j'ai réussi à avoir des connaissances sur la vraie vie, à avoir envie d'en apprendre plus.

Il hoche la tête, baisse les yeux.

— Ça, c'est mon souvenir d'ici, dis-je en retournant mon bras pour qu'il puisse voir l'intérieur de mon biceps gauche.

— Un soleil qui se couche ? dit-il en l'examinant, un sourire aux lèvres.

— Un soleil qui se lève. Pour moi, ç'a été nos meilleurs moments. Voir le soleil se lever, ça voulait aussi dire qu'on avait passé la nuit à faire le party ou juste à parler. L'école de la vie qui s'éternisait. J'ai passé ma vie à avoir peur du temps, à le surveiller, à avoir hâte qu'il passe. Ici, le temps, je le regardais plus. Je savais juste que je voulais profiter de chaque seconde.

Il glisse ses doigts entre les miens et s'avance de nouveau pour m'embrasser. Je n'y comprends rien. Je le croyais en colère contre moi, j'avais l'impression de l'avoir trahi, déçu. Mais ses lèvres sont douces sur les miennes et je ne veux plus que ça finisse.

— Je t'aime, Gabriel. J'ai jamais arrêté de t'aimer.
— Mais… William…
— T'as été honnête avec moi, il faut que je le sois aussi.

Je ferme les yeux, je suis épuisé. Je me laisse retomber sur les coussins.

— Je veux juste que tu me le dises quand tu sors pour faire ça. Juste pour ta sécurité… si jamais il devait t'arriver quelque chose.

Je hoche la tête en évitant de le regarder dans les yeux.

— Tu te souviens, la première fois qu'on a couché ensemble ? Tu m'as demandé s'il fallait que tu me payes. Franchement.

Il se met à rire, cachant son visage avec son bras.

— Rappelle-moi pas ça ! J'étais vraiment innocent. Je me sentais comme un touriste qui connaît rien à la culture d'un pays pis qui fait juste foirer en pensant faire les bonnes affaires.

— Je connaissais rien à ta culture non plus.

Il se tourne sur le côté pour me regarder, de nouveau souriant.

— Tu penses que je peux pas t'aimer parce qu'on vient de deux planètes différentes, mais tu sauras que les histoires d'amour qui font rêver tout le monde, c'est souvent les plus étonnantes. Tu devrais lire des romans Harlequin. Tu verrais que l'exotisme, c'est plein de tension sexuelle. En même temps, ça vient d'une génération encore plus hétéronormative que la nôtre, ajoute-t-il en roulant les yeux. Genre une époque où on préférait les histoires entre un vieux cochon de cinquante ans pis une petite jeune de vingt ans bien avant de trouver ça normal deux gars qui se tiennent la main. En tout cas…

Il m'embrasse encore, même si nous venons tout juste de parler de ce qu'il n'aime pas de ma vie. La dernière fois, je n'aurais jamais pensé qu'il aurait envie de moi de cette façon. Il semblait complètement dépassé, me posant sans arrêt des questions sur mes pratiques et ma rigueur pour me protéger.

— William, j'arrive pas à te suivre. T'es fâché contre moi, ou bien tu t'en fous de mes clients de cette semaine?

— T'embrasses pas tes clients de cette façon-là?

— Jamais.

— Hmm... T'es comme Vivian dans *Pretty Woman*. Je savais que c'était pas juste dans les films.

— Ben, je sais pas de quoi tu parles, mais c'est vrai que je fais rien qui ressemble à ce qu'on fait ensemble.

Maintenant, c'est moi qui me laisse avoir par ses yeux, l'envie de mettre mes mains dans ses cheveux, de reposer mes lèvres sur les siennes. Il recule après un moment, me regardant avec hésitation.

— Mais, Gab, pour vrai, si tu continues, j'irai pas plus loin que t'embrasser. Tu prends des risques, mais moi, c'est pas mon choix.

Il m'avait expliqué ce que ça veut dire de respecter l'autre en étant conscient de son corps et de ses émotions. Ça m'avait trop rappelé ce que j'essayais de fuir et je me sentais comme si je devais recommencer à être redevable. Mais ce n'est pas à sens unique comme ce que j'avais connu. J'ai droit à un univers de plaisir en échange, même si ce n'est pas si simple pour moi.

— Je sais que t'as pas de carte d'assurance maladie, mais y a des organismes pour les toxicomanes, les travailleurs du sexe... Si jamais tu changes d'idée, que t'as envie de repartir à zéro avec moi...

— Je vais y penser.

Il se colle à moi, me serrant plus fort. Je n'aurais jamais cru y arriver à cette vitesse, moi qui me sentais agressé rien que par un regard, encore certain il y a une heure que je ne me rendrais jamais aussi loin avec lui.

— Je t'avais promis une sieste. Je peux te laisser tranquille si je te gosse.

— Non, reste. Mais je veux vraiment dormir.

— Je devrais m'endormir moi aussi. Quand je ferme les yeux, je vois plus les tiens qui me donnent juste le goût de te frencher. Mais t'as la peau aussi froide qu'avant. Ça me donne envie de te coller pour te réchauffer. Y a peut-être aussi mon fantasme de vampire quand j'avais quinze ans. T'en avais neuf quand *Twilight* est sorti, je pense que t'avais pas encore les hormones assez réveillées pour triper vampire.

— Pour ceux-là, non, mais j'ai lu Anne Rice. Beaucoup moins hétéronormatif.

— Ah, Gab! T'es tellement sexy avec ta culture mystérieuse. Tu sais pas comment ça marche un cell, mais tu connais Anne Rice pis l'art japonais. Je t'aime, même si tu veux pas me croire.

— Bonne nuit, William. Même si on est le matin.

Emma

— Emma ? T'es aveugle ou quoi ?
— Quoi ?
Florence me regarde en écarquillant les yeux. Nous sommes en train de ranger la vaisselle du déjeuner de ce matin. La saison commence plus rapidement qu'elle ne l'aurait cru, c'est ce qu'elle m'a dit alors que la salle à manger était remplie de voyageurs il y a moins d'une heure.
— Le gars te cruisait solide. Il est un peu jeune pour moi, mais je lui aurais pas dit non.
— Ah. Je savais pas.
Ça m'avait mise mal à l'aise, moi qui espérais ne pas croiser de monde en venant manger. Toutes les questions pour lesquelles je n'avais eu d'autre choix que de mentir, ses regards insistants ; je n'ai pas pu voir ça comme de la séduction. Je me sentais agressée, comme Gabriel le démontre constamment.
— C'était pas ton genre ?
— Ben... mon genre de quoi ?
— De gars ! De gars que tu trouves beau, que t'aimerais bien avoir dans ton lit.
Je ne sais pas quoi répondre, ni même ce à quoi elle fait allusion. Je n'ai jamais eu l'espace nécessaire pour voir les hommes de cette façon : ceux de la Cité me faisaient peur et la simple présence de ceux que j'ai pu observer à l'école me donnait envie de disparaître.
— Y a plein de déchets au bord de l'eau ! Il fait quoi, William ? s'exclame-t-elle en s'avançant vers la fenêtre.
— Je vais t'aider à ramasser.

Je m'empresse de la suivre dehors et je m'empare du sac qu'elle me tend. J'avais entendu les échos de la soirée mouvementée d'hier et les verres de plastique un peu partout sur la plage et dans l'herbe démontrent bien pourquoi Florence a l'air si fatigué.

— T'as-tu vu Gabriel ?

— Euh… oui. Il est passé prendre quelque chose dans le frigo et il est sorti après.

— Ah, merde. Ils sont clairement dans sa roulotte. Esti de William ! Il me laisse toute seule à ramasser le bordel pendant qu'il baise tranquillement. Comme si ça me tentait pas à moi aussi !

Je reste silencieuse, je me penche pour prendre une canette qui traîne par terre. Ça m'étonnerait que Gabriel fasse ça, il ne passe même pas ses soirées avec William. Je n'arrive toujours pas à l'envisager dans un contexte amoureux et romantique, ce n'est pas cohérent avec ce qu'il dégage. Je me demande ce qu'il fait quand il sort de sa chambre.

— En tout cas, le beau blond de ce matin, il va rester encore deux nuits. T'auras d'autres chances pour lui montrer qu'il t'intéresse.

— Qu'il m'intéresse pour faire quoi ?

— Oh mon dieu ! T'es pire que Gab ! Est-ce que t'avais genre un vieux mari de soixante ans à qui tu devais faire des enfants en silence ?

Wow. Ses paroles font mal. Ce n'est pas ma réalité, mais elle ne sait pas à quel point ça existe dans la Cité – et que c'est bien pour cette raison que je ne sais pas ce que ça veut dire de s'intéresser à quelqu'un. Les rapports entre les hommes et les femmes m'évoquent la soumission et les grossesses à répétition. Il n'y a pas d'amour, seulement de l'obéissance.

— Non. Ils ont pas eu le temps de me marier.

— Pis t'as jamais fait comme Gab pour avoir de l'argent ?

— Non !

Mon ton est paniqué. Je ne suis pas à l'aise avec ses questions, même si jusqu'à maintenant j'avais apprécié toutes mes conversations avec elle.

— T'es allée au secondaire... T'as eu des petits chums ? Un gars que tu voyais en cachette ? Ça serait tellement romantique !

— Non. Jamais. On a pas le droit si on est pas mariée ou si les Élus nous choisissent pas.

Elle roule les yeux, puis me regarde avec plus de douceur.

— Mais est-ce que ça te tente un peu ? T'aimes les gars ? Les filles ? Les deux ?

Je soupire, fixant le sol.

— Ben... Ça me fait pas la même chose quand je trouve un gars beau. Mais c'est plus dans les films ou les livres que ça me le fait.

— Donc tu sais un peu ce que ça fait, avoir envie de faire l'amour ?

— Euh... je sais pas. Ben, non. Ça serait trop. C'est tout ce qui vient avant que je connais pas non plus.

Dans la Cité, les gens mariés ne se donnent pas d'affection, ils ne s'embrassent pas et ne se disent rien pour se séduire ou simplement pour apprendre à se connaître. L'amour ne sert à rien, ne rapporte pas d'argent ; on préfère les mariages arrangés, mettre de la pression pour concevoir, nous faire peur avec le monde extérieur et les plaisirs physiques. Même si je ne crois pas à tout ça, que ça me révolte, c'est venu jouer dans ma tête.

— T'as même jamais embrassé quelqu'un ? Des petits câlins, te coller devant un film ?

— Non. Vraiment rien. Je sais même pas comment ça se passe.

Elle me regarde avec une certaine tristesse.

— C'est complètement fou ce qu'ils vous font vivre. Je comprends que tu savais pas quoi dire au gars de ce matin. Tu pars de loin.

— Je sais. Mais comment tu veux que ça m'arrive si ça me fait peur, que je sais pas comment ça marche, c'est quoi les étapes, ce qu'on va attendre de moi ?

Elle se lève rapidement, enthousiaste, en se dirigeant vers la roulotte de William.

— Will ! Rhabille-toi ! On a un cours de l'école de la vie à donner ! crie-t-elle en frappant à la porte de toutes ses forces.

Je reste assise, incertaine de comprendre pourquoi elle souhaite que William se joigne à nous. Il ouvre la porte après quelques secondes, passant une main dans ses cheveux et enfilant son t-shirt devant Florence. Elle avait raison. Ça me fait tellement bizarre. Gabriel est là lui aussi. Il sort en même temps que William, s'allumant une cigarette en se dirigeant vers moi.

— J'espère que vous vous êtes protégés, dit-elle en poussant l'épaule de William.

— Oh, franchement. C'est pas de tes affaires. On a rien fait.

Elle les regarde à tour de rôle avec suspicion. Gabriel semble détendu, il ne lui porte pas attention. Ils s'assoient tous les trois par terre à côté de moi et, comme chaque fois, la présence de Gabriel m'apaise.

— J'espère que ton cours d'école de la vie est intéressant. On dormait super bien...

— Ben oui, c'est ça. Vous dormiez. En tout cas, la première leçon de l'école de la vie pour Emma, elle est super intéressante !

— Je pensais que tu lui avais appris Facebook pis Instagram cette semaine ?

— Ah, ouais. Mais ça, c'est la base. Aujourd'hui, on va lui apprendre l'art des rapprochements.

William semble aussi excité que Florence, il me jette un coup d'œil malicieux en souriant. Je ne sais pas quoi dire, mais j'avoue qu'ils me font un peu rire, me laissant plus curieuse que mal à l'aise. Gabriel fronce les sourcils, probablement moins convaincu de la nécessité de sa présence.

— Elle a aucune base ! Aucune ! Même pas les petits câlins devant un film. Faut faire une mise en scène pour qu'elle comprenne comment ça se passe. Elle pourra pas passer son processus de réinsertion sans se laisser aller. Ça marchera pas.

— OK, mais qui lui montre ? demande William, affichant un sérieux qui ne va pas avec les rires de Florence.

— Ben, toi. T'es un gars. Ça va être plus réaliste.

— Ben là, non. J'ai juste eu des rapprochements avec des gars. Je sais pas comment faire semblant d'être hétéro. À part imiter votre niaisage à vous regarder longtemps avant de vous parler quand vous vous spottez dans les bars. Non, mais, sérieux! Comme si vous deviez vraiment prendre autant de temps avant de vous dire que vous voulez la même affaire! Profitez donc du privilège que vous avez d'avoir neuf chances sur dix d'avoir la même orientation que la personne qui vous intéresse! En tout cas...

— Ben là, c'est pas pour ça. C'est juste que ça fait monter un peu la tension. Pis toi, je sais pas de quoi tu te plains. Quand tu t'occupes du bar, t'as juste à faire ton move avec la bouteille de vodka pis t'as soudainement l'embarras du choix.

— C'est vrai que mon move est excellent. Mais maintenant, je le garde juste pour Gab.

Florence lève les yeux au ciel, mais j'aperçois un petit sourire sur les lèvres de Gabriel. C'est tellement bizarre. S'il a réussi à s'abandonner à l'amour, aux rapprochements physiques, je peux certainement le faire.

— Gab, dit Florence en se tournant vers lui, toi, tu peux faire la démonstration à Emma. T'es un professionnel des plaisirs charnels.

— Oh, lâche-moi un peu.

— Il connaît pas plus les filles que moi, le défend William.

— Ben là, Will... dit Gabriel en fronçant les sourcils.

— T'as couché avec des filles?

— Hey, là. Je veux pas parler de ça.

Gabriel se lève en soupirant.

— Gab! Va-t'en pas! On en parle plus. On se concentre sur l'école de la vie.

Il hésite un moment, hausse les épaules et se rassoit.

— OK, je vais le faire, dit William en me tendant la main. Vous me direz si ma technique fonctionnerait avec une fille.

Je ne suis pas certaine de ce que je suis censée faire, mais William m'attire près de lui; son contact ne me dérange pas. C'est tellement différent avec eux.

— Bon, au début, le gars va te dire des choses gentilles. Genre, t'as des beaux yeux, blabla. Concentre-toi sur ce que ça te fait en dedans au lieu de stresser. Après, quand il va voir que t'es toute contente de ses petits compliments, si tu l'es, il va se rapprocher un peu. Enlève-toi de la tête que c'est mal, mais si tu le sens vraiment pas, c'est correct. Tu lui dis ou bien tu t'en vas. Des fois, y a des gars qui nous reviennent pas, qui sont super malaisants ou pas pantoute notre genre. C'est pas seulement parce que votre secte est venue briser votre sexualité : on est pas tous ouverts à coucher avec tout le monde nous non plus.

— Mais comment je le sais ?

— Ben, tu le ressens si c'est pas une personne qui te fait du bien. Tu peux dire non à n'importe quel moment. Oublie jamais ça.

Maintenant, William passe doucement sa main sur mon bras, puis glisse ses doigts entre les miens.

— Normalement, avec une fille, y a le classique de mettre ta main dans ses cheveux. Ça te permet de te rapprocher pis de lui dire en même temps qu'elle a des beaux yeux, dit Florence en nous observant un moment.

William se retourne pour s'exécuter, mais je vois qu'il se retient pour ne pas rire. Ça me fait rire aussi, ne sachant pas si cette mise en scène demande que j'y mette du mien.

— T'es moins stuck up que Gab. Tu devrais bien t'en sortir. Après la patente avec tes cheveux, le gars va te regarder comme ça. Si tu souris ou que tu fais un genre de face sensuelle, il va t'embrasser. Si à ce moment-là tu réalises que t'es pas down, tu tournes la tête ou tu te trouves une excuse pour t'en aller. Il va comprendre.

Jusqu'à maintenant, je trouve cette expérience amusante, même si je sais bien que je serais beaucoup moins détendue si ça m'arrivait dans un vrai contexte. William est drôle et je me surprends à me sentir à l'aise qu'il me touche, même si c'est pour faire semblant.

— Elle a jamais embrassé quelqu'un, dit Florence en s'adressant à William comme s'il s'agissait d'une nouvelle-choc.

— Oh ! Cute ! Je peux te conseiller de pas y aller trop intense. On fait tous cette erreur-là parce qu'on pense faire la même affaire que dans les films. Mais vas-y relax.

— OK. Donc, des compliments, se rapprocher, toucher le bras, la main, mes cheveux, le regarder, l'embrasser relax, dis-je en hochant la tête.

William et Florence éclatent de rire alors que Gabriel continue de fumer en silence, m'adressant un regard plein d'empathie. J'imagine qu'il est un peu passé par là, même s'il est un professionnel des plaisirs charnels.

— Ç'a l'air un peu plate, dit comme ça. C'est plus pour te montrer que ça devrait commencer tranquillement. Y a du monde intense des fois, mais normalement, y a une gradation. Pis c'est pas juste le gars, toi aussi tu te rapproches comme t'en as envie.

« Comme j'en ai envie. » J'ai bien peur que ça ne m'arrive jamais. J'imagine qu'il y a une première fois à tout, que je n'aurai d'autre choix que d'affronter ma peur et mon manque d'expérience. Ç'a quand même l'air agréable, j'en ai souvent rêvé, mais je m'imaginais rarement dans mes propres scénarios. C'est beau pour les autres, pas pour moi.

— On te fera un cours sur ce qui se passe après cette étape-là. Commence par graduer le niveau de se cruiser pis de s'embrasser. Après, on va passer aux choses sérieuses. Sauf que c'est Florence qui va donner le cours, t'sais.

— Wow ! J'ai hâte ! C'est vraiment comme si j'avais une petite sœur. Ma mère a tellement été poche avec mon éducation sexuelle. Je te promets d'être super féministe dans mon approche. Tu vas être émancipée et sexuellement libérée.

— Euh... OK.

Florence commence à nous exposer le terrible modèle patriarcal dans lequel elle a grandi. Je ne connaissais pas ce mot-là, mais ça fait bien cinq fois qu'elle le répète. Gabriel et moi échangeons des regards, clairement tous les deux bien conscients qu'elle n'a pas la moindre idée de ce que c'est que de grandir dans un climat de soumission. Mais ils sont drôles, à parler aussi vite, et je réalise que je suis restée assise près de William, ma tête appuyée sur son épaule alors qu'il continue de jouer dans mes cheveux.

— C'est clair que t'auras bientôt des opportunités de mettre en pratique ce qu'on vient de t'apprendre. T'es belle, ajoute Florence en posant sa main sur ma cuisse.

— Ouais, t'es super cute, approuve William. Si j'aimais les filles, tu serais sûrement mon genre.

— C'est clair, elle ressemble à Gab.

William tourne la tête pour sourire à Gabriel, lui qui n'a presque rien dit depuis qu'ils sont sortis de la roulotte.

— Ce soir, y aura du monde en masse au bar. Vous êtes mieux de venir. On vous a laissés dormir et vous empiffrer toute la semaine. Pis toi, t'as clairement franchi une autre étape aujourd'hui, continue Florence en regardant Gabriel.

— Arrête, Flo! À cause de toi, il voudra plus si tu continues à essayer de le faire sentir coupable.

— Comme si ça changeait quelque chose. Depuis qu'il est là, t'as l'air en manque comme si t'avais jamais vu un gars de ta vie.

— Ben je comprends! Tu vois aussi bien que moi comment ç'a pas d'allure d'être beau de même.

Bon. Je ne suis pas la seule. C'est vrai que Gabriel a une beauté complètement déstabilisante, inhabituelle, même préoccupante. Je ne sais pas si c'est la couleur de ses yeux, le contraste avec sa peau claire, ses cheveux presque noirs ou son apparence mystérieuse. Mais il est vraiment beau.

— Je sais! Je lui dis tout le temps qu'il pourrait devenir une vedette d'Instagram. Tu ferais tellement d'argent, approuve Florence en le désignant d'un geste de la main.

— J'ai déjà eu un client qui m'a dit la même chose. Ben, c'était un photographe pis il voulait que je pose pour lui. Il m'a parlé d'Instagram pis d'un autre site payant.

— Pis ça t'intéressait pas?

— Non, répond-il en fronçant les sourcils. J'essaye de disparaître de la map, je vais pas aller mettre ma face partout. Pis en passant, j'ai bien regardé vos affaires d'Instagram. Ça revient encore à faire de l'argent avec son corps. Ça fait que, arrêtez de me juger.

William se décolle de moi pour se rapprocher de Gabriel. Ça me fait toujours drôle de voir à quel point ils sont différents, le grand blond musclé à la peau bronzée à côté de Gabriel, beaucoup trop pâle et maigre même s'il reste magnifique. Leurs beautés sont à l'opposé.

— On te juge pas, dit-il avant de l'embrasser sur la joue.

Gabriel sourit et lui prend la main. J'aurai peut-être encore droit à un cours de rapprochements si je continue de les observer.

— Vous êtes cute, dit Florence en soupirant.

— Bon! Tu vas arrêter de me gosser. Je le savais que t'étais juste jalouse.

— Quand même pas. J'avoue que ça commence à faire longtemps pour moi, mais Gab, c'est pas mon genre. Même si tu fais chier d'être aussi beau. J'aime mieux les hipsters que les emo.

Je regarde Gabriel, qui me signifie silencieusement qu'il n'y comprend rien lui non plus. Il est encore plus beau quand il semble aussi calme, aussi bien, avec sa tête appuyée sur l'épaule de William. Il faut que j'arrête de penser à la Cité qui l'aurait puni pour cette simple démonstration d'affection. Je ne dois plus éprouver constamment de la révolte, ça prend trop de place et ça m'épuise. C'est vrai que ça me donne envie de vivre ça, moi aussi, rien que de les voir aller. C'est simple, naturel. Mais pas avec n'importe qui. Gabriel ne sait pas la chance qu'il a d'avoir trouvé tout ça si facilement.

— Florence, j'aimerais ça que tu me prennes un rendez-vous... comme la dernière fois, dit Gabriel en baissant les yeux.

Je ne sais pas ce à quoi il fait allusion, mais William a l'air surexcité, l'embrassant pour vrai alors que Gabriel semble un peu pris de court. Florence les regarde, complètement attendrie.

— Bon! C'est vrai, William, qu'on fait de la belle job avec notre camp de réinsertion. Neuf jours, pis lui il arrête déjà ses activités illicites et elle, elle est prête à se laisser cruiser par des beaux touristes. Non, mais, on l'a-tu l'affaire!

Ils se tapent dans la main et Gabriel me sourit en levant les yeux au ciel. Je pense quand même qu'il n'a pas d'autre choix que d'approuver. Je n'ai pas paniqué depuis trois jours, et il se laisse aller à embrasser William si naturellement – c'est le jour et la nuit avec l'état dans lequel nous sommes arrivés ici.

— En passant, vous deux, je vous ai acheté du fer, de l'acide folique pis de la vitamine B12. Vous êtes trop blêmes pis j'ai hâte que vous ayez un peu de force pour m'aider à tondre le gazon. C'est le mix de ce qu'on donne à un anémique, une femme enceinte pis un végane qui pense que c'est une bonne idée de se nourrir juste de pain pis de jus de céleri.

— Merci, Florence, dit Gabriel en se détachant de William qui n'arrête pas de l'embrasser.

J'ai l'impression de le voir rougir un peu. C'est fou. C'est vrai ce que Florence m'avait dit : William est amoureux, ça saute aux yeux. C'est la première fois que je vois ça, et ça me fait ressentir de l'amour à moi aussi. C'est simplement beau.

— J'avoue que j'avais un peu hâte que tu libères une chambre pour aller dans la roulotte à Will, ajoute-t-elle en penchant la tête vers Gabriel. Je te mets pas de pression, mais on a plus de monde que l'année passée.

— Heum... Je peux te payer. J'en ai assez pour deux semaines.

— Flo ! Dis-lui pas ça ! s'emporte William. Des plans pour qu'il change d'idée ! Ça revient au même s'il nous aide. Ça te coûterait ben plus cher de payer quelqu'un tout l'été.

— Ben oui... mais, ah ! Vous faites trop un beau couple ! Je vous regarderais vous coller toute la journée ! Mariez-vous donc ! Comme ça, lui, il pourra plus s'en aller !

Gabriel a l'air embarrassé. J'en déduis que les choses vont un peu vite pour lui. Ce n'est pas évident de se laisser porter dans le bonheur quand les fantômes sont encore si proches. J'imagine qu'il doit être confus avec ses émotions, comme je le suis depuis que nous sommes arrivés ici. Ça doit être encore pire pour lui. Personne n'est amoureux de moi. Des bribes d'amitié, c'est déjà un univers que j'ai du mal à apprécier à sa juste valeur.

— Gab, écoute-la pas. La place est autant à moi qu'à elle, même si elle pense tout le temps qu'elle est mon boss. T'as le droit de garder ta chambre aussi longtemps que tu veux. Pis, bon, tu sais que ma roulotte, c'est genre mille fois mieux. Tu me rejoins quand tu veux. Ah, pis, si ta secte t'oblige à te marier, je suis disponible. Histoire de respecter vos principes pour que tu brûles pas dans les limbes. C'est-tu ça, vos croyances ?

Gabriel se met à rire doucement, regardant devant lui comme s'il pensait à plein de choses.

— Ça fait vingt et un ans que je suis dans les limbes, mais c'est en enfer qu'on brûle, si ça t'intéresse. La Cité voulait encore de moi parce que je leur donnais l'argent que j'arrivais à faire en sortant de leurs principes de vie pure. Donc, dis-toi que même moi, j'ai pas trop compris c'est quoi les croyances qu'on a là-dedans.

— Profiter du monde, leur laver le cerveau pis s'enrichir sur leur dos ? Je comprends pas que ça ait jamais été dénoncé, dit Florence en levant les yeux au ciel.

Ça l'a déjà été, pourtant. À une époque où il y avait une école exclusivement réservée aux enfants de la Cité, la Ville avait fait fermer l'établissement et une enquête avait été ouverte. Mais ce n'est pas si simple et tout le monde le sait. Les procédures en justice sont longues, les coupables impossibles à identifier. Ce ne sont pas des crimes visibles avec des victimes qui ont envie de dénoncer. Ceux qui tentent de le faire veulent s'émanciper, venger leur enfance brisée. Et ceux qui restent refusent de collaborer, donc les dossiers sont rapidement fermés. Même les crimes à l'intérieur de la Cité ne sont pas rapportés parce qu'on évite le plus possible de faire parler de nous, que la police ou les services sociaux s'en mêlent et que des soupçons soient à l'origine de nouvelles enquêtes. On arrête même d'aller chez le médecin après douze ans, simplement parce que notre faible vocabulaire et notre apparente pauvreté mettraient la puce à l'oreille. Tout le monde entretient cette misère. Nous sommes tous coupables.

— L'important, c'est que vous soyez partis, ajoute William en se collant encore plus à Gabriel. La dernière fois, on poussait un peu pour que tu dénonces ce qui se passe là-dedans, mais je sais qu'on comprenait pas. Maintenant, on repart à zéro, pis je vous souhaite d'enlever ce que vous avez vécu de vos têtes. C'est plus votre problème.

— C'est ce que je me dis.

— Oh mon dieu ! Will ! Y a du monde à l'accueil pis nous on est là ben relax, dit Florence en se levant précipitamment.

Elle donne une tape sur l'épaule de William, qui ne tourne même pas la tête, continuant d'embrasser Gabriel.

— OK, j'arrive. Gab, tu peux retourner dormir dans mon lit. Je veux vraiment que tu viennes au bar avec nous ce soir, insiste-t-il en se levant, gardant sa main dans celle de Gabriel.
— Je vais y penser, dit-il en laissant retomber sa main, adressant un léger sourire à William.

Gabriel

Emma se déplace un peu pour s'adosser au banc de bois, dépliant les jambes et fermant les yeux. Ça me fait du bien de la voir de plus en plus à l'aise. Ça me rappelle mon parcours à moi, même si ça me surprend qu'elle s'ouvre beaucoup plus à eux que je n'arrive à le faire encore aujourd'hui. J'avais raison, elle est complètement différente des gens de la Cité. Même lorsqu'on croit être ailleurs, même si on rejette les principes qu'on nous entrait sans cesse dans la tête, des parts de nous demeurent marquées, influencées à jamais par la peur, déconnectées par tout ce qu'on nous a empêchés de connaître. Je sais qu'elle veut s'enfuir, se libérer autant que moi, mais ça ne se fait pas du jour au lendemain. J'aurais cru que de voir William s'afficher avec moi l'aurait choquée, déstabilisée malgré elle ; ce n'est pourtant pas ce qu'elle dégage et son aisance me surprend. Laisser William la toucher, finir par en rire puis apprécier son contact comme s'il avait toujours été son ami m'impressionne. J'en suis presque jaloux. J'aurais aimé avoir sa force, son indépendance qui se déploie si rapidement.

— C'est pour ça que t'es parti ? Parce que t'aimes les gars ?

— Non, dis-je en m'allumant une cigarette. Avant de venir ici la première fois, je pensais que j'aimais rien, en fait. Je sais pas pour toi, mais j'ai jamais eu le temps de penser à ce que je voulais vraiment.

— Ouais, moi non plus. Je faisais juste remercier chaque jour qui passait sans être mariée à un inconnu et réaliser ma chance de m'être rendue à dix-neuf ans sans avoir été forcée de coucher avec quelqu'un.

Je la regarde un moment, arrivant difficilement à croire ce qu'elle vient de me dire. J'avais cru qu'elle n'avait pas été totalement honnête avec Florence en lui exposant son manque d'expérience. Je sais qu'elle n'a pas la moindre idée de ce que ça veut dire avec le reste du monde que de prendre son temps et de se sentir attirée par quelqu'un et que ce soit réciproque, mais j'étais certain qu'on avait abusé d'elle.

— C'est correct si t'es pas à l'aise de m'en parler. Mais je pensais que le gars qui était là, ce matin-là, il te faisait du mal.

— Non, non. Pas à moi. Ça toujours été comme ça. Ma sœur est plus jeune, plus belle. C'est elle qui subissait tout ça. Ma mère les laissait faire parce qu'elle se disait qu'elle finirait par être choisie. C'était quand même un Élu...

Elle a été chanceuse dans sa malchance. Je ne sais pas si ce qu'elle dit est un réel fondement, mais c'est vrai que les plus jeunes étaient plus convoitées – ces jeunes filles qui avaient l'air d'anges, pures et soumises comme on les aime tant dans la Cité.

— Est-ce que tu t'inquiètes pour elle?

— Non. C'est plus mon problème, comme dit William. La Cité a vraiment réussi avec ma sœur. Elle est aussi dévouée que ma mère, complètement grillée. Elle avait peur de la télévision, de croiser des gens... Elle a à peine dix-sept ans.

C'est bien ça l'ennui: ça fonctionne avec une écrasante majorité des initiés. Ce n'est pas si simple quand on nous dit que nous n'avons qu'à dénoncer. Pratiquement tout le monde est consentant, même si aucun jugement n'est réellement éclairé. On ne sait pas ce que ça veut dire, de toute façon.

— T'es chanceux d'avoir William, dit-elle après un moment de silence, regardant devant elle en souriant.

— Je pensais que ça te choquerait un peu. Je sais que t'es pas habituée.

— Je suis pas habituée à l'amour, c'est vrai. Mais ça me choque pas, ça me fait du bien. J'imagine que ça fait partie de l'école de la vie.

Je devrais passer plus de temps seul avec elle. J'avais eu le réflexe de tenir mes distances parce que je voulais éviter de trop m'ouvrir, de me rappeler chaque jour la Cité. Mais maintenant, c'est plutôt thérapeutique de voir qu'il est possible d'être si différent des autres et si proche du vrai monde, en fait. J'ai peut-être raison de croire que cette force, cette volonté de réfléchir puisse être innée, peu importe dans quel contexte nous grandissons.

— Tu peux me dire ce que ça fait, être amoureux ?

Je ne sais pas si ça s'explique, je ne sais même pas si c'est vraiment ce qui m'arrive. J'ai tellement intégré le fait que ma vie brisée ne me permettait pas de vivre de telles émotions que je garde le réflexe de me débattre contre ces instants où je me sens comblé, rempli de chaleur simplement parce que William est près de moi. Mais peut-être que la capacité d'aimer est innée, elle aussi.

— Florence a raison, t'as des bonnes questions. Je pense que, pour tout le monde, c'est quelque chose d'évident, de fort, que tu ressens quand la personne est là. T'as le goût de te rapprocher, d'être seul avec lui. T'en as jamais assez. Pour moi, William, c'est la première personne qui m'a donné de l'affection, de l'attention, qui m'a fait réfléchir sur moi-même. C'était trop différent de tout ce que j'ai connu, trop rapidement, en même temps. Ça pas été évident de me dire que c'était de l'amour.

Ça me fait drôle de mettre des mots là-dessus. Je me sens comme quand j'avais réussi à parler plus longuement, à m'impressionner moi-même d'arriver à exprimer ma pensée. Ça va encore plus vite que la dernière fois.

— C'est un peu comme ce que te disait William en t'expliquant les rapprochements. Normalement, faut commencer tranquillement pour avoir l'espace et le temps nécessaire. On comprend étape par étape ce qu'on ressent, si on aime ça, si on veut aller plus loin. Mais toi et moi, on a même pas eu des parents qui nous ont donné de l'amour, aucun ami, aucune relation pendant l'adolescence. On part de tellement loin… William pouvait pas savoir. Maintenant, il fait attention comme il peut, mais je sais que c'est contre sa nature de se retenir autant.

— Retiens-toi pas. Le mot d'ordre de la Cité, c'est de se priver. J'ai du mal à me laisser aller à cause de ça, mais quand je te vois avec William, je me dis que je donnerais n'importe quoi pour savoir ce que ça fait. Si tu penses que c'est vrai que tu repartiras plus jamais, y a pas de raison de te priver de lui si c'est ça qui te rendrait heureux.

Sa vision de la vie est beaucoup plus simple que la mienne, moins fataliste. Ça me fait sourire qu'elle voie les choses si naïvement ; elle n'a visiblement jamais été amoureuse pour croire que ça puisse être si simple. Aimer quelqu'un, c'est aussi vouloir ce qu'il y a de mieux pour l'autre et je ne peux me débarrasser de l'impression d'être l'inverse de ce qui rendrait William heureux.

— On dirait juste que ça me rentre pas dans la tête qu'il puisse m'aimer. Il est tellement instruit, sa vie est parfaite, il rit tout le temps. On se ressemble tellement pas.

— Mais c'est ça que je trouve beau. Pis arrête de penser que t'es pas digne d'amour, ça veut juste dire que la Cité a encore de l'emprise sur toi. "Mériter notre place", faut arrêter de laisser ça nous jouer dans la tête. C'est vrai que t'es beau. Vraiment, vraiment beau. C'est toujours intéressant quand tu parles, ta présence est apaisante. Je suis même en train de m'attacher à ton odeur de cigarette.

Elle tourne la tête vers moi, me souriant comme je ne l'avais jamais vue le faire. Ce qu'elle vient de me dire me bouleverse. C'est différent parce que ça vient d'elle ; ça me paraît moins difficile à croire parce que ses références ressemblent beaucoup aux miennes. Ça me fait plaisir et je n'ai plus le réflexe de contredire le bien qu'on pense de moi.

— Je comprends William de t'aimer. C'est ça que je veux dire.

— Merci, Emma.

— Pis lui, je le connais pas encore beaucoup, mais c'est tellement facile de se laisser contaminer par sa bonne humeur. Je le vois que ça t'influence tranquillement. Dans le fond, la vie fait bien les choses. Profites-en.

— Eh ben... T'es cool comme fille. Je te crois de plus en plus quand tu dis que tu changeras pas d'idée.

— Je vais dire comme William : "Arrête avec ça ! Tu me gosses !", dit-elle en riant.

Je me mets à rire moi aussi, un peu étonné par la tournure de cette conversation. Les derniers jours ont été différents parce que nos nuits pleines d'angoisse nous faisaient trop parler de la Cité, de nos côtés sombres, de nos vies maudites. Maintenant, c'est léger, on parle d'amour, de se laisser aller. Je n'aurais jamais pensé qu'on en viendrait à des constats aussi paradoxaux que de dire que la vie fait bien les choses.

— Gabriel ? Est-ce que tu veux être mon ami ? J'en ai jamais eu. Je sais pas si c'est comme ça que ça marche.

— Je pense que c'est comme l'amour. On fait juste le savoir. Mais, oui. Je veux bien être ton ami. C'était déjà commencé, de toute façon, dis-je en lui rendant son sourire.

— Est-ce que tu me laisses te prendre une pof de cigarette ? J'ai jamais essayé. Pis Florence m'a dit que ma première phase de réinsertion, c'était d'essayer plein d'affaires qui font du bien au corps. Je te regarde, pis ç'a l'air de te faire du bien.

Je lui tends ma cigarette un peu à contrecœur.

— Pas toi aussi ! Vous êtes mieux de m'en acheter si vous vous mettez tous à m'en voler. Tiens, juste pour essayer. Prends pas une trop grosse bouffée, tu vas t'étouffer.

Elle s'exécute avec une maladresse qui me fait rire, se mettant bien sûr à tousser immédiatement.

— Ça me relaxe pas pantoute. Inquiète-toi pas, je t'en volerai plus, dit-elle en me la rendant dans un éclat de rire.

Je me rapproche un peu pour m'appuyer au banc moi aussi, mon habituelle fatigue commençant à me rattraper.

— Merci, Gab, de m'avoir emmenée ici. Je sais que t'aurais pu me laisser m'arranger. C'est la plus belle chose qu'on ait jamais faite pour moi.

Je n'avais pas vu la situation ainsi, moi qui avais pensé agir dans mon unique intérêt. Je voyais quand même qu'elle méritait sa chance, et je n'imaginais pas meilleur endroit pour qu'elle s'en sorte et connaisse la simplicité de la vraie vie dans toute sa beauté – celle dont on nous rappelait chaque jour de nous priver.

— Tu m'appelles Gab, maintenant ?
— Ben oui. Maintenant que t'es mon ami.
— Ah ouais, c'est vrai. On pourrait aussi se trouver une poignée de main secrète.
— Je pense que ça paraîtrait trop qu'on est des mésadaptés sociaux.
— J'avoue.
— C'est quoi les autres choses qu'on fait avec un ami ?
— Ce qu'on fait là, je pense.
Elle hoche la tête, pensive, ne perdant pas son sourire.
— J'apprends plein de choses aujourd'hui.
— Bienvenue dans l'école de la vie.

Emma

— Normalement, on commence avec ça.

William me sert un minuscule verre rempli d'un liquide rose foncé. Ça sent vraiment fort et sucré. Ça ne me donne pas du tout envie d'y goûter.

— Ben là, Will. Elle a pas quinze ans, dit Florence en le rejoignant derrière le bar, le poussant pour me préparer un verre.

— Ouais, mais ça revient au même. Hey, t'imagines si t'avais jamais bu une goutte d'alcool? Tu vas pas commencer fancy avec un gin-tonic super fort comme les tiens. Ça te prend quelque chose de sucré qui va goûter pas pire même quand tu vas le vomir.

— Vomir? Comment ça? Je vais vomir?

— Évidemment, répond William.

La musique commence à être de plus en plus forte. Je crois que c'est un des touristes qui se charge de l'ambiance. Ça doit bien faire plus de cinq jours que Florence et William nous harcèlent chaque soir pour qu'on sorte enfin de nos chambres pour faire la fête avec eux. Je ne sais pas pourquoi ils sont arrivés à nous convaincre aujourd'hui, mais vouloir veiller aussi tard me semblait impossible. Je commençais à prendre goût à mes soirées dans la cuisine avec Gabriel à expérimenter ensemble l'art de se préparer de vrais repas. Gabriel est assez créatif et tout ce qu'il arrive à improviser m'étonne. C'est beaucoup moins savoureux que les plats végétariens de Florence ou les crêpes de William, mais il s'en sort bien. C'est la première fois que je comprends ce que ça fait que d'avoir le choix parmi une tonne d'aliments. Manger par pure gourmandise, parce que j'ai envie de quelque chose en particulier, parce que je m'ennuie, parce que c'est agréable de partager, c'est une forme de plaisir que je ne finis plus d'apprivoiser. J'ai même développé une dépendance pour les dattes et le fromage bleu, moi qui n'avais aucune idée de ce que ça pouvait bien goûter. William a avancé que je devais être une bourgeoise refoulée qui passe ses soirées dans des cocktails-bénéfice, mais je ne sais pas trop ce que ça veut dire.

— Gab, tu veux rien boire ? lui demande Florence.

Il est descendu avec moi un peu à contrecœur, pour faire plaisir à William. Gabriel est beaucoup plus introverti que moi ; même si toutes ses expériences de vie donnent l'impression qu'il serait à l'aise dans n'importe quel contexte, il se sent facilement agressé et envahi quand il manque d'espace. Ce soir, c'est complètement à l'opposé de son habituelle bulle de silence et de fumée de cigarette. L'ambiance est à la fête avec une bonne trentaine de voyageurs qui enchaînent les bières et les joints. Je suis plutôt en mode observation, curieuse de regarder aller ce genre de personnes que je n'ai jamais pu côtoyer. Tout le monde est dans la vingtaine ou à peine plus vieux ; des groupes en provenance de différents endroits de la province se mélangent, mais les touristes ont en commun cette aisance à se parler et à se toucher comme s'ils étaient tous de vieux amis. C'est impressionnant.

— Non, pas ce soir, répond-il sans lever les yeux.

William est très sollicité au bar, mais je sais qu'il n'arrête pas d'observer Gabriel, probablement pour être certain qu'il ne s'éclipsera pas. Je ne sais pas trop ce qu'ils sont tous les deux. Je les vois se tenir la main quand ils marchent ensemble au bord de l'eau, je vois William embrasser Gabriel dans le cou quand il se prépare à manger, et ils ont l'habitude de se rapprocher quand on se retrouve tous les quatre pour un cours d'école de la vie. La dernière fois, c'était la revue complète des séries télé qui ont, semble-t-il, marqué les dernières années. Je sais que Gabriel garde encore un peu ses distances, occupant toujours sa chambre en face de la mienne, même s'il a l'habitude de rejoindre William dans sa roulotte le matin. Ça reste quand même les plus belles démonstrations d'affection auxquelles j'ai pu assister dans ma vie, je ne m'en lasserai jamais.

— Emma, c'est pas du jus ! Bois pas aussi vite !

Florence m'avait quittée des yeux un moment et elle semble choquée que mon verre soit déjà vide.

— Je te l'avais dit que dans le fond, c'est une vraie snob ! ajoute William en déposant un nouveau verre devant moi et deux petits à côté de Gabriel.

— Deux shots pour vous deux. Faut bien vous décoincer un peu.

Gabriel lève les yeux au ciel et pousse l'un des verres dans ma direction. Il cale le sien. Je l'imite, cette fois surprise parce que je ne m'attendais pas à un tel goût. Je manque de le recracher, mais William me fait signe de croquer dans un citron. C'est étrange, mais ça passe mieux.

Ça doit faire au moins deux fois que des filles s'assoient à côté de Gabriel pour lui parler. Il ne leur sourit même pas, conservant son attitude froide et distante. William doit trouver qu'il manque de politesse et lui fait de gros yeux.

On dirait bien que tout le monde ici a un objectif de séduction. Je constate toutes les choses qu'ils m'ont apprises sur l'art des rapprochements, même si parfois c'est aussi subtil que la façon de regarder quelqu'un dans les yeux. William reçoit de nombreuses avances et Florence semble avoir un préféré parmi tout ce monde qui demande à boire. Elle se rapproche de lui en s'appuyant au comptoir, riant un peu trop fort. J'aurais dû venir ici avant, c'est presque l'équivalent d'une sortie scolaire pour l'école de la vie.

— Salut.

Je tourne la tête après quelques secondes, pas certaine qu'on s'adresse vraiment à moi. Gabriel n'est plus sur son tabouret, il doit être sorti fumer. Un autre garçon a pris sa place, le même genre que tout le monde ici avec les cheveux longs et un téléphone dans la main. Ça doit être le look des touristes en Gaspésie, j'imagine.

— Euh… Salut.

— Tu viens d'où ?

— Montréal.
— Ah ouais! T'es avec la gang à Seb?
— Euh, non.

Il me regarde en souriant, demandant quelque chose à Florence.

— T'es ici pour combien de temps?
— Ah, euh, ben, je travaille ici tout l'été. Je suis une amie de Florence, dis-je en la désignant, sécurisée par un certain semblant de vérité.

Elle dépose deux verres devant nous, me souriant malicieusement en regardant ensuite le garçon.

— Ça doit être cool comme job. Sinon, tu vas à l'UQAM?
— Heum. Non.
— T'étudies en quoi?
— Pour l'instant, je prends ça relax. Je me donne le temps de voir ce que je veux vraiment faire, dis-je en prenant exemple sur le discours de Florence.

Il hoche la tête en souriant, levant son verre dans ma direction. Je pense qu'il s'attend à ce que j'entrechoque le mien avec le sien. Voilà, c'est ça.

— Moi aussi! Je suis parti un an en Asie pour prendre le temps de me trouver. Je commence à l'automne un certificat en études est-asiatiques.

Aucune idée de ce que ça peut bien vouloir dire, mais je me donne l'air de celle qui approuve son choix d'orientation scolaire.

— Ton nom c'est?
— Emma.
— C'est beau. Comme Emma Watson.
— Euh... ouais.
— Moi, c'est Olivier.

Il se penche sur son téléphone pour ouvrir l'une des applications que Florence m'avait montrées.

— On reste encore trois jours dans la région. Si t'as du temps libre, tu pourrais venir en randonnée avec nous. On prévoit faire le mont Albert vendredi.

— Ah, ben, je pense pas. Je suis pas mal occupée ici.

— C'est quoi ton nom de famille ? Je t'écrirai pis tu viendras si ça te tente.

— Heum… Je suis pas sur Facebook.

Il semble assez étonné puis énumère d'autres réseaux sociaux.

— C'est quoi ? T'es minimaliste ?

Florence arrive près de nous au même moment, remarquant probablement mon regard d'incompréhension.

— Ouais, Emma est minimaliste. Elle rejette tout ce qui est superficiel, même la télé et la technologie en général. Super connectée avec la nature.

Je ne sais pas d'où lui vient cette idée d'improviser sur mon ignorance, mais ça semble tout à fait cohérent pour Olivier, qui me sourit encore plus qu'avant.

— J'ai toujours envié les gens qui étaient capables de se détacher des réseaux sociaux et de notre société de consommation. C'est une vraie drogue, et des fois, je me demande ce que ça m'apporte de bon.

Il se lance dans un long monologue sur la culture asiatique, entrecoupé d'anecdotes sur sa vie auxquelles je ne réponds que par des hochements de tête, buvant trop rapidement parce que je ne sais pas quelle posture adopter ni quoi dire. Il me pose même énormément de questions sur la Gaspésie, moi qui devrais m'y connaître, et heureusement, Florence accourt la plupart du temps pour répondre à ma place. Je commence à me sentir étourdie, j'ai l'esprit embrouillé. Je comprends que c'est l'alcool qui fait ça, mais Olivier ne semble pas du tout affecté, continuant de nous commander des verres que je n'arrive pas à refuser. William est un excellent barman, je dois dire.

Je ne suis plus capable de rester concentrée sur ce qu'il dit, pas plus que de comprendre ce qu'il me montre sur son téléphone, mais il commence à se rapprocher de moi et je ne suis pas certaine d'apprécier son contact. Ce n'est pas vraiment comme ce que William m'avait montré. Il y a trop de bruit, trop de monde, il met sa main sur ma hanche, puis sur ma cuisse. Je me rappelle ce que William m'avait dit : c'est possible que certaines personnes ne soient simplement pas à mon goût.

Je pense que c'est ça. Je dois donc m'en aller ou me trouver une excuse; je suis assez lucide pour me souvenir de la marche à suivre.

— Excuse-moi. Je vais aller prendre l'air.

Wow. J'ai du mal à me tenir debout, j'ai mal au cœur. Tout tourne autour de moi, j'ai l'impression de mal distinguer les sons, les visages. J'ai peut-être trop bu. Quatre verres, trois très petits avec des citrons. À moins que ce soit plus? Je m'appuie sur un mur. J'ai du mal à me frayer un chemin parmi tous ces gens. Quelqu'un me prend la taille, ce qui me fait me retourner. C'est encore Olivier. Je pensais qu'il comprendrait si je m'en allais. Il me dit des choses, mais je n'entends rien. Il essaye de m'embrasser. Je n'en ai pas envie. Sa présence ne me fait pas du bien. Je tourne la tête, essayant de lui dire que je ne veux pas.

— Hey! Lâche-la!

Florence le prend par le bras et il se retourne, surpris.

— T'as pas compris qu'elle veut pas?

Je n'entends pas ce qu'il lui répond, mais il va se rasseoir au bar sans me regarder.

— Ça va? me demande-t-elle en m'entraînant plus loin.

— Euh… oui.

— Il t'a rien fait?

— Non, non. C'est juste que… c'est pas mon genre, je pense. C'est ça que vous dites?

Elle se met à rire, continuant de jeter des regards à Olivier qui fixe maintenant son téléphone.

— Y a des gens qui comprennent pas les signaux qu'on leur envoie, dit-elle en roulant les yeux.

— Ça sert à quoi des études est-asiatiques?

Elle éclate de rire et me regarde de haut en bas.

— T'es vraiment soûle. Je pense que la soirée est finie pour toi.

Florence crie quelque chose à William puis m'accompagne dehors. J'avance un peu sur le gazon et je me mets à vomir brusquement, sans le moindre signal avant-coureur. William avait raison. J'aurais peut-être dû boire son alcool rose.

— Un classique, dit Florence en me tenant les cheveux.

Gabriel arrive près de nous, c'est ce que je remarque en levant finalement la tête, assez certaine qu'il ne me reste plus rien dans l'estomac. On dirait que j'ai déjà l'esprit moins embrouillé.

— Qu'est-ce qu'elle a pris ?

— Elle a juste trop bu, comme tout le monde la première fois. Peux-tu t'occuper d'elle ? Je peux pas laisser William gérer le bar tout seul. Déjà qu'il est un peu trop déconcentré à cause de toi… Tu le sais qu'il aurait aimé que tu passes la soirée avec lui.

— Hey, là. Vous le savez que c'est pas mon genre. Pis regarde, il a en masse le choix s'il veut passer sa soirée avec quelqu'un de plus le fun que moi. C'est bon, je vais l'emmener dans sa chambre. Tu diras à Will que je suis allé me coucher.

Florence retourne à l'intérieur et je me remets à vomir. Pourquoi est-ce que je suis la seule à qui ça arrive ? J'ai l'impression que tout le monde ici boit plus que moi. C'est injuste.

— Viens, on va aller s'asseoir plus loin. T'es mieux de prendre un peu l'air avant d'aller dormir.

La lumière du bar et de l'auberge arrive à éclairer un peu le bord de l'eau, là où Gabriel m'emmène pour qu'on s'y assoie. Je laisse ma tête tomber sur son épaule, fermant les yeux. L'alcool ne me fait pas le même effet depuis que nous sommes sortis de l'abri. C'est moins paniquant, plus apaisant que de sentir la lourdeur de mes jambes et le bourdonnement dans mes oreilles. C'est comme si le stress s'était évadé de mon corps à tout jamais, que les idées qui passent dans ma tête avaient envie d'en sortir avec une facilité que je n'ai jamais connue. Je réalise que je n'aurais jamais osé me rapprocher autant de Gabriel, mais j'ai du mal à me tenir droite, même assise.

— Dis-le-moi si t'as encore mal au cœur.

— Ouais, ouais. Toi, tu faisais quoi ?

— Rien.

— Est-ce que ça fait toujours ça quand on boit ?

Je l'entends rire un peu.

— Non. Là, t'as exagéré parce que tu connais pas encore tes limites. Ça se développe avec le temps.

— Ah. C'est encore l'école de la vie.
— Si on veut.
— Ben, j'ai appris quelque chose d'autre ce soir. Les gars qui font des voyages en Asie pour se trouver, c'est pas mon genre. Ah, pis tu savais que je suis minimaliste ? Toi aussi, ça veut dire. On est trop connectés avec la nature. C'est comme ça.

Maintenant, Gabriel rit pour vrai. C'est vraiment rare, même quand il est avec William. Il se dégage un peu de moi pour s'allumer une cigarette.

— T'es vraiment soûle. Sais-tu ce que le gars a trouvé en Asie ?
— Euh, non. J'irai pas lui demander. En plus, il comprend pas les signaux. Il aurait dû rester en Asie plus longtemps.
— C'est après lui que Florence criait ?
— Ouais. Il voulait m'embrasser sans suivre la procédure des rapprochements. Mais je voulais pas parce qu'il me fait pas du bien comme personne.
— Je vais aller te chercher de l'eau. Reste là.

Je me laisse tomber sur le dos, regardant le ciel noir plein d'étoiles. C'est si beau. Je n'ai plus mal au cœur, j'ai seulement l'esprit confus, des fous rires et une envie étrange qu'on se colle à moi. Mais pas si c'est le gars de tout à l'heure. Pas mon genre. Je ne savais pas ce que ça voulait dire avant ce soir, mais j'en arrive à comprendre que j'ai quand même mes propres goûts et que ce n'est pas simplement la gentillesse de quelqu'un qui fait que je l'apprécie. Les humains sont complexes et certaines choses sont difficiles à expliquer, comme l'effet qu'ils arrivent à nous faire. Gabriel reprend place à côté de moi, il s'empare de mes épaules pour me forcer à me redresser. Il me tend une bouteille d'eau que je m'empresse de caler.

— Pas trop vite, tu vas encore vomir.
— Toi, Gab, tu me fais un bel effet.

Il me regarde avec suspicion alors que je continue d'essayer de formuler mon idée sans me mettre à rire.

— Ben, t'sais, j'aime ça quand t'es là pis je te trouve super beau. Peut-être que t'es mon genre.
— Non. Je suis pas ton genre. C'est pas ce que ça veut dire. T'aimes ça quand je suis là juste parce que t'es pas stressée. Je

suis dans ta zone de confort, je connais ta vie, et avec moi t'as pas besoin de faire semblant.

— Ah. Ben là. Est-ce que tu fais l'amour avec William le matin dans sa roulotte ?

Je l'entends soupirer, puis il se lève en me prenant la main, me forçant à me mettre debout.

— Viens, il est assez tard pour toi.

— Mais là… Tu réponds jamais à mes questions.

Les étourdissements sont encore pires quand je suis forcée de me tenir sur mes deux jambes. Une chance que Gabriel me guide jusqu'en haut, parce que je ne suis pas certaine que j'y serais arrivée. Je me laisse tomber sur mon lit et je crois que Gabriel m'aide à enlever mes chaussures.

— Tu vas être correcte ? Je pense que t'as vomi tout ce que t'avais bu.

— Ouais, ouais. J'aimerais ça que tu restes avec moi un peu. De toute façon, tu fais rien, c'est toi qui me l'as dit.

— C'est bon. Florence me chicanerait si je te laissais toute seule en haut.

C'est vrai que ça fait du bien au corps, l'alcool. Même si ma première expérience m'a fait vomir deux fois, j'arrive à comprendre l'état d'esprit que les gens recherchent pour se laisser aller. J'apprécie de me sentir à la fois endormie physiquement, mais suffisamment réveillée pour avoir envie de dire tout ce qui me passe par la tête. Normalement, ma tête est assez occupée, analysant constamment ma différence avec les autres, constatant mes efforts pour parler et agir comme eux. Maintenant, mes pensées vagabondent, elles sont libres du poids de ma vie et elles me surprennent par toutes les envies qu'elles m'évoquent. Il y a aussi mon corps qui a étrangement faim d'un autre pour s'y presser, partager la facilité du moment. C'est la première fois que je ressens ça en l'identifiant si aisément. Je commence à mieux comprendre pourquoi tout le monde cherchait à séduire quelqu'un ce soir.

Gabriel

Emma est complètement différente de moi. J'ai beau connaître sa vie et avoir sensiblement la même ignorance sur le vrai monde, notre façon d'aborder tous ces changements ne se ressemble en rien. Je crois qu'il y a en elle une soif de vivre qu'elle refoule depuis trop longtemps, qu'elle est ouverte à se laisser aller, à comprendre qui elle est et à plonger dans ce qu'elle aurait été si elle était née dans un environnement favorable à son épanouissement. C'est comme si elle sortait enfin de sa tanière après dix-neuf ans d'hibernation. Quant à moi, je n'ai jamais vraiment pu me cacher, j'étais toujours dehors à essayer de survivre, à me défiler dans le vrai monde en n'ayant droit qu'à son côté sombre. Notre été dans cette auberge me rappelle sans arrêt l'écart entre les autres et moi-même, mon inaptitude pour le bonheur. Je ne me serais jamais laissé aller comme elle, à trop boire et à essayer de comprendre comment faire la fête. Les gens qui s'amusent ne suscitent pas ma curiosité : ils n'évoquent en moi que ma propre différence et me ramènent en plein visage qu'il est trop tard pour moi, qu'espérer devenir comme eux est vain.

Emma se redresse un peu pour s'appuyer à la tête de lit. Je lui ressers de l'eau, espérant qu'elle ne se remette pas à vomir.

— Je suis trop étourdie quand je ferme les yeux.

— C'est correct. Ça va passer.

— Comment je vais faire pour embrasser quelqu'un si personne est dans ma zone de confort, comme tu dis ?

Elle m'amuse un peu avec ses questions. Cette tendance à croire que tout vient avec un mode d'emploi ou une marche à suivre linéaire est assez simpliste quand on considère les nuances déstabilisantes que renferme l'espèce humaine.

— Des fois, sortir de sa zone de confort, c'est un peu ça qui nous donne envie d'embrasser quelqu'un, aussi.
— Comme toi avec William?
— On peut dire ça.

J'ai du mal à m'expliquer moi-même cette attirance que je n'ai pas perdue pour lui. Mon total opposé, lui qui me met constamment au défi, qui pousse mes limites pour que j'arrive à exorciser mes démons, sortir de cette zone de confort qu'il me fait voir comme une zone de souffrance. Il n'a pas tort, mais tout chez moi me pousse à le fuir tout en le désirant jusqu'à en avoir mal. J'en perds la tête, mes repères, ma propre définition de moi-même. Je ne sais toujours pas si c'est ce que je veux, mais je me surprends à profiter du présent un peu trop souvent.

— Tu veux pas me dire c'est comment de faire l'amour? C'est pour l'école de la vie. Purement académique.

Elle n'en démord pas, moi qui la croyais trop embrouillée pour demeurer insistante avec ses questions.

— Demande à Florence, ça va lui faire plaisir de te l'expliquer.
— Mais elle comprend pas que je connais rien. Elle me parle juste du pouvoir de la femme sur son désir, quelque chose comme ça.
— Ben, j'ai pas la vérité là-dessus. Je peux te dire que c'est l'envie de partager ton corps avec quelqu'un d'autre. Tu te laisses aller, ça te fait du bien, ça fait du bien à l'autre. C'est complexe en même temps que c'est simple, mais je pense que c'est propre à chaque couple. On crée notre expérience à nous, on est comblés ensemble. Physiquement, émotivement. Mais ça, c'est quand t'aimes quelqu'un.

Je n'arrive pas à croire que je suis en train de mettre des mots là-dessus. Je ne pense pas que j'y serais arrivé si elle ne me paraissait pas si confuse en ce moment; disons que ça rend le tout un peu moins embarrassant. C'est presque comme parler à quelqu'un qui dort.

— Je trouve pas ça clair, mais ç'a l'air le fun.
— C'est sûr.

Elle ouvre les yeux et me regarde un moment, souriante, avant de les refermer.

— Tu veux pas m'embrasser? Je te donne dix dollars. C'est-tu ça le prix?

— Emma, je pense que tu devrais dormir. Tu dis n'importe quoi.

— Je suis très sérieuse. J'ai juste le goût de savoir ce que ça fait. Ça va être plus facile avec toi parce que t'es dans ma zone de confort. Pis t'es trop beau. En plus, t'es un professionnel, c'est ce que Florence dit.

Je secoue la tête, découragé qu'on en revienne toujours au travail du sexe avec autant de légèreté. Je pense qu'Emma ne sait pas trop de quoi elle parle, même si elle doit en avoir une vague idée. J'ai définitivement arrêté depuis la semaine dernière. Je ne sais pas si William a raison quand il remet en question l'indépendance que mon travail m'apportait, mais depuis notre premier moment de proximité dans sa roulotte, je ne pouvais plus me dire qu'il était préférable pour moi de continuer, au détriment de tout ce que j'avais envie de vivre avec lui.

— Je fais plus ça.

— Ah, mais là. S'il te plaît. Juste un petit. C'est comme si j'étais ta dernière cliente. Il me semble qu'un petit bec, ça fermerait bien ta boutique.

— Ma boutique? T'es vraiment soûle.

— Ta carrière, si t'aimes mieux. Vingt dollars! Fais-moi une offre.

— Emma, tu dis n'importe quoi. T'es mieux d'embrasser quelqu'un parce que t'en auras vraiment envie. Pas moi juste parce que tu veux savoir ce que ça fait.

— Hey. Tu fais exactement ce que Florence dit sur la société patriarcale. Tu viendras pas me dire quoi faire avec mes envies pis mon désir. J'ai le goût de t'embrasser, j'ai le droit. Cinquante dollars!

— Non.

Elle me regarde comme si je l'avais insultée, blessée. Une vraie manipulatrice.

— Ben là. Tu fais ça avec des inconnus pis moi, juste un petit bec, tu veux pas. C'est pas juste.

Mais c'est tellement différent. Vraiment, personne n'est capable de comprendre ni même de faire l'effort d'essayer. Je soupire en voyant qu'elle se redresse pour s'approcher de moi.

— OK. Mais c'est purement académique, dis-je en levant les yeux au ciel.

Elle me sourit et s'avance un peu plus. Je pose mes lèvres sur les siennes en ayant l'intention de me dégager aussitôt, mais elle s'agrippe à mon cou, m'embrassant avec un peu trop de vigueur. Disons qu'elle a complètement ignoré le conseil de William de ne pas trop en faire la première fois.

— Hey, on se calme.

— Ouah. Merci. Tu me diras combien je te dois, dit-elle en se laissant retomber sur son oreiller.

Je ne suis pas certain qu'elle se rappellera de ça demain matin, mais elle a tellement l'air satisfaite de si peu que ça me fait sourire. Elle est vraiment drôle. Même complètement soûle, je reconnais quand même la Emma que j'ai découverte au courant des derniers jours, me surprenant constamment par sa facilité de voir les choses et sa volonté de progresser tout en conservant une certaine naïveté qui me fait du bien.

— Maintenant, je vais dormir. Tu devrais aller rejoindre William, c'est ce que je ferais à ta place. T'sais, pour aller créer votre expérience pis vous combler ensemble. J'ai hâte de savoir ce que ça fait.

— Ouais. Bonne nuit.

J'éteins la lumière et je ferme la porte derrière moi, tenté de retourner dehors une dernière fois avant d'aller dormir. On dirait que je commence à me sentir coupable d'avoir donné de faux espoirs à William en m'éclipsant de la soirée après moins d'une heure. Emma a réussi à me faire réaliser que j'avais de la chance de connaître l'affection avec lui.

Il y a encore du bruit en provenance des chalets, mais le bar est vide. Il est presque trois heures du matin, c'est complètement fou que j'arrive à rester réveillé. On dirait que j'entre dans une nouvelle étape de ma guérison, un peu comme la dernière fois. Après des abus de sommeil et une faim insatiable, l'équilibre qui s'installe donne toute la place à une nouvelle obsession, celle qui s'éveille quand je commence enfin à sentir mon propre corps, à cesser de le faire souffrir en permanence. Je me dirige vers la roulotte de William, constatant qu'il y a encore de la lumière à l'intérieur, puis je frappe doucement à la porte.

— Salut, je te réveille pas ?

William me laisse à peine le temps d'entrer, m'embrassant avec une fougue qui me prend de court. Visiblement, il a trop bu lui aussi. Même si je suis complètement à jeun, je me laisse porter par son esprit embrouillé par le désir et la passion. J'en mourais d'envie moi aussi. Il m'entraîne sur son lit, tenant mes poignets au-dessus de ma tête et soulève mon t-shirt pour promener ses lèvres sur mon torse. Je me redresse un peu pour arriver à me positionner au-dessus de lui et lui retirer sa camisole, me rappelant sans cesse les cruelles limites que nous devons nous imposer. Lui semble complètement les oublier, ses gestes devenant de plus en plus concrets et insistants.

— Will, doucement.

Il descend ses lèvres dans mon cou, continuant de me toucher. J'en gémis presque, tellement cette retenue accentue mon désir.

— Je sais. On est comme des ados qui attendent avant de passer aux choses sérieuses, dit-il à mon oreille.

— Je m'excuse d'être parti, tantôt.

Je reprends un peu mon souffle et je m'allonge sur le côté pour appuyer ma tête sur sa poitrine.

— Ça va, je sais que tu préfères ta bulle pleine d'idées sombres. Je suis content que tu sois venu me voir. Tu dormais pas ?

— Non. Emma a été malade. Florence m'a demandé de la surveiller un peu.

— Je lui avais dit de pas lui donner des drinks aussi forts. Un peu de Sour Puss, ça aurait fait la job.

Je pense quand même qu'elle aurait abusé tout autant. Elle a beaucoup trop envie d'expérimenter pour avoir le contrôle sur ce qu'elle essaye. À l'inverse de moi, je ne crois pas qu'elle serait arrivée à interrompre des ébats aussi sensuels que ceux que je viens d'avoir avec William.

— Elle est drôle, ajoute-t-il. Elle est pas comme toi. J'aurais pensé que vous auriez tous une super grosse carapace et un esprit torturé. Elle, elle est juste naïve et innocente parce qu'elle a rien vécu. Ben, je sais qu'elle a dû endurer pas mal de choses dégueulasses. Mais je parle des expériences d'une jeunesse normale.

— Tu sais qu'elle m'a demandé de l'embrasser en échange de cinquante piasses?

— Quoi?

Il se met à rire, se tournant sur le côté pour me regarder.

— C'est quand même un bon prix. Tu l'as fait?

— Ouais, mais pas pour l'argent, franchement. Juste parce que je trouvais ça drôle qu'elle sache autant ce qu'elle veut. Je voulais pas la rejeter pour pas grand-chose, dans le fond.

— Clairement qu'elle fantasme solide sur toi. Je la comprends. Brise-lui pas le cœur.

— Ben non. Elle arrête pas de me dire d'aller faire l'amour avec toi.

Je baisse les yeux en voyant que cette remarque le fait sourire encore plus.

— Pour vrai? Je pense qu'elle va déclasser Florence. Elle gagne des points pour devenir ma meilleure amie.

Il resserre son bras autour de moi et je ferme les yeux, toujours aussi bien quand je me retrouve dans son lit.

— Je te dirai jamais assez à quel point ça compte pour moi que t'aies décidé d'arrêter. Même si tu continues d'embrasser des filles désespérées pour cinquante piasses.

— C'était quand même une première pour moi, dis-je en lui souriant. Mais, pour vrai, ça compte aussi pour moi. Je sais pas ce que je vais faire d'autre dans la vie, mais en ce moment, c'est vraiment pas ce que je veux.

— Qu'est-ce que tu veux?

Je lève les yeux puis m'avance pour l'embrasser.

— Toi.

— Mmm… tu devrais passer plus de temps avec Emma. Tu peux même l'embrasser encore pour la remercier.

— Ça va être correct. Elle est un peu trop intense.

— Comment faire autrement avec toi ? dit-il avant de m'embrasser de nouveau, sa langue explorant la mienne.

On recommence à s'emporter et à se défaire de nos vêtements, mais maintenant c'est lui qui m'arrête, reculant pour me forcer à le regarder dans les yeux.

— Tu le sais aussi bien que moi que ça pourrait être safe si on fait attention, mais j'aime ça te faire réaliser que t'en as juste envie comme tout le monde. T'es pas un extraterrestre, Gabriel, t'es le plus bel humain de ma planète.

— T'essayes encore de me faire l'école de la vie ?

— Exact. Le genre de frustration qu'on vit à quatorze ans quand on explore l'amour, t'as manqué ça pendant que tu cherchais à survivre.

Je n'exprime peut-être pas mon ignorance avec la même légèreté qu'Emma, mais je suis bien sûr confronté à ces étapes de la vie, de l'enfance et de l'adolescence, que je n'ai jamais pu connaître. Prendre conscience de mon propre désir, laisser aller mes pulsions naissantes, je n'ai jamais su ce que ça pouvait bien vouloir dire. J'en ai peut-être un avant-goût maintenant, alors que William s'amuse à tester mes limites, à affamer mon corps qui rêve de plus en plus de lui faire l'amour, comme le dit si simplement Emma.

— "Parce que tu as vu, trop vu, trop jeune, que l'Univers est sans âme"… chante-t-il à voix basse, un sourire amusé aux lèvres.

— *New Born* de Muse ?

— Je l'ai traduit parce que tu ris toujours de mon accent. C'est comme si cette chanson-là, elle parlait de toi. Ici, tu renais.

Il me regarde dans les yeux, traçant du bout de l'index les trois triangles scarifiés sur mes côtes. Cette marque qu'on nous inflige quand la Cité nous accepte, ou à l'âge de douze ans quand on y est né, j'ai souvent l'impression qu'elle se voit encore plus que l'ensemble de mes tatouages.

— *I'm breaking out, escaping now…* lit-il le long de mes côtes, le tatouage que j'ai fait faire la première fois que je m'étais enfui, soulignant les trois triangles qui forment une ligne verticale.

— À mon premier été ici, tu m'avais demandé la chanson qui m'avait fait comprendre ce que la musique fait vraiment. Pour moi, c'est celle-là. Elle parle encore plus de moi. De ma vie twisted qui m'a rendu froid, qui m'a fait rêver que je pouvais être vivant quelque part... Maintenant, c'est vrai que je m'évade.

— *And I want it now... Give me your heart and your soul...* chante-t-il tout bas avant de m'embrasser doucement.

— C'est vrai que ça prend un autre sens. Depuis que je suis ici... avec toi. Donner son cœur, son âme, peut-être que ça peut être beau.

Il dégage son bras qui entourait mes épaules, se redresse un peu pour me montrer l'intérieur de son biceps.

— *Love is our resistance...*

— Après ça, essaye de dire qu'on est pas des âmes sœurs, dit-il en penchant la tête, m'adressant un sourire en coin.

— C'est la chanson que tu m'avais jouée au piano.

Cet été où Florence et lui m'avaient emmené chez leurs parents un peu de force... J'avais eu peur de me sentir embarrassé, d'être obligé de mentir sur ma vie, qu'on pense que je n'étais pas la bonne personne pour William. Mais ça avait juste été simple parce que leurs parents sont comme eux, chaleureux, accueillants, sans jamais démontrer de jugement. Le reste du monde est si beau, c'est ce que j'arrive à conclure chaque fois qu'ils me le font découvrir un peu plus.

— Cette phrase-là, elle veut dire tellement de choses pour moi. Elle résume tout. L'amour, c'est une force que personne peut t'enlever. Tu devrais pas lutter contre ça. Partout dans le monde, peu importe nos croyances ou notre culture, y aura toujours des gens pour essayer de nous dire qui aimer et comment aimer pour chercher à nous contrôler. C'est pas juste dans la Cité où on fait du mal aux gens en voulant les empêcher d'aimer.

— Je sais.

Même si je sais tout ça, je n'ai pas encore les idées assez claires pour comprendre ce que ça veut dire et en venir aux mêmes conclusions. J'ai encore trop peur de lui faire de la peine, qu'on ne soit pas rendus à la même place, de ne pas savoir m'y prendre avec les sentiments. Même si je suis conscient de faire du chemin, je ne deviendrai jamais aussi ouvert et sensible que lui. Je demeurerai brisé avec quelques morceaux recollés. C'est le mieux que je peux espérer.

Je me glisse sous les couvertures pendant que le ciel commence à s'éclaircir. William semble heureux que j'accepte de passer ma courte nuit ici et il s'empresse de me serrer contre lui dans la chaleur des draps.

— Je t'aime, dit-il à voix basse en fermant les yeux.

— Bonne nuit.

— "Je voudrais satisfaire… les désirs inavoués de ton cœur…"

— T'es une vraie machine.

— On installera le karaoké pour la fête du Canada, même si Muse, c'est des Britanniques.

— Tu m'expliqueras encore pourquoi on fête pas sérieusement le Canada, je m'en rappelle plus trop.

— Faudrait que je demande à mon père de venir vous donner le cours.

— Rappelle-toi aussi de m'expliquer ce que ça veut dire d'être minimaliste.

Je pense que le désir m'empêche de trouver le sommeil, à moins que ce soit ce genre de conversation légère que j'aime voir s'éterniser avec William, celles qui me rappellent par moments que je ne suis pas totalement déconnecté, que j'arrive à ressentir des émotions similaires aux siennes. J'ai longtemps rêvé d'être vivant, mais je crois que ce que je ressens présentement en est la définition même.

Je me réveille avec la chaleur du soleil qui frappe sur le toit de la roulotte, juste au-dessus de moi. William est encore endormi, même si son téléphone sur la charge affiche dix heures vingt-neuf. Florence risque de le sermonner, mais j'imagine que cette simple nuit avec moi en valait la peine. Je ne sais pas pourquoi ça m'apaise autant de me réveiller avec quelqu'un, mais j'ai cette envie de me coller à lui et de partager sa chaleur encore un peu.

— Mmm… Salut. T'es resté.

— Oui. T'as raison, ta roulotte est plus confortable que ma chambre. Je vais aller prendre une douche, attends-moi pour déjeuner.

— C'est sûr, dit-il en s'étirant, refermant les yeux.

Florence et Emma sont encore dans la cuisine, même si l'heure du déjeuner pour les voyageurs est passée depuis un bon moment. Elles me gratifient d'un regard rempli de sous-entendus en me voyant franchir la porte.

Je monte rapidement à ma chambre pour aller chercher des vêtements. Je veux éviter de leur adresser la parole parce que je connais déjà les questions dont elles meurent d'envie de m'assaillir. Il y a une feuille de papier pliée sur mon lit. Je m'avance pour voir de quoi il s'agit. Il y est inscrit « merci » au stylo rouge avec un bonhomme sourire juste en dessous. Un billet de cinquante dollars y est glissé. Je lève les yeux au ciel, souriant malgré tout. Je ne sais pas si ça serait vraiment mon prix pour un seul baiser, moi qui n'ai jamais eu une si simple demande, mais ça me fait plaisir que ce soit son prix à elle. Ça financera quelques paquets de cigarettes.

Je les rejoins dans la cuisine après m'être douché et changé, maintenant affamé parce qu'il est près de midi. William est déjà avec elles, justifiant à Florence son retard pour l'aider avec les dégâts d'hier.

— Grosse soirée, les gars ? demande Florence en nous regardant à tour de rôle.

— Très sage. Pas comme Emma, en tout cas… dit William en la regardant, haussant les sourcils, moqueur.

— Euh. Je vais très bien.

Elle prend place à table avec nous, s'assoyant à côté de moi en me servant du café.

— Avoue que c'est pas juste ! lance Florence en la désignant. Elle est super en forme ce matin. Ça dégringole à vingt-cinq ans, les lendemains de veille. Profites-en.

— Ben, j'aimerais mieux pas vomir. Mais sinon, c'est vrai que c'était quand même le fun. À part le gars super fatigant avec ses photos de voyage.

— Ouin. T'as pas été chanceuse, déplore Florence en soupirant. T'auras des occasions de te reprendre. L'été est jeune.

William dévisage Emma un moment, la défiant du regard.

— J'ai entendu dire que tu t'étais très bien reprise…

Je lève les yeux au ciel. Évidemment que ça allait revenir sur le tapis ce matin. Emma baisse les yeux en souriant.

— Comment ça ? demande Florence en nous regardant tous avec insistance.

— Elle te l'a pas dit ? Elle a embrassé Gab comme s'il était un homme objet.

— Quoi ? Vous deux ?

Florence se tourne vivement vers Emma. Elle lui touche le bras pour qu'elle la regarde.

— Oh. Vous capotez. J'ai le droit. Il a dit oui.

— C'était purement académique, dis-je en baissant les yeux vers mon café.

— C'est vrai que c'est un professionnel, ajoute Emma en penchant la tête vers moi. Même si t'es un peu coincé.

William m'adresse un sourire en coin que je ne peux m'empêcher de lui rendre alors que Florence continue de nous dévisager.

— Tu sauras qu'il est très capable de se décoincer. En fait, non. Tu le sauras pas parce qu'y a juste moi pour le savoir. Pis on s'entend que je le paye pas, moi.

— Tu l'as payé ? s'exclame Florence en poussant l'épaule d'Emma.

— Ben quoi ? J'ai repris le pouvoir sur mon désir de femme.

— Dis surtout que t'as découvert l'art de la manipulation, dis-je en secouant la tête.

— Mmm… Je suis fière de mon élève. Pis là, c'est quoi ? Tout le monde ici a embrassé Gab à part moi ?

Florence se lève avec empressement pour venir m'embrasser sur la joue en me tenant le visage entre ses mains.

— Hey, calmez-vous. C'est mon chum, pas un buffet à volonté.

William lance cette remarque en souriant. Je crois qu'il la regrette assez vite, constatant que Florence nous examine avec suspicion et que mon corps qui se raidit soudainement. Il n'a pas changé. Il va trop vite, laissant ce qu'il ressent prendre toute la place, oubliant que ce n'est pas si simple pour tout le monde. Encore moins pour moi. C'est bien le problème chaque fois que je me laisse aller avec lui : il oublie mon propre rythme, il se convainc que j'ai guéri toutes mes blessures en une nuit. Toutes ces remarques qui laissent croire à l'engagement, une vie où les attentes s'élèvent envers moi, ça me donne envie de m'enfuir, de retrouver ma solitude.

Je me lève en évitant de croiser le regard de William, incapable de supporter cette ambiance plus longtemps.

— Je vais aller cleaner le bord de l'eau. Florence, tu me diras si je peux faire autre chose pour vous aider.

Je m'éloigne rapidement, même si j'arrive encore à entendre Florence dire à voix basse à William de faire attention. C'est toujours la même chose : il faut m'apprivoiser, me réparer puis tout recommencer. Je préférerais qu'on arrête de s'attacher à moi, qu'on arrête de me surveiller en attendant que je devienne une personne normale. Ce ne sera jamais le cas. Jamais. Je décevrai les gens constamment, mais je ne sais même pas pourquoi je devrais faire des efforts pour qu'il en soit autrement. Je veux m'évader, mais maintenant, j'étouffe.

Emma

Une part de moi arrive toujours à le comprendre, à partager la douleur que son corps exprime quand la facilité du reste du monde le confronte à sa propre souffrance. Je le vis aussi, mais je me bats pour ne pas l'assumer, à l'inverse de Gabriel qui en fait presque son identité. Mais comme lui, je ne serai jamais normale. Avant de le connaître, j'avais l'impression qu'il n'existait dans la Cité que de fervents initiés, puis moi comme intruse, prisonnière de ma propre haine et de mon refus de laisser mon esprit se soumettre. J'ignorais qu'il y avait d'autres révoltés qui restaient dans cette prison en connaissance de cause, abîmant leur corps et leur âme parce que tout ce qu'il leur restait appartenait à la Cité. Entretenir sa propre prison parce que ça devient tout ce que nous connaissons, je l'ai fait aussi. Je ne sais pas si c'est notre âge, nos expériences de survie différentes ou notre nature propre, mais je souffre en le regardant, impuissante de voir qu'il a plus de mal que moi à accepter l'amour. Je l'accepterais tellement, si j'étais à sa place… Nous ne sommes pas ici depuis bien longtemps, mais un monde sépare ce que nous étions dans la vieille voiture de Gabriel, fixant nos yeux sur la route en laissant le silence nous reconstruire, et ce que nous sommes aujourd'hui. Il arrive maintenant à rire, à se moquer, à profiter des gestes de tendresse que je l'envie tellement de recevoir tous les jours, mais il continue de lutter. Je ne suis pas comme lui. La Cité avait cette claire intention de nous couler tous dans le même moule, nous former dans cette masse de vénération pour un mode de vie et des gens supérieurs que nous rêvions d'égaler un jour, mais je constate aujourd'hui que des écorchés en ont résulté, aussi différents puissent-ils être.

— Ils m'ont laissé un beau bordel dans le deuxième chalet. Je vais aller nettoyer, mais j'aimerais ça que vous fassiez la vaisselle pis que vous commenciez à faire des portions avec les plats dans le frigo, dit Florence en se levant, caressant le bras de William qui semble perdu dans ses pensées.

— OK. J'irai faire le gazon après.

— Will... Laisse-lui un peu de temps.

— Je sais... mais... on a dormi ensemble, pis il m'a quand même dit des choses...

— Justement. Laisse-le aller, mais pousse pas trop. Je sais que c'est dur.

Elle quitte la pièce, me laissant seule avec William qui s'empresse de se diriger à l'accueil pour régler la note avec les voyageurs qui descendent tout juste de leur chambre. Je m'affaire à nettoyer la vaisselle quand William me rejoint, essuyant et rangeant ce que je dépose sur le séchoir.

— Emma, est-ce qu'il y a des choses que je sais pas ? Penses-tu qu'il a raison de croire qu'on pourra jamais être ensemble à cause de votre vie de fuckés ?

Il y a une tonne de choses qu'il ne sait pas, qu'il ne saura jamais, et c'est beaucoup mieux ainsi. Ce n'est pas ce qui fait que Gabriel le fuit autant, c'est cet écart entre leurs vécus, peu importe ce que William en sait réellement.

— C'est ce qu'il t'a dit ? Que vous pourriez jamais être ensemble ?

— Ça revient toujours à ça. Qu'on est trop différents, qu'il m'apporte rien de bon, qu'il connaît pas les sentiments comme moi je les connais... Il se laisse juste pas aller.

— Ben, t'sais, je le connaissais pas avant, mais je peux te dire qu'au contraire, il se laisse vraiment aller. Peut-être pas selon ta définition à toi, mais pour lui, pour moi, c'est énorme. Je pense qu'il faut que t'arrêtes de le comparer à toi, parce que si tu fais ça, tu vas toujours être déçu.

Il garde le silence un moment, tournant la tête de temps à autre. Je sais qu'il surveille encore Gabriel, même si c'est inconscient ; il a peur qu'il disparaisse.

— Toi, est-ce que t'as espoir de retrouver une vie normale ? D'aimer quelqu'un, de retourner à l'école, de faire ce que t'aimes, de passer par-dessus ?

Je préfère de loin qu'on parle des sentiments de William et garder pour moi mon propre besoin d'amour et d'affection. Si, pour lui, se laisser aller rime avec réfléchir à changer de vie, je comprends un peu Gabriel d'avoir envie de nier et de retrouver sa solitude.

— Honnêtement, je sais pas. Il me manque la base pour comprendre ce que ça veut dire, savoir ce que j'aime, ce que je veux. Je pense que c'est encore pire pour lui. Tu peux pas lui demander trop de choses en même temps. Il faut que tu le laisses trouver lui-même ce qui le rend heureux, pis j'ai l'impression que ça commence tranquillement. Oppose pas ça à tes attentes à toi. Si tu l'aimes, prends ce qu'il peut te donner, tant que t'es heureux là-dedans toi aussi.

— Je l'aime tellement…

Sa façon de le dire me fait un pincement au cœur. C'est presque comme si je ressentais de l'amour, moi aussi. Je ne sais même pas si je serais prête à ce qu'on m'aime, si j'arriverais à être adéquate devant autant de démonstrations, si je pourrais rendre la pareille à quelqu'un un jour.

— C'est juste que… je te vois, toi, pis t'as l'air d'avoir envie de vivre des belles choses. J'aimerais ça que ce soit la même chose pour Gab, qu'il comprenne qu'il a le droit d'avoir du fun, que je l'aime pour vrai pis qu'y a rien qu'il puisse me dire qui va changer ça. Il devrait juste en profiter. Je sais pas pourquoi il s'en empêche.

— Je pense que tu veux trop, tout en même temps. C'est déjà beaucoup, ce que je vois entre vous deux, pis je suis pas dans ta roulotte, dis-je en lui souriant. Pour quelqu'un qui se laissait même pas toucher pis qui voulait à peine parler, c'est tellement de progrès… Ça se serait pas passé aussi vite s'il t'aimait pas.

— Il t'a dit qu'il m'aimait ?

— Pas directement, mais j'ai compris qu'il savait ce que ça fait d'aimer, oui.

Il prend l'assiette que j'avais dans les mains pour la déposer sur le comptoir et me serre contre lui. Je ne m'y attendais pas, mais ça me fait du bien. J'ai l'impression d'avoir réussi à tenir une vraie conversation, comme si aucun de mes propos n'était en marge de ce à quoi il est habitué.

— Mais oublie pas ce que j'ai dit avant, ce que Florence t'a dit aussi. Laisse-le aller vers toi. Il va réaliser que c'est toi qu'il veut, que ça le rend malheureux de s'en passer. Quand on grandit dans la Cité, on sait pas faire autre chose que de se priver et penser qu'on doit mériter notre propre vie. Il deviendra pas comme toi juste parce qu'il t'aime.

— Ça me fait du bien que ce soit toi qui me le dises. C'est encore flou pour moi, ce que vous avez enduré. Mais t'es presque aussi étonnante que lui quand tu te mets à parler.

— Comment ça, presque ?

Il se met à rire, se détachant de moi.

— T'es pas aussi coincée, alors c'est moins surprenant.

— Ah. J'avoue, dis-je en lui rendant son sourire.

— Je sais qu'il faut que je sois moins intense si je veux pas le faire fuir. Mais j'ai tellement peur que vous disparaissiez du jour au lendemain comme la dernière fois. J'ai arrêté d'insister pour comprendre ce qui s'était passé, mais ça me tue de pas savoir.

Moi non plus, je ne comprends pas. Depuis notre arrivée ici, c'est impossible pour moi d'envisager de quitter un tel endroit, autant d'amour, de liberté. Encore moins si c'est pour retourner à la case départ.

— Moi, c'est hors de question que je retourne là-bas. Je le crois quand il me dit que c'est fini. Tu devrais en faire autant et profiter de sa présence, même s'il faut que tu te calmes un peu pour y arriver.

Il me sourit et je me laisse contaminer, étonnée de me mettre à comprendre les rouages complexes des relations amoureuses. Ce n'est peut-être pas si différent de ce à quoi les livres m'ont fait rêver.

— T'es cool, Emma. Pour une fille complètement déconnectée, t'es super moderne. Vraiment allumée.

— L'amour, ça me rend particulièrement attentive. Même que je t'avouerais que je suis un peu jalouse.

Il fronce les sourcils, me jetant un coup d'œil amusé.

— Tu tripes pas sur Gab, j'espère ?

— Ben non. J'ai assez de mon propre esprit tourmenté, ça manque d'exotisme.

— C'est exactement ce que je disais à Gab! La différence, c'est ben plus excitant.

— Ben oui. On peut pas être deux minimalistes. Ça serait vide à un autre niveau.

Je me mets à rire avec lui, assez satisfaite d'avoir ramené l'ambiance à la légèreté, appréciant ce moment avec William. Je pense qu'il est mon ami, lui aussi.

— Avoue qu'il embrasse bien ?

— Vraiment. Mais il a coupé ça court. Chanceux.

Je lui donne un petit coup de coude dans les côtes comme je l'avais vu faire avec Florence. William a une aura chaleureuse qui donne envie de se coller à lui, de rire sans arrêt et de mettre ses états d'âme sur la table sans la moindre retenue. Je comprends que sa présence fasse autant de bien à Gabriel, l'éternel refoulé.

— Je vais quand même devoir essayer de le reconquérir.

— Je pense que ça devrait être lui. Oublie pas. Tu le laisses aller. Il t'a donné l'impression qu'il avait besoin d'espace. Laisse-lui-en plus qu'il en faut pis, tu vas voir, il va revenir assez vite.

— Wow! T'es vraiment manipulatrice! Pauvre gars qui va se ramasser dans ton piège.

Je ne sais pas trop ce qu'ils veulent dire par là, mais je n'ai pas envie de nier la moindre force qu'on arrive à m'attribuer, ma personnalité qui se dévoile enfin.

— T'as pas un frère dix ans plus jeune qui aime les filles ?

— Hey! Je suis pas si vieux que ça. Tu dis ça parce que je suis ton genre ? Avoue-le!

— Peut-être un peu. T'es l'inverse d'un minimaliste. Tu remplis tout l'espace, même les petits cœurs séchés comme celui à Gab.

— Oh, t'es ben cute. Rappelle-moi quand même de vous expliquer le trend du minimalisme. Vous avez rien compris.

Gabriel

J'imagine que Florence doit de moins en moins me porter dans son cœur. Elle a plus de facilité à respecter mon besoin de silence et je sais que lorsqu'elle se tait, c'est parce qu'elle m'analyse et cherche à lire dans mes pensées. Je m'occupe le plus possible depuis les derniers jours, me jetant dans le travail parce que j'arrive enfin à me sentir un peu en forme, éveillé, et que je n'ai plus envie d'avoir tout mon temps pour penser. Florence me trouve un peu obsessif, surtout quand je m'occupe du jardin qu'elle m'assure n'avoir jamais vu aussi rigoureusement entretenu. Peut-être que ça aide de ne pas être aussi distrait que William. À moi, elle n'a pas besoin de me rappeler constamment quoi faire et je sais que c'est pareil avec Emma. Nous sommes de parfaits employés parce que nous nous sentons en vacances plus que jamais, c'est ce qu'ils ne pourront jamais comprendre. William est plus distant avec moi depuis samedi matin, même s'il ne peut s'empêcher de m'observer sans la moindre subtilité, de me toucher quand les conversations avec les filles sont plus légères, mais il ne témoigne plus autant d'insistance. Je ne sais plus quoi faire, c'est bien ça le problème. J'ai envie de lui. Cruellement. Mais je n'en peux plus que ça ne semble pas vouloir dire la même chose pour moi que pour lui, qu'il s'imagine qu'on puisse vivre comme un couple ordinaire.

Je m'accorde une pause pour m'asseoir au bord de l'eau. Le soleil qui tombe un peu vers dix-neuf heures et la marée qui monte doucement demeurent l'un de mes spectacles préférés. Je ne l'avais pas entendue arriver, mais Florence prend place à côté de moi.

— Je pensais que t'étais fâchée contre moi.
— J'essaye.
— T'as le droit.
— Arrête de faire comme si tu te foutais de tout le monde. T'es mon ami. J't'aime.

Je regarde devant moi sans broncher quand je la sens poser sa tête sur mon épaule. Je ne suis pas complètement perdu. Je sais bien que c'est sur elle que la peine de William retombe chaque fois, qu'elle doit voir ma présence comme un cercle vicieux, appréhender le prochain drame qui monopolisera toute son énergie. Elle, elle est tellement empathique qu'elle ne peut pas imaginer ne pas être là pour soutenir son meilleur ami, même si tout ça doit lui sembler bien immature.

— J'ai pas envie de parler de William.
— C'est pas de lui que je veux parler, non plus.
— Tu veux parler de quoi? Redonne-moi ma cigarette.
— Pourquoi t'es parti, la dernière fois? demande-t-elle en prenant une autre bouffée.

Elle non plus n'a pas changé. Elle est plus cérébrale qu'émotive, toujours aussi directe, n'endurant pas les tabous bien longtemps. Ça toujours été différent, les moments où j'arrivais à m'ouvrir un peu en sa présence. Avec Florence, ce n'est pas la fidélité qui me donne envie de m'ouvrir: c'est simplement mon besoin de laisser sortir les mots, de reconstruire ce que je n'arrive pas à m'expliquer moi-même sans le faire à voix haute.

— Tu me l'as pas pardonné, je le sais.
— Parce que moi, je suis pas amoureuse de toi. Je t'aime d'une autre façon, même si tu connais pas encore bien ça. Je pensais que t'étais mon ami, que ce qu'on avait développé te donnerait envie de rester. C'est pas juste à Will que ça a fait de la peine. Je m'ennuyais de toi, de mon ami avec qui j'avais passé le plus bel été de ma vie.

Je ferme les yeux, laissant ma tête tomber un peu pour s'appuyer sur la sienne. Ça me rend nostalgique, mais elle a tort de dire que je ne connais pas ça.

— Gaëlle, c'était ma meilleure amie. Ma seule amie. La seule personne que j'ai vraiment aimée avant de venir ici.

Je leur en avais un peu parlé, mais jamais dans les détails. Ils savaient que cet été où je m'étais enfui précédait d'à peine quelques mois mon mariage avec Gaëlle. Je ne voulais pas de cette vie, je n'en avais jamais voulu, mais elle était la seule personne de la Cité dont j'avais envie de parler, avec qui j'avais partagé de bons moments, aussi courts et cachés aient-ils été.

— La fille avec qui tu devais te marier… T'étais amoureux d'elle ?

— Non. C'était pas comme avec William. C'était… un peu comme avec toi, avec Emma. Même que, on était devenus encore plus proches parce qu'on se connaissait depuis longtemps, elle connaissait ma vie dans les moindres détails. Je connaissais la sienne aussi.

— Je pensais pas que t'avais déjà été proche de quelqu'un dans ta vie.

— Ma vie dans la Cité, ça compte pas vraiment comme une vie.

— Pourtant, c'est toute ta vie…

Nous avions été retirés de l'école en même temps, elle et moi cherchant à survivre en voyant que nos parents n'arrivaient pas à nous nourrir. Elle s'était laissée entraîner par la facilité du travail du sexe, tout comme moi, ramenant l'argent alors qu'on laissait ses huit frères et sœurs vivre dans l'un de ces appartements insalubres. Nous avons pu compter l'un sur l'autre plusieurs années, vivant des réalités parallèles pour créer ensemble notre résilience. Quand nous avons su que nous devions nous marier, ça avait été une espèce de soulagement m'empêchant de voir la réalité en face. On ne devient pas libres une fois mariés. C'est bien pire parce que nous ne sommes plus des enfants. Nous devenons des fidèles, dédiant notre vie à la Cité en acceptant de faire grandir des nourrissons dans cette misère. La prison se fait d'autant plus sordide.

— J'ai voulu la convaincre de partir avec moi. Elle pouvait pas laisser sa famille, elle avait trop peur, elle connaissait personne d'autre. Elle pensait que j'allais juste prendre l'été pour réfléchir, revenir et me marier avec elle comme prévu.

— On pensait justement que c'est ce que t'avais fait.

Je prends le temps de réfléchir un moment, rassemblant tout ce qui s'était passé, tout ce qui m'avait fait retomber malgré le bonheur que j'avais connu ici.

— Vers la fin de l'été, je me suis mis à avoir peur pour elle. Parce que je voulais pas qu'elle soit mariée à n'importe qui si je revenais pas. Je me sentais égoïste d'avoir pensé juste à moi, de plus être là pour la protéger. Je voulais qu'elle vienne me rejoindre.

— C'est sûr. C'était ton amie.

— J'ai réussi à l'appeler avec le cell à William. Elle avait le téléphone qu'un client lui avait donné pour la voir plus souvent. J'ai appris que ma mère y arrivait pas sans moi, qu'elle allait perdre notre appartement, qu'on lui reprochait mon départ.

Florence se redresse pour me regarder, visiblement ébranlée.

— Gaëlle m'a dit de revenir, que sa vie serait gâchée sans moi, qu'elle allait devoir se marier avec un homme dans la cinquantaine. Comment je pouvais continuer de vivre comme si de rien n'était? Laisser ma mère vivre comme après la mort de mon père, me foutre de Gaëlle qui avait toujours été là pour moi...

Ç'a été l'un des pires moments de ma vie : être confronté au fait que j'étais réellement condamné, que la Cité avait réussi à ravoir son emprise sur moi. Je n'avais plus rien d'autre, ma vie ailleurs était impossible, incohérente. Je n'avais eu d'autre choix que d'envisager mon été entier comme une simple pause, des vacances comme pour le commun des mortels.

— Mais pourquoi tu t'es pas marié, finalement?

Je secoue la tête, contenant la colère que je me suis empêché de vivre toutes ces années.

— Gaëlle a préféré partir en Amérique du Sud, se marier avec un des Élus. Ils ont une communauté là-bas. J'imagine qu'ils blanchissent notre argent. Je comprends pas trop ces affaires-là, mais je sais qu'ils ont la paix pendant que nous on accepte une vie de misère pour leur payer des condos de riches au bord de la mer.

— Quoi?

Elle me regarde en écarquillant les yeux. Ma surprise avait été bien pire. Je savais que Gaëlle luttait pour survivre autant que moi, mais j'étais quand même assez lucide pour comprendre qu'elle demeurait accrochée malgré tout, qu'elle espérait autant que tout le monde un jour s'élever au rang des Élus. Elle rêvait de tout ça beaucoup plus que de la vie normale que je m'acharnais à lui faire miroiter. Ils avaient réussi avec elle, mais je ne l'ai su qu'en rentrant, le 2 septembre.

— Elle t'a menti ?

— Exact. Elle voulait juste que je revienne pour faire vivre ma mère. En me faisant revenir, elle prouvait son allégeance à la communauté. Mais maintenant, Gaëlle est quelque part dans le monde et je sais que sa vie est encore pire. Il me restait juste ma mère. Même si j'ai rien pu faire pour la sortir de là, je pouvais pas la laisser vivre tout ça sans rien faire pour l'aider un peu.

Florence se colle encore à moi, frottant mon bras doucement. Je ne crois pas avoir besoin de réconfort, mais je me sens déjà mieux de lui avoir dit à elle en premier. C'est dur d'admettre qu'on s'est fait avoir, que la seule personne qu'on croyait un peu comme nous nous a trahis avec un tel égoïsme, une telle facilité. J'ai fait une croix sur l'avenir que j'arrivais à envisager avec William parce que j'estimais que mes années d'amitié avec Gaëlle ne devaient pas être si rapidement effacées, même si elle appartenait à la Cité. J'aurais dû écouter ma pensée rationnelle plutôt que de me faire avoir par l'empathie et les émotions. On me félicite aujourd'hui quand je semble en démontrer, mais pour moi, ça n'évoque que ma propre faiblesse, l'immense faille qui m'a fait revenir à la case départ, refouler tous les progrès que j'avais faits.

— Esti de bitch. J'espère qu'elle le regrette aujourd'hui.

— Je m'en fous. Mais faut que tu comprennes que c'est ce que ça fait, la Cité. On devient tellement isolés qu'on est plus rien sans eux. Aujourd'hui, même si je suis parti, j'arrive pas à me sentir libre parce que je sais même pas ce que je suis. Pis… j'ai personne d'autre que vous.

— Hey… Ça se compare pas. Personne ici va te trahir ou profiter de toi. Ce que tu connais pas, c'est la réciprocité, l'inconditionnel. On t'aime, tu nous aimes, même si tu le dis pas assez à mon goût. T'as pas à le mériter, à correspondre à un modèle. T'es juste toi et c'est justement pour ça qu'on t'aime. Et y a rien qui va changer ça.

Elle s'allonge sur le sol et je l'imite, étonnamment apaisé par cette discussion. J'avais arrêté de penser à Gaëlle, mais ça avait pris du temps. Je voulais croire qu'elle avait réellement été mon amie, que je n'avais pas été si naïf de penser qu'elle aurait pu être différente, plus comme moi, moins comme eux. Parfois, il me vient encore le réflexe d'avoir envie de lui raconter ce qui se passe dans ma tête, d'espérer qu'elle fasse autant de chemin, qu'elle connaisse l'amour comme j'arrive à le connaître ici. C'est encore difficile de haïr la seule personne qui m'ait fait du bien dans cette vie à l'écart.

— William pensait que t'étais parti parce que tu l'aimais.

— C'est pas faux. Je l'aimais pas comme je l'aime lui, mais j'aurais pas eu envie de sacrifier mon bonheur pour elle si je l'avais pas aimée.

— Comme tu l'aimes lui ? répète-t-elle en se redressant sur ses coudes, me souriant.

Je cache mon visage avec mon bras, éternellement épuisé quand on me parle de mes sentiments.

— Tu gosses, dis-je en me faisant penser à William.

— Vous devriez arrêter de vous bouder. Dis-lui ce qui s'est passé avec Gaëlle. Il va comprendre et il va arrêter de se faire mille scénarios en t'imaginant repartir.

Je suppose que ce sera plus simple maintenant que j'ai réussi à en parler avec Florence. Elle est moins démonstrative et moins facilement déstabilisée que William, mais j'arrive à comprendre que mon histoire suscite une certaine compréhension, même pour le vrai monde. Faire des choix quand on tient à quelqu'un, c'est aussi ce que ça peut vouloir dire, même si le contexte dans lequel ça se déroule ne ressemble en rien à ce qu'ils connaissent de l'attachement.

— Pis t'sais, arrête de penser que toutes tes différences avec William sont mauvaises ou qu'elles veulent juste dire que t'es mésadapté. J'ai pas grandi dans une secte, j'ai jamais subi de violence ni de prostitution. Mais mon dieu que j'aurais le goût de partir en courant avec un gars aussi intense que Will! Je te trouve ben meilleur que moi.

— Sérieux?

— Pauvre toi. Dans la vraie vie, c'est ben rare qu'on dit à quelqu'un qu'on l'aime après une semaine pis qu'on s'affiche en couple après deux. T'es tout à fait normal de trouver ça intrusif.

Ça me fait un peu rire. Ce que Florence me dit me fait mesurer combien William n'est pas représentatif, me rappelle son unicité à lui et pourquoi sa présence me fait autant de bien, même si elle me donne souvent envie de fuir. Ce paradoxe qu'il représente, je me fatigue à essayer de le raisonner parce que je sais que la réponse est bien simple.

— En plus, il est pire avec toi. Je l'avais jamais vu de même avant. Je le connais par cœur, pis tu peux être sûr qu'il sait ce qu'il ressent quand il te dit qu'il t'aime. Tu le feras pas changer d'idée. Oublie ça. Pis je commence à te connaître plus que tu le penses. Je le sais que tu ferais pas autant d'efforts pour briser ta petite bulle de emo si tu l'aimais pas.

— J'ai regardé sur Google c'est quoi votre affaire de emo. Franchement, j'ai pas l'air de ça.

— Bah, en 2007, t'aurais été de même, c'est clair.

Elle se laisse retomber sur le dos, s'approchant un peu de moi.

— Je t'aime, Gab. Ben plus que ta bitch de Gaëlle qui doit se penser ben bonne sur sa plage du Panama. Je lui enverrai des photos de ton mariage avec Will.

— Wow. T'es aussi intense que lui. Je donne plus dans aucun rituel, même si c'est laïque, oublie ça.

— Je te niaise. On exagère quand on bitche les gens, c'est plus le fun.

— Ah. C'est l'école de la vie?

— Ça serait un excellent cours! L'art de bitcher. Emma va clairement triper.

— Elle a déjà commencé avec son gars de l'autre soir.

— Elle est excellente! En passant, je viens te dire que je t'aime. Ça serait le fun que tu répondes.

Je soupire, repoussant sa main qui joue dans mes cheveux.

— Tu le sais que je t'aime. Pourquoi tu penses que je te laisse briser ma bulle de emo ? dis-je en riant.

Commencer à parler, puis me préparer à penser, ça vient normalement une fois que le corps laisse place à l'esprit. Je sais qu'aujourd'hui, les deux sont encore bien tourmentés, simplement parce que le bonheur tente de s'y glisser, qu'ils ne se connaissent pas encore. Il est un vague souvenir, un bref trois mois de mon existence, mais j'ai hâte qu'ils se rappellent qu'ils ne sont que de vieux amis.

Emma

Je me sens différente. J'ai comme des absences, l'attention qui part et qui vient, la bouche sèche. Je me concentre sur mon cœur qui bat un peu vite, sur la chaleur étrange dans ma poitrine.

— On dirait que je sens mes organes.

William éclate de rire, s'allongeant sur le sol. Je l'imite aussitôt, me laissant tomber parce que j'ai l'impression de mieux respirer, de me détendre quand je regarde le ciel noir.

Il a convaincu Florence de passer la Saint-Jean-Baptiste un peu à l'écart des touristes, histoire de se sentir en vacances et de laisser tomber la vigilance que demandent la gestion du bar et le ramassage des dégâts. Le frère de Florence est venu prendre la relève, même si elle a eu du mal à s'empêcher de le surveiller. Maintenant, elle est étrangement silencieuse, un peu à l'écart avec Gabriel.

— Hey! Réveillez-vous! leur lance William en se redressant.

— On dort pas, on a une conversation secrète, répond Florence en écarquillant les yeux.

— Secrète. On le sait très bien que tu parles de ton ex chaque fois que t'es gelée. Gab, il doit chanter du System of a Down dans sa tête.

Je ne sais pas si Gabriel ressent un certain effet, mais il parle peu, comme à son habitude, se contentant de regarder le feu de camp. Il ne semble pas trop porter attention à Florence qui se colle sur lui, elle qui est plutôt d'humeur dépressive. Je ne comprends pas trop pourquoi, puisque j'ai pris la même chose qu'elle et que je n'arrête pas de rire avec William. C'est un rire différent, parfois interminable, qui me surprend moi-même, me faisant oublier ce qui l'a déclenché, à en avoir mal à la poitrine.

C'est une expérience bien différente de l'alcool, plus confuse, même si les effets sur mon corps sont moins apparents. Je me sens comme si je n'avais aucune idée de ce qui m'arrivait, que mon esprit se laissait porter par un intrus que j'apprivoise, que je laisse aller. C'est un peu déroutant, mais je pense que j'apprécierais n'importe quelle sensation qui arriverait à faire taire mes pensées troubles, mes souvenirs de la Cité et qui me ferait oublier mon éternel sentiment d'être à côté de la plaque. En ce moment, je ne fais que rire avec William, reprendre mon souffle et finir par lui poser plein de questions sur ses tatouages, même si aucune de ses réponses n'est cohérente. Ça va un peu dans tous les sens et les anecdotes se perdent en chemin, mais ça me fait rire aussi.

— T'es une excellente partenaire de weed. Pas comme eux qui font juste pleurer dans le noir. On se refera ça sans eux.

— Comment tu veux que je me mette à rire comme vous quand mon ex m'a trompée pendant deux ans sans que je m'en doute ? Il est juste venu anéantir mon rêve d'être psychologue.

— C'est quoi le rapport ? Tu voulais être psy, pas enquêtrice d'infidélité.

Florence vient nous rejoindre un peu plus près du feu, me poussant pour prendre ma place à côté de William.

— Je peux pas être psy si j'arrive pas à voir ce qui se passe dans la tête de mon propre chum ! Le gars qui dormait dans mon lit !

— Ben... il devait pas dormir si souvent dans ton lit vu qu'il te trompait, t'sais.

Elle donne une claque sur le bras de William.

— C'est tellement pas juste.

— Mais arrête de coucher avec chaque fois qu'il vient prendre un verre ici !

— Ben oui, mais c'est facile avec lui. C'est pas parce que je l'aime encore. Je couche avec parce que j'ai le goût pis qu'il est dans ma zone de confort.

— Ah ouais. Comme moi avec Gab, dis-je en fixant le ciel, m'étonnant de parler aussi fort.

William se redresse et étire son bras pour me pousser. Pourquoi est-ce que ça les rend aussi brusques ? Il n'y a que Gabriel et moi qui n'avons pas ce réflexe de bousculer tout le monde.

— Quoi ?

— Pourquoi tu dis que tu couches avec Gab ?

— Hein ? J'ai pas dit ça. Il est beaucoup trop coincé pour moi. Il est dans ma zone de confort, comme l'ex à Florence.

— Comment ça, Gab est trop coincé pour toi ? Tu sais même pas de quoi tu parles, madame la vierge offensée.

— Euh. Toi t'es frustré sexuellement, Florence me l'a dit.

Maintenant, Gabriel éclate de rire. Wow. C'est fou. Ça me fait rire moi aussi, même si je ne comprends pas ce qu'il y a de drôle. William paraît même insulté, se défendant d'être très épanoui.

— Bon, tu penses me faire l'école de la vie, maintenant ? Commence par savoir ce que ça fait d'avoir le goût de coucher avec quelqu'un pis on s'en reparlera.

Je le vois lever les yeux rapidement vers Gabriel, les deux se regardent un bref instant.

— Ben, je le sais très bien. Ton frère, Florence, il me donne pas mal le goût.

Elle me prend le bras avec vigueur, repoussant William pour s'approcher de moi.

— Alexis ? Sérieux ? T'aurais dû me le dire ! Je vais t'arranger ça ! Ah, mais là. Ça gâche un peu mes plans d'éducation sexuelle. C'est malaisant que ça soit mon frère. Je veux comme pas l'imaginer.

— Ah ouais ? C'est ton genre de gars ? C'est vrai qu'il est chou. Un peu loud pis énervé, mais c'est un style, dit William.

Je l'ai tout de suite trouvé à mon goût, comprenant finalement ce que ça voulait dire. Une personne agréable à regarder, qui le devient encore plus quand, à son physique, se mélangent ses gestes et ses paroles. Florence nous a présentés brièvement, mais je me suis surprise à l'observer intensément pendant qu'il organisait le bar.

— Parce que toi t'es pas loud?

Gabriel se rapproche maintenant de William, lui qui s'était fait discret depuis que nous avions partagé nos joints. Ils avaient l'air de s'éviter depuis la dernière semaine, même si ça se voit très bien qu'ils ont envie de se sauter dessus. La tension sexuelle, ils n'ont pas eu besoin de me faire un cours pour que je comprenne ce que c'est.

— Ben non. Je suis convaincant, c'est pas pareil.

William l'entraîne pour qu'il se couche sur le sol avec lui, souriant en voyant qu'il se laisse faire, qu'il se colle encore plus.

— Ben là. C'est maintenant que vous recommencez à être cute de même? Pendant que moi, j'ai personne pour me donner de l'amour? C'est chien.

— Ben moi non plus j'ai pas d'amour. Le seul gars que j'ai embrassé, il a fallu que je lui donne cinquante piasses pour qu'il accepte. C'est ben pire.

— J'avoue. Mais arrête de coller Will. Tu me le voleras pas, ajoute Florence en me poussant une fois de plus.

C'est vrai que j'ai rapidement développé le réflexe de chercher sa proximité. Juste parce que c'est facile, que ça m'introduit aisément à l'affection, que j'arrive à comprendre pourquoi les humains la recherchent autant. Il y a quelque chose de sécurisant, d'apaisant que je n'avais jamais ressenti avant. Pour moi, c'est amical, mais je comprends Gabriel d'avoir flanché ce soir et de se laisser aller contre l'épaule de William. Ils sont tellement beaux.

— J'espère que t'es conscient que c'est toi qui reçois le plus d'amour ici, dit Florence en désignant William d'un geste de la main.

Je le vois sourire, fermant les yeux et appuyant sa tête contre celle de Gabriel.

— "Gens du pays, c'est votre tour, de vous laisser parler d'amour..." chante William en prenant une voix grave, avant de se laisser emporter par un nouveau fou rire.

— Hey, c'est vrai! C'est la Saint-Jean! T'aurais dû apporter ta guit comme l'année passée. On avait appris des tounes à Gab, la dernière fois.

— Elle est dans ma roulotte, mais oublie ça, je suis pas assez focus pour vous sortir de quoi qui a de l'allure.

William et Florence se mettent à chanter, s'arrêtant pour rire et repartir sur de nouvelles chansons. C'est drôle, même si leur répertoire ne me dit absolument rien et que ça semble être la même chose pour Gabriel.

— C'est la première fois que je fête la Saint-Jean. C'est cool. Dans le fond, on fête un saint quelconque ou on fête le Québec ?

— Euh. Ben, nous on fête le Québec.

— On le fête pourquoi ? Parce qu'on aime ça vivre ici ?

— Genre. On se souvient des Anglais pas fins contre qui on a perdu, mais on continue quand même d'aimer leur musique. Pis on tripe particulièrement sur la langue française, même si on l'oublie souvent. Mais c'est la faute à Netflix pis au rêve américain, t'sais. Y a aussi l'autre gars qui a dit "Vive le Québec libre !". Ça, c'est Charles de Gaulle, pas René Lévesque. Essaye de t'en souvenir, parce qu'y a plein de monde qui perdent leur crédibilité d'un coup à cause de ça.

— C'est juste weird que notre *quote* emblématique, ce soit un Français qui l'ait dite. En tout cas... ajoute Florence en haussant les épaules.

— Hey ! Y a deux mots en anglais dans ta phrase. Tu vois : rêve américain.

— Ben toi, t'as plein de phrases en anglais de tatouées sur toi. T'es quétaine.

— C'est des paroles de chansons pleines de signification ! dis-je à sa défense, me rappelant ses multiples explications poétiques.

J'ai l'impression que l'effet commence à tomber peu à peu, me laissant simplement détendue, un minimum attentive pour écouter tout ce qu'ils ont à énumérer sur l'histoire de notre province et les classiques pour la célébrer.

— Pourquoi nous on rit pis pas eux, si on a pris la même affaire ?

— Ça fait pas la même chose à tout le monde. Y en a que ça rend plus renfermé, plus dépressif, répond Florence.

— Ouais. Pis, t'sais, Gab est déjà de même à la base, ajoute William en tournant la tête pour l'embrasser sur la joue. Florence, ça donne un break à son côté control freak pis ça fait ressortir toute la vulnérabilité qu'elle laisse pas aller en s'imaginant qu'elle gère tout.

— Oh ! Tellement pas ! C'est juste que ce soir, ça me rappelle que j'ai personne à coller pis que j'ai aucun plan de carrière. Ça adonne que j'ai fumé, mais ç'a pas rapport.

On entend de moins en moins de bruit en provenance du bar et les autres groupes qui avaient fait des feux de camp un peu plus loin ont déjà quitté le bord de l'eau et ont rejoint leur chalet. Je commence à me sentir fatiguée, mais c'est le genre de soirée que je ne voudrais jamais voir se terminer. Être simplement bien, oublier le temps, le monde extérieur, rire et profiter du moment que nous créons ensemble. Je n'en aurai jamais assez de cet été ici. Je ne sais pas si Gabriel partage mon état d'esprit, mais maintenant, William et lui s'embrassent pour vrai, comme s'ils oubliaient qu'ils ne sont pas seuls. Même le plus obstiné à rester dans sa souffrance arrive à flancher, à reconnaître son besoin d'amour. Comme Florence, je commence à avoir envie de me plaindre que je manque d'affection.

— Bon, vous vous êtes réconciliés ? demande Florence en souriant.

— On était pas en chicane, s'empresse de répondre William. On prend notre temps.

— Comme si tu savais ce que ça veut dire.

William lui jette un regard de glace, surveillant la réaction de Gabriel. Il ne dit rien, mais reste collé à lui. Ça doit déjà être énorme après les derniers jours d'évitement.

— Flo, ça gosse la lumière qui flashe sur ton cell depuis tantôt.

— Ah, ouais. C'est juste que j'ai un message sur mon répondeur depuis ce matin pis ça me tente pas de l'écouter, dit-elle en se concentrant sur l'écran pour le placer ensuite sur son oreille.

Le frère de Florence arrive derrière nous, les mains dans ses poches, hésitant un moment avant de s'asseoir près de sa sœur.

— Salut. Y a plus personne au bar, j'ai fermé. Je peux fêter le reste de la Saint-Jean avec vous ?

Florence ne tourne même pas la tête vers lui, concentrée sur le message qu'elle écoute. William et Gabriel se redressent un peu, reprenant une position un peu moins suggestive, visiblement moins à l'aise de s'emporter devant Alexis.

— Ben oui. Si tu voulais fumer du *pot*, nous on prend un break.

— Ah, j'imagine que c'est vous qui chantiez *Gens du pays* super fort ?

Florence se racle la gorge bruyamment et range son téléphone dans sa poche.

— Ça va ? C'était quoi ton message ? demande William.

— Heum... Gab, t'es correct.

— De quoi tu parles ?

Elle tourne les yeux vers Alexis, qui semble lui aussi chercher à comprendre. On dirait qu'elle préférerait qu'il ne soit pas là pour entendre. Elle parle à voix basse, avançant la tête en fixant Gabriel comme si elle cherchait à ce qu'il saisisse plus rapidement :

— Ben, tes tests. C'est négatif. Tous.

William le regarde ensuite, attendant sa réaction.

— Pour vrai ?

— Oui. Tu peux écouter le message, si tu veux. Désolée de pas te l'avoir dit avant. Ils m'ont appelée ce matin, j'avais oublié.

Gabriel pousse un énorme soupir de soulagement et se laisse retomber sur le dos. Le feu qui nous éclaire me permet de voir l'immense sourire sur son visage, son corps qui se détend. Ça semble lui enlever le poids du monde et avoir le même effet sur William qui sourit tout autant, passant une main dans ses cheveux avec nervosité.

Florence sourit elle aussi. Elle se lève pour aller serrer Gabriel contre elle. Il la laisse faire, lui rendant même son étreinte.

— Je suis contente que t'ailles bien. Prends soin de toi, maintenant.

— Ben oui. Je prends même mes vitamines.

— T'es un campeur exemplaire.

Le frère de Florence me jette un coup d'œil, cherchant probablement à comprendre ce qui soulage tout le monde ainsi. Du regard, je lui fais signe que je n'en sais pas plus et il me sourit. Wow. Il est vraiment beau. Gabriel se lève et tend la main à William, qui le suit à la hâte.

— Bon, ben, bonne nuit, les gars! lance Florence en les regardant s'éloigner, un sourire malicieux aux lèvres.

Aucun des deux ne tourne la tête vers nous, marchant main dans la main en s'arrêtant pour s'embrasser.

— Je savais pas qu'ils étaient ensemble, me dit Alexis. Je pensais que l'autre gars, c'était ton chum à toi.

— Ah non.

— Florence m'a dit que vous êtes venus ensemble, ça avait du sens. Ben, plus de sens que lui avec Will.

— C'est le fameux Gabriel dont William arrêtait pas de parler. Le gars de dix-huit ans qui avait passé son été ici. Un revenant, explique Florence.

Alexis ne semble pas convaincu, fronçant les sourcils avec suspicion.

— Ah ouais? Je l'imaginais pas de même. Cette histoire-là, ça fait quoi? Trois ans? Pis ils sont revenus ensemble?

— Will te dirait que oui, Gab te dirait que non. Bon, Alexis, tu veux t'occuper d'éteindre le feu avec Emma pis faire un dernier check up? Moi, je vais aller me coucher.

Elle me touche l'épaule en se levant, cherchant à croiser mon regard. Une chance que je ressens encore l'effet méditatif du cannabis, parce que me retrouver seule avec son frère m'aurait normalement fait paniquer. Maintenant, on dirait que ça ne me dérange pas, étrangement. Peut-être aussi que je commence à prendre de l'assurance, à être moins embarrassée de poser des questions et à parler sans trop réfléchir. Peut-être que la deuxième étape de la guérison commence tranquillement.

Gabriel

Je n'avais pas ressenti ça depuis des années. De l'espoir, entrevoir un certain avenir, me laisser envahir par les émotions positives. Je ne sais pas si c'est le bon moment, si William et moi devrions prendre le temps de parler, de faire le point sur la dernière semaine un peu étrange, mais je sais que nous n'en pouvions plus tous les deux. De nous éviter, d'agir par orgueil, de retenir notre besoin de nous toucher, d'être près l'un de l'autre. Le fait que lui et moi ne voulions pas les mêmes choses tournait en boucle dans ma tête, mais maintenant, c'est évident que nous sommes sur la même longueur d'onde, plus que jamais.

Je savais que j'avais toujours fait attention avec mes clients, que mes risques demeuraient faibles même s'ils existaient, mais je m'étais mis à croire que j'étais damné, que n'importe quelle trace de lumière dans ma vie s'éteindrait rapidement. Ça commençait à être trop facile, ici, avec William qui me pardonnait tout et Emma qui ne semblait pas vouloir retourner en arrière. La dernière fois, j'avais passé la Saint-Jean-Baptiste à me laisser aller avec William, à me laisser séduire par sa guitare et à faire tomber mes barrières en enchaînant les cocktails que Florence me servait. Je me sentais mal de ne pas en profiter, cette fois, de ne pas créer de nouveaux souvenirs avec lui. J'ai peut-être profité vaguement de son esprit un peu embrouillé, moins alerte que d'ordinaire, en sachant qu'il prendrait plus à la légère que ce soit moi qui fasse les premiers pas.

Nous avons eu des moments plus romantiques depuis mon retour, mais maintenant, il nous est impossible de prendre le temps de parler et de créer un contexte qui ne soit pas que de la pure passion, de l'empressement qui nous fait constater l'étroitesse de la roulotte ou la présence des obstacles que nous rencontrons avant d'aboutir finalement sur le lit, nos lèvres ne se quittant plus. Le désir est encore plus grand que la première fois, parce que maintenant, j'assume complètement mon envie de lui, de faire l'amour comme j'en rêve depuis plus de deux semaines. Nous sommes encore plus enflammés que dans mes souvenirs de cet été où nous étions infatigables, trop souvent cachés ici malgré le travail à faire. Je comprends aujourd'hui comment tout ça a pu lui manquer, parce que mon corps tout entier me remercie de lui donner enfin le droit de revivre autant d'amour. J'ai l'impression qu'il n'a rien oublié, me faisant gémir de plaisir comme s'il connaissait mon corps mieux que moi-même. C'est aussi instinctif pour moi, peut-être parce que lui est toujours aussi transparent, bien dans sa peau, mais c'est étrangement facile de lui rendre la pareille. Faire l'amour pour vrai, explorer toutes les nuances du corps et son unicité pour vivre cet univers de sensations qui donne l'impression que ce ne sera jamais assez long – ça m'aura pris mes étés ici pour savoir tout ce que j'avais manqué. Peut-être aussi que c'est seulement avec lui qu'il est possible de le vivre ainsi, d'éprouver une jouissance qui fait perdre la tête et la notion du temps. Parce que je l'aime.

J'enfouis ma tête dans son cou, appréciant la sensation de mon corps qui se détend au son de sa respiration encore bruyante. Il appuie sa tête contre la mienne, resserrant son bras autour de moi. J'ai encore envie de m'agripper à lui, de sentir ses muscles qui se tendent à mon contact. Il se dégage un peu, se tournant sur le côté pour me faire face.

— C'était fou, dit-il calmement, baissant les yeux en regardant mon corps entre les draps défaits.

— Tellement. Une chance que t'as dit à Florence d'écouter son message.

J'ai encore cette vague de soulagement qui me fait me sentir aussi léger, mêlée à l'apaisement qui suit les orgasmes qu'on prend le temps de vivre même une fois terminés. Je mettrais ce moment sur la liste des plus paisibles de ma vie, si ce n'est pas déjà le plus beau de tous.

— Une chance que t'as décidé de revenir, dit-il en m'adressant un sourire en coin.

Je lui rends son sourire, assez conscient qu'il ne nous sera plus possible de recommencer à jouer à «fuis-moi, je te suis».

— Tu sais que d'habitude, je m'ouvre le cœur après avoir fait l'amour avec toi. Je me concentre pour calmer mes élans. Je veux plus te faire fuir, t'imposer mes attentes. Je te veux juste toi. C'est tout, même si ça veut dire de te laisser de l'espace pis garder pour moi tout ce que tu me fais ressentir.

— Ce soir, je te laisse entrer dans ma bulle de emo, dis-je en riant doucement.

— Je suis choyé, répond-il avant de s'avancer pour m'embrasser.

C'est encore doux, aussi bon, aussi simple. J'espère que ce ne sont pas les derniers relents de cannabis dans mon sang qui me permettent d'être aussi détendu, de ne plus me laisser rattraper par mon éternel besoin de lutter contre tout ce que la vie peut m'apporter de bon. Je sais bien qu'il n'en est rien, surtout que ça me rend plus dépressif qu'autre chose. Maintenant, avec lui, c'est l'inverse de mon habituel tourment et des idées noires que j'alimente sans cesse. Je crois que je n'ai jamais été aussi bien.

— Je t'aime, William.

On dirait que ça me fait mal de le dire, mais c'est une douleur d'amour. Un trop-plein d'émotions, une liberté qui surprend mon propre corps, qui redouble d'ardeur pour laisser échapper tout ce qu'il retient depuis tant d'années. William recule un peu la tête et je vois l'émotion dans ses yeux, mêlée à la surprise qui semble le laisser sans mot, lui qui en a pourtant toujours trop à dire. Il appuie sa tête sur mon épaule, pousse un soupir. Je devine son sourire même si ses cheveux cachent son visage.

— Je t'aime, Gabriel. Tellement.

Il m'embrasse encore, continuant de sourire.

— On est bien dans ta bulle de emo. Tu devrais m'inviter plus souvent. Mais j'insiste pas, ajoute-t-il rapidement, probablement conscient qu'il ne peut s'empêcher de s'emballer aussi vite.

— Viens quand tu veux. On s'habitue à l'obscurité.

— C'est plus les chauves-souris qui me dérangent, dit-il en riant. Mais elles peuvent m'attaquer autant qu'elles veulent si c'est ce que ça prend pour t'entendre dire que tu m'aimes...

— Je vais leur dire de te laisser tranquille. C'est juste que t'es comme un intrus dans ma déprime. Les chauves-souris, elles connaissent seulement la noirceur. Faut pas leur en vouloir.

— Mmm... t'es sexy quand t'es aussi poétique.

Il a gardé cette manie de passer son doigt sur mes côtes, là où ma peau est un peu en relief à cause de la scarification. Les premières fois, ça me rendait mal à l'aise que mes moments intimes avec lui rendent visible mon passé avec la Cité. Ce soir, c'est différent. Peut-être parce que je sens qu'un monde me sépare de cette vie, que cette marque n'est qu'un symbole de mon passé qu'il cherche à comprendre avec bienveillance.

— Quand on sait pas d'où ça vient, c'est quand même beau. En même temps, je pense que c'est surtout parce que ça fait partie de toi.

— C'est pas comme un tatouage. Je peux pas le faire enlever sans que ma peau soit encore plus abîmée. Ça va rester là.

— Je me sentais comme dans un film la première fois que tu m'as expliqué ça.

Je laisse échapper un soupir, secouant la tête.

— Je veux pas qu'on en parle, m'assure William en posant ses lèvres sur mon menton. C'est juste que je te regarde pis je te trouve magnifique. Je sais que t'as dû te le faire dire bien souvent.

— Mais toi, tu me vois pour vrai.

— De plus en plus...

J'ai soudain envie de dormir, appréciant la paix d'esprit et le calme dans ma tête, mon cœur qui déborde.

— Tu m'invites à passer la nuit ici ?

— Non, je comptais te renvoyer comme un one night décevant, dit-il en riant, replaçant les couvertures. Inquiète-toi pas, j'ai compris que t'étais pas mon chum. Même si on dort ensemble, qu'on fait l'amour, qu'on se dit qu'on s'aime, qu'on voit personne d'autre, t'es pas pantoute mon chum.

Il roule les yeux, s'allongeant sur le dos en gardant son sourire moqueur. Je me colle à lui, traçant du bout des doigts des cercles sur sa poitrine.

— Ça ferait un peu peur aux chauves-souris.
— Tu me diras quelle bouffe leur donner pour les apprivoiser.
— Tes crêpes demain, j'aimerais ça.
— C'est vrai que c'est un classique après du bon sexe.
— Je pensais que j'étais un one night décevant.
— Ben là, moi pis la subtilité, on se connaît pas vraiment. Je peux pas te faire croire que c'était pas la meilleure fois de ma vie.

Je commence à sentir mes yeux se fermer, à me laisser tomber doucement dans le sommeil, apaisé par ses doigts qui jouent dans mes cheveux.

— À moi aussi.
— T'es beau quand tu dors. Je t'aime.
— Mmm... je t'aime.

Emma

— Est-ce que tu restes ici tout l'été ?
— Oui, c'est le plan. Avec Gabriel.
— C'est ton ami ? Ton frère ?
— Maintenant, c'est mon ami.

Je me demande ce qu'Alexis sait de ma vie, lui qui avait eu vent du passage de Gabriel il y a quelques années. J'imagine que William a dû lui dresser le portrait général, lui parler de la Cité.

— Tu viens de Montréal comme lui ?
— Oui.

Il hoche la tête, versant un seau d'eau sur le feu. Je vois bien qu'il a des tonnes de questions à me poser, même si celles qu'il arrive à formuler semblent banales.

— Tu dors où ?
— La deuxième chambre en haut. Toi, tu restes ici cette nuit ?
— Oui, ça faisait partie du deal pour que je vienne aider. Ça va ? T'as l'air encore gelée, dit-il en riant.

Il se dirige avec moi jusqu'à l'auberge, me jetant un coup d'œil amusé, maintenant que nous sommes plus éclairés.

— Je pense. Un peu. Ça dure combien de temps d'habitude ?
— T'avais jamais fumé avant ? Ben, ça dépend des gens. Pas plus que trois heures, normalement. Mais t'es mini pis c'était ta première fois. Avoue que t'as faim ?
— Tellement.

Nous entrons dans l'auberge et il m'entraîne avec lui dans la cuisine, parlant maintenant à voix basse et faisant attention d'allumer le moins de lampes possible. Il ressemble un peu à Florence avec ses cheveux châtains qui ont l'air si doux, ses grands yeux verts et sa silhouette de pro du surf et de la randonnée en montagne.

— Est-ce qu'on peut faire du surf au Québec ?

Ma question semble l'amuser. Il sort une grande poêle d'un tiroir et le pain du frigo.

— Ouais, on peut. C'est pas aussi bien qu'en Californie, mais ça peut faire la job. Pourquoi tu demandes ça ?

— Je trouve que t'as l'air de quelqu'un qui fait du surf. J'essaye d'aiguiser mes connaissances sur la Gaspésie. Et les gens.

— T'es quand même bonne. J'ai fait de la compétition de wake board pendant cinq ans. Ça, au Québec, c'est beaucoup mieux que le surf.

Je l'écoute m'expliquer en quoi consiste le sport qui le passionne, assez satisfaite de ne pas du tout avoir envie de m'enfuir en courant. Sa présence est agréable, il parle bien, il me rend à l'aise en plus d'être vraiment attirant. Peut-être que je suis encore gelée, comme il dit. Il pose devant moi un grilled cheese particulièrement appétissant.

— C'est toujours ça que je mange dans mes trips de bouffe. Le truc, c'est de râper du fromage par-dessus. Y a jamais trop de fromage. Ça prend aussi un pickle. Ça change tout.

— C'est vraiment bon, dis-je après ma première bouchée, séduite par le sourire en coin qu'il m'adresse.

On dirait que ça devient encore plus facile, qu'il sait comment susciter mon intérêt sans trop me poser de questions – et poser seulement les bonnes. On se met à parler du travail à faire ici, de la région, du type de touristes qu'on semble bien connaître tous les deux, nous laissant aller à l'art du bitchage, comme Florence aime bien appeler cette tendance à exagérer le profil de certaines personnes.

— Je fais une technique en travail social au cégep à Gaspé. Je vais voir après si je veux continuer à l'université. Une chance qu'ils ont mon programme à l'Université de Rimouski, parce que j'ai pas trop le goût d'aller à Montréal.

— Je comprends. C'est tellement beau, ici.

— Mais toi ? T'étudies là-bas ?

— Non. C'est… comme Gabriel.

Il garde le silence un moment, me regardant comme s'il essayait de tâter le terrain.

— Toi aussi, tu viens d'une communauté religieuse ?

— On peut dire ça. Mais là, c'est fini. Je veux rester ici.

— Will et Flo m'en ont parlé un peu. Ils ont fait une fixation sur le sujet quand l'autre gars a passé son été ici. On trouve pas grand-chose sur internet qui explique clairement ce qui se passe là-dedans.

Je soupire, baissant les yeux en espérant formuler un résumé assez clair pour quelqu'un comme lui, qui ne doit rien y comprendre.

— Du contrôle, demander notre argent, faire des enfants, arrêter de s'instruire, vivre en marge. En échange, promesse de vie éternelle et de gloire dans la communauté.

— Ouais, OK. Rien de bien original.

— Malheureusement.

C'est bizarre d'en parler sans que ça me force à créer une distance, sans que ça me fasse sentir jugée ou incomprise. Il garde un ton calme, une attitude ouverte et lucide, sans se braquer ou s'emporter en me demandant comment je pouvais bien vivre de la sorte. Je me sens à l'aise de répondre aux questions qui suivent, agréablement soulagée qu'il ne cherche pas de détails trop personnels ou qu'on tombe dans les terrains où je ne vais qu'avec Gabriel. Il cherche simplement à se faire une idée plus complète, comprendre le but de mon arrivée, les raisons de mon départ. C'est presque soulageant de mettre des mots là-dessus et de voir que ça semble tomber sous le sens pour Alexis.

— C'est un peu pour ça qu'on dit que Florence et William nous font l'école de la vie. On a pas connu les mêmes choses que vous, on a pas vraiment été des enfants, encore moins des ados. Je le réalise encore plus depuis que je suis ici, que je rencontre d'autres gens, que je suis confrontée à toutes les choses que j'ai manquées... mais que j'aurais tellement aimé vivre.

Il me regarde en hochant la tête, laissant transparaître l'empathie dans ses yeux.

— Dis-toi que t'as encore le temps. Tu vivras peut-être pas tout ce que t'as manqué, mais on a pas tous un parcours de vie linéaire non plus. On est plusieurs à apprendre à se connaître sur le tard, à vivre des étapes dans le désordre.

— Merci, ça m'encourage. Gabriel est de plus en plus à l'aise ici, pis ça me donne espoir.

— T'as quand même pas l'air comme lui. Gabriel, il est un peu... bizarre. On dirait qu'il me rend mal à l'aise.

Je me mets à rire un peu, très consciente de ce qu'il veut dire.

— J'ai jamais vu quelqu'un d'aussi jeune fumer autant, ajoute-t-il en écarquillant les yeux. Il me fait penser à une vedette de vieux films en noir et blanc, mais sans le charisme. C'est ton ami, je veux pas le bitcher. Vraiment pas! Mais c'est juste que ma sœur et Will l'aiment tellement que je m'attendais à quelqu'un... d'aimable. Genre.

Il me fait un peu rire. Il semble peser ses mots, chercher les bons, analyser en même temps qu'il parle et se laisser surprendre par ses propres intonations.

— Même moi, je le trouve bizarre. Mais il est étonnamment attachant. Je pense que c'est avec lui que j'ai compris ce que ça voulait dire. Sa présence est intimidante jusqu'à ce qu'on la trouve rassurante. Je sais pas trop pourquoi.

— T'as jamais été attachée à quelqu'un? De toute ta vie?

— Je pars de zéro. Je le sais depuis le 2 juin, le jour où j'ai mis les pieds ici. C'est la première fois que je m'attache à des gens.

Il baisse les yeux vers la table, affichant une moue suspicieuse. C'est différent de mes conversations avec Florence, elle qui connaît déjà mon passé à cause de Gabriel, qui a déjà sa propre opinion et qui garde un rôle plus protecteur – de grande sœur, comme elle aime le dire. Avec Alexis, je me sens presque sur un pied d'égalité, appréciant à ma grande surprise sa curiosité, son œil allumé quand je réponds à ses questions. Je me trouve moins hésitante, plus naturelle, plus confiante.

— Hey, dit-il après un moment, je veux pas te bombarder de questions. Je comprends que t'essayes de changer de vie. Ça doit t'énerver que je te fasse autant parler de ça.

— Non, ça me dérange pas. T'es pas comme Florence pis William. T'es moins révolté.

Je ne sais pas depuis combien de temps on parle, mais je crois que le soleil commence à se lever. Je ne serai certainement pas celle qui fera le premier pas pour clore cette soirée.

— Quand Gabriel a passé son été ici, je comprenais pas trop pourquoi ils tripaient autant sur lui, pourquoi Will arrivait pas à se le sortir de la tête. Je m'imaginais un gars super religieux qui vit sur une ferme avec du linge en lin pis un petit bonnet, genre. En tout cas... Je me demandais comment ça avait pu être possible de connecter avec quelqu'un autant en marge de la société. Mais... ça fait quoi? Deux heures qu'on parle? Je pense que ça m'est pas arrivé avec quelqu'un depuis une éternité.

La façon dont il me regarde est un peu différente, plus timide, mais ça me rappelle vaguement mon cours sur l'art des rapprochements. J'espère que je ne me fais pas d'idées, parce que maintenant, avec lui, je comprends enfin ce que ça veut dire que d'avoir envie de se rapprocher, d'être bien en la présence de quelqu'un de nouveau. Ce n'est pas comme avec Gabriel, au contraire; Alexis me sort de ma zone de confort et c'est justement ce qui m'attire, ce qui me donne envie d'en apprendre plus sur lui.

— Ça quand même l'air cool, la ferme pis le linge en lin, dis-je en lui rendant son sourire. Ça aurait peut-être été plus cohérent qu'on se coupe du vrai monde si le but, c'est de connecter avec la nature et de s'autosuffire. Mais je te dirais que c'est l'inverse de ce qu'on a vécu, Gabriel et moi.

— Mais vous avez l'air tellement différents...

— Ben, t'es vraiment différent de ta sœur, même si vous avez grandi dans le même environnement.

— J'avoue, approuve-t-il en penchant la tête. Je te trouve pas mal bonne pour cerner les gens. Je pense pas que tu pars de zéro, au contraire. T'as une avance sur la majorité du monde, juste parce que t'es réellement intéressée. C'est assez rare, étonnamment.

— Je pense que c'est mon point commun avec Gabriel, même si je parle plus que lui. On se connaît pas nous-mêmes, ça donne lieu à une certaine fascination pour les gens qui ont plein de choses à dire, qui savent ce qu'ils veulent, qui sont bien dans leur peau. Comme William, comme toi...

Je soutiens son regard un moment, appréciant ses yeux qui semblent s'illuminer grâce à ce que je viens de lui dire.

— Je sais pas si c'est la même chose pour William avec Gabriel, mais ta vie, ta façon de réfléchir, de répondre, d'écouter, c'est complètement différent de ce que je connais. Ça me fascine, comme tu dis. Je me sens un peu comme quand je rencontre des gens en voyage, quand ça me fait grandir de m'ouvrir à des parcours de vie différents du mien. C'est pas le genre de conversation où on fait juste se comparer.

Il avance prudemment sa main sur la table pour la poser près de la mienne. Ça commence à me démanger de me rapprocher de lui.

— Je sais pas ce que ça fait de voyager ni de se comparer, mais je pense que depuis que je suis partie, c'est la première fois que je me sens… moi-même. Ta sœur m'avait dit que j'allais me mettre à parler différemment. Je comprends, maintenant.

J'essaye de rassembler un peu mon courage, de me faire confiance, de le croire quand il me dit que je suis bonne pour cerner les gens. Même si ça reste ma première expérience de ce qui ressemble de plus en plus à de la séduction, je pense être suffisamment à l'aise en la présence d'Alexis pour déceler une certaine réciprocité. Je ne peux pas attendre que les choses me tombent dessus toutes seules. Je me suis donné des objectifs pour reprendre le contrôle sur ma vie, savoir réellement qui je suis, ce que je veux, ce que j'aime, ce qui me donne envie de vivre. En ce moment, plusieurs choses me paraissent assez évidentes. J'avance un peu ma main pour la poser sur la sienne, gardant mes yeux sur la table, le cœur battant. Ses doigts s'entrelacent automatiquement aux miens, les pressant doucement. Wow. Je comprends bien des choses en ce moment. C'est l'école de la vie dans toute son intensité.

— J'ai bien fait de venir vous rejoindre autour du feu. Sinon, j'aurais continué de penser que t'es la blonde à l'autre gars bizarre.

— J'espère que c'est dans tes plans de revenir.

— Maintenant, oui. Mais je t'avoue que je m'attendais pas à ça.

— Moi non plus.

J'aurais envie de demander à Gabriel de me raconter comment son histoire avec William avait commencé, s'il s'était senti attiré comme je le suis en ce moment. Je n'ai quand même pas perdu mes réticences, ni l'impression de manquer de connaissances et d'expérience, puisque je me sens un peu perdue, ignorant tout des prochaines étapes. Je n'ai pas la confiance nécessaire pour assumer ou entreprendre quoi que ce soit de plus; même si ce petit geste est déjà énorme pour moi, je sens que j'en veux plus.

— Hey, j'ai promis à ma sœur de la laisser dormir demain. Je dois m'occuper de l'accueil assez tôt.

— Oh, je voulais pas t'empêcher d'aller te coucher.

— Ben non, c'est la Saint-Jean, dit-il en souriant.

Il se lève en gardant sa main dans la mienne et je l'imite. Je le suis ensuite dans l'escalier qui mène aux chambres. On dirait que son effet sur moi est de plus en plus grand, me rendant fébrile et même un peu tendue.

— Toi, c'est celle-là, c'est ça? demande-t-il alors que nous arrivons devant ma chambre.

— Oui.

Il défait doucement ses doigts des miens, passant sa main sur mon bras en me regardant dans les yeux. C'est presque comme le cours de William, frissons à l'appui.

— T'es tellement belle. Je capote sur tes taches de rousseur. C'est rare sur les brunes.

— Merci. J'ai dit à ta sœur que je te trouvais super beau. Que maintenant, je comprends ce que ça fait... d'être attirée.

Il me sourit, mais semble un peu intrigué.

— T'as jamais vécu ça avant?

— Jamais. Là, c'est vrai que je pars de zéro.

— Zéro, zéro?

— Ben, j'ai eu un cours de rapprochements avec William pis j'ai embrassé Gab. Mais j'étais soûle, ça compte pas.

Alexis se met à rire doucement, s'avançant un peu plus. Je m'appuie à la porte de ma chambre, continuant de le regarder dans les yeux.

— J'avoue que ça manque un peu de vraie attirance, tes expériences. Surtout avec ces deux gars-là.

— C'était purement académique.

— Dans ce cas-là, c'est assez loin de la vraie vie, si tu veux mon avis.

Ça me fait penser à William, qui m'avait dit que je devais m'approcher aussi si j'en avais envie. De ne pas attendre que ce soit lui qui fasse tout. Je pose ma main sur son avant-bras, la laissant descendre pour glisser de nouveau mes doigts entre les siens. Il me sourit en me regardant faire, approchant son visage plus près du mien.

— Je sais pas si tu veux y aller plus graduellement, vu que tu pars de zéro. Mais j'aimerais ça t'embrasser. Juste parce que j'en ai envie. C'est pas académique, c'est juste suivre ce qu'on ressent.

« Suivre ce qu'on ressent. » J'en suis encore là, d'ailleurs. Comprendre ce que mon corps veut, laisser toute la place à ce qu'il me demande de faire pour le combler. Et ce qui lui ferait le plus de bien en ce moment, c'est Alexis. Rien d'autre.

— J'en ai envie aussi.

Il m'accorde un dernier sourire en coin avant de poser ses lèvres sur les miennes, doucement, avec une certaine prudence. C'est complètement différent de ma tentative avec Gabriel, parce que cette fois, ce n'est pas de l'expérience en tant que telle dont j'ai envie : c'est de l'embrasser, lui. Il y a aussi qu'il semble en avoir envie autant que moi, laissant monter l'intensité graduellement, me donnant le temps d'apprécier ses lèvres qui bougent avec les miennes, son souffle qui me fait frissonner. J'arrive à ne plus réfléchir, parce que je sens qu'il a raison, que je ne fais que suivre ce que je ressens, que c'est peut-être quelque chose d'universel, peu importe d'où on vient. C'est bon, c'est doux, ça donne envie de plus. Ses mains descendent sur ma taille, les miennes se posent sur sa nuque alors que ça devient de plus en plus passionné. Il recule un peu la tête, mettant fin au baiser qui m'a fait oublier les secondes qui passent.

— Normalement, je te demanderais ton numéro de cell ou je t'ajouterais sur Instagram. Mais le fait que tu sois sur aucun réseau, ç'a quelque chose de old school que j'aime bien. Je vais voir si ma sœur veut que je vienne aider plus souvent.

— Tu devrais insister. Elle s'en met trop sur les épaules. En plus, si Will pis Gab se sont remis ensemble, elle peut encore moins compter sur eux parce qu'ils vont passer leur temps à se créer des moments dans la roulotte.

Alexis rit doucement, continuant de me regarder dans les yeux.

— Se créer des moments?

— C'est Gab qui parle en métaphores. Ça veut juste dire qu'ils couchent ensemble.

— Ah, le classique des amours de vacances. On peut pas leur en vouloir, dit-il avant de reposer ses lèvres sur les miennes.

Je sais qu'il me faut un peu de temps pour apprivoiser ce que je veux, comment tout ça fonctionne, mais c'est étonnamment facile et naturel avec Alexis. Il met fin à ce baiser, regardant l'heure sur son téléphone.

— Je vais te dire bonne nuit, mais il faut que tu saches que je t'aurais probablement textée un peu avant de m'endormir. Demain, je vais passer la journée ici si t'as le goût de te joindre à moi pour travailler pis prendre des pauses syndicales.

— Ça veut dire quoi?

Il m'embrasse de nouveau, plus rapidement, continuant de sourire.

— Ça veut dire qu'on ferait ça.

— Ah, j'ai hâte à demain.

— Pour une fille qui part de zéro, je te trouve plus confiante que moi dans mes premières expériences.

— Tu diras merci à ta sœur pour son cours d'émancipation féministe. Peut-être aussi à Gab, qui m'a appris à embrasser avec professionnalisme.

Il se met à rire avec moi, fronçant légèrement les sourcils comme si quelque chose lui échappait.

— Bonne nuit, Emma.

— Bonne nuit, Alexis.

Gabriel

Je me suis réveillé avant lui, probablement rattrapé par mon besoin d'être un peu seul pour assumer ce qui m'arrive, prendre le temps de comprendre que les choses peuvent être simples. Je dois arrêter de penser à l'impossibilité de mon avenir, me donner le droit de profiter du présent, de l'été, de mon amour pour William, même si je continue de croire que je ne mérite pas le sien. J'ai envie d'éloigner cette idée, probablement par égoïsme, mais aussi en pensant à lui.

— Salut, beauté, dit-il en me rejoignant par terre sur le gazon, juste à côté de la roulotte.

Je me retourne pour l'embrasser, sa présence me ramenant à la nuit d'hier comme une vague de chaleur.

— Une chance que c'est toi, parce que je t'avoue que ton goût de cigarette à cette heure-là, normalement, ça serait un turn off.

— Bah, il est quoi? Neuf heures? C'est toi qui te lèves tard.

— Je dors bien quand t'es avec moi, dit-il en m'embrassant de nouveau.

Je me colle à lui, glissant mes doigts entre les siens, méditant un peu sur ce bien-être qui me rend de plus en plus accro.

— William? Je pense que je serais prêt à laisser ma chambre à des touristes. Si ça te dérange pas que j'envahisse un peu ton espace…

— Pour vrai?

— Oui. Je suis tanné d'être malheureux.

William me serre un peu plus avant de se dégager de moi pour me regarder dans les yeux. Je ne sais pas si ça va trop vite, mais c'est ce dont j'ai envie en ce moment et c'est rare que je sois si certain de ce qui me ferait du bien.

— Ça veut dire que je te rends heureux ? Un peu plus ?
— Ça veut dire que je t'aime. De plus en plus.

Il me fait tomber sur le dos, se plaçant au-dessus de moi pour m'embrasser longuement, descendre ses lèvres dans mon cou, glisser ses mains dans mes cheveux.

— Je t'aime, Gabriel. Promets-moi que tu partiras plus jamais.
— Promis. Je resterais ici toute ma vie. Vous devriez ouvrir à l'année.

La sensation de l'herbe dans mon dos, la fraîcheur du vent, les rayons subtils à travers les nuages et le son des vagues contre les rochers, c'est encore merveilleux – une thérapie pour l'âme. C'est difficile d'expliquer ce que ça me fait, mais savoir avec certitude que je n'échangerais ça pour rien au monde est d'autant plus apaisant. Je me sens chez moi.

— Sérieux, je gère tellement bien notre compte Instagram que le nombre de clients arrête pas d'augmenter. On laisse même des super gros groupes s'arranger pour fitter dans un seul chalet. Peut-être qu'on serait capables de rester ouverts à l'automne. Faudrait qu'on regarde ça avec Florence. Mais ça impliquerait de faire des vrais plans de vie. J'ai encore le goût de procrastiner mes projets un peu.
— Ouais. Là-dessus, on se comprend.
— Parlant de clients, faudrait qu'on aille aider à la cuisine. Je vais prendre ma douche pis on va manger ?

Il se lève en me tendant la main. Je m'y agrippe, l'entraînant avec moi jusqu'à ce qu'il se retrouve appuyé à la roulotte.

— Tu m'avais promis des crêpes.
— J'ai pas oublié.
— Faut aussi que j'aille prendre ma douche. Tu peux venir avec moi, dis-je avant de l'embrasser.
— Mmm... Gab, t'es de moins en moins coincé...
— Oh, arrêtez de dire ça, dis-je en levant les yeux au ciel.

J'espère qu'Emma sera à l'aise avec ma décision de quitter la chambre en face de la sienne. Je sais que nous avons développé une belle relation et que nous nous attachons tous les deux à nos petites habitudes – nous retrouver le soir pour parler, évacuer tout ce qu'on s'empêche de dire devant les autres, mettre nos peurs à nu et nous féliciter de nous voir progresser dans ce premier mois de guérison. Ça me fait quand même drôle d'imaginer ma nouvelle vie en incluant un certain repère avec la Cité, de m'appuyer sur une personne qui partage mon désir de m'en sortir.

Emma

Les derniers voyageurs ont quitté la cuisine et je m'apprête à nous faire un peu d'espace pour notre déjeuner, nous qui avons pris l'habitude de manger plus tard pour être ensemble. Florence n'est toujours pas descendue et les garçons sont probablement encore sous la douche, ce qui me laisse toute la place pour penser à ma soirée d'hier, ma très courte nuit et mon léger malaise de savoir Alexis juste à côté. Je ne sais pas ce que tout ça veut dire maintenant, comment ça se passe normalement pour les gens qui ont eu ce genre de rapprochement. Personnellement, je sais que je meurs d'envie de recommencer, mais le contexte n'est plus le même, nous ne sommes plus seuls, l'ambiance festive est passée, tout comme l'apaisement causé par le cannabis. Mais lui est toujours aussi beau et ce que nous avons partagé hier repasse en boucle dans ma tête.

— Y a plus personne ? C'était vraiment le rush, ce matin.

Je me retourne en l'entendant arriver. Je prends un linge à vaisselle pour essuyer mes mains.

— Tout le monde est parti. Ça parlait de randonnées pis de kayak, ç'a l'air que c'est la journée parfaite.

— C'est vrai. La gang de Français était clairement mal équipée pour le mont Logan, mais c'est un classique. Prochaine fois, tu leur diras de pas trop s'attendre à voir des caribous.

— Ah, c'est Florence qui m'a dit qu'il faut justement faire un peu semblant qu'on en voit souvent. Ça attire les Européens.

— On est dans le marketing, si je comprends bien.

Il s'approche un peu de moi, glisse sa main dans mes cheveux. Dans un élan qui me surprend, je me fais complètement avoir par ses yeux, l'embrassant avec probablement un peu trop de fougue pour cette introduction matinale. Je pense qu'il sourit en me rendant mon baiser, posant ses mains sur mes hanches, me poussant doucement pour que je m'appuie au comptoir.

— Je vous rappelle que la salle de bain est juste à côté de ma chambre!

Je sursaute et Alexis se dégage de moi rapidement. Florence est en train de descendre l'escalier avec Gabriel et William, tous les trois nous fixant maintenant.

— Ben voyons! C'est quoi à matin? Un party de libido?

Alexis se met à rire et se retourne pour se concentrer sur la vaisselle dans l'évier. William passe près de moi, me souriant avec malice en me touchant le bras. Je lui rends son sourire, étonnamment à l'aise qu'il nous ait vus. Il faut bien qu'il constate que son élève passe le test de la vraie vie, après tout.

— Je vais faire des crêpes, lance-t-il en ouvrant l'armoire. Tu prendras des notes sur ma recette, Alexis. C'est toujours apprécié le lendemain matin.

Florence me dévisage avec insistance, ses yeux faisant des allers-retours entre son frère et moi.

— Excellente idée, les gars. Faites-nous à manger pis nous, on revient quand c'est prêt.

Florence m'entraîne dehors en me prenant le bras avec un peu trop de force.

— J'en ai manqué un bout! Comment ça, t'embrasses mon frère de même?

— Ben, je le réalise pas trop non plus, dis-je en baissant les yeux.

Florence regarde vers la fenêtre puis m'incite à continuer.

— C'est toi qui m'as laissée toute seule avec lui. J'avais faim, on a mangé, on a parlé super longtemps... pis, c'est ça. On est montés pour aller se coucher pis on s'est embrassés. C'était fou. Mille fois mieux qu'avec Gab.

— Ben voyons! Tu me donneras ton truc. Tu me dis que tu le trouves de ton goût pis bang! Vous êtes déjà rendus à frencher en faisant la vaisselle.

— Quoi? C'est pas normal? Ça marche comment, d'habitude? Je suis bizarre, han?

Elle se met à rire, secouant la tête avant de mettre sa main sur mon épaule.

— Ben non, c'est très normal. C'est juste que je te trouve chanceuse que ça se passe aussi bien. Avec mon petit frère en plus. C'est ben cute. Je vais lui dire de faire attention à toi. Mais je l'ai bien élevé, tu vas voir.

— Je le vois déjà, dis-je en souriant.

— Oh mon dieu! T'es comme Gab la première fois, à découvrir tes hormones. Classique. Ça fait partie de ta réinsertion. Seigneur. Ça veut dire que je vais passer mon été avec vous autres qui vous sautez dessus pendant que moi je suis là à vous rappeler de travailler un peu? C'est chien.

— Euh… ben, je sais pas. Je connais ton frère depuis hier. C'est pas comme Gab et Will.

— Je le connais, Alexis, c'est un lover.

Je ne sais pas trop ce qu'elle veut dire par là, mais j'apprécie quand même qu'elle m'imagine avec lui pour l'été, même s'il me manque un peu d'information pour savoir à quoi m'attendre. Un jour à la fois, c'est bien ce que je me disais en arrivant ici. Jusqu'à maintenant, c'est assez prometteur.

— T'as pas un autre évadé de votre secte à inviter? Un beau gars qui aimerait que je lui apprenne la vraie vie?

— Euh… non. Franchement, t'as des choix beaucoup plus intéressants ici.

Elle soupire, secoue la tête, visiblement peu convaincue.

— Je m'attendais pas à ça ce matin. En plus que je venais de me faire réveiller par les gars qui ont l'air bien partis pour rattraper leurs trois ans l'un sans l'autre. Anyway… ajoute-t-elle.

— Ils sont cute, comme tu dis. Je suis contente pour eux.

— Tellement, c'est mon couple préféré, même si ça m'a fait de la peine pour Will pendant trop longtemps. Je suis contente pour toi pis Alexis, tu pouvais pas mieux tomber. C'est un amour, mon bébé frère.

— Vraiment, dis-je en souriant timidement.

— T'es mieux de pas le faire tomber amoureux de toi pis sacrer ton camp après!

— Ben non. Je te l'ai dit mille fois.

Ça commence à être de plus en plus difficile de croire que Gabriel et moi pourrions partir du jour au lendemain. Surtout qu'il paraît de plus en plus heureux, clairement amoureux et de moins en moins fataliste. Mes expériences arrivent déjà à me faire oublier la Cité par moments, et même ma mère et ma sœur. Je ne sais pas si je devrais me sentir coupable de les avoir abandonnées à leur sort, mais il fallait que je sauve ma vie. Je comprends maintenant à quoi ça sert de vivre, même si moins d'un mois s'est écoulé depuis ma fuite. Je ne veux même pas savoir si elles pensent à moi, si elles m'ont cherchée. Je sais que les gens qui quittent la Cité sont perçus comme des traîtres, des impurs qui choisissent l'enfer du vrai monde. Au mieux.

Gabriel

Je n'aurai jamais assez de ces soirées. Ces longues heures autour du feu à en apprendre encore sur les gens ordinaires, les plus extraordinaires de tous. L'écho des touristes qui font la fête, les criquets dans les herbes hautes, les vagues au loin et les derniers crépitements des flammes, je les enregistre dans ma tête pour m'apaiser quand les tourments reviennent à la charge. Ça m'arrive encore les nuits où j'ai du mal à trouver le sommeil, quand je vois William à côté de moi, si beau, si paisible. Nos différences me reviennent en pleine face, la vie que je ne pourrai jamais lui offrir. Je dois m'accrocher à la simplicité de ces soirées avec Emma et Florence, au bien-être que j'apprivoise, même s'il est un intrus pour ma propre identité. Les derniers jours de juin ont été parfaits, bordés par l'amour, surpris par mes mots. Ils sortent peu à peu de ma tête, alimentent mes émotions, me révèlent à moi-même. J'ai réussi à exposer toute l'histoire de mon départ à William, la raison de notre rupture que je n'avais jamais voulu voir comme telle. Or c'en était une. J'ai eu l'impression de le voir soulagé, compréhensif, même s'il s'est un peu emporté, comme je m'y attendais. Il sait maintenant que je n'ai plus personne, que je ne partirai pour rien au monde.

— Emma va devenir une stoner, lance William en lui prenant son joint des doigts.

— C'est le fun avec toi.

— Avoue que tu t'ennuies d'Alexis… Ça fait quoi? Cinq jours qu'il vient ici chaque soir? On va lui dire d'arrêter de te monopoliser. Il peut chiller avec nous, t'sais.

— Il a peur de Gab, répond-elle avant d'éclater de rire, suivie par William.

— Pourquoi ? demande Florence en poussant Emma.

— Ben, il te trouve bizarre parce que tu parles pas beaucoup et que t'as l'air de mijoter des trucs louches dans ta tête. Je me rappelle pas ses autres arguments, mais il avoue quand même que t'es beau comme une vedette de vieux films. Y est fin, Alexis.

Maintenant, c'est Florence qui se joint à leurs rires. William vient se coller à moi, m'embrassant sur la joue à plusieurs reprises.

— Oh, Gab, tu fais peur aux gentils petits garçons.

— Ben là. J'ai rien fait.

— C'est vrai que t'es comme l'archétype du bad boy de vieux films, approuve Florence. Avec tes tattoos, ta vieille Tercel rouillée pis tes cigarettes, t'as presque tous les éléments. En même temps, t'as l'esprit vierge de ben des affaires, mais ton dark side est prédominant. Je pense que tu fais peur aux gens parce que tu colles à aucun schéma classique, ça fait qu'on arrive pas à te sizer pis ça nous rend juste mal à l'aise. OK, je pense que je vais vraiment devenir psy.

J'ai essayé d'être plusieurs types de personnes dans ma vie, souvent dans le but de faire de l'argent, de répondre aux attentes de mes clients, de jouer le jeu qui leur donnera envie de payer pour d'autres nuits. J'ai aussi été un apparent fidèle de la Cité, dissimulant ma révolte, me cachant à moi-même ce que j'étais vraiment, me protégeant de ma propre souffrance en refoulant encore et encore mon besoin de m'enfuir. Maintenant, c'est fait. Je n'ai plus à me construire de personnage, à m'inventer des noms qui départagent les rôles que je me donne selon mon type de client, à adopter l'orientation sexuelle et le bagage émotif qui va bien avec. J'oublie déjà ma mère, la communauté tout entière au sein de laquelle je devais me fondre dans la masse, rentrer dans le moule. Toutes les sphères de ma vie depuis ma tendre enfance m'ont empêché de savoir qui j'étais vraiment, n'ont fait de moi qu'un imposteur professionnel, un as du changement de cap.

— Alexis, c'est ce qui lui fait peur. À moi, c'est ce qui m'a fait vivre un coup de foudre, chuchote William à mon oreille.

Il me l'avait dit la dernière fois : mon arrivée l'avait perturbé, je l'empêchais de dormir, de penser à autre chose. Je ne connais pas ce genre d'émotion soudaine, mais j'avais été témoin de sa curiosité intarissable, tangible, qui m'avait fait développer des liens avec lui à une vitesse qui me surprenait moi-même. J'étais habitué de me dissimuler comme une ombre dans la foule, de passer inaperçu quand je le voulais et de créer chez les autres une réticence à me côtoyer – ce qui semble arriver encore aujourd'hui. Ça n'avait pas fonctionné avec William et Florence.

— En tout cas, il devrait se forcer un peu pour s'intégrer à la clique du camp de réinsertion, ajoute William.

— Mais j'aime ça être toute seule avec.

— Ben là. Moi pis Gab, on continue quand même de se tenir avec vous.

— Ben oui, mais vous avez plein de temps tout seuls vu que vous vivez ici les deux. Si j'avais des longs matins comme vous dans la roulotte, peut-être qu'on serait ici le soir.

Florence pousse encore Emma, la faisant tomber sur le dos.

— Tu veux des matins comme les leurs avec mon frère ?

— Ben... oui.

— Oh mon dieu ! Tu vas me le dire quand tu vas avoir couché avec ?

— Oui, oui. Mais là, il sait que je l'ai jamais fait pis je pense que ça le rend stressé.

— Oh, cute ! lance William en retournant près d'Emma. S'il tourne trop autour du pot, prends les choses en main. En vérifiant son consentement, of course.

— Ouais. Bon conseil, William. Tu vas être un excellent père ! approuve Florence en se collant à lui.

Quand ils ont ce genre de conversation, je me sens comme si j'avais vingt ans de plus qu'eux. Mes références sont à des années-lumière des leurs, ma perspective est toujours teintée de la vie qui m'a usé. Aucune de mes expériences ne m'est vraiment arrivée par choix, par pure envie, avec la légèreté du moment.

— T'sais Emma, poursuit Florence, toutes les histoires autour de l'importance de la virginité, le big deal qu'on fait avec la première fois, c'est juste de la bullshit. Une fois que tu vas l'avoir fait, tu vas juste te demander pourquoi tout le monde met de la pression aux filles pour que leur première fois soit irréprochable avec une petite tache de sang cute sur les draps pis l'homme parfait qui est venu te gérer ça. Tout ça pour contrôler ta sexualité! La société veut juste que les filles restent des petites choses fragiles et innocentes, bref, des enfants le plus longtemps possible.

— Bon, Florence va encore s'emporter, l'interrompt William en s'allongeant sur le sol.

— Euh, veux-tu qu'on te parte avec l'hétéronormativité?

— Je suis trop gelé pour me lancer dans un discours. Je vais juste frencher Gab pour protester pacifiquement.

Il se retourne pour m'attirer à lui, me volant ma cigarette avant de m'embrasser. Je n'ai pas vécu les injustices de la même façon que lui, dans les mêmes contextes, mais William a toujours voulu m'ouvrir les yeux sur la société encore hautement imparfaite et discriminatoire, même en dehors de la Cité. Je pense que ça l'agace que nous n'ayons pas le même regard sur la vie et les gens qui nous entourent, que j'aie tendance à banaliser ce que vivent ceux qui ont eu la chance de s'instruire et de vivre aisément. J'ai dû m'ouvrir à ses expériences, à ce qu'il avait vécu en grandissant, malgré le confort qu'il a toujours connu. Il a sa part d'obscurité, et elle est aussi valide que la mienne.

— Moi, la première fois que j'ai voulu dormir chez mon chum au secondaire, la seule chose que ma mère m'a dite, c'est: "Florence, il faut que tu saches que les gars à ton âge, ils ont le goût…" Comme si moi, je pouvais pas avoir le goût! Qu'il fallait juste me prévenir contre les envies du gars! C'est tellement révoltant! Pis le gars, lui? Il faut qu'il soit tout le temps prêt? Avec n'importe qui? À n'importe quel âge? Franchement… On lui met zéro pression pour sa première fois juste parce qu'on se dit que c'est ben le fun pour lui quand ça arrive. Ben c'est la même chose pour une fille! C'est juste le fun. Comme n'importe quelle chose que tu fais pour la première fois, y a un stress, mais tu le fais parce que c'est ça que t'as envie de faire pis that's it! Tu te changes pas en une nouvelle personne! Tu fais juste t'améliorer après, pis c'est ben chill.

— Tu vas être une bonne mère, Flo, dit William en tendant le bras pour prendre sa main. T'as raison, on s'en fout de la première fois. En plus, dans ta vie, chaque fois que tu vas le faire avec quelqu'un de nouveau, ça va être une première fois qui laisse juste place à l'amélioration. La première de toutes, c'est comme toutes les autres après. Tu le fais parce que t'as le goût, que t'es bien avec la personne, mais ça devrait être ça pour le reste de ta vie. Que tu l'aies fait zéro fois ou mille fois.

Dans leur discours, j'arrive à comprendre le point qu'ils défendent. Moi, ce n'est pas ma première fois que je voudrais changer, c'est mon introduction complète à la sexualité, de quatorze à dix-huit ans, qui s'est faite sans toutes ces choses qu'eux arrivent à nommer. En avoir envie, être à l'aise, s'améliorer avec quelqu'un… Je n'ai connu ça qu'avec William. Dans un sens, c'est lui, mon premier. Il m'avait confessé un certain stress de performance au début parce qu'il s'était laissé impressionner par mon bagage, s'imaginant que ça faisait de moi un expert de la chose, que j'avais des standards et des attentes bien au-dessus de ce que lui avait l'habitude de vivre avec ses précédents partenaires. Alors qu'en fait, c'est lui qui m'a tout appris. Aimer, se laisser aller, s'écouter, apprendre à se connaître, s'améliorer… Je devrais lui dire, je sais que ça lui ferait plaisir.

— Ben, je t'avoue que quand je suis arrivée ici, j'aurais jamais pensé vouloir vivre ça aussi vite. Gab le sait: la Cité contrôle tellement nos vies intimes qu'on se met à avoir peur du sexe. On veut que les filles soient vierges, qu'on attende au mariage, qu'on le fasse juste pour avoir des enfants. C'est pour nous contrôler. Peut-être qu'y a un peu de ça dans ce que tu dis sur l'importance de la virginité des filles, la pression de la première fois.

— Oh, tellement. Crois-moi, même en dehors de votre secte, la société complète cherche à te gérer la sexualité.

— Même si je savais que ça pouvait juste être beau, plein d'amour comme dans les films, ma vie m'empêchait d'être à l'aise avec ça. J'ai trop vu les mauvais côtés.

Elle me fait un peu penser à moi, à admettre comment la Cité a réussi à la briser, mais à s'ouvrir si facilement sur les aspects intimes de ses pensées. Je sais que ça fait partie du processus, que ça ouvre les yeux et que ça donne encore plus envie de se battre contre nos vieux démons.

— Pis qu'est-ce qui fait que tu serais à l'aise aujourd'hui? demande Florence. C'est Alexis?

Emma semble hésiter un moment, souriant en regardant par terre. Elle tend la main pour flatter les cheveux de William puis lui reprend son joint.

— C'est de voir Gabriel avec William.

— Oh! Pour vrai?

William se redresse pour serrer Emma contre lui. Je sais que ça va encore rendre Florence jalouse, mais moi, ça me fait plaisir qu'ils s'apprécient autant.

— Oui. Je me dis que si Gabriel a réussi, y a pas de raison que je laisse la Cité m'empêcher de vivre ça. On dirait que je me sens en amour rien qu'à vous regarder. Ça donne le goût d'arrêter de voir ma différence avec les autres, de me dire que ça peut juste être beau, me faire du bien. J'ai le goût que quelqu'un m'aime comme toi t'aimes Gab.

— Ben là. Je vais pleurer.

On dirait que ça me rend ému moi aussi. Ça m'avait un peu embarrassé au début, parce que je ne connaissais rien d'elle sinon son appartenance à la Cité. William est si démonstratif avec moi, incapable de s'empêcher de me toucher constamment, de me faire des déclarations d'amour qu'il ne s'entend même plus dire, et je sais que ça crée un immense clash avec ce qu'on connaît – de la privation, de la pudeur extrême et des idées fausses par rapport au sexe, et je ne parle même pas de l'homosexualité. Je vois bien qu'Emma nous observe beaucoup, que ça la fait sourire, qu'elle m'adresse des regards pleins de tendresse quand elle est témoin de mes rapprochements avec William.

— Je veux connaître ça, moi aussi, dit Florence en soupirant. Un coup de foudre, un amour interdit auquel tout s'oppose, la passion d'un été, des retrouvailles pleines de tension... Ah, vous me faites chier.

Ça semble enviable et digne d'un film à l'eau de rose quand elle le résume si simplement, mais je ne l'ai pas vécu de cette façon. Je n'ai pas envie de tourner mon état d'esprit vers des pensées négatives, mais William sait aussi bien que moi que notre histoire est aussi la source de beaucoup de contradictions et de trop de souffrance. Aujourd'hui, les choses vont bien, c'est tout ce qui compte.

— Je te souhaite quand même que ton histoire avec Alexis soit plus simple, ajoute Florence en penchant la tête dans ma direction.

— Je te le souhaite aussi.

William ne semble pas approuver ce que nous venons de dire, lui qui préfère toujours faire ressortir le positif. Il se rapproche pour se coller à moi, enrouler son bras autour de mes épaules.

— Moi, je souhaite à tout le monde d'aimer quelqu'un autant que je t'aime. Simple de même. Mais c'est dur à accoter, je vous le dis tout de suite.

— J'avoue, dis-je en laissant ma tête tomber sur son épaule.

Florence est repartie dans de nouveaux discours sur l'émancipation avec Emma, la bombardant encore de questions sur l'évolution de sa relation avec Alexis. Je commence à avoir envie d'être seul avec William, à vouloir plus que de longs baisers, allongés dans l'herbe. J'ai envie de nos discussions de plus en plus longues après avoir fait l'amour, de ses bras qui m'aident à m'endormir. C'est vrai que c'est dur à battre.

— Est-ce qu'on va se coucher ?
— T'es fatigué ?
— On va dire.

William m'embrasse une dernière fois avant de se lever, m'entraînant avec lui.

— Emma, tu peux dire à Alexis de s'en venir. On s'en va se coucher, je vais surveiller Gab pour qu'il aille pas l'intimider.

— J'intimide personne.

— Ben oui. Tout le temps. Mais t'es sexy de même, t'y peux rien.

— C'est quand même vrai, approuve Florence avec une moue entendue. Batifolez pas trop tard, demain on fête le Canada !

— Check Florence qui veut vous gérer la sexualité, lance Emma en la poussant en retour. Prenez tout le temps dont vous avez besoin pour vous améliorer.

William et elle se mettent à rire, regardant Florence qui lève les yeux au ciel.

— Elle a de la répartie, notre petite protégée.

— Ouais, ça, c'est de ta faute, Will.

— Je pense que c'est votre faute à vous deux, dis-je en prenant la main de William. On aime trop vous écouter...

— Parlant de la fête du Canada pis de ta mauvaise influence de bad boy, j'ai comme un souvenir flou de la dernière qu'on l'a fêtée ensemble, dit William à voix basse, s'éloignant avec moi vers la roulotte.

— Je vois très bien de quoi tu parles.

Je l'entends rire doucement, assez certain des souvenirs qu'il ressasse même si ça me paraît appartenir à une autre vie. Il n'allume même pas les lumières en entrant dans la roulotte, se débarrassant de ses chaussures avant de se rendre tout au fond.

— Avoue que t'en as encore ? Dans la petite pochette intérieure de ton sac gris.

— Hmm, tu veux dire des capotes, huit cigarettes de secours, une certaine arme blanche pis du cash ?

William secoue la tête et me pousse sur lit.

— Quelque chose qui va bien avec ce kit-là.

— Ouais, j'en ai. Mais Florence va me tuer si je te donne ça.

— Ben non. C'est purement récréatif.

— Ouin, c'est juste avec toi que j'ai compris ce que ça voulait dire.

Il s'allonge au-dessus de moi, gardant son visage à quelques centimètres du mien.

— Je sais qu'on avait eu du fun, mais j'insiste pas si toi ça te ramène à ta vie d'avant.

— C'est pas pareil de prendre ça pour faire le party avec toi.

Je m'avance pour l'embrasser, me rappelant cette fameuse soirée où je lui avais vraiment fait plaisir en me laissant aller, même si j'avais eu besoin d'un peu de chimique pour y arriver. Ça avait fait du bien, ça avait été fou, sensoriel, presque euphorique.

— J'avoue que ça me permettrait de t'entendre parler anglais, dis-je en riant.

— Ça me permettrait de te voir parler à du monde, tout court.

— Will, sans joke, j'espère que tu le sais que même avec un été complet de réinsertion, je vais jamais devenir sociable, extraverti, drôle. Si tu veux quelqu'un qui fait le party avec toi, je vais toujours te décevoir.

Il secoue la tête avant de me faire basculer au-dessus de lui.

— Gabriel, je sais pas combien de fois je vais devoir te le dire pour que tu me croies. Je t'aime comme t'es, je veux pas que tu changes, je veux juste que tu te permettes d'aimer la vie, que tu sois heureux. Mais je veux que tu le sois à ta façon, parce que c'est toi que j'aime. Même si tu fais peur aux trois quarts du monde pis que tu te fais cruiser sans arrêt par l'autre quart, ajoute-t-il avec un sourire en coin.

Ne pas chercher à changer, chercher le bonheur. William a toujours eu cette facilité à me faire réfléchir sur moi-même, à simplifier mes tourments, à faciliter ma propre existence. Je lui rends son sourire, accueillant cette vague d'amour, me laissant avoir par ses yeux bleus que je distingue même dans la noirceur.

— Je t'aime, Gabriel Destiné Miséricorde…

— Arrête ! Voir que tu te souviens de ça…

— J'ai pensé à toi pendant trois ans. Tu peux être sûr que je me rappelle de tout. Je savais même pas qu'on pouvait donner des noms de même légalement.

— Je pense que ça marche pour les deuxièmes prénoms.

— Ah. Tu veux rire du mien ? Moi, c'est Charles. On dirait que mes parents tripaient sur les noms de la monarchie, mais c'est juste le nom de mon grand-père.

Ça devient de plus en plus léger quand on parle de ce qui me rattache à la Cité. J'ai presque envie d'en rire comme lui, de faire comme si tout ça n'était que ridicule. Au fond de moi, ce ne sera jamais si simple, mais j'ai déjà un peu plus de force pour laisser l'amour balayer tout le reste.

— Je t'aime, William Charles Lavoie-Clermont.

— C'est beau quand tu le dis.

— C'est toi qui es beau.

Il m'embrasse encore, maintenant un peu plus insistant, glissant ses mains sous mon chandail.

— OK, je te donne ce que tu veux demain, mais tu dis plus jamais mon nom au complet.

— D'accord, Gabriel Auclair. Ça, c'est-tu correct ? Parce que, pour moi, c'est le plus beau nom du monde.

— Ça me convient.

Emma

— Les gars ont clairement pris quelque chose, s'énerve Florence en les désignant d'un geste de la main.
— Ah, c'est ça. Je me disais que c'était pas le genre à Gab de chanter de même.
— Son high pitch est quand même impressionnant. Même si son choix de toune est pas très festif, ajoute Alexis en se joignant à nous derrière le bar.

Il me prend par la taille et m'embrasse dans le cou – ça me fait frissonner chaque fois.

— Je pensais qu'il y aurait plus de monde quand tu m'as dit de venir en renfort.
— Non, le bar est pas si populaire le 30 juin. Y a rien que les Anglos qui font le party. C'est juste qu'en voyant Will installer le karaoké, j'ai su que je l'avais perdu pour la soirée.

J'ai eu droit à un cours de base pour aider Florence avec la préparation des cocktails et le service. Une chance qu'Alexis est là, parce que mes connaissances en alcool sont encore assez élémentaires. On dirait bien que William et Gabriel sont devenus amis avec le groupe en provenance de la Colombie-Britannique, enchaînant les chansons au micro comme s'ils étaient de vieilles connaissances. Je n'ai jamais vu Gabriel aussi sociable avec quelqu'un d'autre que William. Je pense qu'il ne s'aperçoit même pas qu'on cherche à le séduire ; il entre dans ce petit jeu sans la moindre retenue. C'est assez étrange de le voir agir de la sorte, même si William semble encore plus affecté que lui, bougeant bizarrement en se touchant constamment les cheveux.

— Tout le monde est loud pis la musique est un peu intense. On dirait qu'on est dans un rave de sous-sol louche, dit Alexis en les observant lui aussi.

— Ouin. Je me demandais pourquoi Will avait aussi hâte de fêter le Canada… Il voulait juste organiser son trip de MD avec Gab, répond Florence en roulant les yeux.

— Qu'est-ce qu'ils ont pris ? dis-je en fronçant les sourcils.

— Quelque chose que je te conseille pas pantoute. Ça devrait pas être admis dans le camp de réinsertion.

— Franchement. Arrêtez de parler d'eux comme s'ils sortaient de prison, lance Alexis après avoir servi l'un des touristes.

— Ben, c'est une bonne métaphore.

Ça fait maintenant une semaine qu'Alexis passe toutes ses soirées avec moi, offrant même d'aider durant les jours où il ne travaille pas. C'est fou à quel point je me suis rapprochée de lui en si peu de temps, mais Gabriel m'avait confié que ça avait été similaire avec William – assez soudain et surprenant. J'ai l'agréable impression que cette intensité est réciproque, qu'Alexis a envie de me connaître, qu'il est attiré autant que je le suis. Nous avons même dormi ensemble deux fois, même s'il me répétait constamment que ses intentions n'étaient jamais de me brusquer, toujours de suivre mon rythme, et qu'il ne s'attendait pas à ce que je me laisse aller si rapidement. C'est ce que je veux : du bien-être que j'apprivoise, une étonnante sécurité de le savoir avec moi durant de longues heures et partager sa chaleur jusqu'au réveil. Son énergie me fait du bien ; ses mots qui déboulent constamment, son étonnante vivacité d'esprit et sa bonne humeur contagieuse ne finissent plus de me séduire.

Gabriel s'installe au bar juste en face de moi, ce qui pousse Alexis à s'éloigner, comme toujours.

— T'es sexy quand tu parles anglais. Faudrait quand même que tu dises à l'autre fille que t'es déjà pris.

— Tu peux me donner de l'eau ?

— Tes yeux sont bizarres. Ça l'air le fun ce que vous avez pris. Pourquoi vous m'en avez pas offert ? Je pensais que ça faisait partie de l'école de la vie.

— Oublie ça. Ça va gâcher tes plans avec lui si t'en prends.

Je jette un coup d'œil à Alexis qui parle anglais avec une belle blonde assise au bar, mais elle tourne sans arrêt la tête pour reluquer Gabriel.

— Comment ça ? T'as l'air bien parti avec Will.

— Moi, je suis habitué. Toi, tu tolères même pas trois shooters. Ç'a rien à voir avec tes petits joints avec Will. Crois-moi, si tu veux une belle fin de soirée, touche pas à ça.

Il me jette un regard qui veut tout dire, étonnamment lucide malgré ses pupilles dilatées. Je m'approche un peu plus en m'inclinant au-dessus du bar, continuant de vérifier qu'Alexis ne nous entende pas.

— Les gens disent quoi, quand ils voient la marque sur nos côtes ?

— Y a juste nous qui trouve pas ça beau. Ça va te faire parler de la Cité, mais oublie jamais la personne à qui t'es en train d'en parler. Ça change tout.

Il lève les yeux vers William, lui souriant en croisant son regard au fond de l'abri. William a l'air beaucoup plus confus que Gabriel, même si l'expérience semble assez agréable.

— Toi, avec lui, c'était comment... la première fois ?

— Le début du plus bel été de ma vie. J'aurais donné n'importe quoi pour être comme toi, savoir me laisser aller pour vivre des belles choses. Arrête de te demander si ce que tu veux c'est normal ou comme les autres. T'as une force que j'ai jamais eue : la confiance.

William arrive derrière lui, le faisant pivoter pour l'embrasser avec une fougue qui fait sourciller la fille en face d'Alexis.

— Tu veux aller dehors avec moi ? J'ai comme vraiment chaud.

Sa façon de toucher Gabriel est un peu étrange, mais ça ne semble pas le déranger alors qu'il le suit à l'extérieur.

— Bon, j'aurai pas eu besoin de les mettre dehors, dit Florence en s'appuyant au bar. Je pense qu'on va fermer dans pas long, y a pas assez de monde pis ils sont très capables d'aller fêter dehors.

— Si tu veux, on peut barrer pis laisser ça de même. Je t'aiderai à ranger demain. J'ai off à ma job à cause du férié, propose Alexis en ramassant les verres vides.

— Ah, ça m'aiderait vu que Will va être scrap. Mais j'ai pas de chambre libre pour toi.

— Ah.

Alexis lève les yeux vers moi rapidement, puis se concentre de nouveau sur le rangement.

— Florence, tu peux aller te coucher. On va mettre tout le monde dehors pis on ferme. Inquiète-toi pas, on va aller vérifier que Will est correct.

— Vous êtes sûrs ? Merci tellement. Je vais revoir mes affaires pour le mois de juillet parce que je commence à être épuisée. Bonne nuit !

Elle serre son frère dans ses bras, mais elle ne peut pas s'empêcher de ranger un peu en quittant finalement l'abri. Alexis arrête la musique et le signal est clair : le peu de touristes restants se dirige vers l'extérieur.

— Hey, si tu veux t'éviter de faire de la route à cette heure-là, tu peux dormir avec moi.

— T'es sûre ? Sens-toi pas obligée, j'aurais dû m'organiser avant.

Je m'approche de lui pour mettre mes mains derrière son cou, me hissant sur la pointe des pieds pour l'embrasser.

— Même si t'avais eu une chambre, je t'aurais invité dans la mienne.

Il me sourit, l'œil allumé, avant de m'embrasser à son tour. Je me montre un peu plus passionnée, histoire de lui exposer mes intentions.

Nous décidons finalement de fermer, constatant que Gabriel et William sont déjà dans la roulotte légèrement éclairée. Nous montons jusqu'à l'étage, nos doigts entrelacés. Je m'accorde quelques minutes pour me brosser les dents et me débarbouiller avant de le rejoindre dans ma chambre. Il est déjà étendu sur le lit, regardant son téléphone, ne portant que son t-shirt et ses sous-vêtements. Il est tellement beau. Je prends un peu de mon courage pour me débarrasser de mon jeans devant lui et le rejoindre, me glissant sous les couvertures.

— Drôle de soirée, quand même, dit-il en déposant son téléphone sur la table de chevet, soulevant la couette pour se coller à moi. Je trouve que ça fait une dynamique assez unique, toi pis Gabriel ici. C'est inusité.

— J'ai pas les mêmes références que toi, mais je peux dire que je viens de passer le plus beau mois de ma vie. Tout à fait inusité.

— C'est vrai. Un mois déjà. Comment tu te sens ? C'est tellement un gros changement, une grosse décision de t'en aller.

— J'ai découvert ce que ça fait d'écouter ma faim, de dormir quand je suis fatiguée, de faire le party, de me soûler pis de fumer du *pot*, dis-je en riant. J'ai des amis pour la première fois, j'ai compris comment c'est de se sentir bien avec les autres, d'avoir envie de parler... de me coller, de t'embrasser.

Il se tourne sur le côté pour me faire face, caressant mon bras en descendant jusqu'à ma cuisse. Le désir est encore plus grand que d'ordinaire et je suis contente d'avoir conservé ma lucidité, ce soir. Gabriel avait raison.

— C'est fou que t'aies jamais pu vivre ça avant. T'es tellement drôle, tellement belle. Des fois, j'ai l'impression que t'as dix ans de plus que moi, pis après je me souviens que c'est seulement ici que t'as eu le droit de grandir comme les autres. Tu ressembles à personne. Une chance qu'on se donne le droit de vivre intensément quand l'été arrive. Ça fait une semaine qu'on se connaît pis j'ai l'impression que ça fait des mois que t'es dans ma vie.

— Merci l'été, dis-je avant de l'embrasser.

Je glisse mes mains dans ses cheveux avant de les faire glisser sur sa nuque, puis de m'attarder à ses épaules et à ses bras qui me font mourir d'envie. Je le sens s'emporter un peu, il me plaque contre lui en posant ses mains dans le creux de mes reins. Ses lèvres descendent dans mon cou et je me retourne pour m'allonger sur le dos, le laissant prendre place au-dessus moi, mes mains continuant d'explorer sa peau. Son souffle sur mes clavicules me fait frissonner et je réalise que j'attends que tout ça aille enfin plus loin. C'est vrai, ce qu'il dit. Les derniers jours ont été intenses parce que nous avons profité de chaque nuit pour parler longuement, laisser aller nos corps. J'ai envie de suivre le conseil de Gabriel, d'arrêter de chercher à savoir si mes envies sont normales, si ma soif de tout expérimenter aussi rapidement devrait être freinée. Moi aussi, je veux vivre le plus bel été de ma vie. Je lui retire son t-shirt, me redressant pour qu'il fasse de même.

— Tu me le dis si ça va trop loin, dit-il en gardant ses lèvres sur mon cou.

— Je peux te dire que j'ai envie qu'on aille plus loin.

Ses baisers remontent le long de ma mâchoire, retrouvant mes lèvres étonnamment tendues par cette vague de désir, par l'excitation de cette première expérience. Je n'ai pas à chercher à déchiffrer Alexis, à interpréter ses mots ou ses gestes. Il est tellement lui-même, authentique, naturel que je serais à l'aise de lui dire presque tout, de lui montrer mon corps sous toutes ses coutures. L'anticipation de ma maladresse s'estompe toute seule sous ses yeux verts et son sourire. Il glisse ses mains sous ma camisole, doucement, avant de me la retirer. Ses lèvres se posent sur mes seins, ses doigts remontent le long de mes côtes. Je sais qu'il vient de sentir mes cicatrices, mais je me rappelle que ce sont ses mains à lui, lui qui n'appartient pas à ce monde-là, lui qui fait du bien à ce corps qu'eux ont voulu faire taire, qu'eux ont privé. Maintenant, avec lui, c'est doux, c'est bon, c'est naturel. Ses mains s'arrêtent dans le bas de mon ventre, ses doigts hésitent en contournant la bordure de mes sous-vêtements. Je m'agrippe à ses épaules, l'embrassant avec insistance pour qu'il ait connaissance de mon désir, de mon corps qui en veut plus. Ses gestes demeurent prudents, assez lents. Je sais qu'il me donne le temps d'apprivoiser, de savoir si c'est toujours ce que je veux. C'est *encore mieux* que ce que je veux. Ses doigts me font frissonner, me faisant découvrir l'escalade du plaisir qui commence, une vague de sensations que je n'avais jamais connues avant. Je suis moins certaine de ce que je fais pour lui faire plaisir à lui, mais j'ai l'impression que ça se passe bien, son souffle devenant plus bruyant, ses muscles plus tendus. Il me guide un peu par moments. Je pense être assez transparente, moi qui n'avais auparavant aucune idée de ce dont mon corps avait concrètement envie, mais ce qu'il fait est tellement bon que je ne fais que me laisser surprendre par les sensations qui me confirment que c'est encore mieux que ce que j'avais imaginé. Il s'arrête un instant, se redressant pour me regarder dans les yeux.

— Si tu veux, on peut commencer par ça. C'est toi qui le sais.
— Oui, mais continue.
— C'est sûr, dit-il tout bas, on finit pas ça en plein milieu.

Ses doigts explorent de nouveau ma poitrine, ses lèvres s'y posent ensuite. Il laisse glisser sa main lentement, recommençant à tracer des cercles, à bouger doucement ses doigts. Mon corps est de plus en plus tendu, mes gestes sur lui plus rapides, moins contrôlés. Mon dos commence à s'arquer cependant qu'il augmente la cadence, l'intensité du plaisir prenant toute la place. Ça m'embrouille presque tellement ça devient fort. J'ai l'impression qu'il est conscient de l'ascension que mon corps est en train de vivre, accordant la rapidité de ses gestes jusqu'à ce je n'en puisse plus, comme si j'étais rassasiée, submergée par une dernière vague qui s'éternise par sa force sur tout mon corps. C'est fou. J'ai le cœur qui débat, le souffle haletant, mais je m'apaise déjà et mes muscles se détendent dans un engourdissement de bien-être.

Alexis me regarde un instant, un léger sourire aux lèvres, avant de m'embrasser doucement. Il se redresse un peu dans le lit, je réalise qu'il a joui lui aussi, un peu avant moi. Il regagne la chaleur des draps, m'enroulant de son bras et me pressant contre lui.

— Toi, t'appelles ça "commencer par ça"? dis-je en riant doucement, retrouvant mon souffle peu à peu.

— J'ai plein d'autres trucs en réserve, chuchote-t-il à mon oreille. Mais je suis content que t'aies aimé ça. J'étais pas aussi à l'aise que toi dans mes premières fois.

— Je l'aurais peut-être été moins si ç'avait pas été avec toi. T'as vingt ans, j'imagine que tu l'as fait souvent.

— Ben… c'est relatif. Ma première fois, j'avais seize ans pis disons que c'était beaucoup moins concluant que ce qui vient de se passer entre nous, répond-il en souriant. Mais c'est normal. Après, j'ai eu deux blondes, pis là c'est devenu plus sérieux.

— Ouais, Will m'a dit qu'on s'améliore avec le temps.

Il se met à rire et je me retourne pour appuyer ma tête dans le creux de son épaule, tellement bien d'avoir partagé ça avec lui.

— Vous parlez vraiment de n'importe quoi. Donne pas trop de détails à ma sœur, c'est malaisant.

— Tu devrais te joindre à nous, le soir. Tu verrais que c'est tout le temps drôle pis que moi pis Gab, on connaît rien de rien.

Je le sens passer sa main sur mes côtes, caressant les triangles du bout de l'index.

— Est-ce que je peux voir?

— Oui.

Il se redresse pour soulever la couverture et je me tourne sur le côté, exposant ma scarification.

— Est-ce que Gabriel a ça lui aussi?

— Oui. On l'a tous.

J'attrape son t-shirt au pied du lit pour l'enfiler, un peu gênée qu'il m'observe aussi longuement.

— Ça représente quoi?

— Le sommet du triangle, c'est les Envoyés. Un peu comme les fondateurs de la Cité, ceux qui sont nés pour être au-dessus, si on veut. Ta sœur, elle dit des gourous, je pense. En bas, y a les Initiés. Ça, c'est le monde ordinaire qui se fait convaincre de joindre la communauté, comme ma famille ou celle de Gabriel. Après, y a les Élus, ceux qui sont choisis par les Envoyés pour s'élever, diriger, avoir des privilèges, nous faire respecter les règles, nous punir s'ils veulent, pis plein d'autres choses qui te feraient capoter. Les trois triangles en ligne verticale, c'est pour montrer la hiérarchie, sûrement nous donner espoir qu'on sera un jour des Élus si on reste de parfaits Initiés. Bullshit, comme dit Florence.

Je vois dans ses yeux qu'il est un peu horrifié, encore rempli de questions, mais qu'il se concentre pour demeurer calme, probablement conscient de ma soudaine timidité.

— Ça t'a fait mal?

— Tellement. Gabriel m'a dit que ça fait presque du bien de se faire tatouer une fois qu'on est passé par là. Sauf que ça, je peux pas le faire enlever.

— Quand on sait pas d'où ça vient... c'est quand même beau.

Je soupire et je m'allonge près de lui.

— T'es conscient que je vais toujours avoir des histoires d'horreur à te raconter ? Que les trois quarts, tu les connaîtras jamais parce que je veux juste les oublier ?

— Hey, dit-il en m'embrassant sur le dessus de la tête, tu commences à être dark comme l'autre gars. T'es pas obligée de tout me dire. T'es pas responsable de ta vie là-dedans, tu m'en parles juste si t'en as envie, que ça t'aide, que ça te fait sentir plus proche de moi.

Il y a tellement de choses qu'il ne saura jamais, peu importe combien de temps il restera dans ma vie. J'essaye que ça n'habite pas mon esprit, de ne pas laisser la culpabilité m'atteindre. Je n'ai rien choisi, je ne devais pas vivre de cette façon. Tout ça m'a été imposé et même ce qui semble relever de mes propres décisions a toujours été mené par les horreurs qui ont constitué ma courte vie. Alexis ne pourrait jamais comprendre, même si toute la bienveillance du monde habite ses yeux verts.

— Je suis bien avec toi, Alexis, dis-je en me collant un peu plus à lui.

— Moi aussi, tellement. Avec toi, ça ressemble à aucune des fréquentations que j'ai connues. Peut-être parce que t'as pas de cell, qu'on a des milliers de choses à se dire, mais... c'est juste toi, dans le fond. On dirait que je me mets à comprendre Will qui a pensé à l'autre pendant trois ans.

— Arrête de l'appeler l'autre, dis-je en me tournant pour le regarder dans les yeux, martelant sa poitrine du bout de l'index.

Il se met à rire.

— Je me demande de quoi ils parlent quand ils sont juste tous les deux. J'arrive pas à imaginer Gabriel jaser comme tout le monde, ajoute-t-il.

— Il doit parler en métaphores sombres pendant que William le regarde comme Jack quand il dessine Rose.

— Oh mon dieu ! C'est vrai qu'il le regarde de même ! Hey, t'as vu *Titanic* ?

— Oui, première semaine d'école de la vie.

Il hoche la tête en souriant, puis s'avance pour m'embrasser.

— J'aurais plein de films à te faire regarder. Y a tellement de spots en Gaspésie où j'aimerais t'emmener. C'est ben beau ici, mais vous devriez sortir de temps en temps pour monter le niveau de l'école de la vie.

— Je trouve que j'ai pas mal monté de niveau ce soir. Définitivement mon cours préféré...

Je l'embrasse longuement, séduite par ses yeux vifs et son sourire en coin.

— On monte au cycle supérieur quand tu veux.

— Mmm... t'es un peu comme Gabriel avec tes métaphores, dis-je tout bas en enroulant mes mains autour de son cou.

— Woh. Compare-moi pas à lui. Moi dans un karaoké je chante *Sous le vent*, pas la toune la plus déprimante de Radiohead.

— Mais il était bon.

— Ouais. Pis on va se le dire, il est donc ben beau ce gars-là!

Il me fait rire, toujours un peu dépassé, suspicieux à la limite de l'irritation quand il parle de Gabriel.

— Ben oui, tout le monde lui dit. Mais toi, avec ton petit sourire à la Jack dans *Titanic*, t'as le don de me déconcentrer.

— Oh... Leonardo dans ses prime days, c'est tout un compliment.

— En tout cas, j'espère que tu vas passer plus de temps ici, même si je sais que c'était pas dans tes plans.

— C'est sûr que oui. J'habite chez mes parents l'été, pis j'ai deux semaines de vacances qui s'en viennent. Je préfère de loin être avec toi.

— Tu diras à ta sœur que t'as pas besoin de chambre.

Je me sens un peu comme William, à vouloir accélérer les choses pour m'assurer que ma relation devienne réelle même si nous en sommes aux balbutiements.

— Toi, dis-lui. Elle m'a déjà fait un petit discours malaisant. Elle te voit beaucoup plus fragile et naïve que tu l'es vraiment. T'as une confiance assez étonnante en ce que tu veux.

— Gab m'a dit la même chose. Si tu te tiens ici plus souvent, faudrait bien que t'arrêtes d'avoir peur de lui.

— J'ai trop pas peur de lui ! Mais, OK, je me ferai un collier avec de l'ail, ça éloigne les vampires.

— Tu gosses, dis-je en roulant les yeux, me faisant penser à William.

Je l'entends rire doucement, caressant mon bras du bout des doigts.

— Je pense que je tombe amoureuse de toi, Alexis. J'ai aucune idée si c'est normal, trop vite, pas assez vite, si c'est comme ça que ça marche...

— Mais c'est fou, c'est fort, ça prend toute la place, m'interrompt-il. Je voulais pas te brusquer, mais moi aussi, je tombe amoureux de toi.

J'ai le cœur qui commence à cogner dans ma poitrine, encore plus fort que lorsque j'entends sa voiture se garer devant l'auberge, que je croise ses yeux, que ses lèvres se posent sur les miennes. Je me rappelle ce que Gabriel m'avait dit quand il avait tenté de m'expliquer ce que ça fait d'être amoureux. C'est fort, on n'en a jamais assez. C'est dur à identifier parce que ça ne ressemble à rien de ce que j'ai connu auparavant, moi qui n'avais jamais été touchée avec affection. Je crois que ça n'aurait pas été si facile pour moi de me laisser aller vers l'amour si je n'avais pas pu m'appuyer un peu sur Gabriel, être témoin de la beauté de ce qu'il vit avec William, développer cette envie de savoir ce que ça fait. Mais contrairement à lui, je veux tout saisir. Il a besoin de plus de temps que tout le monde, et moi, j'ai peur d'en manquer.

— Ça va vite, quand même ?
— Oui, mais c'est l'été. C'est pas pareil.
— Vive l'été.

Parce que je souhaite qu'il ne se termine jamais.

Juillet

Gabriel

Je ne me suis pas rendormi après le départ de William. Il devait être environ cinq heures du matin, mais il a pris le temps de m'embrasser, de caresser mes cheveux et de me dire qu'il avait hâte de rentrer pour me raconter sa journée avec Florence. Je pense qu'il commence à avoir les pieds sur terre, à calmer son corps et son esprit constamment préoccupés par l'idée que je lui file entre les doigts. Je me sens aussi plus détendu, moins dans la nécessité de lui exposer nos différences, simplement parce que ça saute aux yeux que nous sommes faits l'un pour l'autre. Ce matin, je remercie la vie de m'avoir emmené ici, dans ce trou perdu, alors que j'étais encore ado, puis de m'y ramener trois ans plus tard, contre toute attente – une issue paradisiaque après l'enfer auquel j'étais destiné. C'est d'ailleurs ce que mon nom m'a toujours évoqué.

— T'es matinal.

Je me retourne dans un léger sursaut. Emma s'installe à côté de moi, déroulant sa couverture pour qu'elle nous couvre les épaules. Il fera probablement plus de trente degrés cet après-midi, mais les vents du matin sont toujours aussi frais, aussi agréables.

— Toi aussi. Alexis est parti en randonnée avec Will et Flo ?

— Ouais. On est tout seuls, mais je pense qu'ils nous font confiance.

— Ça faisait longtemps qu'on avait pas eu un peu de temps, nous deux, dis-je en la laissant poser sa tête sur mon épaule.

On avait besoin l'un de l'autre au début, quand tout ça faisait peur, que le passé était trop près, trop lourd, incohérent avec ce qu'on nous offrait ici. Maintenant, quarante-huit jours plus tard, je sais qu'on se permet de tout oublier, de se laisser aller dans l'égoïsme et dans le déni de l'automne qui finira par arriver.

— Je pense qu'on va bien. Je suis amoureuse, Gabriel.

— Moi aussi.

Nos voix ne vont pas bien avec les mots qu'elles font résonner. Ce n'est pas simplement la fatigue, la mélancolie du soleil à peine découvert qui nous donnent cet air si triste. Nos pensées sont probablement les mêmes et elles sont à l'origine des tourments qui nous font regarder la marée basse à cinq heures trente du matin.

— Autant c'est la plus belle chose du monde, autant ça nous empêche de dormir quand on réalise vraiment ce que ça veut dire, dis-je en m'allumant une nouvelle cigarette.

— J'ai peur que l'été se termine. C'est vrai ce que tu m'avais dit dans l'auto quand on s'en venait. On dirait que ça compte pas, qu'on est comme dans une zone où le temps arrête un peu de vouloir dire quelque chose, que tout se passe intensément, qu'on a pas de décision à prendre. On fait juste vivre, mais ça va bien finir par prendre fin.

Florence et William retourneront à l'école, gagneront leur vie d'une autre façon, seront submergés par la routine et leurs responsabilités. Je serai rattrapé par tout ça et la vraie vie me fera mal, me rejettera, je le sais très bien.

— Je le vois tout le temps quand j'écoute les touristes qui apprennent à se connaître. Ils se demandent ce qu'ils font dans la vie, leurs projets, leurs expériences. J'ai rien de tout ça, aucune base pour en avoir dans un avenir proche. Des fois, je me dis que c'est spécial ce que j'ai avec Alexis, mais il va vite réaliser l'écart entre nous quand il voudra faire des projets, penser à son avenir. J'aurai jamais rapport là-dedans.

— J'en ai souvent parlé à William, mais je sais que ça change rien pour lui. J'ose même pas lui demander comment il peut s'imaginer avec moi en dehors des étés qu'on a connus, de la vie relaxe à l'auberge. Surtout qu'il a six ans de plus que moi pis que je suis en retard sur tout.

— Je pense quand même qu'il en connaît assez sur toi pour savoir ce que ça veut dire de t'aimer pis de vouloir te garder dans sa vie.

Je n'ai jamais douté de la franchise de William, de la force de ses sentiments. Je sais que nos moments ensemble sont authentiques, que je me dévoile plus que je ne l'aurais cru, qu'il est la seule personne qui me voit vraiment, mais j'ai souvent besoin de ces moments où Emma se colle à moi pour me rappeler que rien ne sonne faux, que j'y ai vraiment droit, même si William ne sait pas tout. Parce qu'elle, elle sait tout.

— J'imagine que tu dois ressentir la même culpabilité que moi quand Alexis te dit qu'il t'aime… Tu te demandes si c'est légitime, s'il t'aimerait malgré tout…

Nous demeurons en silence un moment, fixant les vagues qui se rapprochent, portées par le vent. Emma ne semble jamais gênée par la fumée de mes cigarettes, de plus en plus près de moi, glissant même ses doigts entre les miens. Elle pense à la même chose que moi, c'est ce que ses yeux qui se lèvent vers les miens m'évoquent, son air pensif qui cherche à trouver les mots.

— Tu penses lui dire un jour qu'on a tué quelqu'un ?

Je ferme les yeux, laissant la fumée s'échapper doucement de mes narines. J'avais l'impression qu'on faisait comme si nos souvenirs étaient flous, qu'on préférerait oublier, qu'on y arrivait presque. J'y suis arrivé assez souvent, mais ça finit toujours par me rattraper quand je pense à l'amour qu'on me porte. Maintenant, Emma sait elle aussi que l'amour n'est pas si facile à accueillir quand la vérité sur ce que nous sommes pourrait tout faire changer.

— J'y ai déjà pensé, parce que je voulais que Will sache que ça se peut pas, lui et moi. Mais… je le crois quand il me dit que j'ai pas besoin de tout lui dire. Que ce qui compte, c'est pas le passé, encore moins ma vie dans la Cité. Je sais qu'il a espoir en mon nouveau départ, qu'il accepte que je me dévoile seulement sur certains sujets. Je l'aime tellement, Emma. Maintenant, c'est moi qui veux pas briser ça.

Je me sens devenir émotif, ressentir cette peur que William disparaisse s'il savait. Une part de moi veut vraiment croire que son amour est inconditionnel, mais c'est beaucoup plus gros que tout ce à quoi il pourrait s'attendre.

— Je me demande ce qui serait arrivé si t'étais pas entré dans l'appart au bon moment, dit-elle à voix basse, caressant le dos de ma main. T'habitais même pas dans cet immeuble-là.

— Je cherchais ma mère. Elle était pas chez elle. Ça faisait des jours que j'étais pas venu la voir, je devais lui remettre de l'argent. Je savais qu'elle s'occupait des enfants de plusieurs familles dans ton bloc…

Ce souvenir est bien lointain. L'adrénaline, le visage d'Emma complètement différent de son allure d'aujourd'hui, mon propre état d'esprit qui n'avait rien à voir avec ce que je suis à cette heure précise…

— Pourquoi il était chez toi ?

— Il abusait de ma sœur, je pense qu'ils étaient plusieurs à le faire à la demande de ce gars-là.

— Pis tu t'es dit que t'allais le tuer ?

— Non, même si je voulais qu'il meure. Ma sœur était pas là, elle venait de partir avec ma mère, ça fait qu'il a essayé de s'en prendre à moi. Je pensais que ça m'arriverait jamais. J'ai paniqué.

— Ouais. T'as manqué ton coup. Il serait pas mort, mais toi, ça aurait été la fin de ta vie.

Je pense que je n'avais jamais réagi aussi rapidement, même si ça impliquait de m'assurer que quelqu'un cesse de respirer. Aussi étrange que puisse être mon raisonnement, je m'étais senti en confiance, responsable de la protection d'Emma même si je ne la connaissais pas. À la rencontre de quelqu'un qui partageait enfin mes pulsions, j'avais éprouvé une espèce de fougue ; jamais je n'aurais cru que ces pulsions seraient meurtrières. Quelqu'un d'autre que moi les haïssait, voulait en finir avec eux, avait voulu se défendre. Elle semblait en panique jusqu'à ce qu'elle comprenne que j'allais l'aider à finir ce qu'elle avait commencé. Je l'avais trouvée étonnamment en contrôle, partageant mon calme et mes réflexes. Nous n'avions même pas eu besoin d'échanger des mots – à peine ceux qui voulaient dire que la prochaine étape était de nous enfuir le plus rapidement possible.

— T'as jamais eu peur qu'ils remontent jusqu'à nous ? me demande-t-elle après un moment de silence. On dit que ça existe pas, un crime parfait.

— Pour moi, un crime parfait, ça peut être de tuer quelqu'un qui en vaut tellement pas la peine que personne cherche qui a pu faire ça. En plus, les gens de la Cité ont pas intérêt à ce que la police mette son nez là-dedans. L'enquête ferait débouler ben des affaires. Je suis presque certain qu'ils ont menti pour se protéger eux aussi.

Ça m'étonne qu'on puisse aborder cette histoire aussi calmement, sans avoir la voix qui tremble, une boule dans la gorge.

— Tu sais, Emma, vous dites que je suis dur à cerner mais toi, j'ai jamais compris comment t'as pu faire ça, maintenant que je te connais. Comment t'as pu rester calme, jamais t'en vouloir... C'est un mystère pour moi.

Elle se décolle un peu, penchant la tête en gardant les yeux vers le sol.

— Parce que j'avais déjà tué quelqu'un avant.

C'est rare que je sois sous le choc, que quelque chose me perturbe, me laisse sans mot. Celle-là, je ne m'y attendais pas le moins du monde.

— Qui ? Quelqu'un de la Cité ?

— Non. Mon beau-père quand j'avais douze ans. Il abusait de ma sœur pis ma mère disait rien. Un moment donné... je suis rentrée de l'école, y avait juste lui à la maison. J'étais là quand il a eu son malaise cardiaque. Je comprenais ce qui se passait. Je l'ai pas aidé, j'ai pas appelé l'ambulance. Je suis sortie marcher. Quand je suis revenue, ma mère était rentrée, les secours essayaient de le réanimer. Ils ont rien pu faire. J'étais soulagée. Pis je m'en suis jamais voulu, jamais.

— Quelqu'un d'autre le sait ?

— Non. Seulement toi, mais je te le dois bien. T'es la seule personne que j'aime qui connaît la vérité. J'en ai besoin.

J'ai besoin d'elle aussi. Je me dis souvent que les choses auraient été plus difficiles si je n'étais pas revenu avec Emma, si elle n'avait pas été près de moi pour cette seconde chance, si inspirante, pleine d'espoir. Je nous croyais tellement différents, mais quelque chose nous unit, nous unira pour toujours.

— Je t'ai fait confiance parce que t'avais l'air de savoir ce que tu faisais, ajoute-t-elle. J'ai presque l'impression qu'on a commis le crime parfait, mais ça aurait pas été le cas si tu m'avais pas aidée. Toi aussi, t'avais tué quelqu'un avant.

— Oui.

À partir de ce matin où ma vie s'est revirée à l'envers, depuis les heures passées dans la voiture avec elle, je sentais au fond de moi qu'elle savait. J'ai compris qu'elle pensait, qu'elle était dotée d'un esprit vif et que, forcément, elle devait déduire que je n'en étais pas à ma première fois. Mais elle n'avait pas peur de moi, elle voulait me connaître, se rapprocher, devenir mon amie. Dès que j'ai compris tout ça, je me suis donné le droit de vivre.

— Quelqu'un de la Cité?

— Non. Un client. J'avais seize ans.

Elle est la première à savoir, et aussi la seule qui peut comprendre, réagir avec calme, discernement. La seule qui ne changera pas d'opinion à mon sujet simplement parce qu'elle m'a connu en mettant fin à une vie pour sauver la sienne.

— Je manquais encore d'expérience, j'acceptais un peu n'importe quoi, je me méfiais pas assez. Des filles m'avaient expliqué que je devais toujours avoir quelque chose pour me défendre, qu'elles avaient déjà eu à le faire et qu'elles avaient réussi à sauver leur peau grâce à ça. C'est le travail du sexe qui m'a appris ce que la solidarité veut dire.

Ça remonte à encore plus loin, mais c'est le genre de souvenir qui passe en boucle sans crier gare, se pointe trop souvent, coupe l'appétit, prive de sommeil. Mais les années ont passé et j'ai appris à m'en détacher peu à peu, jusqu'à ce que je tombe amoureux. Cet événement s'imposait à moi, me narguait pour me rappeler que j'étais un imposteur, qu'on ne me dirait jamais je t'aime si on savait la vérité. J'ai voulu lui dire, mais je n'ai jamais pu. Peut-être parce que l'amour rend égoïste, un paradoxe que je n'essaye plus de m'expliquer.

— Le gars m'a drogué pour essayer de me tuer. Je l'ai compris parce que j'étais pas aussi assommé qu'il l'aurait voulu. J'ai vraiment cru que j'allais mourir.

Je la sens se coller, enrouler son bras autour de moi pour me serrer plus fort. Je caresse ses cheveux, étrangement apaisé. Je sais qu'elle ne posera pas plus de questions, qu'elle est plus empathique que dépassée. Personne d'autre ne pourrait me comprendre en ce moment.

— Le pire, c'est que ç'a même été médiatisé. Quand ils ont trouvé le corps, ils ont découvert que ce gars-là avait tué une dizaine de prostitués, hommes comme femmes. J'ai vu la liste des victimes à la télé, j'en connaissais une. Lily, celle qui m'avait appris à me défendre. Je crois pas aux prières, mais j'ai souvent besoin de lui parler pour la remercier.

Emma lève les yeux vers moi. J'arrive à y voir une peine immense, un soulagement quand elle me serre plus fort.

— Est-ce que… t'as peur de te faire prendre un jour ?

— Aucune idée si mes empreintes sont fichées quelque part, si j'ai bien fait ma job avant de m'enfuir. J'étais mineur quand ça s'est passé, je me suis défendu… On dirait que je me suis jamais senti coupable… Je me suis toujours dit que si on remontait jusqu'à moi, ça serait pas la fin du monde.

Je n'ai jamais envisagé d'appeler la police, de me rendre ou d'entreprendre quoi que ce soit qui me confronterait aux autorités. Je voulais qu'on me foute la paix. Je savais qu'être mineur, prostitué et trop souvent drogué jouerait contre moi, m'empêcherait encore plus d'atteindre la liberté un jour. J'ai préféré fuir, faire comme si tout ça ne méritait pas que je m'y attarde. Je ne méritais pas d'être tué si froidement à cause d'un quelconque pervers – Lily non plus, ni toutes les autres. Je ne m'en suis jamais voulu, mais c'est ce qui me rendait parfois mal à l'aise quand je me retrouvais dans le vrai monde, avec des gens authentiques qui disaient m'aimer. C'est presque insupportable par moments.

— Mais maintenant, ça le serait ? dit-elle en regardant au loin. La fin du monde, je veux dire.

— Pourquoi tu penses que j'arrive pas à accepter que j'ai ma place dans la vie de William ? Avant, j'avais rien à perdre.

Maintenant, c'est toute ma vie que je perdrais, ce que j'avais pas avant de le connaître.

— Ici, on a l'impression d'être cachés. À l'abri pour toujours. Mais je commence à avoir peur comme toi, peur du temps, de la vie qui va continuer. Peur que ça se sache un jour.

Nous nous regardons dans les yeux un moment. Je ne sais pas si on y voit quelque chose de différent, maintenant que les secrets sont tombés, que les mots ont été prononcés. Je la vois, elle, dans toute sa complexité que je n'arrivais pas à cerner avant ce matin. Pourtant, elle n'est pas différente à mes yeux, seulement plus semblable à moi: le résultat d'une enfance brisée, d'efforts trop lourds à porter pour l'espoir de s'en sortir indemne.

— Trois personnes sont mortes à cause de nous, dit-elle à voix basse, comme si elle réfléchissait.

— Tu penses qu'on devrait s'en vouloir? Qu'on est pas normaux d'être juste soulagés d'avoir pu se défendre?

— On doit pas s'en vouloir, c'est ce que je me dis en te regardant. T'es souvent mon reflet, alors je vais continuer de pas m'en vouloir. On est pas normaux, mais au moins on est deux.

— Avec notre normalité à nous.

Une normalité que nous créons en nous observant l'un et l'autre depuis notre arrivée ici. Elle soulage parce qu'on se reconnaît enfin chez quelqu'un, qu'elle donne des repères, un ancrage. Même si elle implique d'avoir autant de facilité à expliquer la mort de trois personnes, sans regret pour les gestes, seulement une irritante incohérence quand vient le temps de nous mélanger au reste du monde. Je savais que nous partagions cette distance, que c'était à cause de notre vie dans la Cité, mais on la doit aussi à ce que nous avons fait, deux fois. C'est bien pire parce que nous sommes directement fautifs, coupables – des meurtriers. Nous serions coupables pour eux, nous le savons. Et c'est ce que nos yeux disent en ce moment, dans cette tension qui nous rappelle que les mots ne libèrent plus, qu'ils sont venus à bout de ce qu'ils étaient capables d'exprimer. Je comprends pourquoi elle m'embrasse en ce moment, pourquoi je lui rends son baiser sans que ça me déroute. En fait, c'est plus que cohérent. J'ai l'impression que ça nous soulage, comme un torrent de larmes quand les émotions ont envie de se répandre par le corps, de prendre le dessus sur l'esprit qui tente de les contenir en se raisonnant. C'est une passion qui n'habite aucun désir, simplement une soif de réconfort, un besoin de proximité qui s'exprime naturellement par nos lèvres qui se mélangent, nos souffles partagés. Peut-être que ce qui fait tant de bien provient aussi de cette impression qu'il n'y a qu'entre nous deux que la culpabilité ne se pointe jamais, qu'aucun secret ne change en égoïsme le besoin du corps de l'autre. C'est une pause pour nos souffrantes solitudes, un baume d'amitié. Nos lèvres se détachent après un long moment, mais Emma garde son front appuyé au mien, respirant doucement.

— Ça se serait pas passé comme ça pour moi si j'avais pas eu la chance que tu m'aides, que tu m'offres de m'en aller avec toi. T'es la plus belle chose qui me soit arrivée, Gabriel.

— Je pensais que c'était Alexis.

— Je me serais jamais laissée aller à aimer quelqu'un aussi vite sans toi pour me montrer que ça se peut pour les gens comme nous. Sans toi pour me donner envie de trouver aussi belle ma différence avec les autres.

— J'aurais lutté plus longtemps pour me tenir loin de William si t'avais pas été là. Tu me rappelais que j'avais pas le droit de rejeter ma chance. Je te dois beaucoup. La peur et l'espoir sont tellement proches, mais tu m'as appris à changer de camp peu à peu.

Emma m'adresse un bref sourire, même si ses yeux sont toujours empreints de fatigue, de lourds souvenirs. Elle se replace pour poser sa tête sur mon épaule, expirant à fond.

— Tu diras à William que c'est moi qui t'ai embrassé. Ça compte pas.

Je ris doucement, levant les yeux au ciel, à peine surpris que son ton redevienne si léger.

— Je pense qu'il s'en fout. Mais j'aimerais mieux que t'en parles pas à Alexis, déjà qu'il est pas mon plus grand fan. Lui, pas sûr qu'il comprendrait…

— Ah... Ouin. Toi, tu comprends?

— Ben oui. William comprendrait aussi. Je veux pas me vanter, mais mon chum est vraiment plus cool que le tien.

Elle se détache de moi pour me pousser l'épaule et je me laisse tomber sur le dos, jouant le jeu en la voyant rire elle aussi. Emma s'allonge à côté de moi et me vole ma cigarette.

— Je sais pas si Alexis, c'est mon chum. Ça fait juste trois semaines qu'on se voit.

— Trois semaines d'été, c'est comme huit.

— Toi, maintenant, t'assumes que William, c'est ton chum?

Ça m'a aussi fait bizarre de le dire sans réfléchir, mais ça signifie sûrement que c'est ce que je ressens quand je pense à lui. Je n'ai jamais été en couple de ma vie et je n'ai même jamais eu envie que ça m'arrive. Je sais que c'est ce que William souhaite plus que tout et je commence à comprendre ce que ça change, l'incertitude que ça effacerait.

— Je sais pas. Je devrais peut-être lui demander sur un petit papier. Y a des filles qui me l'ont demandé comme ça quand j'allais à l'école.

— Ça m'étonne pas. Je l'aurais sûrement fait si j'avais été une petite fille normale qui a pas peur de tout le monde. Mais tu m'aurais traumatisée à vie avec tes grands airs de celui qui veut pas se faire approcher.

Je me remets à rire, cachant mon visage avec mon coude parce que le ciel commence à m'éblouir. Je n'ai pas envie que cette journée débute pour vrai, même si j'ai déjà hâte que William rentre à sa roulotte.

— On aurait dû se connaître avant, dis-je en lui reprenant ma cigarette.

— Peut-être qu'on se serait mariés.

— Mais on se serait sauvés quand même.

— C'est clair. Et en attendant qu'on se prenne en main, on aurait pu compter l'un sur l'autre. Tu m'aurais dit que t'aimes les gars, on serait devenus les meilleurs amis du monde pis on se serait aidés à trouver l'amour.

— Comme maintenant. Mieux vaut tard que jamais.

Je me lève en l'incitant à faire de même, conscient du temps qui file et de notre journée de travail qui commence en même temps que l'heure du déjeuner.

— Tu me fais dire beaucoup de choses, ce matin. Ça fait du bien, mais je sens que ça va me déconcentrer. J'aime les gars, j'aime William, j'ai envie d'être en couple, j'ai une meilleure amie.

Elle s'arrête de marcher pour se jeter sur moi et me serrer dans ses bras.

— Tu te rends compte qu'on vient de parler de ben des affaires terribles pis que ta conclusion, c'est juste le positif ? Tu commences vraiment à te libérer, Gabriel.

— C'est vrai. C'est quand même fou. Mais là, je m'ennuie de William, on dirait que j'ai besoin de lui quand je me sens bien.

Emma se détache de moi, m'adressant un sourire en coin.

— Je sais ce que ça fait. Je suis dans cette phase-là avec Alexis. Je commence à comprendre pourquoi vous vous levez aussi tard, pourquoi vous quittez la soirée en premier pis que vous exagérez votre nombre de pauses syndicales.

— Pauses syndicales ?

— Ça veut dire que vous faites l'amour.

— Ah, faut bien que ça serve d'être syndiqué. Un peu de motivation au travail, c'est juste bon pour la business.

Elle se met à rire, se dirigeant avec moi jusqu'à l'auberge.

— Des fois, t'es drôle. Je vais le dire à Alexis.

— Commence par lui dire que tu l'aimes. Tu vas voir, ça fait du bien.

— Ouais, j'y pense. Je t'aime, Gabriel, lance-t-elle en me donnant un petit coup de coude dans les côtes.

— Ah, c'est ça. Dans le fond, je te sers juste à te pratiquer. Mais je t'aime aussi. En passant, tu me dois au moins cent piasses.

Emma

Cette journée est étrange, mais elle constitue une étape de plus à ma progression. Parler. Je comprends maintenant que ça veut dire bien des choses, que les mots qui résonnent dans ma tête ne sont pas les mêmes que ceux qui en sortent. Je ne sais pas si je sentais que ça allait arriver, peut-être que c'est une évidence depuis que je connais Gabriel. J'avais cru garder ce secret toute ma vie, m'être complètement débarrassée de la crainte que ça puisse se savoir un jour. Depuis l'enterrement de mon beau-père, en fait. Puis il y a eu cet événement soudain, ces minutes qui ont fait resurgir la rage de mes douze ans. Cet homme qui me plaque contre le mur et me retourne de force pour tenter de me faire ce qu'il faisait à ma sœur… Je n'aurais jamais pensé en arriver là, mais je n'ai pas envisagé d'autre option. Gabriel non plus. Je savais qu'il était comme moi, à sa façon, et ça me fascinait de ne plus être la seule. À partir de ce moment, je savais que j'aurais toujours besoin de lui. Quand on goûte à la plénitude, à l'impression d'être comprise, enfin dévoilée sous son vrai jour, on ne peut plus nous l'enlever. Pas après une vie entière à l'écart, où je me cachais à ma propre personne. Maintenant, quelqu'un sait et m'aime malgré tout.

On arrive presque à être des humains comme les autres, à se compliquer la vie avec nos histoires de cœur et à remettre à plus tard la concrétisation de notre avenir. Peut-être que nous sommes comme tous ces autres touristes, à chercher à nous submerger d'expériences loin de chez nous pour comprendre enfin qui nous sommes, ce qui nous fait sortir du lot, ce que ça veut dire que de se trouver soi-même. Nous sommes des touristes dans nos propres vies, mais c'est déjà plus rassurant d'être deux à voyager si loin. Je sentais que je n'y arriverais jamais complètement, parce que je traînerai toujours avec moi des horreurs inimaginables qui ne collent pas avec l'idée qu'on puisse se faire de moi. Avec l'idée que je me fais de moi-même. Je ne sais pas si ça change tout que Gabriel m'ait écoutée raconter ce pan de ma vie, de savoir que lui aussi avait dû aller jusque-là pour sauver sa peau, mais ça me libère d'un fardeau immense, ce qui me donne encore plus envie de vivre. Je veux croire que les bonnes et les mauvaises actions ne sont pas catégorisées si cruellement, que dans un monde où les nuances auraient plus de chances de donner de l'air aux humains, nous ne sommes coupables de rien sinon d'être nés. Nés au mauvais endroit, nés de parents qui n'avaient pas ce qu'il fallait pour assumer d'autres vies que la leur déjà à la dérive. Je ne me serais jamais retrouvée dans de telles situations si j'étais née dans la famille de Florence. Je n'ai pas de colère innée, d'envie d'enfreindre les règles, de blesser les gens autour de moi. Je n'aurais jamais commis de tels actes si j'avais connu ce que ça fait d'être protégée en grandissant.

Je me dis souvent que Gabriel est mon reflet parce qu'il est ce qui se rapproche le plus de moi, et que lui aussi tente de se débattre pour vivre la vie qu'il aurait méritée. Je sais qu'il est abîmé, mais je sais aussi à quel point il aurait dû être aimé, protégé et qu'il est doté d'une sensibilité que sa vie l'a forcé à étouffer. Il n'en est pas pour autant moins bon; il est extraordinaire, magnifique. Je comprends William de le regarder ainsi, de se coller à lui comme s'il avait peur qu'il disparaisse. Parce qu'il est unique, irremplaçable, et qu'une fois qu'on l'aime, on a besoin de lui. Il est l'ami que j'avais cessé d'espérer, parce que j'avais toujours su que les vrais amis ne se cachaient rien. Il est le seul qui connaîtra cette part de moi – mon complice, celui qui tombe si je tombe. Même le pire devient moins pire.

— J'imagine qu'Alexis t'as invitée au souper chez leurs parents? me demande-t-il, appuyé au comptoir, mangeant de la crème glacée sans prendre la peine de s'en servir dans un bol.

— Oui. Ça me stresse un peu. Ils vont me poser des questions, j'imagine.

— Ouais, mais je t'ai vue avec les touristes. Tu t'en sors bien.

C'est vrai que je commence même à me sentir comme eux, ces esprits libres qui n'ont que faire des plans bien calculés. Après tout, je n'ai que dix-neuf ans, j'imagine que c'est compréhensible.

— Toi, tu vas venir avec William ?

— Oui. Je les ai rencontrés la dernière fois que je suis venu. Je t'avoue que ça me gêne un peu. J'ai fait de la peine à leur fils.

— Mais t'es correct de parler avec eux, d'avoir l'air d'un bon gars pour William ?

Il se met à rire et penche la tête en me souriant.

— J'ai quand même de l'expérience là-dedans, j'ai été escorte.

— Ah, j'avoue. Tu me donneras des trucs pour avoir l'air d'une fille de bonne famille.

— Tu t'arranges pour que les gens parlent d'eux-mêmes, ça marche toujours pis ça les fait t'aimer en deux secondes. À part ça, tu fais des compliments, tu souris pis tu montres à quel point t'aimes leur fils. Mais faut pas t'en faire. Ils sont vraiment cool.

Ce serait difficile d'imaginer des parents froids et remplis de jugements quand on connaît Florence et William, mais ça commence à faire beaucoup pour moi qui avais du mal à parler à des gens qui ne soient pas de la Cité il y a deux mois.

— Qu'est-ce qu'ils savent sur nos vies ?

Gabriel semble hésiter, regardant à droite et haussant les sourcils comme s'il cherchait à rassembler certaines informations.

— Je sais que William leur avait dressé mon portrait avant, pour pas que leurs questions créent de malaise. La Cité, ça date des années soixante-dix, ça dit plus quelque chose aux gens de cette génération-là qu'à la nôtre. Ils ont pas insisté là-dessus, mais je pense qu'ils ont compris bien des choses.

— Ouais. Alexis m'a dit que la Cité, c'est comme un mix de mouvements spirituels New Age avec des inspirations d'extrémisme religieux. Peut-être en réaction au détachement de la tradition dans ces années-là, aux gens en perte de repères qui se cherchaient une communauté avec des diktats.

Gabriel hoche la tête, me tendant son pot de crème glacée. Je m'appuie au comptoir à côté de lui, appréciant le calme depuis que les touristes sont partis de la cuisine.

— Avoue que ça fait du bien de parler avec des gens qui ont étudié, qui ont une vue d'ensemble sur l'humain sans tomber dans la foi ou l'opinion tranchée. Ça ouvre les yeux, ça donne de l'air pour se faire sa propre idée. Même si c'est là-dedans qu'on a grandi, y a jamais eu de place pour s'ouvrir les yeux, d'espace pour réfléchir sur le but de tout ça.

— Tellement. On dirait que j'avais arrêté de chercher à comprendre juste parce qu'on est censé faire confiance à nos parents. Quand on a rejoint la communauté, je pensais même que c'était une bonne chose pour ma famille, que j'allais avoir des amies, que ma mère aurait une plus belle vie.

Florence m'avait parlé d'une période de révolte, souvent à la fin de l'adolescence, quand on réalise que nos parents ne sont pas parfaits, qu'ils ne savent pas tout. Les erreurs qu'ils ont commises en nous éduquant se dévoilent comme un grand choc, elles nous donnent envie de les confronter, de leur exposer le tort qu'ils nous ont fait, de rejeter leur image de modèle, d'exemple à suivre. Pour elle, ça avait été plus subtil, dans les différences des discours auxquels son frère avait droit, dans son introduction aux relations amoureuses et à la sexualité qu'elle regarde aujourd'hui avec indignation, impuissante, alors qu'elle voudrait remonter le temps pour leur ouvrir les yeux sur des conceptions plus modernes. Je dirais que j'ai connu cette étape de révolte au moment de mon entrée dans la Cité, même si mon adolescence commençait tout juste. Ma mère nous a entraînées dans cette nouvelle forme de contrôle, moins de trois mois après la mort de son conjoint. Elle n'avait pas soif de liberté comme moi aujourd'hui, elle n'avait pas envie de penser, de se battre, de comprendre qui elle était : elle retournait dans ce qu'elle connaissait. J'ai dû admettre qu'il était trop tard pour elle, que je finirais ma vie de la même façon si je continuais de vouloir me démener pour les sauver, elle et ma sœur. Je me demande souvent comment j'y serais arrivée s'il n'y avait pas eu ce matin avec Gabriel. Ça me réconforte d'apprécier un tel hasard. Même s'il comporte une histoire bien sombre, j'en retiens le positif, ma vie à moi.

— Moi, je suis né là-dedans, ajoute-t-il. Mais j'ai pas de souvenir d'avoir adhéré à notre façon de vivre. Je ressentais constamment un vide, on dirait que j'attendais sans savoir quoi. Que ça passe, que je disparaisse pour atterrir ailleurs, je sais pas trop. J'ai arrêté de me laisser porter quand mes parents m'ont dit que j'irais plus à l'école. Là, ça m'a frappé. À treize ans, je voulais me sauver.

— Mais on a personne d'autre.

— On est formés pour pas être capables de se débrouiller en dehors de la Cité, pour avoir aucune porte de sortie.

— Jusqu'à ce qu'on arrête d'aimer nos propres parents...

Gabriel contemple le sol en silence alors que nos pensées résonnent, prennent toute la place. Je sais que nous en sommes au même constat, que c'est ce qui fait qu'on arrive à trouver l'amour ici: parce que la forme qu'on y découvre déconstruit ce qu'on croyait être de l'amour auparavant.

— Ça fait mal quand on le réalise, dit-il à voix basse. En même temps, ça libère.

— Énormément. Je pense à moi pour la première fois de ma vie, j'ai plus peur pour personne.

J'ai compris que l'égoïsme n'est pas nécessairement négatif, qu'il est même vital. C'est ainsi que nous avons réussi à sauver nos vies, à quitter nos familles et à saisir ce nouveau départ. Il est faux de dire que la famille est dotée d'une aura d'amour inconditionnel, que les liens du sang nous unissent pour toujours, qu'on doit la vie à nos parents et que notre amour pour eux est inné. Je suis heureuse depuis que j'ai cessé d'aimer ma mère et ma sœur. J'éprouve pour elles de la pitié, une immense peine, trop d'impuissance, mais je n'ai plus la force de les aimer. Je ne sais pas si j'arriverais à le dire si froidement à quelqu'un d'autre que Gabriel. Mais maintenant, ça me soulage plus que jamais.

— Tu vas voir que ça rend triste, une famille normale avec des parents qui prennent soin de leurs enfants. Ils veulent le mieux pour eux et, bizarrement, c'est toujours ce qui est à l'origine de leurs différends, des chicanes du passé. C'est dur à comprendre pour nous. Des fois, trop protéger, c'est comme pas assez. J'ai réalisé ça en voyant William avec son père.

— J'ai peur que la mère d'Alexis se dise que je suis pas la bonne fille pour son fils, justement pour le protéger.

Gabriel secoue la tête, un léger sourire aux lèvres avant de me reprendre la cuillère.

— Inquiète-toi pas. Ils vont t'aimer. C'est pas comme si t'avais tué des gens.

Alexis me rejoint dans mon lit, tout emballé de me montrer des photos de montagnes et de me parler de ses prochaines destinations, d'endroits de la Gaspésie où il aimerait m'emmener. Être loin de Gabriel me rend un peu anxieuse ; le sujet dont nous avons parlé aujourd'hui me revient en tête, me rappelle qu'Alexis n'en sait rien, que son affection serait différente s'il savait.

— Ça me stresse de rencontrer tes parents.

— C'est juste ma mère, dans le fond. Le père à William, c'est son mari, mais c'est pas mon père.

— Quand même. C'est ta famille.

Il m'embrasse doucement, détachant mes cheveux d'une main pour y glisser ses doigts.

— C'est sûr qu'ils vont t'aimer. Ils savent que William s'est remis avec Gabriel et ils connaissent un peu sa vie.

— Mais ils savent clairement pas tout.

— Non, mais à quel point c'est important ? Tout le monde a son jardin secret. Je pense que ce qui compte pour nos parents, c'est qu'on soit heureux avec quelqu'un, qu'on vive des relations saines. Ils ont pas besoin de ta biographie complète pour ça.

— Toi ? Est-ce que tu penses que pour aimer quelqu'un, on doit avoir aucun secret ?

C'est facile pour lui de me dire qu'il n'a pas besoin de tout savoir parce que nous en sommes encore au début ; ça va de soi que je ne me dévoilerai pas entièrement après seulement trois semaines. Un jour, il voudra comprendre ; c'est ce qui me fait peur. Lui, il est toujours si transparent, prêt à tout partager et je crois qu'il n'arrive pas à comprendre ce que ça peut faire que de porter de lourds secrets.

— Je pense qu'on devrait pas en avoir à partir du moment où on forme un couple, mais, tout ce qui vient avant, j'ai rien à dire là-dessus, je faisais pas partie de ta vie. Je t'ai connue d'une certaine façon, avec le bagage qui fait celle que t'es aujourd'hui. Je peux pas juger ça, te demander des comptes. T'aurais pu vivre ou faire plein de choses, ça changerait quoi ? Je le sais quand même que tu l'as pas eue facile pis j'ai toujours compris que c'était pas de t'aider à avancer si je cherchais juste à creuser sans arrêt pour satisfaire ma curiosité.

— Mais toi, tu me dirais tout.

— C'est vrai, mais moi j'ai un background assez tranquille, juste des anecdotes malaisantes qui te feraient rire. Tu peux pas te comparer à moi.

J'essaye de me dire que c'est un peu la même chose avec William et Gabriel qui s'aiment malgré leurs vies si opposées. William en sait beaucoup sur ce que Gabriel a vécu, même si c'est souvent bien sombre, et ça n'a rien changé à ses sentiments. Je ne connais pas Alexis depuis aussi longtemps, mais ça me donne quand même espoir que la différence puisse attirer les gens.

— Je pense que tu m'avouerais n'importe quoi pis je t'aimerais quand même. Ben, sauf si t'as noyé des bébés chats, genre.

Je reste silencieuse alors que lui semble trouver ce qu'il vient de dire plutôt drôle. Mais moi, je viens de l'entendre me dire qu'il m'aime.

— Je ferais jamais de mal à un chat. J'en ai toujours voulu un.

— C'est vrai ? J'en ai un chez ma mère, j'ai hâte de te le présenter.

Particulièrement enthousiaste et attendri, il commence à me montrer des photos de son chat sur son téléphone. Ça me séduit encore plus, je me surprends à avoir hâte de rencontrer sa famille s'ils sont aussi charmants. Je me colle à lui, l'embrassant en faisant monter l'intensité de plus en plus, m'agrippant à ses épaules.

— Ça va ? C'est mon chat qui te fait cet effet-là ? demande-t-il en riant.

— C'est juste toi. Tu m'as manqué, aujourd'hui. J'ai parlé longtemps avec Gabriel pis ça m'a fait réaliser plein de choses.

— Comme quoi ?

Il me regarde en souriant alors que je commence à me sentir nerveuse, à vouloir retrouver mon aisance de ce matin pour exprimer ma pensée.

— Je t'aime, Alexis.

Ses yeux laissent transparaître une certaine surprise alors qu'il sourit encore plus, me faisant basculer pour s'allonger au-dessus de moi.

— Je t'aime, Emma, dit-il avant de poser ses lèvres sur les miennes.

C'est fou l'effet que ça fait. C'est physique et émotif à la fois, ça me soulage comme ça me rend tendue. Gabriel avait raison : ça fait tellement de bien de le dire. Je ne sais pas ce que ça change, ce que ça veut dire pour la suite, mais pour l'instant, je me sens simplement plus légère, presque normale parce que ces quelques mots semblent nous faire vivre les mêmes choses. Nos corps s'emportent assez vite alors qu'il m'embrasse partout et que je m'empresse de lui retirer son t-shirt pour sentir sa peau sur la mienne. Il est moins prudent qu'au début, maintenant qu'il sait que j'ai envie de partager des moments intimes avec lui presque chaque soir, découvrant de plus en plus les nuances du plaisir. Il avait raison de dire qu'il avait plusieurs trucs en réserve. Le sentir plus conscient de mon désir laisse naître une fougue nouvelle, plus assumée, plus passionnée.

Il interrompt mes gestes pour laisser toute la place à ce qu'il a envie de me faire et je me laisse porter par les sensations que j'apprivoise, ses doigts et sa langue créant cette ascension qui donne envie que ça ne finisse jamais. Ce soir, j'ai envie de lui d'une façon qui amènera nos corps à partager une même cadence, à vivre ensemble une intimité différente, à franchir une nouvelle étape.

— Alexis, j'ai envie qu'on le fasse. Si t'en as envie toi aussi.

Il se redresse au-dessus de moi, se rapproche pour me regarder dans les yeux.

— T'es sûre ?

— Oui. Complètement, dis-je à voix basse, l'embrassant doucement.

Il se retourne pour fouiller dans son sac, celui qu'il garde dans ma chambre avec ses vêtements et ses articles de toilette. Je le regarde du coin de l'œil enfiler un préservatif, légèrement nerveuse, me rappelant que tout se passe bien avec lui depuis le début. Il s'allonge sur le côté, m'attirant à lui pour m'embrasser et recommencer à me caresser. Je me tourne sur le dos, l'entraînant à se placer au-dessus de moi.

— Je vais y aller doucement, mais tu me le dis si tu sens un inconfort. C'est pas grave s'il faut arrêter. C'est pas obligé de marcher dès la première fois, dit-il avant de m'embrasser dans le cou.

Je n'ai pas vraiment d'attentes, sinon de partager quelque chose de plus avec lui, de connaître mon corps d'une nouvelle façon, de sentir que je suis ce que je ressens, ce dont j'ai envie. Je hoche la tête doucement, caressant ses épaules et ses bras en continuant de l'embrasser. Je le sens lever les hanches légèrement, se guidant avec sa main qu'il glisse entre nos corps, me faisant frissonner. Il se laisse aller tranquillement, comme il l'avait dit, me donnant le temps d'apprivoiser la sensation. Ça me surprend un peu, mais ce n'est pas désagréable, surtout qu'il prend son temps pour m'embrasser et me caresser, laissant l'excitation reprendre le dessus. Je vois qu'il me regarde avec circonspection, allant un peu plus loin avec la même douceur.

— Ça va ?

— Oui. Tu peux continuer.

Son corps est maintenant plus près du mien cependant qu'il commence à bouger tranquillement. C'est différent, mais c'est bon, de plus en plus. Ce n'est pas comme pour le reste, parce que j'ai l'impression que mon corps n'est pas seulement novice : il cherche un peu plus à s'adapter, à se détendre pour en profiter.

Alexis garde une certaine lenteur, continue de me toucher sensuellement, de me faire trouver le plaisir avec lui. Je commence à laisser relâcher la tension, à apprécier ses mouvements. Entendre son souffle plus bruyant se mêler au mien fait monter mon désir, il semble retenir son corps pour garder le même rythme. C'est simplement bon, de mieux en mieux. J'entends sa respiration saccadée à mon oreille, les muscles de ses épaules se tendent sous mes mains. Il se décolle un peu de moi pour accélérer, se laissant tomber après quelques secondes, étouffant un gémissement. Il me serre doucement contre lui avant de se retirer, et ses lèvres se reposent dans mon cou et sur ma poitrine, ses doigts s'attardent de nouveau sur moi, m'amenant à jouir assez vite. J'en suis presque étourdie alors que je me retourne sur le côté et laisse ma tête retomber sur l'oreiller. Alexis revient sous les couvertures, il me regarde tendrement et fait courir ses doigts sur mon bras. Je ferme les yeux, de nouveau parcourue de frissons.

— Je t'aime, Emma.

— Je t'aime aussi.

Il me sourit alors qu'il semble tout aussi apaisé que moi.

— Comment c'était? Ça allait quand même bien?

— C'est un peu différent au début, mais après c'est juste bon. J'ai hâte de le refaire pour m'améliorer et être plus à l'aise.

— Tant mieux. Je t'avoue que ça me stressait. La seule fois que je l'ai fait avec une fille vierge, je l'étais moi aussi pis j'ai réalisé en vieillissant qu'on était un peu poches, dit-il avec un sourire en coin. Je voulais pas que t'aies le même genre de souvenir décevant.

— Absolument rien de décevant. C'est même mieux que je pensais.

Tout jusqu'à maintenant est encore mieux que ce à quoi j'aurais pu m'attendre de ma découverte d'une vie en dehors de la peur et du contrôle.

— Toi, avec moi, c'était bien?

— C'était parfait, répond-il avant de m'embrasser.

Je me retourne pour blottir ma tête dans le creux de son épaule. Il caresse mon dos du bout des doigts, respirant doucement. Je commence à partager le point de vue que Florence tentait de m'expliquer, cette incompréhension qu'on fasse tout un plat avec la première fois des femmes, qu'on valorise leur virginité dans la plupart des religions et des traditions. Ça me dépasse, parce que ce que je viens de vivre me paraît simple et naturel.

— Ça me fait réaliser que le monde est fou de vouloir exercer du contrôle sur la sexualité des gens, en faire une obsession de société, définir les gens par ce qu'ils font dans leur lit. Je comprends juste pas. Dans la Cité, c'était une valeur, la virginité. Mais qu'est-ce que ça change à ma personne? T'imagines, si j'avais vécu ça pour la première fois avec un gars que je connais pas en me disant que ça sert juste à faire un enfant? C'est terrible. Comment on peut penser que quelqu'un d'autre que nous peut nous dire quoi faire avec notre corps, quitte à en souffrir?

Alexis m'embrasse, ce qui m'apaise bien vite.

— Je pense que si tu veux contrôler des gens, du moment que t'arrives à avoir du pouvoir sur leur intimité, leur corps, leur plaisir, t'as gagné. Tu peux contrôler tout le reste en claquant des doigts. Ça gâche des vies, mais ça marche.

— Je sais que c'est pas juste dans la Cité, ça me révolte encore plus. Juste de penser qu'il y a des gens qui acceptent pas l'amour comme ce que vivent William et Gabriel, ça me fait capoter.

— Je sais. C'est injuste.

— On a bien fait de s'enfuir, lui et moi. On est encore plus chanceux de découvrir tout ça, dis-je en caressant son bras.

La révolte et la colère sont bien pires depuis que l'on connaît tout ce dont on nous privait. C'est encore plus fort qu'au temps où on en rêvait parce que ça frappe, ça remet de l'avant ce qui nous manquait pour être bien, s'aimer soi-même et se laisser aller pour s'épanouir. Je n'ai pas envie que mes pensées sombres affectent ce moment avec Alexis, mais je commence à comprendre de plus en plus l'état d'esprit de Gabriel, lui qui avait goûté à ce bonheur, qui avait dû se résigner à tout laisser derrière. Ça doit rendre amer, nourrir une haine grandissante.

— C'est en parlant avec Gabriel que t'as réalisé que tu m'aimais? demande-t-il avec un sourire timide.

— J'ai surtout réalisé que je voulais plus attendre pour te le dire. Ça me fait du bien de parler avec lui.

— J'avoue qu'il est rendu pas mal lover avec William. Ça donne le goût d'être transparents comme eux. C'est quand même drôle qu'il soit avec Will, pis toi avec moi dans un souper de famille recomposée.

— En même temps, je trouve ça cool, même si tu vas devoir te forcer un peu plus avec lui. Florence m'a dit que c'est genre votre demi-beau-frère.

Il se met à rire, fronçant les sourcils comme s'il cherchait à comprendre le lien qui l'unit à Gabriel.

— Ouin, pas sûr qu'on va devenir des amis, mais je comprends que c'est ton ami à toi.

— C'est mon meilleur ami.

— Ma sœur va être jalouse.

— Ben non. Y a plein de discussions que je garde pour elle, elle perd pas son rôle dans ma vie. Une chance qu'elle est là. J'ai jamais eu de modèle féminin.

— Je sais qu'elle t'aime vraiment pis que tu lui racontes un peu trop de détails.

Il secoue la tête et se redresse pour s'asseoir dans le lit.

— C'est elle pis William qui posent trop de questions.

— William aussi? Oublie ça. Je vais jamais pouvoir chiller avec vous.

— Oh, franchement. T'iras t'asseoir avec Gab, lui il s'endort quand on parle de ça, il a pas eu connaissance de tes talents.

— Mes talents? Mmm... tu me fais plaisir.

— Je te ferai des crêpes demain.

Gabriel

Je reste allongé sur le ventre un moment, fermant les yeux pour me laisser envahir par le relâchement de mes muscles, les battements de mon cœur que j'ai l'impression d'entendre dans ma tête. William m'embrasse doucement dans le cou, me serre contre lui. Il partage probablement le même bien-être que moi, même s'il est d'humeur bavarde plutôt que méditative.

— T'étais pas mal pressé, dit-il en gardant son visage près du mien.

— Tu m'as manqué, aujourd'hui.

Je sais que ça le surprend que je sois de plus en plus entreprenant, mais j'ai envie d'assumer ma nouvelle spontanéité, mes envies que je croyais encore trop différentes des siennes. Je lui ai à peine donné le temps de parler quand nous nous sommes retrouvés seuls, j'étais trop embrouillé par mon désir, les mots échangés ce matin avec Emma repassant dans ma tête et me donnant envie de saisir ce présent où tout se passe étrangement bien. Je commence à avoir peur du temps, même si j'ai la certitude que je n'arrêterai jamais d'aimer William.

— Tu m'as manqué aussi. Peut-être qu'un jour tu pourrais venir en randonnée avec moi. Faudrait juste que t'arrêtes de fumer si tu veux pas mourir en chemin.

— Pas trop mon genre, mais tu sauras que je suis en très bonne santé.

— J'avoue que t'es pas mal en forme, chuchote-t-il en continuant de m'embrasser dans le cou.

Je me tourne sur le côté pour le regarder, m'étirant doucement.

— Ça me stresse de revoir tes parents.

— Faut pas. J'ai parlé à mon père une couple de fois depuis que t'es revenu. Il est au courant pis on dirait que ça avait du sens pour lui. La dernière fois, il te trouvait un peu jeune et amoché, mais je pense qu'en te revoyant, il va être convaincu que les choses vont mieux pour toi.

Je me doutais que sous le regard accueillant de ses parents se cachaient quand même certains doutes à mon égard. Ils connaissaient le mouvement de la Cité mieux que je pensais et ma différence avec William est assez visible. Ce serait difficile pour des parents de ne pas se questionner sur ce genre de relation, sur le genre de personne que je suis. William avait vingt-quatre ans à l'époque, mais j'ai peur qu'aujourd'hui, ses parents se préoccupent un peu plus de son avenir et du mien par le fait même. C'est plus complexe que de se demander si un amour d'été en vaut la peine.

— Toi aussi, tu me trouvais jeune. T'arrêtais pas de me dire que je faisais pas mon âge. Je pense que tu voulais juste te convaincre que t'étais pas weird de triper sur un gars de dix-huit ans.

— J'avoue. Je m'attendais pas à vivre tout ce qui s'est passé avec toi. Physiquement, t'es jeune, mais mentalement, j'aurais encore du mal à te donner un âge. Je t'imagine juste pas te tenir avec la gang à Alexis ou le genre de monde avec qui j'étais à l'université. Je dis pas ça pour que tu me répètes encore que tu fittes nulle part. Mais ça explique encore pourquoi t'es aussi spécial pour moi.

Il s'avance pour m'embrasser, caressant mes cheveux. Je n'ai plus trop envie de le contredire. Ce n'est pas l'état d'esprit qui m'habite, pas après une journée entière à me rappeler combien je l'aime.

— Faudrait que tu me coupes les cheveux un peu.

— Non! Ça te va tellement bien. T'as l'air encore plus mystérieux.

— Je veux juste pas que tes parents se disent que ton chum à l'air trash.

Il me regarde en haussant les sourcils, souriant de plus en plus, passant une main dans ses cheveux.

— T'es mon chum juste pour bien paraître devant mes parents, le temps d'un souper ?

— Non. J'ai envie qu'on soit en couple pour vrai. Que tu sois mon chum. Parce que je t'aime, parce que j'ai envie d'être avec toi tout le temps, parce que j'aime ça aller t'embrasser quand tu te fais cruiser par les touristes.

William m'embrasse de nouveau, continuant de sourire. Je ne sais pas ce que ça veut dire de plus, mais j'ai envie de le comprendre avec lui, de vivre en m'imaginant que j'ai droit à une certaine stabilité, le temps de construire quelque chose qui ressemble de plus en plus à la vie que je souhaite en pensant seulement à moi.

— Je devrais partir plus souvent. Je reviens pis tu me fais l'amour passionnément pour me dire après que tu veux être en couple ? Il s'est passé quoi dans ta tête, aujourd'hui ? demande-t-il avec un sourire en coin.

Énormément de choses qu'il ne saura jamais, mais la conclusion est plus importante que le processus qui y a mené, c'est ce que je me dis en voyant ses yeux bleus qui s'illuminent.

— J'ai parlé longtemps avec Emma ce matin. On dirait que ça m'ouvre les yeux de pouvoir me confier à quelqu'un qui passe par les mêmes étapes que moi. On a pas de questions sur nos passés, juste sur le présent. J'arrive à m'ouvrir, à mettre des mots sur ce que je ressens, à normaliser ce que je vis.

Il hoche la tête, caressant mon bras avant de glisser ses doigts entre les miens.

— C'est vrai que chaque fois que tu lui parles, t'es soudainement capable de me faire des déclarations. C'est beau, votre complicité.

— Oui. La nôtre aussi. Mais j'ai jamais été en couple. Tu peux me faire l'école de la vie sur ce que ça veut dire.

Il rit doucement et je me colle à lui pour qu'il se retourne sur le dos. Je pose ma tête sur sa poitrine.

— Je pense qu'y a pas de formule universelle. Normalement, on crée ce que ça veut dire être à deux. Pour moi, c'est sûr qu'il y a la fidélité, le fait de pouvoir compter l'un sur l'autre, de se soutenir, d'avoir des projets ensemble, plein de beaux moments comme ce qu'on a ici. On se présente aux gens qu'on aime, on se construit une vie à deux, à notre image...

— Quand tu parles de fidélité, est-ce que ça veut dire de rien se cacher ?

Je commence à me sentir un peu anxieux, parce que mes secrets pourraient compromettre beaucoup de choses dans la simplicité de ce qu'il énumère avec autant de légèreté. Penser à ma vie en incluant toujours quelqu'un d'autre me paraît immense et même si c'est ce que je veux en ce moment, j'ai encore peur de m'y perdre.

— Tout le monde a son jardin secret. Là où c'est de l'infidélité, c'est quand on ment à la personne qu'on aime par rapport à des choses qui lui feraient du mal. Genre si tu continuais à voir des clients sans me le dire. Tu le sais que je suis pas d'accord, que je serais pas bien là-dedans.

— Je comprends.

— Mais sinon, y a pas de règlements du couple en général, ajoute-t-il en riant. On est pas non plus obligés d'aller se prendre en photo devant le rocher Percé pis de se faire des soirées fondues avec d'autres couples.

Je ne comprends pas trop ce à quoi il fait allusion, déjà que j'ai du mal à visualiser ma vie en dehors du terrain de l'auberge. Je sais que je n'aurai jamais qui que ce soit à lui présenter, que ce sera toujours moi qui me faufilerai dans sa vie à lui.

— Tu sais que tu rencontreras jamais ma mère ? Je pense même pas vouloir retourner à Montréal un jour.

— On ira pour voir des shows, quand même.

— Ça, oui. J'abusais même quand j'avais pas une cenne.

— J'aurais quand même voulu rencontrer celle qui t'a donné de si beaux yeux.

Je n'ai pas envie de penser à elle, de me torturer en l'imaginant se demander où je peux bien être, fonctionner sans l'argent que je lui versais. C'est vrai que c'est d'elle que je tiens mes yeux, ceux qui font dire aux enfants qu'ils sont orangés. Je ne peux pas prétendre qu'elle n'est pas ma mère, c'est beaucoup trop frappant. Mais je ne veux pas la recroiser un jour, à moins que j'apprenne par hasard qu'elle a réussi à changer de vie, à se reprendre en main. Mais je sais que c'est impossible.

— Vu que je peux te présenter personne, est-ce qu'il y a autre chose que je dois savoir sur le fonctionnement d'un couple ?

— Je te dirais que c'est déjà pas mal ce qu'on a ensemble. T'es drôle avec tes questions. Tu me fais penser à Emma.

Je me redresse sur mes coudes pour le regarder dans les yeux, faisant courir mes doigts sur ses clavicules.

— Parlant d'Emma pis de fidélité, je l'ai comme embrassée aujourd'hui. Ben, c'est elle qui m'a embrassé, mais j'ai participé. C'était complètement amical, mais je pense que c'est bizarre quand même.

William éclate de rire, levant les yeux au ciel avant de m'embrasser.

— Vous êtes drôles avec votre innocence pis votre gros dark side. Je trouve que ça fait un peu science-fiction, toi pis elle. Genre vous atterrissez ensemble sur notre planète, vous vous ressemblez un peu pis vous êtes liés par vos vies obscures. Vos discussions que personne de notre planète peut comprendre sont tellement intenses que vous vous embrassez. C'est pas moi qui vais te dire que c'est bizarre, je connais pas les normes de ta planète.

Sa métaphore me fait sourire. J'avoue que c'est un peu ça, au fond. Il serait difficile pour nous d'avoir une relation qui ressemble à toutes les amitiés qu'on connaît ici, justement parce que dans la Cité, nous n'avons eu aucune base. Je savais que ça ne dérangerait pas William. Il est ma personne préférée au monde, la plus belle de cette planète que je découvre encore.

— Je suis sûr qu'elle rêve de se joindre à nous. Elle est plus wild qu'elle en a l'air.

— Oh, franchement. C'est pas ça. Elle sait que je suis gai.

Il recule un peu la tête, m'adressant un sourire en coin, le regard amusé.

— Maintenant tu le dis ?

— Ben là. Emma a pas eu besoin de dire à Alexis qu'elle est hétéro. Je vois pas le big deal là-dedans.

— Joue pas au plus moderne que moi, dit-il en me faisant basculer pour me faire face. Tu m'as toujours dit qu'avant moi, tu te sentais attiré par personne, que t'avais pas pu grandir comme tout le monde et te connaître à ce niveau-là. Ça change quelque chose pour moi, ce que tu viens de dire.

— OK, OK. J'ai vieilli, aussi. J'ai pris le temps de réaliser des choses, d'arrêter de tout refouler. Je pensais pas que j'avais besoin de me faire une idée là-dessus parce que je croyais jamais pouvoir être en couple ou voir le sexe autrement que comme une source d'argent. Rendu là, ça servait à rien de me questionner sur ce que je voulais au fond de moi.

Maintenant, cette partie de moi s'est révélée et je sais qu'elle a toujours été là. Je ne l'ai pas nécessairement rejetée, mais je n'avais pas d'espace pour que ça puisse réellement m'amener à me questionner sur ce que je voulais – corps et esprit. Aujourd'hui, c'est évident et ça avait commencé à l'être pendant mon premier été avec William. Je n'ai jamais eu besoin d'étiquettes, peut-être parce que j'étais trop seul avec moi-même pour avoir à me dévoiler à qui que ce soit, à me confier sur ce que je pouvais ressentir. Je pense que Gaëlle avait compris, mais nous n'en avions jamais parlé directement. Je sais qu'elle aurait voulu plus qu'une amitié avec moi, mais même si nous étions devenus proches, nos vies construites dans la Cité ne me laissaient pas croire que j'aurais pu m'ouvrir complètement.

— Tu m'étonnes encore plus que la dernière fois. Je sais pas si c'est parce que t'as vieilli, comme tu dis, mais t'arrives à briser ta carapace à une vitesse qui me fait tellement plaisir.

— Je pense que c'est le fait qu'Emma soit là. Je me sens moins perdu, moins à part. Maintenant, je comprends que les humains se cherchent toujours une communauté à laquelle se rattacher. Ça donne des repères, ça nous encourage à être nous-mêmes, à s'assumer. Ça rend la différence aussi normale que tout le reste, en fait. Ça donne moins envie de lutter, de se cacher pour enfouir qui on est.

— Ça, je le comprends très bien, dit-il avant de poser ses lèvres sur les miennes.

C'est vrai ce que Florence m'avait dit durant ce premier mois ici, la dernière fois. Ça devient facile de parler, de démêler nos émotions pour les mettre en mots une fois qu'on se sent bien dans son propre corps. J'avais besoin de redécouvrir ce que ça fait que de ne plus être en mode survie, de laisser les signaux m'atteindre pour les écouter pleinement. Mon corps et mon esprit semblent aller de pair, former ce que je suis pour en faire quelque chose d'encore plus complexe. Je n'ai plus à dissocier les deux.

— Le 14 juillet, dit-il en regardant son téléphone.
— Ouais ?
— C'est notre date de couple. Je me souviens qu'avec mon premier chum, c'était comme super important. Vu que je suis ton premier, ça va être significatif pour toi.
— Pourquoi ?
— Je pense qu'au début, ça nous rappelle de fêter chaque mois à quel point on est bien ensemble. C'est niaiseux, mais on se trouve ben hot à dix-sept ans de se rendre à six mois. Avec le temps, ça nous rappelle aussi ce qu'on commence à construire, ça nous rend fiers de continuer à avancer à deux, que ça marche bien. Rendu à un an, ça devient une petite journée spéciale. C'est cute, comme la Saint-Valentin, mais juste pour nous deux.

Six mois. Un an. J'avais identifié mon besoin de rejoindre William sur son envie d'être en couple en pensant uniquement au présent, à notre vie ici. Maintenant, je comprends que ça veut aussi dire s'imaginer ensemble à long terme. Ça m'aurait fait peur d'une autre façon, il y a à peine un mois. Je n'ai plus peur de me laisser aller dans l'intimité, de mes différences avec lui ; j'ai seulement peur que la bulle se brise une fois l'été terminé, que ce soit lui qui réalise que je ne vais pas bien avec le reste de sa vie. Il faudra que je me prenne en main, que je fasse des démarches pour avoir une adresse, des papiers, que je pense à faire de l'argent autrement. Je devrai rencontrer plus de gens, le reste de sa famille, ses amis. Je sais que je vais mieux qu'avant, mais je resterai toujours moi, cet enfant de la Cité, l'adolescent prostitué, celui qui est arrivé à tuer…

— Gabriel, ça va ?
— Oui. J'ai juste un peu de mal à imaginer ma vie dans six mois.
— Florence me chicanerait. Je sais que j'ai tendance à te mettre de la pression pis je le réalise pas. Mais dis-toi que c'est

pas si différent d'ici. Tu vas vivre de la nouveauté, ça va être stressant au début, mais je vais toujours être là pour toi. C'est aussi ce que ça fait d'être en couple. T'es plus tout seul, ça devient plus facile. Emma va être dans la même situation que toi. On vous laissera pas vous arranger sans nous, tu le sais bien.

— C'est vrai. Dans le fond, c'est juste la suite du camp de réinsertion.

La suite. Ça m'enlève un poids de voir les choses ainsi. Je sais que Florence et William ne se lâchent jamais, qu'ils vivent ensemble le reste de l'année, qu'ils se suivent depuis l'adolescence même si leur vie a beaucoup évolué. Peut-être que ce sera la même chose pour William et moi, que ma vie sera belle parce que je pourrai toujours compter sur lui.

— C'est quand même drôle que tout le monde ait adopté une joke que j'ai faite quand ça faisait genre deux heures que vous veniez d'atterrir ici.

— T'es bon pour imager les choses qui me dépassent pis les rendre soudainement drôles, simples, plus faciles à assumer. Tu m'aides à me comprendre moi-même.

Il commence à sourire en me voyant l'embrasser dans le cou, descendre mes mains doucement, de plus en plus...

— Déjà? Je pense que c'est à Emma que je vais faire des crêpes demain, dit-il en se mettant à rire, fermant les yeux pendant que les muscles de son ventre se contractent sous mes mains.

— T'as dit qu'il fallait fêter le 14 juillet.

— Mmm... c'est prometteur. Tu mets en pratique l'école de la vie à un autre niveau.

— Faudrait juste pas que ça se sache que je couche avec le prof.

— On est en couple, on a le droit.

— J'avoue que c'est plein d'avantages.

Emma

Je croyais que le terrain de l'auberge était le plus bel endroit au monde. Même s'il le restera pour tout ce que les dernières semaines ici m'ont apporté, cette journée sur la route jusqu'à Percé m'a fait comprendre que je n'aurai pas assez d'un été pour découvrir la beauté de la Gaspésie. Ici, quelques heures en voiture ne veulent rien dire ; elles sont simplement agréables, bordées par des paysages magnifiques. Florence et William sont emballés de nous servir de guides touristiques, nous invitant à nous arrêter de temps à autre pour profiter de beaux points de vue et nous faire aimer la région encore plus. Je me sens paisible à un autre niveau, peut-être parce que nous n'avons pas parlé de la Cité, aujourd'hui, que ça me fait du bien de voir Gabriel sourire sans arrêt et que sa façon plus assumée de s'afficher avec William me confirme que nous ne repartirons jamais.

— Faudrait aussi qu'on vous montre où Florence pis moi on habite le reste de l'année.

— Will, on sait même pas si on va rester là.

— Je sais. Faudrait qu'on arrête de niaiser pis qu'on pense à notre vie après l'été.

Alexis est plus silencieux quand ce sujet revient sur la table. Je sais qu'il vit en résidence près du cégep durant l'année scolaire et que ça représente plusieurs heures de route si je reste à l'auberge une fois l'automne arrivé. Cette option est envisageable pour Florence et William, qui constatent que les choses vont bien et qu'ouvrir plus longtemps serait profitable. Cette possibilité me soulage, parce qu'elle me donne l'espoir de rester dans ma nouvelle zone de confort encore quelques mois. Je n'ose pas trop me prononcer quand on parle de tout ça, espérant seulement qu'ils continueront de m'inclure dans leurs projets d'avenir, que j'aurai un toit au-dessus de ma tête et la présence de mes amis pour m'appuyer encore un bout de temps.

— En novembre, on devrait se prendre quelque chose, les quatre. Comme la maison que ma tante louait, suggère Florence avec excitation, touchant le bras de William qui est au volant.

— J'avoue que ça serait parfait! Dans ce coin-là, ça serait plus facile pour eux de se trouver une job. Pis moi, je pourrais prendre un poste au cégep pour la session d'hiver.

Gabriel me jette un coup d'œil. Je sais qu'il vit le même stress que moi, que l'enthousiasme de Florence et William est difficile à partager pour lui aussi. Ce qu'ils envisagent avec légèreté nous confronte à nous imaginer travailler comme tout le monde, mentir pour qu'on veuille bien de nous, faire face à nos difficultés quand vient le temps de se mêler au quotidien des gens qui ne sont pas de la Cité. Ce sera dur, nous le savons tous les deux.

— Je te l'avais dit que t'avais pas le choix de devenir prof! T'aimes trop t'écouter parler!

— Non. Je suis éloquent et charismatique, pis ça tombe que je suis calé dans mon domaine.

— Tu vas être le meilleur, ajoute Gabriel qui n'avait pas parlé depuis un moment.

William lui sourit dans le rétroviseur. Je ne suis pas allée à l'école bien longtemps et je n'ai aucune base en philosophie, mais je suis convaincue qu'il serait un excellent enseignant. Il a la capacité de captiver les gens tellement sa passion est contagieuse, en plus d'avoir du talent pour expliquer les choses en créant des images qui font rire ou qui marquent les esprits. J'aimerais arriver un jour à identifier ce dans quoi je me démarque, reconnaître chez moins certaines aptitudes. J'imagine que ce sera encore long.

— Ça serait parfait! dit Alexis en se tournant vers moi. Comme ça, vous seriez proches du cégep pis ça serait encore mieux pour toi quand tu vas t'inscrire.

— M'inscrire? Euh... je sais pas. Ça fait presque trois ans que je suis pas allée à l'école, je pense pas que j'ai ce qu'y faut...

— Je comprends, mais... tu veux faire des études, non?

Je ne sais pas quoi penser. Oui, j'aimerais trouver ma voie, faire autre chose que de l'entretien ménager comme je le faisais pour aider ma mère avec l'argent. Mais je ne me sens pas encore capable de m'imaginer sur les bancs d'école, c'est beaucoup trop. J'avais du mal à tenir une conversation il y a six semaines, je ne peux pas avoir l'ambition d'Alexis alors que mes connaissances générales sont attribuables à l'école de la vie.

— Peut-être. Mais pas cette année. C'est un peu trop vite.

— Donne-lui une chance, ajoute Florence en tournant la tête pour regarder son frère. On était de même avec Gab, la dernière fois, à lui mettre de la pression pour qu'il finisse son secondaire. Mais on a pas tous le même parcours. L'important, c'est que vous y alliez à votre rythme, avec ce que vous avez envie de faire.

«Ce que j'ai envie de faire.» Passer le reste de ma vie à l'auberge, profiter du bord de l'eau chaque matin, finir mes soirées près du feu puis dans mon lit avec Alexis... C'est ça ma vie, tant que sera l'été.

— Vous avez de l'expérience en hôtellerie, avec votre job ici. Même si vous êtes des bénévoles avec bénéfices, vous nous avez comme références. Y a en masse de bars pis de restos pour vous offrir de la job, je suis pas inquiète pour vous.

— J'imagine bien Gab barman dans une microbrasserie de métalleux, genre. T'es bon pour avoir l'air de trouver ça intéressant quand le monde te raconte leur vie même si dans le fond, t'as envie de t'endormir, dit William en riant.

— Ça, je dois ça à de l'expérience que je mettrai pas dans mon CV, mettons.

Ils s'échangent un regard complice et je vois qu'Alexis cherche à comprendre à quoi ils font référence. Mais il ne posera jamais de questions à Gabriel, je le sais bien.

— Je veux pas te mettre de pression, dit Alexis à voix basse en penchant la tête vers moi. Ça serait déjà parfait que tu viennes t'installer dans mon coin.

Je serre ses doigts doucement, espérant que ça reste vrai. Ça me fait souvent peur quand il me parle de ses projets, de la vie future qu'il s'imagine avec enthousiasme. Nous ne nous connaissons pas depuis longtemps, c'est encore compliqué pour moi de saisir tout ce que ça veut dire d'être avec quelqu'un. Je sais que nous ne sommes pas au même point que Gabriel et William, que ça ne se ressemble en rien, mais je manque de repères. Il faudrait peut-être que j'en parle avec lui quand l'été tirera à sa fin. Parce que ça arrivera. Malheureusement.

— On pourrait se trouver un duplex! Comme ça, nous, on vivrait en haut pis Gab et Emma en bas, vu que Gab est bien dans le noir, suggère Florence en recommençant à s'emballer.

— Ça serait cool, mais je pensais quand même vivre avec Gab, répond William. Toi, tu pourrais être avec Emma.

— Ben non. Tu m'abandonnes pas! Donne du temps à Gab. Moi, je vivrais jamais avec mon chum aussi tôt dans une relation. Vous allez éteindre la flamme trop vite.

Trois ans sans nouvelles, c'est la meilleure preuve que la flamme est assez solide entre ces deux-là. Malgré tout, je comprendrais que Gabriel ait besoin de son espace, même si ça veut dire de le partager avec moi – je sais que pour lui, c'est différent. Nous nous comprenons sans avoir à parler, ça donne de l'air même si nous sommes aussi collés qu'en ce moment.

— J'aimerais ça vivre avec toi, dis-je en touchant le bras de Gabriel. C'était cool quand on passait toutes nos soirées ensemble. On s'en vient bons pour se faire de la bouffe, en plus.

— Ah ouais? T'aimerais ça? Faudrait aussi qu'on essaye de se faire engager à la même place, je pense que ça serait plus facile vu qu'on commence à être un bon team.

J'avais peur que ma dépendance à Gabriel ne soit pas réciproque. Depuis le début, je sens que j'ai besoin de lui, que je m'apaise dès qu'il est près de moi, que j'ai envie de respirer le même air que lui. Je n'ai pas toujours besoin de lui parler, seulement de savoir qu'il est là, qu'il sera toujours là. Ça me fait comme une boule de chaleur, un immense soulagement de l'entendre faire des projets en m'incluant.

— Vous êtes cute, lance William en nous souriant. Dans le fond, Gab, c'est toi qui vois. Mais c'est comme avec ma roulotte, tu viens quand tu veux pis tu sais que mon lit est bien vide sans toi.

— Je compte bien monter l'escalier de temps en temps pour te rendre visite, répond Gabriel avec un sourire en coin, fermant les yeux en appuyant sa tête à son banc.

On dirait déjà que l'avenir est envisageable plus facilement. Ça me fait du bien de voir Gabriel en parler lui aussi et je me surprends à m'imaginer occuper la chambre en face de la sienne, comme à l'auberge avant qu'il ne rejoigne William. Si c'est réaliste pour lui, ça devrait l'être pour moi. Il est tellement beau quand ses traits se détendent.

— On est poches de pas vous avoir sortis avant. C'est comme si on vous empêchait de faire autre chose que de travailler.

— Je pense pas que j'aurais été prête avant, de toute façon. J'avais besoin d'au moins un mois d'école de la vie. Pis on est tellement bien à l'auberge !

— Tellement, approuve Gabriel sans rouvrir les yeux.

Florence se retourne pour nous regarder. Elle a une moue attendrie. Je sais qu'elle souhaite le meilleur pour nous, que ça lui fait énormément de bien de nous voir de plus en plus à l'aise. Ce n'est pas seulement mon attachement à Gabriel qui m'étonne quand je regarde en arrière, c'est tout ce que j'apprends, ce que je vis, le bonheur qui s'installe depuis que nous sommes arrivés en Gaspésie. Je n'avais besoin que d'une dizaine d'heures de route, d'amour et d'amitié, de ressentir l'empressement de saisir ma propre vie et de l'espace pour le faire. Je n'ai jamais eu envie de remercier la vie avant. J'étais comme Gabriel, à maudire l'Univers, alimenter la noirceur parce qu'il n'y avait pas la moindre étincelle de toute façon. Maintenant, elles sont partout en même temps dans nos yeux à tous les deux.

Le soleil commence à se coucher et les dernières heures du trajet du retour se font plus calmes ; William fredonne doucement, je sens mes paupières se fermer, ma tête tomber pour s'appuyer contre l'épaule de Gabriel. Il penche la tête, s'accotant à la mienne. Ses cheveux contre mon visage sont si doux, je comprends William de jouer constamment dedans. Gabriel avait tendance à lui réserver son affection au début, comme si seulement William avait réussi à l'apprivoiser. Depuis qu'il est dans ma vie, je vois qu'il est comme moi : un carencé de l'amour, un corps qui ne connaît pas le contact de l'autre dans la beauté simple du réconfort. Je l'ai envié au départ, parce que je voyais William lui donner ce que j'ai attendu toute ma vie, et en abondance. Maintenant que j'y ai droit, je comprends que l'affection ne relève pas seulement du désir ou de l'amour : elle se déploie aussi dans l'amitié et elle s'exprime autrement entre nous. Nous sommes comme deux chatons orphelins, adoptés par la plus aimante des familles, mais qui gardent ce réflexe de se blottir l'un contre l'autre pour partager leur survie. C'est une protection contre la douleur des solitudes, un équilibre entre nos passés et un présent qu'on ne veut pas fuir – pour la première fois. Je sens son souffle sur mon front et ça me donne envie de respirer au même rythme, de réchauffer sa peau étrangement froide. Je sursaute en sentant Alexis m'attirer à lui en me prenant doucement le bras. Je crois que je m'étais endormie.

— Hey, dit-il à voix basse, je suis là.

Il m'embrasse sur les cheveux et me prend la main.

— Je sais. On est pas mal collés en arrière, dis-je en levant la tête pour poser mes lèvres sur les siennes.

— Hey, parle pas contre mon auto ! lance William. Prochaine fois, on peut prendre la Tercel à Gab, au risque de tous mourir en chemin. Je me demande encore comment vous avez réussi à vous rendre ici. Ce char-là avait de l'allure avant que vous soyez nés.

— Je l'ai payé cinq cents piasses pis ça fait presque quatre ans que je l'ai. Ç'a même été ma maison pendant un bout. Parle pas contre ma Tercel, c'est mon meilleur investissement, répond Gabriel d'un ton vaguement sarcastique.

Alexis se détache un peu de moi et j'arrive à le voir dévisager Gabriel, fronçant les sourcils.

— T'as habité dans ton char ?

— C'était souvent mieux qu'un motel crasse.

— Ça devait même être mieux que chez nous, dis-je en me tournant vers Gabriel. T'aurais dû m'inviter. Mon premier beau souvenir, c'est la route dans ton auto.

Gabriel m'adresse un regard amusé, surpris, mais je crois qu'il comprend ce que ça veut dire pour moi. Même si nous avions à peine parlé durant le trajet, il sait ce que ça fait de quitter la ville, de se sentir libre et ne plus regarder l'heure.

— Vous êtes comme Thelma et Louise ! lance Florence comme si elle venait d'avoir une révélation. Genre vous partez en road trip pour vous sauver pis vous êtes rendus super bad ass. Bon, sans l'histoire de meurtre pis la fin tragique…

Mon cœur s'arrête. Je ne sais pas de quoi elle parle, mais ça me rappelle beaucoup de choses que j'arrivais à mettre de côté aujourd'hui. Je sais que ça vient de faire le même effet à Gabriel ; son regard se durcit et son corps redevient tendu. J'ai de nouveau envie de me coller à lui, de partager une de ses cigarettes au bord de l'eau quand tout le monde dort encore. Ce n'est pas seulement la Cité qui explique mon lien avec lui, c'est bien pire. Ça me rend mal à l'aise de sentir la main d'Alexis dans la mienne, de partager un si petit habitacle avec tout ce monde.

— Aucune fin tragique en vue, répond Gabriel en posant discrètement sa main sur la mienne.

Je pousse un long soupir, apaisée par son contact.

— Je vote pour la fin dans un sous-sol de duplex, dis-je en tournant les yeux vers lui.

— Entre-temps, on sert des bières à des cégépiens pis à un certain prof beaucoup trop beau.

— Excellente fin ! Approuve William. Est-ce que le prof pis le barman finissent ensemble, vivent heureux pis toute la patente ?

— Genre, mais avec une version un peu moins hétéronormative.

Je serre sa main, attendrie par les regards qu'il échange avec William.

— Je t'aime, Gab, lance William. Désolé tout le monde, mais ça faisait longtemps que je lui avais pas dit.

J'entends Gabriel rire doucement.

— Je t'aime, William.

— Bon, OK ! Il est temps qu'on arrive, lance Florence. Vous me faites réaliser encore que tout le monde ici aime quelqu'un sauf moi. Ça va être beau devant les parents demain !

Alexis m'attire à lui de nouveau. J'avais commencé à me sentir moins anxieuse de rencontrer sa famille, mais ça reviendra en force demain soir. William est dans une lancée pour déterminer la raison du célibat de Florence, lui exposant ses lacunes relationnelles. Elle lui fait aussi la morale sur ses ex à lui et je crois que ça donne envie à Gabriel de s'endormir, comme quand nous avons ce genre de conversation près du feu. Pour moi, c'est plutôt l'inverse tellement leur complicité me fait rire, et je ne veux rien manquer de leurs discussions enflammées, même si Alexis les interrompt quand Florence donne un peu trop de détails sur sa vie sexuelle. J'avais une sœur, moi aussi, mais ça n'a rien à voir, c'est comme si elle n'avait jamais existé. Maintenant je respire mieux, je laisse les modèles que j'observe ici prendre la place de ce que la famille veut vraiment dire. C'est plus beau, plus facile. Peut-être que cette vie qu'on s'imagine, partageant une maison, nos repas et nos soirées, est en fait ce qui se rapproche le plus d'une famille, celle que je n'ai jamais eue, mais à laquelle j'ai toujours mérité d'appartenir. Les liens du sang y sont pour bien peu dans ce que j'observe ici, mais moi, ils m'ont retenue toute ma vie. Maintenant, je veux choisir, ne rien laisser me ramener en arrière. Je veux aimer parce que c'est beau, et non parce qu'il le faut.

Gabriel

Mon reflet dans la glace me ramène à une autre vie. Quand j'étais moi sans être moi, quand je disais ce qu'on attendait, quand ma beauté facilitait tout le reste. Mon jeans noir ajusté et ma seule chemise blanche m'ont aidé à me faufiler un peu partout, à avoir l'air moins paumé, presque aussi à l'aise que les gens qui me payaient pour m'avoir une heure, parfois plus. Je n'avais besoin que de ces deux morceaux pour me fondre dans la masse, dans ces soirées où la cocaïne se retrouvait sur toutes les tables, où on me prenait même pour un de ces musiciens qui avaient dix ans de plus que moi. Peut-être à cause de mes tatouages, de ma tolérance aux drogues ou grâce à ma capacité d'être n'importe qui du moment que je sais que ce sera payant. C'est confrontant de me sentir comme une pute de luxe alors que j'essaye simplement de bien paraître devant les parents de la personne que j'aime. Je vois bien que mon accoutrement et ma soudaine facilité à sourire font de l'effet à William. Lui ne le sait pas, mais il entre dans mon jeu, un jeu qui a fini par me lasser, que j'ai laissé tomber à une vitesse étonnante pour être avec lui, respecter enfin mon propre corps pour aimer le sien, l'aimer encore plus.

Nous avons à peine mis les pieds dans l'entrée et je me sens déjà sur le pilote automatique, mon image dans le miroir près de la porte me rappelant que ce soir, je ne viens pas de la Cité, que je ne suis pas une pute, que je n'ai tué personne. Je suis l'amoureux de William, dans sa version la plus facile à accepter pour des parents qui souhaitent le meilleur pour leur fils: un jeune homme qui se prend en main, qui n'a plus rien à voir avec la secte qu'ils connaissent par la presse ou les échos de leur époque. Je suis aussi celui qui ne brisera plus le cœur de William, mais au moins, je n'ai pas à jouer de jeu pour cette version.

Marc et Nathalie n'avaient pas paru me juger la dernière fois, ni même dissimuler leurs impressions à mon égard, mais il reste que je ne peux pas être entièrement moi-même en leur présence. J'arrive à peine à savoir ce que ça veut dire quand je suis seul avec Will.

Le père de William lui ressemble, surtout qu'il a conservé son look des années où il était musicien. Comme son fils, il a les cheveux longs, même si les siens sont plutôt gris et qu'il les attache derrière la nuque. Il a aussi ses yeux bleus, aujourd'hui encadrés de ridules, mais ils n'ont pas l'éclat naïf et rempli d'émotions de ceux de William. Son père est plus posé, plus dans l'observation que dans la réaction. Ils partagent quand même cette tendance à voir les choses simplement, à prôner le positif. La mère de Florence est plus énergique, spontanée comme sa fille et constamment en train de chercher à nourrir tout le monde, à s'assurer qu'on ne manque de rien. Elle est rafraîchissante et donne l'impression d'avoir vingt ans de moins. Sa façon de nous toucher et de parler sans le moindre tabou me fait penser à William. Même si ce n'est pas son fils, elle est dans sa vie depuis bien longtemps et je sais qu'elle a été pour lui une mère bien plus que la mienne ne l'a été pour moi.

— Mon dieu! T'étais tout jeune la dernière fois qu'on t'a vu... Je pensais pas que c'était possible de devenir encore plus beau, dit-elle avant de m'embrasser sur les joues.

— Merci. Je suis content de vous revoir.

Son père me tend la main, m'adressant simplement un hochement de tête. Alexis présente Emma à sa mère, même si je sais qu'il lui avait parlé d'elle avant. Les yeux de Marc et Nathalie font des allers-retours entre elle et moi: ils se demandent probablement si nous venons de la même famille. La peur et la survie laissent des traces sur le corps, des ombres dans nos yeux. C'est peut-être encore plus frappant que les ressemblances qui unissent un frère et une sœur.

— Toi, quand est-ce que tu nous présentes quelqu'un? demande la mère de Florence en la serrant contre elle.

— Hey, là, stresse-moi pas. Vous demandiez jamais ça à Will quand il était célibataire.

— Vous êtes en couple ? demande Marc en me jetant un coup d'œil.

William glisse ses doigts entre les miens. Même pour ses parents, on dirait que ce statut est important. J'ai encore du mal à comprendre tout ce que ça sous-entend.

— Oui. On commence à penser à se trouver une place ensemble.

— Hey ! Change pas notre plan. On va se trouver une place les quatre, avec Emma, l'interrompt Florence.

— Ben oui, même affaire.

Nathalie regarde Emma de la même façon que Florence au début. Un regard maternel, comme si elle avait envie de prendre soin d'elle. J'aimerais lui dire qu'elle ne manque pas d'amour et que sa fille a été plus qu'extraordinaire pour la soutenir dans les bouleversements de sa vie, qu'il n'y avait pas mieux comme modèle pour l'aider à s'éveiller, à prendre confiance. J'ai encore du mal à décoder Alexis parce qu'il ne me parle presque jamais, mais je me contente de savoir qu'Emma l'aime, qu'il comprend son rythme, qu'il ne juge pas son passé.

Avec Florence et William qui ne cessent jamais de parler, ça enlève un stress à Emma et moi. On se sent moins observés, les questions ne sont pas centrées sur nous et on arrive même à réagir à la plupart des anecdotes racontées puisque nous sommes avec eux pratiquement jour et nuit depuis juin. Notre dynamique à quatre est assez naturelle, je me sens moins dans le besoin de faire attention à ce que je dégage. Et il y a William qui me prend la main sous la table, qui m'embrasse sur la joue quand j'embarque avec Florence pour le taquiner sur sa maladresse et sur son léger déficit d'attention. J'ai même droit à un topo de son enfance, aucunement étonné qu'il soit aussi étourdi depuis qu'il sait marcher. Les questions qu'on nous pose sont toujours au sujet de notre été, ce qu'on aime de la région, notre travail, la façon dont leurs enfants nous traitent en tant qu'employés. Emma me surprend, comme toujours, prenant la parole avec aisance, se laissant aller à rire. On pourrait presque croire qu'elle est comme eux, si ce n'était pas de ses doigts qui frôlent les miens quand Alexis parle de ses études et de ses plans d'avenir. Il ne l'inclut pas directement, mais je sais ce que ça fait de manquer d'air et de sentir qu'on doit faire de la place à une autre personne. Elle veut tout à la fois, mais quand elle arrivera à penser pour vrai, ce sera encore plus difficile de comprendre que ce qu'on veut réellement demande souvent de transcender le temps. Elle devra faire la distinction entre ce qu'elle veut pour elle et ce que l'amour lui demande.

— Ç'a dû te faire un choc de revoir Gabriel après trois ans, suppose Nathalie en nous regardant.

— Je savais qu'il allait revenir, répond William d'un ton léger en pressant ma main sous la table.

— Je pense qu'une fois qu'on découvre la Gaspésie, c'est pratiquement impossible de jamais y retourner, dis-je en me tournant vers lui.

— Tu diras ça à ma sœur, répond-il en levant les yeux au ciel. Camille, elle vient une fois par année pis elle a juste hâte de s'en aller.

Je remercie mentalement William d'avoir changé de sujet si habilement. La raison de mon retour allait forcément surgir dans la conversation et il sait que je n'ai pas envie d'étaler ma vie, même si ses parents s'intéressent à moi avec bienveillance. Ça me détend quand ils reviennent à leurs histoires de famille, aux rivalités entre la grande ville et le bord de la mer.

Ça fait sourire la mère de Florence qu'Emma et moi mangions avec autant d'appétit, qu'on accepte avec joie une deuxième part de dessert. Ce n'est pas seulement que la nourriture est excellente ; c'est une immersion dans ce que ça veut dire que d'avoir des parents, de partager un repas et d'éterniser les bavardages entre chaque service. Peut-être qu'être en couple veut aussi dire de faire partie de la famille de l'autre, entrer dans celle de William et qu'il deviendra ma famille à moi. Maintenant, c'est moi qui le regarde avec une certaine admiration pendant qu'il parle de son projet d'enseigner et que je vois la fierté de ses parents. Il est tellement beau avec sa chemise bleu ciel qui fait ressortir ses yeux, le blond de ses cheveux, et qui épouse les muscles de ce corps qui fait mourir d'envie. Il n'y a que les tatouages révélés par nos manches remontées sur nos avant-bras qui nous donnent une certaine ressemblance, même si les siens sont remplis de couleurs. Je me demande ce que ses parents pensent réellement en me voyant à côté de lui, s'ils ont des doutes, s'ils croient en notre avenir ensemble. Parce que maintenant, je commence à penser, penser pour vrai, penser à moi. Je le veux lui, parce que nos différences me complètent, me font comprendre qui je suis, parce que l'aimer donne du sens à ma vie – tout son sens. Le sens que j'ai longtemps cherché, trop habitué à me perdre pour en venir à la conclusion que tout ça ne servirait finalement à rien. Puis j'ai atterri en Gaspésie, une fois, deux fois, pour le trouver encore, lutter contre l'inconnu, rendre les armes à la demande de mon corps abîmé, de mon cœur oublié. Aujourd'hui, je m'avoue vaincu : je l'ai toujours aimé, je l'aimerai toujours, et je serai où lui sera. Parce que c'est là où j'existe.

Je sais que ça rend William heureux de me voir à cette table, de sentir mon genou se frotter au sien alors que je commence à me foutre de la subtilité comme lui le fait tout le temps. Ça donne envie d'être comme eux si c'est pour rire sans cesse et avoir plein de beaux souvenirs à échanger. La mère de Florence passe même une main sur mon épaule en ramassant mon assiette, serrant le haut de mon bras avec affection. Ça me fait drôle quand on me touche sans vraiment me connaître, mais ça me fait du bien que ça vienne d'elle.

Alexis se lève de table avec Emma pour lui faire visiter la maison et le père de William nous invite au sous-sol, emballé de montrer à son fils son nouveau piano à queue.

— Tu peux aller fumer, dit William à mon oreille.

— Merci. Je te rejoins dans dix minutes.

J'ai besoin de cette pause. Tout se passe à merveille, mais William me connaît tellement qu'il sait que mon besoin d'être seul dans mon nuage de fumée ne s'explique pas que par ma dépendance à la nicotine.

Même ici, la vue du balcon est magnifique et la nuit qui tombe laisse place à la fraîcheur du vent. Je m'appuie à la bordure de bois, encore plus satisfait que la dernière fois de ma place dans une vraie famille. J'ai vieilli, j'ai changé ; maintenant, ma vie est ici. Je veux tellement que ce soit vrai.

— Je peux t'en prendre une ?

La mère de Florence arrive à côté de moi en me souriant. Je lui tends une cigarette et mon briquet, vaguement surpris.

— Wow. Ça faisait longtemps. J'ai arrêté quand je suis tombée enceinte de Florence, mais mon dieu que ça me manque. Après un bon show, un café, certaines activités d'adultes...

Je me mets à rire avec elle, à me laisser contaminer par ses regards complices.

— Ouin, moi, mon chum il aimerait pas trop que je fume dans sa roulotte, même si ça me tente souvent.

— Je peux pas croire qu'il vit là-dedans.

— C'est mon endroit préféré au monde. Mais faut dire qu'avant, c'était ma Tercel 1998.

— Wow ! Je savais pas que ça roulait encore ! Vous devez nous trouver snob... Je sais d'où vous venez, toi pis la petite Emma.

Je souffle ma fumée doucement, regardant de nouveau au loin. C'est différent de parler seul avec Nathalie, je me sens moins en interrogatoire, plus dans une vraie conversation.

— T'as une marque sur les côtes, han ?

— Ouais. Emma aussi.

Elle secoue la tête en poussant un soupir d'exaspération.

— Ç'a pas changé. Mon ancienne belle-sœur s'était fait embarquer là-dedans. Elle est virée sur le top après son divorce. Elle voulait se remarier, avoir des enfants, elle nous parlait plus. Au début, on pensait que c'était juste une phase ésotérique, comme le monde qui tripe sur les anges ou les chakra, mais on a ben vu qu'elle perdait la tête, qu'elle s'isolait, qu'elle avait plus une cenne. Je te dis que la spiritualité pis les communautés, ça se gêne pas pour te prendre ton cash pis ta dignité.

Elle parle comme Florence, s'emportant pour étaler sa réflexion, son incompréhension.

— Est-ce qu'elle est encore dans la Cité ?

— Aucune idée. Chercher un moyen de dénoncer, ça me tirait du jus pis ça m'inquiétait pour rien. Y a rien à faire tant qu'y a du monde qui veut vivre comme ça et faire des enfants là-dedans en plus.

C'est un peu le discours d'Emma quand elle parle de sa mère et de sa sœur. On lâche prise quand ceux qu'on veut aider gâchent tout, qu'ils retournent dans leur prison encore et encore. Même si on sait qu'ils sont des victimes et que nous en sommes aussi à cause d'eux.

— Hey, excuse-moi. Je veux pas insulter ta famille, c'est juste que ça me dépasse.

— Je pense que je suis bien pire. J'ai abandonné ma mère pour venir ici. Je compte pas lui donner de nouvelles, ça servirait à rien.

Elle tend la main pour me serrer l'épaule doucement, m'adressant un regard peiné.

— Tu dois te sentir impuissant si t'as le goût de changer de vie… Ta pauvre mère, elle a pas pris soin de toi comme elle aurait dû.

— Je veux pas dire que c'est juste de sa faute à elle. C'est compliqué, ce qu'on vit là-dedans.

— La dernière fois, Marc et moi, on pensait que t'étais retourné parce que t'étais encore accroché, que t'avais gardé des croyances ou je sais pas trop quoi. On s'est dit que c'était mieux pour William de passer à autre chose. Quand t'es revenu, le mois dernier, William nous a dit pour ton père, que tu devais te marier, que t'avais pas le droit d'aimer qui tu voulais, que ta mère se ramassait toute seule…

L'empathie de son regard me fait du bien, même si parler de tout ça avec William a été difficile pour moi. Le contexte semble aider les autres à se mettre à ma place, à ne plus me percevoir comme un lâche ou un éternel fidèle de la Cité. Je sais bien qu'elle doit se questionner sur ce qui pourrait me faire tout laisser tomber une deuxième fois.

— J'ai jamais adhéré aux mentalités de la Cité, c'est pas ce qui m'a fait retourner là-dedans. Maintenant, ma famille, ce qu'il en reste, c'est fini pour moi. C'est William que je veux, ma nouvelle vie ici.

— T'es juste tombé dans la mauvaise famille, ça se voit. T'as le droit de choisir ta vie et c'est encore mieux si c'est pour faire partie de celle de William. Tu sais pas à quel point tu le rends heureux.

— Je sais aussi que je lui ai fait de la peine, vous devez m'en vouloir.

Elle semble réfléchir, ressasser des souvenirs en continuant de fumer en silence. Ça me rappelle mes matins passés à discuter avec Florence, quand elle essayait de me faire parler des raisons de mon départ. C'est fou ce qu'elle ressemble à sa mère.

— Honnêtement, j'ai cru que William allait se taper une dépression. Il faisait juste t'attendre, il se donnait plus le droit d'être heureux. C'est un grand sensible qui a rencontré l'amour de sa vie un peu trop vite. Je pouvais pas t'en vouloir, t'étais à peine un adulte pis tu débarquais de chez les illuminés. Ça m'aurait surprise que tu changes de vie aussi facilement, du jour au lendemain. William pouvait pas comprendre ta réalité. T'étais trop amoché pour que l'amour soit suffisant.

Je hoche la tête, étonné de cette conclusion qui résume tout mieux que je l'aurais fait moi-même. Je sais que j'ai fait du mal autour de moi, mais les gens ici ont de la place pour le pardon, les nuances et les deuxièmes chances.

— Maintenant, les choses ont changé. Ce qui me frappe depuis que je suis revenu, c'est peut-être justement que l'amour *soit* suffisant. Je vous promets que je ferai plus de mal à William.

Florence arrive derrière nous, s'appuyant au balcon à côté de moi.

— Hey, maintenant t'étales ta mauvaise influence sur ma mère en plus!

— C'est vous qui me volez toujours mes cigarettes. J'en propose jamais.

— En tout cas, jusqu'à maintenant, je trouve que t'as une super belle influence sur William, dit Nathalie en me regardant. On dirait que tu l'aides à se calmer un peu, à être plus à l'écoute. Y a aussi quelque chose de spécial quand on vous regarde, c'est de l'amour, mais c'est plus que ça.

— Avoue que toi aussi ça te fait capoter de les voir même quand ils disent rien! s'exclame Florence. Je sais pas si c'est la tension sexuelle qui se sent à dix kilomètres, mais y a quelque chose que j'ai jamais vu ailleurs.

Maintenant, elles font des parallèles avec les anciennes fréquentations de William, exposant leurs théories sur les personnalités incompatibles et ma supposée singularité. Je me fous un peu des amours passées de William, à moins que ce soit lui qui ait envie de m'en parler, mais ça me fait du bien que la mère de Florence reconnaisse que ce que nous avons est spécial. Je le vois de cette façon moi aussi. Même s'il est la seule personne dont je suis tombé amoureux et que je ne peux le comparer à rien, je sais que c'est unique, inexplicable.

— Je suis contente de savoir que vous avez envie de vous installer ensemble. C'est quand même pas rien de quitter Montréal pour la Gaspésie. Le père de William pourrait t'en parler longtemps.

— C'est pas rien, mais y a pas d'autre endroit où j'aimerais vivre. Je sais qu'Emma se dit la même chose.

Rien que de m'imaginer devoir retourner d'où je viens me donne froid dans le dos. Il n'y a rien au monde que je souhaite plus que de m'installer ici définitivement, même si j'ai du mal à penser plus loin que le mois d'août.

— Ça me fait plaisir d'entendre ça, ajoute Nathalie en posant sa main sur mon avant-bras. Mon dieu, t'es tout p'tit. Je te regarde pis j'ai juste envie de prendre soin de toi.

— J'ai quand même pris douze livres depuis que votre fille me nourrit aussi bien, dis-je en tournant les yeux vers Florence.

— Juste douze? Je vais t'acheter plus de crème glacée.

— Je m'en plaindrai pas. Mais je vais bien. J'ai toujours été fait comme ça.

Florence ne se gêne jamais quand elle parle en ma présence, exposant à sa mère dans quel état lamentable Emma et moi étions en arrivant à l'auberge. Je ne sais pas si elle exagère, mais c'est vrai que je ne me suis jamais senti aussi en forme, reposé, alerte. C'est un immense écart avec la fatigue constante qui faisait partie de moi, mes cernes violacés et les bleus qui se formaient sur mes bras au moindre choc. Je n'étais pas fait pour être affamé, drogué et exténué ; ça change tout quand on comprend enfin que les humains sont faits pour qu'on prenne soin d'eux. Physiquement, ça a eu le même effet sur Emma et ça se voit qu'elle est bien dans sa peau, qu'elle rayonne de plus en plus.

— C'est quand même drôle qu'Alexis soit rendu avec ton amie. On dirait presque que vous essayez de nous convertir.

— C'est vrai ! approuve Florence en riant. Je voulais même qu'il en ramène un autre pour moi. Hey, Gab, on niaise. C'est pas drôle que vous ayez dû abandonner vos familles pis tout. Alexis est avec Emma parce qu'elle est super cool, étonnamment mature pis ouverte d'esprit. Je l'aime trop.

— Elle est moins tranquille que Gabriel, dit Nathalie en tournant la tête vers moi.

Tout le monde a ce réflexe de nous comparer. Comme si ça surprenait les gens de voir que nous ne sommes pas tous pareils. La Cité ne nous fabrique pourtant pas en série, mais c'est dur à comprendre, apparemment.

— Elle aurait jamais été aussi à l'aise avec vous si elle avait pas eu Florence pour l'aider. On dirait que grâce à toi, elle a rattrapé en moins de deux mois ce qu'elle aurait dû connaître de la vie pis d'elle-même depuis presque vingt ans.

— Oh, merci Gab. Tu vois, maman, j'ai pas fait n'importe quoi en achetant l'auberge à Simon. J'ai pratiquement changé une vie !

— Deux vies. D'ailleurs, acheter ce terrain-là, c'est la plus belle chose que vous pouviez faire.

— Bon, Gabriel va presque me convaincre, lance Nathalie en se tournant vers Florence. Ça veut aussi dire que tu devrais faire comme William pis penser à devenir prof, toi aussi. T'es empathique, pleine d'énergie, t'es bonne avec les jeunes... Pis t'aurais tous tes étés pour gérer l'auberge.

— Mais je voulais être psy pis avoir mon bureau chez moi !

Je leur fais signe que je vais rejoindre William, les laissant se chamailler comme elles semblent le faire chaque fois qu'elles se retrouvent. On commence à être loin du moment de solitude dont j'avais besoin. Quand même, j'imagine que c'est encore l'école de la vie que d'écouter les débats qui reviennent dans une vraie famille, de saisir l'amour qui se dissimule sous chaque réplique. Je me demande ce que je serais devenu si j'étais tombé dans une famille comme la leur; je commence à m'étonner de vouloir regarder mon passé autrement, de le voir comme un chemin qui m'a mené jusqu'ici. Mon film à moi est assez dramatique, mais il ne semble y avoir aucune fin tragique en vue.

Emma

 Alexis m'invite à monter avec lui pour me montrer sa chambre. Gabriel nous croise au même moment, lui qui s'apprête à descendre. On entend déjà le piano en bas, les douces notes qui m'émeuvent sans que j'arrive à savoir pourquoi. Ça fait beaucoup, tout ce que je vis ce soir. Je comprends la solitude que Gabriel cherche de temps à autre, même dans les moments heureux où on ne remarque plus le temps qui passe ; j'ai aussi parfois besoin d'une pause pour me retrouver, laisser passer tranquillement tout ce qui s'imprègne dans ma tête et qui ne ressemble à rien de ce que j'ai connu. S'isoler ne revient pas toujours à fuir ou à préférer le silence, mais c'est nécessaire quand on commence à penser pour vrai. J'ai l'impression que ça m'arrive tranquillement.
 Je ne croyais pas ça possible, mais Gabriel est encore plus beau que d'habitude avec sa chemise blanche et son pantalon ajusté. Je n'avais jamais remarqué qu'il avait aussi un tatouage au milieu de la poitrine, lui qui ne porte que des t-shirts noirs à col rond. Ça lui donne une allure de rock star sur un tapis rouge, il est magnifique. Ce doit être le vin, mais j'ai l'impression qu'il me fait de l'effet ; je n'arrête pas de le reluquer comme ces filles au bar qui sont bien déçues de le voir embrasser William. J'espère qu'Alexis n'a rien remarqué, lui qui me fait tout le temps de l'effet, peu importe son choix de vêtements. Je sais que même lui devient déstabilisé devant la beauté de Gabriel et il doit l'être encore plus de l'avoir entendu parler aussi aisément, paraissant presque sociable devant ses parents. À moins que ça le perturbe encore plus de voir qu'il a plusieurs facettes… Peut-être que les humains sont polyvalents,

multidimensionnels, et qu'il est normal de s'adapter aux contextes, aux attentes et à l'atmosphère.

Cette soirée n'a pas été difficile pour moi, parce que les parents de Florence et William leur ressemblent beaucoup, pleins de bonté, vifs d'esprit et tellement accueillants. Rencontrer d'autres gens m'a quand même permis de réaliser le chemin que je suis arrivée à faire, confirmant que mes acquis sont transposables en dehors de ma zone de confort. Peut-être qu'ils ont été habiles pour nous poser les bonnes questions, mais je ne me suis jamais retrouvée confrontée à mon manque de connaissances générales, me surprenant moi-même d'avoir envie de discuter, de couper la parole à William quand il raconte mal les anecdotes. Et il y a la présence d'Alexis qui me fait du bien, qui me rappelle qu'il a envie que je connaisse ses parents, que je fasse partie de sa vie. Je suis quand même assez lucide pour voir qu'il ne me suffit pas encore. J'ai trop besoin de Gabriel à ma gauche pour sentir que tout ira bien ; même si son corps tout entier se dirige comme un aimant vers celui de William, je sais que nous sommes en constante communication.

— T'es sexy, dis-je en passant près de Gabriel.

Il regarde derrière lui avant de s'approcher de moi un peu plus.

— C'est mon look quand ça coûte trois cents piasses et non cinquante.

— T'es con, dis-je en riant, lui poussant l'épaule.

Il descend l'escalier en continuant de rire doucement.

— De quoi vous parlez ? demande Alexis en montant avec moi.

— De rien. Tu le sais pas, mais Gab est super drôle.

— C'est toi qui es sexy, dit-il à mon oreille.

Ça me fait drôle de voir une vraie chambre, pleine d'objets qui ne servent à rien, qui ne sont que des souvenirs d'Alexis, qui le font sentir dans son espace à lui. La pauvreté ne m'a jamais permis d'avoir une chambre comme la sienne et les multiples déménagements ne m'ont pas laissé le temps de me sentir chez moi où que ce soit. Il est drôle d'essayer de se justifier de vivre encore chez sa mère, comme si je pouvais avoir un certain jugement là-dessus. Il devrait voir qu'en comparaison de la voiture de Gabriel ou de ma chambre dans notre dernier appartement, tout ici est enviable.

— Lui, c'est Charlie, dit-il en déplaçant un coussin derrière lequel un chat roux est bien blotti. Tu peux le flatter, c'est un gros colleux.

Je m'assois sur son lit, m'approchant du chat pour le caresser. Il n'ouvre même pas les yeux, mais ronronne de plus en plus fort pendant que je gratte sa petite tête. C'est apaisant, mêlé à la mélodie du piano qu'on entend au loin.

— Emma, ça va?

Je réalise que je pleure un peu, moi qui n'avais pas laissé échapper la moindre larme depuis ma fuite. Il m'arrivait souvent de pleurer avant. D'impuissance, de colère, de fatigue, de jalousie. Ici, je ne voulais plus vivre ça, m'empêchant de ressentir la culpabilité qui aurait dû m'envahir d'avoir abandonné ma sœur à son sort, rejeté ma mère, tué quelqu'un... Or ce n'est pas ce qui me fait pleurer en ce moment, c'est le bien-être autour de moi qui semble acquis pour tant d'autres. J'ai voulu tout ça sans vraiment le savoir, sans réaliser que c'était vital pour moi aussi. Ça fait un choc de me retrouver dans l'abondance et l'amour que j'ai tant espéré. C'en est angoissant, déstabilisant, ça me fait me sentir comme dans un rêve qui me rappelle sans arrêt d'en profiter avant que je ne me réveille pour retrouver ma triste réalité.

— Oui, oui. Excuse-moi. C'est juste que ça me rend émotive, ta famille, ta chambre, ton chat... Je sais que c'est juste normal pour toi, mais moi, j'ai jamais connu ça. Je pense à ma sœur pis je peux pas m'empêcher de lui souhaiter de connaître ça elle aussi. Mais elle est pas comme moi. Elle va rester là-dedans, je le sais.

Alexis me regarde comme si ce que je disais lui faisait de la peine, mais il me donne le temps de respirer, d'essuyer mes larmes.

— Je sais que ça fait pas longtemps qu'on est ensemble. Mais peu importe ce qui se passe entre nous, t'es la fille la plus courageuse que je connaisse et je sais que si ce que tu veux vraiment, c'est t'installer ici, y a pas de raison que tu puisses pas te créer la vie que t'as toujours souhaitée. Même si je te souhaite mieux qu'un sous-sol sombre avec Gabriel, dit-il avec demi-sourire.

— Ça va être le plus beau sous-sol. J'espère que Gab aime les chats parce qu'on va en avoir un.

— Les chats sont élégants, solitaires et un peu sauvages. Il devrait les aimer.

Je lui rends son sourire, apaisée par ses doigts qui jouent dans mes cheveux et ses quelques mots qui me détendent quand je pense à l'avenir.

— Merci de m'avoir invitée ici. Je sais qu'on est bizarres, moi pis Gab.

— Dis pas ça. Ça paraît que mes parents vous apprécient. J'ai tellement parlé de toi à ma mère qu'elle doit me trouver fatigant. Mais je pense qu'elle a vu pourquoi t'es aussi spéciale pour moi.

— C'est vrai que t'es un lover. Florence avait raison, dis-je en m'avançant pour l'embrasser.

— Moi? William est ben pire. *Lui*, c'est un lover.

— Je vois pas pourquoi tu te défends. C'est beau d'être capable de nommer ses émotions, de laisser les mots sortir en écoutant ce qu'on ressent. C'est nouveau pour moi, mais j'y arrive tranquillement. Tu me fais du bien.

Peut-être que c'est ce que ça nous prend à Gabriel et moi, des gens qui ont assez expérimenté l'amour pour le saisir et l'exprimer comme on respire, sans prendre la peine de se demander si c'est trop. Parfois, ça fait peur, ça rappelle qu'on part de loin, que nous n'avons pas les mots pour rendre la pareille, l'espace dans nos têtes pour comprendre ce que nos corps expriment. Mais ça s'installe doucement parce que, comme le confort d'une maison, les plats sur la table, l'amour est vital, lui aussi.

— Tu devrais venir dormir ici, de temps en temps. Ça te ferait changer d'air, tu pourrais mieux connaître mes parents…

— Alexis, dis-je en posant ma main sur la sienne, tu vas vite un peu. Vous êtes drôles de penser qu'on est captifs à l'auberge juste parce qu'on sort presque jamais du terrain. Mais c'est la plus belle liberté que j'ai connue et je commence tout juste à comprendre ce que ça fait de me sentir chez moi. J'ai pas encore envie de changer d'air, j'en ai pour la première fois.

— Je comprends. On dirait juste que je suis pressé de te faire découvrir ma vie, vu que je sais que la tienne a pas été facile.

C'est plutôt moi que je trouve pressée. J'avais des objectifs, une volonté et une rage de rattraper ce que ma vie m'avait empêchée de connaître, mais je ne m'attendais pas à rencontrer quelqu'un comme Alexis, avoir déjà fait l'amour et qu'à toutes mes nouvelles expériences s'ajoutent des projets d'habiter avec mes amis.

Nathalie frappe doucement à la porte, même si nous l'avons gardée ouverte. Elle est un peu la mère que j'ai toujours rêvé d'avoir, même si Florence critique souvent la façon dont elle l'a élevée. Jusqu'à maintenant, je ne vois qu'une femme dynamique, drôle et complice avec son mari, aussi généreuse et décomplexée que ses enfants. Elle est belle comme eux et ça me donne l'impression de la connaître déjà.

— Je m'en viens voir si notre souper t'a convaincue de rester en Gaspésie.

— Ça, oui. Mais c'est grâce à vos enfants. C'est les meilleurs.

Elle s'assoit sur le bord du lit, tendant la main pour caresser le chat qui n'a pas bougé.

— Maman, t'as-tu fumé? demande Alexis en la dévisageant.

— Juste une cigarette. C'est la faute au p'tit Gabriel. Il me fait me sentir comme dans un show de The Cure.

Je ne sais pas de quoi elle parle, mais je sais ce que ça fait que d'avoir envie d'entrer dans la bulle de Gabriel, lui qui semble pourtant si sauvage; son élégance et sa solitude ont quelque chose d'attirant. C'est vrai qu'il est comme un chat noir qu'on ne cherche qu'à apprivoiser.

— En tout cas, vous êtes pas mal courageux. J'espère que vous savez que vous êtes pas tout seuls. N'importe quand, nous aussi on est là si vous avez besoin de quoi que ce soit.

— Merci.

— Je sais que vous êtes occupés avec les deux pas d'allure qui ont acheté une auberge comme on achète un char usagé, mais notre porte est toujours ouverte.

— Y a aussi deux pas d'allure qui ont fait dix heures de route dans un char usagé sans dire bye à leur famille, comme quand on part dix minutes aller chercher du lait...

Nathalie pose sa main sur mon bras, m'adressant un regard à la fois amusé et dépassé.

— Ça tombe que le lait était meilleur en Gaspésie, qu'est-ce que tu veux ?

— J'avoue. Mille fois meilleur.

— Dans le fond, tu ressembles un peu à Gabriel, même si t'as plus de jasette. T'as le même genre de répartie qui donne le goût de fumer dans le noir.

Ça me fait rire un peu, mais je reconnais qu'elle n'a pas tort. À moins que ce soit lui qui m'ait influencée. J'ai peut-être toujours été sombre, même si ça ne me définit pas en premier lieu.

— Ben là, woh. Elle est pas comme lui, proteste Alexis.

— Je vous connais pas encore beaucoup, mais vous êtes attachants pis ça me fait plaisir que vous aimiez autant ma cuisine. J'espère qu'on va vous revoir souvent.

— Je pense bien que oui. Merci de nous avoir reçus. Votre maison est trop belle.

Nathalie replace mes cheveux derrière mon oreille comme Florence le fait toujours, me regardant avec attention, comme si elle cherchait elle aussi à prendre soin de moi. Peut-être que c'est ce qui me donne envie d'avoir un chat : prendre soin de quelqu'un à mon tour, comprendre ce que ça fait d'avoir le temps et les ressources nécessaires pour partager, transmettre, aimer. Même le chat d'Alexis semble un peu blasé de l'affection et la tenir pour acquise parce qu'elle est partout autour de lui. Peut-être que ça m'arrivera un jour, parce que lui aussi a connu ce que ça fait que de changer de famille.

Gabriel

Je ne suis pas habitué d'avoir des références communes avec les gens, sauf que le père de William connaît la même musique que moi, celle qui n'est pourtant pas de mon époque, mais qui m'a bordé durant ces nuits où j'écoutais la radio dans ma voiture. Après, il y a eu toutes ces fêtes où j'ai rencontré des gens du milieu, des artistes en tournée qui payaient bien. Je ne serais jamais arrivé à me fondre dans ce genre de soirée si je n'avais pas connu des filles qui gagnaient leur vie en s'incrustant parmi ces célébrités qui ne me disaient rien. C'est un autre côté de la prostitution, celui qui donne l'impression de faire la fête autant que les clients quand on est encore jeune, naïf et facilement impressionné. Même si je dois l'ensemble de ma culture à ce milieu discutable, je n'ai pas le choix de reconnaître ce que j'ai pu en retirer, comme en ce moment alors que je regarde la collection de vinyles du père de William.

Il est moins chaleureux que la mère de Florence, peut-être parce que son lien avec moi est plus sensible, qu'il est plus protecteur envers son fils. Je le comprends. Il semble quand même surpris par mes goûts musicaux, heureux de me raconter la courte vie de tournée qu'il a connue dans les années quatre-vingt. C'est de lui que William tient son talent pour n'importe quel instrument et son répertoire impressionnant. Je sais que tout ça m'aurait intéressé aussi si j'avais eu des parents disponibles pour voir ce qui m'allume, pour me pousser à avoir des passions. Enfin, c'est trop tard pour moi. William est dans sa grande lancée de pianiste, renversé par la qualité du nouveau piano de son père. Ça me renverse moi aussi de le voir passer du classique à des pièces de rock alternatif.

— Je vais laisser William faire son petit numéro pour t'impressionner, dit Marc avant de monter l'escalier tout en me faisant un clin d'œil.

— Ça fonctionne déjà.

Je m'installe sur le banc à côté de William. Il arrête de jouer pour se tourner vers moi, puis m'embrasse avec une passion qui me surprend un peu.

— Mon dieu que t'es beau.

— Merci. Je me suis dit ça toute la soirée en te regardant.

Maintenant, c'est moi qui l'embrasse, plus doucement, glissant mes mains dans ses cheveux.

— Tes parents sont vraiment cool. T'avais raison, fallait pas que ça me stresse.

— En tout cas, je t'entendais parler avec mon père pis tu m'étonnes encore. C'est pas vrai que tu connais rien.

Peut-être que je m'obstine à rester dans le rôle de celui qui vient d'atterrir parce que j'aurais aimé obtenir mon bagage de connaissances d'un milieu comme celui de William. Mais il ne me connaîtra jamais complètement si je m'empêche de me révéler à lui chaque fois que j'ai peur de lui en dire plus sur les côtés sombres de ma vie, sur ces choses qui m'ont malgré tout appris beaucoup. Je me déplace un peu sur le banc, incitant William à me faire de la place. Ça me ramène loin ; même si ça doit faire moins de deux ans, il y a des choses que le cerveau n'oublie pas. J'aurais cru que de ne pas avoir touché à un instrument depuis tout ce temps m'aurait ramené à mon initiale maladresse, mais je n'ai qu'à poser mes doigts sur les touches et mes mains se rappellent tout. L'esprit humain m'impressionne, même le mien.

— Depuis quand tu sais jouer du piano ?

Je continue la seule pièce que j'avais apprise, me rappelant avec une étonnante clarté cet appartement lumineux, trop blanc, trop vaste, ce balcon qui me donnait le vertige, la drogue qui me faisait oublier la faim.

— Gab, t'es bon. D'où tu sors ça ?

— Je voudrais bien te dire que j'ai suivi des cours quand j'étais petit, mais…

— T'aurais appris *Pour Élise* de Beethoven. Pas cette toune-là.

Je tourne la tête vers l'escalier pour être certain que personne ne descend pour surprendre notre conversation. Ses parents en savent beaucoup sur moi, mais William n'est pas allé jusqu'à leur dire comment je gagnais ma vie avant.

— Ce band-là est venu en show à Montréal y a deux ans. T'étais là – je le sais parce que tu portes le t-shirt de la dernière tournée.

— Non! T'étais là toi aussi? On aurait pu se croiser!

— Je pense pas, non. Le bassiste a un pied-à-terre à Montréal, j'ai été son escorte pendant deux semaines.

— Quoi? Ben non!

Il me regarde comme si tout ça était excitant. Ça ne l'est pas vraiment, mais c'est dur à comprendre quand on ne sait pas ce que ça implique. Il sort son téléphone, me montrant une photo qu'il agrandit.

— Lui?

— Ouais. Je l'ai connu à cause d'une fille qui avait des plugs pour aller dans les after. En tout cas, j'étais tout seul chez lui dans le jour pis j'avais rien à faire. Je me suis dit que j'allais essayer son piano.

— Attends, là. Y a comme mille choses que je veux savoir. Mais tu sais que c'est débile d'apprendre une toune comme ça par soi-même, sans savoir lire la musique?

— J'ai jamais fait autant de coke de ma vie non plus. J'étais complètement drogué toute la journée pis ça recommençait le soir quand je le suivais dans ses partys. Je dormais pas, je mangeais pas, je buvais par-dessus ça. Mais j'ai appris le piano pis je parle anglais comme si c'était ma langue maternelle. C'est peut-être débile, mais ça me rend pas fier pour autant.

Je vois dans ses yeux qu'il a énormément de questions. D'habitude, il a l'air choqué quand on aborde le sujet, mais je vois à sa soudaine curiosité que ce pan de ma vie lui donne l'impression d'être digne d'un bon film. La prostitution que j'ai connue n'a jamais été romantique. Il m'est arrivé de rencontrer des filles qui pratiquaient ce métier par choix, dans une optique libérée et surtout très indépendante. J'ai un peu voulu voir les choses comme elles quand j'ai commencé à me joindre à ces soirées où je me sentais presque comme une vedette, à être convoité par des artistes qui payaient trois fois ce à quoi j'étais habitué et qui voulaient me garder avec eux jusqu'à leur prochaine destination. J'avais plus d'argent que jamais, mais il disparaissait aussi vite que les lignes de cocaïne que j'enchaînais. J'ai perdu le contrôle, parce que je n'ai justement jamais été indépendant, que cette façon de gagner ma vie s'est présentée à moi sans que je puisse l'envisager comme un choix. Et parce que je n'ai jamais su ce que la liberté veut dire.

— Gab... C'est fou. Mais ce gars-là, est-ce qu'il était correct avec toi ? Est-ce que c'est un pervers que je devrais boycotter ?

— Euh... non. Il me faisait pas l'amour tendrement, si c'est ce que tu veux savoir, mais je voulais pas ça moi non plus. C'est pas le sexe en tant que tel, c'est tout ce qu'y avait autour.

— T'en a eu d'autres ? Des gens connus ?

— Oui, mais je pourrais même pas te dire c'est qui. Même ce band-là, je le connaissais pas.

— J'avoue que c'est moins ton style. Tu dois préférer les artistes qui te ramènent pas des souvenirs comme ça.

Effectivement ; même si tout ça m'a donné la piqûre des concerts, j'ai fait la part des choses entre ce que j'aimais pour vrai et ce que je faisais semblant d'aimer pour qu'on continue de me payer.

— J'en reviens pas que t'aies connu ce monde-là. Comment ça marche ? Est-ce que le gars continuait de t'appeler après ? Est-ce qu'il t'invitait partout comme si t'étais son chum ?

— T'sais, William, ma vie, c'est pas un film. Je peux t'en parler si t'as des questions, mais y a rien d'enviable là-dedans. Je sais que ç'a l'air fou d'être avec des gens connus, mais j'ai fini par me retrouver en sevrage dans mon char avec pas une cenne comme avant.

Il m'attire à lui, enroulant son bras autour de moi.

— C'est fini, ce temps-là. Je m'excuse si je te gosse avec mes questions.

— Tu me gosses jamais. Si je voulais te jouer du piano, c'est pour te montrer que j'ai pensé à toi même quand ma vie était une belle dérape. Même dans le penthouse d'une vedette, j'arrivais pas à profiter de la vue, du luxe que je connaissais pour la première fois. Je voyais son piano pis ça me faisait juste penser à notre été ensemble, que la seule vue qui me ferait du bien, c'est celle du bord de la mer. Tu me manquais, William. Je voulais pas une autre vie que celle que j'ai connue avec toi. Je me serais senti vide, peu importe où je serais allé.

Je sais que je lui fais plaisir quand je laisse aller les mots, quand j'arrive à exprimer ce qui s'est passé en moi quand nous nous sommes quittés. Ça me rend ému moi aussi, encore plus parce que je viens de parler d'un passé où je m'étais encore perdu, un autre labyrinthe dans ma vie qui voulait simplement que je trouve mon chemin jusqu'à lui.

— Je me sentais vide sans toi, dit-il à voix basse. J'ai fait de la peine à d'autres gars parce que j'arrivais pas à t'oublier, parce que j'espérais que tu m'oublies pas toi non plus.

— Je t'ai jamais oublié. Même si j'ai fait mal à mon corps pour arrêter d'y penser.

Ses yeux commencent à se remplir de larmes, même si je vois qu'il tente de se ressaisir. Je viens de lui dire ce qu'il attend depuis mon premier jour ici, ça doit le bouleverser de m'entendre dire que je n'ai jamais arrêté de penser à lui. Il a aussi hâte que moi qu'on se retrouve seuls, je le sens à sa façon de m'embrasser, à mes mains qui s'agrippent à ses épaules. C'est fou à quel point mon été est intense, en accéléré. Le mois de juin m'a paru comme une année entière et j'ai déjà peur que juillet me file entre les doigts.

Il se concentre de nouveau sur le piano et se met à jouer cette chanson comme il l'avait fait juste pour moi la première fois que j'étais venu ici. C'est encore plus beau, mon amour pour lui tellement plus clair et ces souvenirs me rappellent pourquoi ni lui ni moi n'avions pu nous résigner à tout oublier. Emma descend doucement, comme si elle ne voulait pas que son arrivée interrompe William. Elle me tend une coupe de vin, s'installe dans le fauteuil près du piano. Je me lève pour m'asseoir avec elle, laissant tout l'espace à William. Je l'écouterais jouer pendant des heures et je vois que ça a le même effet sur Emma, qui ferme déjà les yeux.

— Moi aussi, je pense à ma mère, dis-je tout bas.
Elle se colle un peu plus à moi et m'invite à trinquer.
— À nous, les pas d'allure qui se sont sauvés.
— À notre nouvelle vie.

Nous nous regardons dans les yeux un moment, peut-être parce que ça nous soulage, qu'on arrive à parler sans le faire. Je ne sais pas quels sont les mots exacts, mais les émotions résonnent, se mêlant à la musique. Ses yeux à elle, cette maison, William qui m'émerveille… Je n'avais pas versé de larmes depuis une éternité. Elle me sourit en essuyant les siennes, pousse un long soupir avant de prendre une nouvelle gorgée de vin. J'étire mon bras pour entourer ses épaules, me ressaisir sans vouloir briser ce moment. Ça relâche la tension, celle que nous gardons pour nous depuis trop longtemps et que nous laissons plus facilement aller quand nous sommes collés l'un à l'autre. Je n'aurais jamais cru que je rechercherais la proximité physique, mais c'est différent avec Emma: plus naturel, instinctif.

— Vous êtes beaux, dit William en se retournant vers nous.
— Toi plus. Surtout quand tu joues.
— T'es vraiment bon, ajoute Emma. T'aurais pu devenir musicien.
— Bof, moi, la vie de vedette, c'est pas mon genre. Je préfère rentrer le soir pis faire des concerts privés à mon chum. Je sais pas si tu le connais?
— Si c'est le beau gars en chemise blanche, t'es pas mal chanceux.

William me sourit; je sais qu'il est ému lui aussi, que cette soirée est spéciale pour tout le monde. Alexis descend rapidement, nous faisant sursauter. Emma se décolle un peu de moi, tendant la main dans sa direction pour l'inviter à s'asseoir avec nous.

— Ça va? demande-t-il en nous regardant tous les deux.
— Oui. Pourquoi?
— Ben, je sais pas. On dirait que vous avez pleuré.
— Oh, juste un peu. C'est le vin, répond Emma en m'adressant un sourire complice.

— C'est mon concert privé qui fait cet effet-là à mon public, ajoute William.

Ça me fait plaisir qu'il n'ait pas relevé ce moment d'émotions, qu'il ait préféré nous emmener vers une conversation plus légère. Mais Alexis semble mal à l'aise. Il ne connaît pas encore assez Emma pour en arriver à ce niveau de complicité, il fait moins preuve de discernement devant les différences qui les opposent, contrairement à William. Peut-être que j'ai eu l'avantage de tomber amoureux de quelqu'un de plus vieux, qu'un premier été d'entraînement a été nécessaire pour en arriver à former un couple aujourd'hui. Je comprends de plus en plus ce que ça veut dire.

Florence nous rejoint elle aussi, insistant pour que William joue ses demandes spéciales. Ils sont adorables quand ils se mettent à chanter, comme autour du feu ou dans la voiture – le modèle de frères et sœurs que j'ai toujours souhaité. J'ai la vague impression de développer ce genre de lien avec Emma, à notre image de pas d'allure qui se sont sauvés.

— Moi, je fais Lady Gaga, toi, tu fais Bradley Cooper.

— Non! Les bouts à Lady Gaga sont meilleurs!

Je connais cette mélodie. Elle a un peu trop joué à la radio pendant plusieurs mois, mais aujourd'hui, les chansons d'amour me font un effet différent, surtout quand elles sont interprétées par les deux personnes qui m'ont appris ce que ça voulait dire. J'étais ce garçon malheureux dans ce monde moderne, fatigué de chercher à combler le vide, mais aujourd'hui, mes pieds touchent enfin le sol et je crois que je n'ai besoin de rien de plus.

Août

Emma

— Je pense qu'on peut se donner dix sur dix, dis-je avant de refermer la porte.
— Je te l'avais dit qu'on faisait un bon team, répond Gabriel en continuant de nettoyer le comptoir.

Ça fait du bien d'arrêter enfin la musique, de n'entendre que les verres et les bouteilles qui s'entrechoquent pendant que je fais la tournée des lieux pour ranger. Nous ne sommes pas des hôtes aussi divertissants que Florence et William, mais nous occuper des touristes un lundi soir reste dans nos cordes. On verra l'an prochain si leur influence nous permettra de gérer la horde des vendredis. L'an prochain. Je me surprends moi-même à penser aussi loin.

Je m'assois sur un des tabourets du bar, observant Gabriel qui m'a grandement étonnée ce soir. On dirait que ses habiletés sont cachées et qu'il les déploie sur demande, quand ça devient nécessaire. Je n'en finis plus d'apprendre à le connaître, même si chaque fois que j'en découvre un peu plus, ça demeure cohérent avec ce qu'il est, l'image que j'ai de lui – l'exceptionnel qui cherche l'invisibilité.

— William a raison. Tu ferais un bon barman. Tout le monde vient te voir pour te raconter leur vie. Tu dis pas grand-chose, mais les gens te font confiance pour leur servir n'importe quoi comme si t'étais un pro.

— J'espère juste que le milieu des bars est un peu différent en Gaspésie. Sinon, c'est clair que je pourrai pas toffer sans retomber dans la coke. C'est trop tentant.

C'est rare qu'il me parle de ces choses-là. Normalement, il contourne le sujet en sous-entendant que je comprends un peu d'où il vient, ce par quoi il est passé avant d'arriver ici.

— En même temps, depuis qu'on est ici, tu consommes pas, non ? Ben, un peu de *pot* à la Saint-Jean pis votre trip bizarre à la fête du Canada, mais je pense que c'est pas la même chose.

— T'as raison. Mais ici, je suis comme dans une bulle où j'en ressens pas le besoin. J'avoue que ça me stresse quand William me dit qu'il aimerait que je fasse le party avec lui... Je me sens juste angoissé, je manque d'air, je réalise que j'ai rien en commun avec les autres.

Là-dessus, je vois très bien ce qu'il veut dire. Je n'ai pas eu à me débrouiller de la même façon que lui, mais je peux comprendre que les drogues et l'alcool puissent ressembler à une échappatoire, un médicament pour l'âme quand on souffre constamment. Et c'est ce qui nous arrive quand on doit se mélanger aux autres : réaliser que nous n'avons pas la même aisance qu'eux, que le plaisir et les rapports sociaux n'ont rien de naturel. Je sais que j'ai aimé en grande partie mes premières expériences avec l'alcool parce qu'elles m'ont permis d'avoir enfin l'esprit léger, la tête trop embrouillée pour avoir conscience de mes lacunes, et d'avoir enfin une pause sans regarder en arrière.

— Dis-toi qu'ici, peu importe où tu travailles, tu vas avoir William qui t'attend à la maison. Ça sera pas la même vie que ce qu'on a connu. Tu vas trouver ton équilibre, pis c'est ben correct si tu préfères regarder des films avec moi quand lui il a le goût de faire le party.

— Peut-être que t'as raison. Dans le fond, je suis juste un solitaire un peu trop dans sa tête qui en a ben en masse avec son chum pis ses deux amies.

C'est difficile de départager ce qui relève vraiment de notre personnalité de ce qu'on doit chercher à changer, à faire évoluer parce qu'on l'identifie à des séquelles de nos vies dans la Cité. Je commence à me dire que peu importe où serait né Gabriel, il aurait été ce genre de personne introvertie. Il ne devrait pas s'entêter à lutter contre lui-même, à se faire du mal pour essayer d'être quelqu'un de normal.

— Pis ça, c'est juste toi. Pas l'enfant de la Cité. Moi aussi, je suis arrivée ici en essayant de me voir moi-même comme une belle boîte vide. Comme s'il fallait que je recommence ma propre personne à zéro. Mais si on était juste des produits de la Cité, des humains façonnés, on se serait jamais sauvés. William serait pas amoureux de toi.

— Florence et William auraient pas envie de vivre avec nous après l'été…

— Je pense qu'on fait tous les deux l'erreur de se voir comme quelque chose à corriger.

Il semble songeur, évitant de me regarder dans les yeux.

— La drogue, c'est pas juste pour essayer d'être quelqu'un d'autre. C'est aussi pour oublier, faire taire l'angoisse quand j'ai peur que tout s'effondre. Je sais que ça va revenir à la charge quand on va fermer l'auberge à l'automne. Ici, j'ai l'impression qu'il peut rien nous arriver, mais après j'aurai peur qu'on se fasse prendre. Parce qu'on va devenir quelqu'un. On aura pas le choix de devenir des individus. On va se mettre à exister dans un système où on est juste des meurtriers. Point final.

Ce qu'il vient de dire me glace le sang. Il vient de résumer en grande partie ce que j'appréhende le plus. « Devenir quelqu'un. » Dans la Cité, cette conception de soi n'existe pas. Nous n'avons pas d'individualité et même le peu de latitude qu'on nous donne est contrôlé pour que personne ne prenne de place, ne se définisse en dehors de la masse. Si j'en arrive à avoir ma propre adresse, un emploi légitime ou si je poursuis mes études, je serai quelqu'un. Un nom qui existera. Un nom qui me rappellera sans arrêt que je suis un imposteur. Surtout pour mes amis, les gens que j'aime. C'est la première fois que je le vois ainsi, moi qui me trouvais presque sociopathe de ne pas ressentir de culpabilité d'avoir mis fin à deux vies. Gabriel a raison. Nous sommes dans une bulle où rien de tout ça n'a d'importance, sinon notre propre évolution pour enfin devenir nous-mêmes, comprendre ce que ça veut dire. C'est un temple pour la liberté dans toutes ses déclinaisons. Je ne savais pas que la liberté de penser était un cadeau empoisonné.

— Tu me sers un verre ?

Il lève finalement les yeux pour les plonger dans les miens. Ça fait plusieurs jours que je suis tracassée, que j'ai du mal à trouver le sommeil parce que je commence à voir les choses différemment, à me voir autrement que comme cette fille naïve qui plonge dans la vie. Je perçois l'écart de plus en plus évident entre Alexis et moi, son souhait que je devienne plus rapidement comme lui. Mais j'en suis encore au même stade que Gabriel, à me demander quelles parties de moi m'appartiennent vraiment, méritent de se déployer, et quelles sont celles qui m'ont menée à tuer. C'était plus facile de voir l'entièreté de ma personne comme ne m'appartenant pas réellement – j'étais une vulgaire séquelle de mon environnement. Avoir tué n'était plus de ma faute quand je voyais les choses ainsi. Mais ici, je vois qu'on m'aime, que je m'installe dans la vie d'autres personnes. Ça ne me ferait pas autant de bien si je continuais de croire que je ne suis qu'un échec. Je suis moi, Emma, celle qu'on aime pour qui elle est, qui elle a toujours été, et qui est quand même arrivée à tuer. Deux fois. Aimer et être aimée, mon deuxième cadeau empoisonné.

— J'en prendrais un, moi aussi.
— C'est pas un peu contradictoire avec ce qu'on vient de dire ?
— Moi, je trouve ça très cohérent.

Gabriel nous sert et me rejoint de l'autre côté du bar.

— Avoue que plus le bonheur s'installe, plus on se sent mal, dit-il en déposant son verre sur le comptoir.
— J'avais hâte de penser pour vrai, arrêter d'être en mode survie. Mais des fois, j'ai juste le goût de retrouver ça parce que ça m'empêchait de me sentir coupable.
— C'est maintenant qu'on voit ce que ça nous fait, la Cité. Quand on est personne et qu'on est pas libre de penser, tuer quelqu'un, ça veut plus rien dire.

Parce que nos vies étaient de constantes tempêtes, celles d'enfants qui n'avaient pas la maturité pour assurer leur propre sécurité ni l'amour et l'espace pour faire la distinction entre le bien et le mal. Le mal était partout, mais au moins, je ne regrettais jamais d'y participer.

— Des fois, je m'ennuie du temps où personne m'aimait et que j'aimais personne en sachant vraiment ce que ça veut dire. Quand on aime personne, ça change quoi d'être un meurtrier ? Y avait juste mes actes à moi – pas le risque de tout détruire, la culpabilité de mentir, le jugement des autres. Peut-être que rien ressentir, c'était notre seule liberté. On vient de la perdre, ajoute-t-il avant de remplir nos verres de nouveau.

— Arrêter de s'appartenir. Je comprends aujourd'hui que c'est ce que les gens cherchent en entrant dans la Cité. C'est vrai que ça libère de beaucoup de choses.

Ça faisait un moment que nous n'avions pas parlé de la Cité, mais avec nos esprits plus clairs, les injustices remontent à la surface, se bousculent dans nos têtes pour atteindre la révolte de nos mots. Peut-être parce que les derniers temps nous ont fait parler d'amour, d'avenir et de liberté, nous avions presque cru que les fantômes s'en trouveraient balayés. Nous avions peu de temps seuls ensemble, énormément de regards, mais aussi moins d'espace pour laisser évacuer une nouvelle colère, celle de la lucidité. Il n'y a que nous pour l'entendre, nous qui avons grandi dans un moule qui ne nous allait pas, mais que les gens que nous aimons ici ne pourront jamais concevoir. Un moule qui nous manque parfois. Ça fait encore plus mal que d'essayer de s'en échapper.

— Je voudrais redevenir la fille dans ta vieille Tercel, celle qui se foutait complètement d'avoir tué quelqu'un.

Il lève les yeux pour les plonger dans les miens, partageant probablement mes souvenirs. C'était il y a moins de soixante-dix jours, mais nous ne sommes plus les mêmes, ni lui ni moi. Repenser à cette journée me rappelle la nostalgie qui me traversait quand je tombais par hasard sur la vieille boîte à chaussures dans laquelle ma mère gardait le peu de photos de mon enfance. Voir mon visage en faisant l'effort de me voir moi, en vain. Peut-être parce que je n'ai jamais eu l'esprit clair, j'avais du mal à regarder le passé, mais c'est aussi un mécanisme qui m'a permis de laisser les années s'enchaîner. Nous ne savons pas ce que ça fait que d'avoir une panoplie de souvenirs qui déboulent pour agrémenter nos anecdotes de vie, pour faire rire les autres et pour décortiquer ce que nous sommes aujourd'hui. Les gens s'y adonnent pourtant sans cesse et je surprends Gabriel à raisonner de la sorte quand il parle de son dernier été ici, comme si cette période renfermait les racines de ce qu'il arrive à aimer de lui-même. L'esprit humain est impressionnant, habile pour modifier nos perceptions du temps, possiblement notre pire ennemi quand on le laisse enfin se déployer.

— L'instinct de survie, je l'ai toujours eu, dit-il à voix basse. À force de vouloir mourir, les seules parties de moi que j'ai réussi à aimer, c'est celles qui me tenaient en vie. Probablement les mêmes qui faisaient que tu te foutais d'avoir tué quelqu'un.

— Faire taire ses émotions jusqu'à oublier qu'on en a. Moi aussi, c'est ce qui m'a tenue en vie.

— Je pense que c'est encore là. C'est ce qui fait qu'on se donne le droit de faire la belle vie ici pendant que ma mère vit l'enfer, que c'est la même chose pour ta sœur. Est-ce qu'on s'en fout encore ?

Je veux me dire que oui, quitte à alimenter la colère jusqu'à en avoir mal pour qu'elle prenne le dessus. Je m'interdis de me voir comme une lâche, de penser à ma sœur en ayant peur pour elle, de me dire que je n'ai qu'à aller la chercher pour lui faire voir la vie. Non. Je veux continuer de n'en avoir rien à faire, de ne penser qu'à moi. Mais ça fait un bout de temps que je ne pense pas qu'à moi. Je pense à Alexis, à Florence, à William et à Gabriel. Sans arrêt. Une chance qu'il est là pour me donner le droit d'aimer les autres comme lui les aime. Je serais peut-être partie comme lui la première fois, incapable de supporter ce qui se trame en moi, me laissant aller vers la facilité de replonger dans ce que je connais, de retrouver mon quotidien rempli de peur et d'automatismes. Retrouver ce monde où avoir tué ne me faisait absolument rien.

— L'autre matin, dit-il en baissant les yeux, j'arrivais pas à dormir parce que je voulais appeler ma mère. Je... je voulais juste entendre sa voix, m'assurer qu'elle allait bien. Mais dans le fond, ce que je veux vraiment, c'est lui dire que moi, je vais bien. Que je suis enfin heureux, en santé, en amour. Une mère, ça sert à ça, non ?

Je ne sais pas si c'est les quatre onces d'alcool fort qu'il vient d'avaler dans les dernières minutes, mais je ne l'ai jamais vu si vulnérable, si proche de ses émotions. Ça me fait une boule dans la gorge, ça réveille mes émotions, mes pensées pour ma sœur. Je voudrais lui dire que le monde est merveilleux, que de me mêler à tout ce qu'on nous interdisait ne m'a rendue que meilleure, plus forte, plus belle. Je voudrais lui raconter ce qui se passe dans nos soirées, lui parler de mes nouvelles amitiés, de ma première fois avec Alexis. Une sœur, ça sert à ça, non?

— Je sais que ma mère serait fâchée contre moi, poursuit-il, qu'elle voudrait juste me faire revenir, que je serais plus rien pour elle si je lui dis que je veux rien savoir de la Cité, que je veux passer ma vie ici avec un autre gars. Mais je voudrais tellement qu'au fond d'elle, elle soit une mère comme les autres, une mère qui veut juste que son fils aille bien, qu'on prenne soin de lui, qu'on l'aime.

Je le vois lutter contre les larmes, mais au moins, il ne souffre plus en silence. Même avec William, je suis certaine qu'il ne se laisse pas aller de la sorte. Ici, le présent prend tellement de place qu'on oublie de recoller le passé.

— Je me souviens de ta mère, dis-je en posant ma main sur la sienne. Elle est comme toi, d'une beauté qu'on a jamais vue ailleurs, mais marquée par trop de souffrance.

— Elle a perdu deux enfants avant moi. Maintenant trois.

— C'est pas de ta faute, Gabriel. Tu voulais vivre. T'avais tellement, mais tellement le droit de vivre.

Il ferme les yeux. Je veux croire que ça vaut pour moi aussi, parce que je le pense tellement quand je le regarde évoluer. J'espère que sa mère savait au fond d'elle à quel point son fils est magnifique, exceptionnel, et qu'il a toujours mérité l'amour qu'on lui donne ici. Mais nos parents n'ont pas eu le temps de nous voir pour vrai, surtout les siens qui l'ont mis au monde dans la Cité, s'imaginant donner la vie en la redevant. Gabriel ne s'est jamais appartenu, il n'était pour ses parents que le cadeau de leur dévouement à la communauté, un fidèle conçu pour s'incliner, perpétuer la masse des initiés.

— T'as fait ce que tu pouvais pour ta mère. T'as aussi le droit d'arrêter d'espérer à sa place. Garde tes espoirs pour toi, pour ta vie ici.

— C'est ce que tu te dis quand tu penses à ta sœur ?

— Sans arrêt. Je veux que ça redevienne facile de penser juste à moi.

Même s'il y a longtemps que je ne pense plus à ma sœur avec affection, elle a été près de moi toute ma vie – l'essence de mes préoccupations, ce qui m'empêchait de me sauver de cet enfer. Je me mettais sans cesse à sa place, octroyant son dévouement à la Cité à son jeune âge, à sa propre peur et à son manque de connaissances du vrai monde. Elle avait arrêté l'école avant moi, on abusait d'elle, on l'isolait encore plus. Je la voyais comme une otage que moi seule pouvais libérer. Mais je ne pouvais rien faire de plus. Elle n'a jamais eu ma rage de vivre, ma colère, mon désir de connaître autre chose que la privation. Je voulais tellement la libérer pour elle, la seule personne au monde pour qui j'éprouvais un inconditionnel sentiment protecteur... Je crois qu'aujourd'hui, tout ça s'est envolé, laissant place au cynisme. Peut-être que je n'ai jamais réellement aimé ma sœur ; trop essoufflée à essayer qu'elle devienne comme moi. Je ne sais pas qui elle est vraiment.

— En m'enfuyant avec toi, je me sentais bien parce que je me disais que j'allais enfin avoir la paix. Être égoïste, pour une fois. Mais maintenant, je comprends ce que ça fait que de penser aux autres pour vrai. C'est une autre forme de parasite.

Il acquiesce en silence, remplissant nos verres à nouveau. Ça commence à faire beaucoup, mais je n'ai pas envie d'être raisonnable. Je veux seulement profiter de ce moment, de l'alcool qui me fait parler sans avoir à peser mes mots, à adoucir la version de mes pensées.

— L'amour, c'est le pire des parasites, dit-il en secouant la tête. Je voulais me libérer de la Cité, être complètement seul, indépendant, à l'autre bout du monde. Je voulais qu'on me foute la paix. Mais je suis tombé amoureux. J'ai échangé un parasite pour un autre.

— Mais... Gab, t'aurais préféré jamais vivre ça ?

— Non. Je sais pas. Mais... c'est comme toi. Je voulais rester celui qui s'en foutait d'avoir tué, d'avoir abandonné sa famille.

Mais ça marche pas quand on aime quelqu'un, quand on veut que la personne nous aime pour qui on est vraiment.

C'est ce qui explique pourquoi j'ai autant besoin de lui. Lui qui sait tout sur moi, lui qui a posé les mêmes gestes. Alexis ne saura jamais l'entièreté de ce que j'ai traversé et je ne pourrai jamais lui parler en profondeur de la Cité. Il ne connaîtra de moi qu'une version abrégée de mon passé, l'étourdissement de mon présent que j'ai moi-même du mal à suivre. Avec Gabriel, tout se tient. Tout ce que je suis est réel, tangible, sans censure. Il n'y a qu'avec lui que je suis moi, que la culpabilité tombe, que le meurtre s'explique dans la fatigue de ses yeux, la noirceur de ses mots.

— La dernière fois… C'est pour ça que t'es parti?

Il détourne les yeux un moment, pinçant les lèvres comme s'il retenait encore ses larmes. C'est une autre facette de lui qui se cache sous sa carapace froide et désintéressée.

— C'était plus facile de retourner dans ce que je connaissais depuis toujours. Me marier avec Gaëlle, aider ma mère, recommencer ma vie d'avant… On dirait que ça m'enlevait un poids. Même si c'était justement ce que j'avais voulu fuir.

— Mais tu voulais fuir l'amour, fuir ton propre esprit qui avait enfin le temps de te montrer qui t'étais vraiment. Fuir la culpabilité d'avoir tué.

Nous nous regardons dans les yeux; ce que je viens de dire parle de moi autant que de lui.

— Qu'on reste là-dedans ou qu'on se sauve, on est des lâches, dit-il finalement.

— Mais promets-moi qu'on repartira jamais.

Je pose ma main sur la sienne, l'implorant du regard. J'ai besoin qu'on soit deux à le dire, à se promettre qu'on y arrivera.

— Je te le promets. Mais fais pas la même erreur que moi. Faut jamais que tu te dises que tu vas juste prendre des nouvelles. C'est plus nos affaires. Y a pas de demi-mesure dans l'abandon. On est partis. Dans tous les sens du terme.

Alexis a voulu m'offrir un téléphone, un vieux modèle qu'il n'utilise plus. Mais j'ai eu peur. Peur de faire face à la possibilité de joindre ma mère, ma sœur. C'est trop tentant, ça donne l'impression que ce simple contact ferait taire la culpabilité de les avoir abandonnés. Mais je sais que ça me condamnerait, comme Gabriel la dernière fois.

— OK. Promis. Quand ça devient dur, faut pas oublier qu'on est là. Nous deux.

— T'as raison, dit-il en hochant la tête. C'est juste que j'ai toujours l'impression que tu vas mieux que moi.

— C'est pas vrai. Tu vas tellement mieux que ce que tu crois. Je te sens toujours en avance sur moi, parce que je te vois devenir toi. C'est tout ce que je me souhaite, mais j'y arrive pas encore.

Il m'adresse un demi-sourire, probablement étonné par ce que je viens de lui exposer. Mais il ne peut pas me contredire. Il est arrivé ici dans un état qui n'a rien à voir avec ce qu'il est à présent. Il est lui-même, ne luttant plus contre sa propre image.

— Tu vois, pour moi, c'est assez clair qui t'es vraiment. T'es la fille que je trouvais tellement bizarre avec qui j'ai fait dix heures de route, mais t'es aussi la fille qui me donne envie de me laisser aller comme elle, celle qui finit toujours par me faire rire.

Je lui rends son sourire, l'esprit un peu embrouillé par l'alcool et par cette discussion qui provoque toutes sortes d'émotions.

— Je te trouvais tellement bizarre, dis-je en lui reprenant la bouteille.

— Je le suis encore.

— J'avoue, mais moi aussi.

— Je t'avais dit qu'on faisait un bon team.

La douleur a quitté ses yeux, les traits de son visage. Ce soir, à quel point nous nous ressemblons lui et moi me frappe encore plus. La Cité ne nous fabrique peut-être pas de toutes pièces, mais j'ai la preuve qu'elle nous abîme de la même façon, qu'elle forge nos têtes pour se débattre contre le vrai monde. Il devient dur d'apprivoiser la liberté de penser, le poids de l'amour, du vrai, et de s'aimer soi-même quand on se connaît pour la première fois.

— On commence à suffoquer, dit-il en passant une main dans ses cheveux.

— Je sais. Mais on peut pas rentrer. Ils sont encore avec le cousin à Florence. On aura l'air de quoi d'arriver complètement soûls ?

— Ouais, toi, ça paraît.

— Euh, non.

Je me lève et me rassois aussitôt, rattrapée par les étourdissements. Gabriel commence à rire doucement, puis se lève avec une agilité qui me surprend pour aller ranger la bouteille sous le bar et déposer nos verres dans l'évier. Il me rejoint de l'autre côté, me tend la main. Je m'y agrippe et réussis finalement à me lever et à le suivre dehors.

Même s'il doit faire plus de trente degrés, le vent de la nuit tombante me fait un bien immense. Les engourdissements de l'alcool deviennent plus supportables et la lourdeur de nos mots commence à se dissiper. Les paysages ici sont le meilleur remède à nos tourments, à nos pensées sombres qui vagabondent vers la Cité. Ça devient plus dur d'avoir envie de rebrousser chemin quand le simple bruit des vagues nous apaise en un rien de temps. Je garde ma main dans celle de Gabriel, dont la présence me fait encore plus de bien que n'importe quel panorama de Gaspésie. Je ne sais pas si Florence et William se demandent ce qu'on fabrique encore dehors à cette heure, mais il n'y a plus personne au bord de l'eau, pas même un feu de camp allumé devant les chalets au loin. Il fait beaucoup trop chaud pour ça.

J'ai envie de retrouver ma légèreté, ma capacité d'oublier le temps. Quelque chose vient de changer parce que nous avons nommé cette envie de nous enfuir à nouveau. Je ne veux pas que nous fassions un pas en arrière, que la peur revienne à la charge comme au début. Je voudrais que nous restions ce que nous étions en juin, à écouter seulement nos corps et nos pulsions, jusqu'à arriver à en rire, à aimer et à mettre des mots sur le bonheur qui s'installait.

Gabriel

Peut-être que j'avais envie que cette soirée se passe ainsi. Il y a longtemps que je n'avais pas autant bu, que je ne m'étais pas donné le droit de parler de ma mère, de ma peine, de mon impuissance. Avec Emma, mes barrières peuvent tomber facilement. Je n'ai pas à lui donner de détails, à la rassurer sur mon état d'esprit ou mon désir de rester. Elle se met à penser elle aussi, penser comme moi. C'est différent, ça surprend, ça fait peur.

Autant le bonheur que je trouve ici me confirme que je ne voudrai jamais repartir, autant j'ai envie de hurler de ne pas pouvoir le partager avec ma propre mère, la seule figure d'amour que j'ai pu connaître avant d'atterrir en Gaspésie. Je ne m'ennuie pas de sa présence, mais je ressens un immense vide quand je pense à elle. Je voudrais simplement que la seule personne au monde qu'il me reste comme famille puisse savoir que je suis enfin heureux. J'essaye de lutter contre cette utopie dans laquelle je m'imagine lui parler, lui dire que j'ai cessé de vendre mon corps, d'avoir besoin de m'intoxiquer. Lui dire que j'ai trouvé l'amour, la personne la plus extraordinaire de toutes. Mais ça n'arrivera jamais, et c'est ce que je dois me répéter pour ne pas flancher ces matins où je suis tenté de prendre le téléphone de William. Je dois lutter pour moi. Pour ma propre vie et l'amour que je connais ici.

Emma retire ses chaussures quand nous rejoignons le sable, lève les yeux vers moi.

— On va se baigner?

Elle n'attend même pas ma réponse et commence à se déshabiller. Emma a ce don de conclure nos discussions pour que rien ne finisse sur une note déprimante, pour me rappeler que derrière nos mots les plus sombres se cache cette belle complicité que nous développons depuis notre premier jour ensemble. Elle m'étonne constamment.

— C'est pas une bonne idée pour moi. Je suis complètement soûl pis je sais pas nager.

— Ben là. Je vais t'apprendre! Pour une fois que c'est moi qui apprends quelque chose à quelqu'un.

C'est vrai que ça me ferait du bien de me rafraîchir un peu. Je commence même à avoir la nausée avec tout ce que nous avons bu.

— Allez! On ira pas trop loin. C'est pas profond si on reste où c'est éclairé.

Je soupire et me laisse finalement convaincre, probablement parce que mon état d'ébriété me débarrasse un peu trop de ma retenue. J'enlève mon t-shirt et mon jeans, rejoignant Emma là où l'eau commence. Je n'avais pas encore pris le temps de regarder la mer de cette façon, les pieds dans l'eau à une heure du matin. La lumière en provenance de l'auberge et des chalets qui se projettent sur l'eau, le ciel noir plein d'étoiles et les vagues qui viennent chatouiller nos chevilles forment un spectacle que j'ai déjà connu.

— Maintenant, il faut courir parce que sinon, on va geler, dit-elle en me prenant la main.

Emma m'entraîne avec elle, s'enfonçant dans l'eau jusqu'à ce qu'elle nous arrive au-dessus des hanches. Peu importe la température de l'air, William m'avait dit que l'eau est toujours glaciale. Nous nous étions baignés quelquefois pendant mon premier été ici, même si j'avais été gêné de lui avouer que je n'avais jamais pu apprendre à nager. Il avait respecté mes craintes, comme toujours, ne nous entraînant que là où nos pieds touchaient toujours le fond. Ça me rappelle ces nuits de canicule où nous n'arrivions pas à trouver le sommeil et où les frissons des vagues étaient le meilleur des remèdes, laissant leur empreinte sur nos corps pendant de longues heures. La mer rend toujours la peau si douce, donne un parfum unique à nos cheveux, apaise nos corps. Nous venions de nous baigner, il devait être plus de deux heures du matin, cette nuit où j'avais fait l'amour avec William pour la première fois. Ce souvenir est encore plus clair, maintenant.

Emma se retourne pour me faire face, m'observant longuement. Elle pose ensuite sa main sur ma poitrine, puis passe le bout de son index sur mon tatouage.

— Un papillon de nuit, dit-elle à voix basse.

— Vivre dans la noirceur, chercher la lumière. Le paradoxe de ma vie.

Elle lève les yeux pour me regarder, laissant sa main descendre sur mes côtes.

— J'avais jamais vu ta marque. Sur toi, on dirait que ça va bien avec tes tattoos.

— Je pense que c'est ce qui fait que j'aime autant les tatouages. Parce qu'ils veulent tous dire quelque chose pour moi, parce que j'ai choisi qu'ils restent sur mon corps pour toujours. Mais ça effacera jamais cette marque-là. Celle que j'ai pas choisie, celle qui représente une vie que j'ai pas voulue.

Emma baisse les yeux sur sa marque à elle, puis me prend la main avant de la poser sur ses côtes.

— Ça me dérange moins de l'avoir, maintenant. Parce que tu l'as toi aussi. Ça représente plus tout ce que je déteste.

C'est vrai que ça change bien des choses de ne plus me sentir comme un intrus. La révolte d'Emma se rapproche de la mienne, elle est mon alliée dans tout ce que nous avons fait pour nous échapper de la Cité. Ma propre marque m'évoque aussi la sienne, cette espèce de sentiment rassurant que je ne suis pas le seul qui voudrait la voir disparaître de mon corps. Je l'associe presque à notre fuite, à notre amitié qui est le résultat de bien des horreurs.

Elle s'approche un peu plus de moi, penche la tête vers l'arrière pour me regarder dans les yeux.

— T'es tellement beau. Je savais pas que ta recette, c'était juste l'amour et beaucoup de crème glacée.

— Toi, c'est le sexe et les grilled cheese à Alexis, dis-je en lui rendant son sourire.

— Mmm, j'avoue que ça va bien ensemble.

Emma s'éloigne en reculant peu à peu et se laisse tomber dans l'eau pour qu'elle lui couvre les épaules.

— Go, faut que tu te mouilles!

J'hésite quelques secondes puis je me laisse tomber moi aussi. Ça fait un bien fou. Emma essaye de m'inciter à la rejoindre plus loin, mais je suis beaucoup trop affecté par ce que nous avons bu pour me risquer à nager. Elle semble tout à fait en contrôle, complètement détendue. Elle est du genre à rire pour rien quand elle a trop bu, à devenir tactile et à envahir ma bulle. Au moins, c'est différent de notre état d'esprit d'il y a à peine trente minutes.

On commence déjà à grelotter et on se résigne à rejoindre la plage. William et Florence s'avancent vers nous alors que nous retrouvons le sable devenu frais. Ils n'ont pas encore réussi à suivre leur résolution d'aller dormir plus tôt, habitués de finir chaque soirée avec Emma et moi, peu importe l'heure à laquelle nous fermons le bar. Mais ça me fait plaisir qu'ils n'arrivent pas à être raisonnables.

— Hey! C'est quoi l'affaire de se baigner tout nu sans m'inviter? s'exclame William de façon théâtrale.

— On est pas tout nus, on est en bobettes, répond Emma avant de s'allonger dans le sable.

Je rejoins William, oubliant ma peau encore mouillée avant de me coller à lui puis de l'embrasser.

— Ouf, vous avez bu?

— Juste un peu.

Il me regarde avec suspicion, gardant son sourire amusé.

— Je vais vous chercher des serviettes, dit-il en s'éloignant vers sa roulotte.

— Vous êtes ben drôles, lance Florence en nous regardant à tour de rôle.

— Fallait que je fasse l'école de la vie à Gab. Il sait pas nager.

Je lève les yeux au ciel, m'assoyant près d'Emma qui a adopté la posture de quelqu'un qui tenterait de se faire griller au soleil.

— Ben voyons! C'est super dangereux de se baigner soûl de même! Surtout toi qui sais pas nager.

— J'aurais été capable de le sauver, répond Emma en se mettant à rire.

Je m'allonge moi aussi, appréciant le vent qui sèche ma peau et l'alcool qui m'empêche d'avoir froid.

— Tenez, les extraterrestres, dit William en nous jetant des serviettes.

— Je me suis dit la même chose en les voyant! s'exclame Florence en mettant sa main sur le bras de William. Les deux tous nus avec leur cicatrice, on dirait vraiment des extraterrestres! Pis nous on est comme les humains de la Terre chargés de les accueillir.

Emma se met à rire, se retournant pour effleurer ma marque du bout des doigts.

— Vous êtes beaux, ajoute William comme il le dit si souvent. Vous devriez vous partir une secte de deux! Dans la Cité, vous étiez quoi? Cinq cents? À deux, vous devriez vous appeler la Municipalité!

Florence éclate de rire, s'emballant avec William pour trouver toutes sortes de noms.

— Le petit patelin! Ou le bout de la rue!

— Pourquoi ils ont appelé ça la Cité, en fait? C'est quand même quétaine. Genre le brainstorm a pas dû être ben long...

— Moi, ça m'a toujours fait penser aux *Mystérieuses Cités d'or*. Mais eux sont trop jeunes pour avoir connu ça. Ceux qui ont parti ce niaisage-là, c'était clairement des gros fans!

Maintenant, ils se mettent à chanter avec un peu trop d'entrain, se rappelant des souvenirs avec toutes sortes de personnages qui ne me disent absolument rien.

Emma se retourne pour appuyer sa tête sur ma poitrine, se couvrant avec sa serviette. Elle semble s'endormir malgré Florence et William qui s'exclament haut et fort. Je ferme les yeux moi aussi, ne cherchant pas plus à comprendre leurs bavardages.

— Hey! Alexis! Qu'est-ce qui est plus petit d'après toi? Un village ou un rang? Il me semble que "Le Rang", c'est pas ben winner comme nom de secte. On dirait un titre de film d'horreur!

— Euh... *Le Village* aussi, c'est un titre de film creepy. Vous faites quoi ?

— On cherche un nom pour leur secte de deux. C'est super contingenté comme regroupement.

Je ne savais pas qu'Alexis était à l'auberge ce soir. Il s'installe par terre à côté d'Emma et je me dégage d'elle aussitôt, reprenant une posture assise.

— Salut, dit-elle avant de l'embrasser.

— Mon dieu, t'as bu. T'as pas froid ? Vous vous êtes baignés à cette heure-là ?

— Ouais, fallait que j'apprenne à Gab à nager. Y a pas d'heure pour ça.

— OK, t'es vraiment soûle. Pourquoi elle a bu de même ? demande-t-il en penchant la tête pour me regarder.

— Parce que ça nous tentait, répond-elle à ma place.

Alexis semble un peu irrité par la situation alors que Florence et William continuent de bavarder comme s'il n'y avait pas le moindre problème. J'ai l'impression qu'Alexis me regarde avec un certain jugement.

— Bon, je vais aller me coucher, dis-je en me levant, me dépêchant à aller chercher mes vêtements qui traînent encore sur la plage.

Je rejoins William et lui tends la main, l'incitant à m'accompagner.

— Bonne nuit, Gab ! Je t'aime ! lance Emma.

— Euh... bonne nuit. Je t'aime aussi, dis-je en riant, évitant de croiser le regard d'Alexis.

Je vois que Florence aide Emma à se lever. Elle demande à Alexis de voir à ce qu'elle ne soit pas malade. Ils commencent tous à la surprotéger, comme s'ils ne se défaisaient pas de ce qu'elle dégageait en arrivant ici. Elle est maintenant plus en contrôle, plus sûre d'elle et de ce qu'elle expérimente. Si elle a pu nager après autant de tequila, elle peut certainement se rendre à son lit.

— Vous êtes tellement cute, dit William en me prenant la main.

— Je m'attendais pas à devenir ami avec elle. Je suis vraiment content qu'elle soit là, que vous soyez devenus amis avec elle vous aussi.

La chaleur de la roulotte me fait réaliser que je commençais à devenir frigorifié sans m'en apercevoir. Je m'empresse d'enfiler des vêtements secs et de m'étendre sur le lit. Je suis encore étourdi, ému, mélangé, mais je me sens à la maison. William s'allonge à côté de moi, posant sa tête dans le creux de mon épaule.

— Tes cheveux sentent l'eau de la mer, dit-il en se blottissant contre moi.

— Aller me baigner, ça m'a rappelé plein de souvenirs. Quand je comprenais pas ce qui m'arrivait, que je m'empêchais de voir ce que tu ressentais pour moi.

— On arrivait pas à dormir parce qu'il faisait trop chaud. T'étais venu prendre l'air, j'avais fait la même chose.

— Mais la vérité, c'est que j'arrivais pas à dormir parce que je pensais trop fort à toi.

Il m'embrasse dans le cou, se redressant un peu pour rejoindre mes lèvres.

— C'était la troisième semaine de juin. J'avais jamais eu autant envie de quelqu'un de toute ma vie, dit-il en gardant son visage près du mien.

— C'était la première fois que je faisais l'amour pour ce que ça veut vraiment dire.

Mes progrès des derniers mois me ramènent aussi à tout ce que je n'avais pas réussi à lui dire la première fois. Maintenant, les mots résonnent dans ma tête. J'ai envie de tout exprimer, de lui faire comprendre que ce n'est plus seulement lui qui me court après. C'est aussi moi qui n'arrive plus à dormir parce que j'ai peur de le perdre un jour, peur qu'il me voie encore comme celui qui l'avait abandonné, celui qui avait méprisé nos trois mois d'amour pur et de passion sans pareille. Ces trois mois qui avaient changé ma vie et qui la changent encore aujourd'hui.

William m'embrasse longuement et je me laisse aller à parler d'amour.

— Gab... Tu me le dirais si quelque chose allait pas ?
— Oui. Pourquoi ?
— C'est juste que, je le sais que si t'as bu autant, c'est parce que t'as eu une discussion pas facile avec Emma. Tu bois jamais juste pour le fun. Sauf la dernière fois, quand t'as vécu ton adolescence en accéléré comme Emma le fait.

Je soupire, cachant mon visage avec mon bras. J'ai envie de lui parler, de ne rien lui cacher, mais ce ne sera pas la même chose qu'avec Emma. Ce sera moins naturel, plus difficile à exprimer.

— Je vais pas partir. Je te le jure. C'est juste que... plus je m'installe ici, plus ça me frappe que je suis parti pour de bon. Je commence à penser à ma mère. C'est la seule que j'avais, que j'aimais quand même. Ça me tue qu'elle sache pas ce qui m'arrive. Plus avoir de lien avec elle, ça me fait me sentir seul au monde.

Je le sens caresser mon bras, remonter jusqu'à mon coude pour le dégager doucement de mon visage. J'ai dû lui donner l'impression au départ que je ne voulais plus rien savoir de ma mère, de mon passé, de ma vie d'avant. Moi-même, j'avais conclu depuis un bon moment que je n'éprouvais pas d'amour pour ma propre mère. Mais c'est compliqué, irrationnel, la culpabilité de ne pas avoir aimé ma mère comme tout le monde devrait aimer la sienne. Je ne distingue plus le réel, m'accrochant simplement à ce que j'ai toujours voulu pour elle, pour moi : une mère qui serait heureuse que je le sois aussi, peu importe ce que ça veut dire.

— Gab... C'est normal. T'as le droit de m'en parler. Je veux pas que t'aies peur de ma réaction. Je sais que nos vies se ressemblent pas, mais je sais ce que c'est que de tenir à sa famille, même si on a toutes les raisons du monde de vouloir couper les ponts. C'est ta mère, ta seule famille. Si t'avais une solution pour la revoir, lui parler, je te soutiendrais là-dedans.

— Mais ça servirait à rien, à part me faire encore plus mal. Faut juste que j'assume que j'ai plus de famille.

— Je sais que c'est pas pareil, mais avec le temps, ma famille va devenir la tienne. Moi, je serai ta famille. On se fera la nôtre, ensemble.

Je ferme les yeux, serrant ses doigts qui s'entrelacent aux miens. C'est vrai que rencontrer ses parents, passer mon temps avec Florence et lui me donne l'impression de faire partie d'une famille. Mais ça me donne aussi l'impression d'arriver de nulle part, sans parents, sans passé. C'est plus dur d'imaginer l'avenir ainsi.

— J'ai pas trop de notions sur la famille ordinaire. Je pense que tu vas devoir me donner un cours.

— Ma belle-mère voulait t'adopter pis mon père m'a déjà demandé si tu voulais des enfants. Je pense que ta place dans ma famille est plus naturelle que tu le penses.

— Pour vrai?

— Oui. Mais je t'en ai pas parlé parce que c'est déjà bien assez avec moi qui suis toujours trop intense, dit-il avec un sourire en coin.

C'est vrai que de développer des liens, parler de moi, ressentir une affection réciproque a été plus simple avec ses parents qu'avec ma propre mère. Je ne veux pas me projeter aussi loin que le père de William semble vouloir le faire, mais ça me rassure quand même d'apprendre qu'ils approuvent notre relation, que je ne suis pas un intrus dans leur vie.

— Mon père m'avait jamais demandé ça avec mes chums d'avant. Je pense qu'il sait que t'es mon grand amour.

— C'est peut-être aussi parce que tu commences à être vieux.

— Très drôle.

Il se redresse pour soulever la couette et m'inciter à le rejoindre dans la chaleur du lit. Je me colle à lui, encore frissonnant.

— Moi, je pense qu'un jour, ta mère va se sortir de tout ça. Ça prendra le temps que ça prendra, mais j'ai confiance. Elle va rencontrer un bon gars, elle va refaire sa vie pis on lui présentera ses petits-enfants.

Il pose rapidement son index sur mes lèvres en voyant que je m'apprête à répliquer, levant les yeux au ciel en me souriant.

— Je sais que tu vas me dire que tu veux rien savoir de ça, qu'on a pas la même vie, qu'on veut pas les mêmes choses pis blablabla. Mais c'est juste une histoire que je te raconte avant que tu dormes. C'est pas le temps de prendre ta petite attitude de emo...

— J'ai pas de petite attitude.

— Ben oui. En tout cas, dans cette histoire tout à fait fictive, ta mère, elle est super heureuse pour nous parce que toutes les mères sont heureuses en voyant des bébés. Pis moi, je suis beau pis fin, ça fait qu'elle tripe sur moi pis elle change complètement son opinion sur tout ce que la Cité lui a enfoncé dans la tête. Pis c'est ça. Toi pis moi, on s'aime, surtout ça. Le reste, tu peux le remettre en question avec tes petits arguments déprimants que je connais bien.

Je ne sais pas comment il fait, mais il arrive toujours à simplifier les dilemmes qui m'habitent, à me faire voir les choses presque à la légère, comme lui. Ce qu'il vient de souhaiter me paraît complètement impossible, mais ça me fait du bien de l'écouter.

— Je t'aime tellement, William.

Il prend place au-dessus de moi, m'embrasse sur les lèvres puis sur le bout du nez.

— Dans mon histoire, on se marie aussi en cachette sur la plage, ici. Même si je sais que tu voudras jamais parce qu'ils t'ont traumatisé solide avec leurs mariages arrangés. Ça pis le fait que t'aies genre douze ans. Des fois, je l'oublie.

— Hey! Si moi j'ai douze ans, toi, t'en as genre quarante?

— On est wrong.

— Dans la Cité, ça serait ben correct.

— Faudrait juste pas leur dire qu'on est deux gars.

— Ouais. Ça serait plus simple que tu rejoignes la Municipalité. Faut juste que ça passe au conseil avec Emma.

Il se met à rire, continuant de m'embrasser partout sur le visage.

— Rappelle-moi de te faire écouter les *Mystérieuses Cités d'or* dans le temps de Noël. Ma sœur pis moi, on avait un crush sur Esteban.

— Noël. Tu t'imagines vraiment avec moi rendu là?

— T'es drôle, toi. Je viens de te dire que je me marierais demain avec toi si je pouvais.

— Mais c'est de la fiction.

— Pas le bout où on s'aime.

J'ai un peu de mal à départager le vrai de la plaisanterie dans ce qu'il vient de dire, mais j'ai seulement besoin de retenir l'essentiel. Le fait qu'on s'aime, qu'on n'a jamais arrêté de s'aimer. Sentir ses mains chaudes qui contrastent avec ma peau encore fraîche me ramène une fois de plus à notre premier été. Ça me donne presque envie de sourire que de voir le chemin que nous avons parcouru, surtout moi. Je voudrais m'endormir avec cette histoire dans laquelle ma mère n'y verrait que du beau, que la plus belle histoire d'amour au monde. Parce que c'est aussi simple que ça, aussi fort, magnifique. Merci, maman, de m'avoir mis au monde pour que je puisse connaître un si grand amour. Même si tu ne pourras jamais l'entendre, j'espère que tu sauras un jour que j'arrive à te pardonner.

Emma

— Hey. Y est quelle heure ?
— Dix heures. T'as dormi comme une bûche.

Je me redresse dans mon lit, reprenant peu à peu mes esprits. Alexis est assis près de moi, déjà habillé, consultant son téléphone sans détourner la tête pour me regarder.

— T'aurais dû me réveiller. J'ai manqué le déjeuner.
— J'avais déjà demandé à Florence de te donner congé. C'est pour ça que je suis venu hier soir. Je pensais qu'on pourrait profiter d'une vraie journée ensemble.
— Ah, ben, t'aurais dû me le dire. Tu voulais faire quoi ? Il est encore tôt.

L'attitude d'Alexis est un peu étrange. Il a l'habitude de se coller à moi, de me tirer du sommeil en m'embrassant et de prendre le temps de parler de tout et de rien avant de commencer nos journées. La soirée d'hier me revient peu à peu. Je n'ai pas trop compris ce qui s'est passé à la fin, pourquoi il est arrivé si tard à l'auberge. Je crois que ça avait un certain rapport avec son cousin, je ne sais plus. Je me rappelle m'être endormie assez rapidement, trop étourdie, mais tellement bien de sentir ma peau encore fraîche, gardant la sensation des vagues glacées dans mes cheveux.

— Pourquoi t'as autant bu, hier soir ? Pourquoi avec Gabriel ?

Ça aussi, ça me revient un peu trop rapidement à mon goût. Cette discussion qui m'avait frappée d'angoisse, Gabriel qui se montrait vulnérable. Devenir des individus, demeurer des meurtriers quoi qu'il arrive. J'ai l'impression d'avoir de nouveau la nausée.

— Euh. Ben c'est juste qu'on a fermé le bar, on a pris le temps de parler un peu, on a pris une couple de shooters. Juste pour le fun.

— Un lundi soir ? Tu tenais même pas droite.

— Ben... je sais pas quoi te dire. Est-ce que j'ai fait quelque chose qui te dérange ?

J'ai du mal à comprendre sa frustration. Je n'ai rien fait de mal, rien dit non plus. J'étais contente de le voir, encore plus de m'endormir auprès de lui.

— Ben, je t'avoue que je suis pas super à l'aise de savoir que tu t'es baignée toute nue avec un autre gars, d'arriver ici pour te trouver complètement soûle couchée sur lui. Oui, y a quelque chose là-dedans qui me dérange.

— On était pas tout nus... on était... c'est Gabriel.

Je n'arrive pas à identifier ce que je ressens en ce moment. Ça ne ressemble à rien que je connais, mais je commence à me sentir mal, à ne pas saisir ce qu'il attend de moi, ce qu'il aimerait que je lui dise. J'ai une horrible impression de déjà-vu, celle de moi il y a deux mois, complètement à côté de la plaque pour déchiffrer les gens, suivre une conversation.

— Ça change quoi ? demande-t-il en déposant finalement son téléphone.

— Ben... Gabriel aime pas les filles.

— Mais toi, t'aimes les gars.

J'essaye de repenser à ce qu'il a pu voir hier soir, décortiquant la soirée pour y trouver quelque chose qui soit digne de reproches. Mais je ne vois rien. J'ai eu un moment plus difficile avec Gabriel, puis tout m'a semblé bien se terminer avec notre baignade improvisée, Florence et William sont venus nous rejoindre. Eux n'ont rien trouvé de mal là-dedans. J'ai envie de lever la main, de poser une question. Il me manque des notions dans l'école de la vie, je le réalise assez bien.

— Alexis, je me sens pas bien en ce moment. Je comprends pas ce qui se passe, pourquoi t'as l'air fâché contre moi. D'habitude, tu me parles, on se comprend toujours. Là, je te reconnais pas.

Il baisse les yeux et soupire. Quelque chose le tracasse, il ne trouve pas les mots ; ça, j'arrive à le voir. Je sors des couvertures pour m'asseoir en tailleur devant lui, posant ma main sur la sienne.

— C'est juste… Gabriel. C'est bizarre, toi pis lui.
— Ben, je sais, on est bizarres.
— Non. C'est pas ça que je dis.

Il lève les yeux rapidement, les baissant aussitôt.

— C'est juste que… La façon dont tu le regardes, quand vous dites à peine deux mots pour vous comprendre… S'il est là, on dirait qu'il prend toute la place pour toi.
— Mais… c'est mon ami. C'est pas normal ?

Jusque-là, la relation que j'ai développée avec Gabriel demeurait l'un de mes plus beaux accomplissements. Connaître enfin l'amitié sans secrets, compter sur quelqu'un, savoir qu'on sera toujours là l'un pour l'autre…

— C'est pas normal pour moi d'avoir l'impression que la fille que j'aime en aime un autre.
— Quoi ? Gabriel est avec William. C'est assez évident.
— Tu comprends pas, dit-il en soupirant. C'est pas lui qui me dérange. C'est toi quand il est là.
— Mais c'est sûr que j'aime Gabriel. C'est mon ami. Mon meilleur ami.
— J'ai l'impression que c'est plus que ça pour toi. Tu le complimentes tout le temps, tu te colles sur lui, t'es plus excitée de t'imaginer vivre avec lui qu'avec moi… C'est pas juste de l'amitié de ton côté. Ça doit bien être pour ça que tu l'as embrassé. Maintenant, je comprends.
— Ah mais ça, c'était juste… On est proches, Gab pis moi. Je pense que c'était comme une façon de nous rassurer, on avait une conversation pas facile pis… William comprend.

Il me regarde comme s'il m'en voulait profondément. Il secoue la tête, soupirant de plus belle.

— Je parlais de la fois que t'étais soûle. C'est quoi ? Tu l'as encore embrassé ? Depuis qu'on est ensemble ?

Je crois que je viens d'empirer la situation. J'avais presque oublié ce à quoi il fait référence, tellement ce baiser me paraît amical, sans importance. Sauf qu'on dirait bien que ça en a énormément pour Alexis. Gabriel avait raison, il ne peut pas comprendre.

— Ben... oui, mais ça veut rien dire. C'est pas comme avec toi. Gabriel aime William, pas moi.

— Regarde, je sais pas si c'est des choses qui se font dans votre secte, mais moi je peux pas être avec une fille qui embrasse d'autres gars. Je pensais pas que j'allais devoir t'expliquer ça. Pour vrai, j'ai fait des efforts pour pas me montrer jaloux. Essayer d'accepter qu'il allait toujours te connaître plus que moi. Mais là, ça commence à dépasser ce que je peux accepter.

Je ne connais rien aux relations. Rien en dehors de celles que j'ai moi-même construites, celles que je n'arrive pas à concevoir avec des normes extérieures, moi qui ai découvert l'amour et l'amitié dans les derniers mois. Je ne sais pas ce qui est acceptable, inacceptable, mais certaines choses m'échappent. Je me demande si je veux vraiment comprendre. Je n'ai pas envie de changer quoi que ce soit, de faire des compromis sur ma façon d'aimer les gens que j'aime.

— C'est quoi? Tu veux plus être avec moi? À cause de Gabriel?

— Si Gabriel aimait les filles, qu'il était pas avec William, tu serais seulement son amie? T'aurais jamais voulu plus? Ça veut dire que tu ressens rien quand tu l'embrasses, quand tu lui prends la main dans l'auto, que tu te colles sur lui, même chez mes parents?

Je ne sais pas quoi répondre. J'ai toujours tellement apprécié de voir Gabriel avec William, de les voir s'aimer si ouvertement et incarner l'amour tel que j'en ai toujours rêvé... Je ne souhaite aucunement l'imaginer aimer quelqu'un d'autre, encore moins m'aimer moi de cette façon. Je sais que ce n'est pas comme avec Alexis – avec Gabriel, c'est toujours plus sombre, complexe, teinté de nos vies que nous souhaitons oublier. J'ai besoin de lui. Constamment. Avec Alexis, tout devient facile, léger, excitant. C'est complètement différent.

— Je sais pas quoi te dire, Alexis. Je sais que tu l'aimes pas vraiment, mais moi, c'est grâce à lui que je me suis sauvée. Il est important pour moi, il me fait du bien. Y a rien de mal là-dedans.

— J'ai l'impression que t'es plus intime avec lui qu'avec moi. Je me sens pas bien là-dedans.

Il semble avoir de la peine quand il le dit ainsi, à voix basse, évitant toujours de me regarder. Cette situation me déstabilise. Depuis mon arrivée, ce qui me pose problème a toujours été mon manque de connaissance en relations humaines, mes carences d'amour, d'affection, d'amitié. Je commençais à penser que j'avais surmonté tout ça, que j'avais même plus que ce que j'espérais, que je devenais meilleure pour me rapprocher des gens qui me font du bien. Mais maintenant, je vois que ça n'évoque pas la même réussite à Alexis, et je n'arrive pas à saisir ce qu'il attend de moi.

— Je veux être avec toi, Emma. Je te dis pas ça parce que j'ai des doutes là-dessus. Mais moi, quand je suis en couple, c'est pas le genre de choses avec lesquelles je suis à l'aise. Il faut que je t'en parle si je suis pas bien avec ça.

— Mais… je comprends pas ce que tu me demandes.

Il soupire, pinçant les lèvres comme s'il cherchait à rassembler ses idées. Il n'a plus l'air contrarié, seulement déçu.

— Je sais que t'as jamais été en couple avant. Mais pour moi, ça se fait pas de te coller sur un autre gars, encore moins de l'embrasser. Même si ça veut rien dire pour toi, faut aussi que tu penses à moi là-dedans, que tu me respectes.

— OK… c'est juste nouveau pour moi, même avoir des amis. Mais… je peux pas être moins proche de Gabriel.

— Pourquoi ?

Parce que j'ai passé ma vie à me priver, à chercher tout ce que je trouve enfin. Je ne veux plus me cacher, me limiter, réfréner mes envies. Peut-être que ça lui paraît étrange que j'aie embrassé Gabriel deux fois, mais moi, ça me confirme que j'arrive enfin à comprendre ce que je veux, ce que mon corps veut et que je n'ai plus de raison de m'en empêcher.

— Alexis… Tu peux pas savoir à quel point je suis bien depuis que je suis ici. Depuis que je suis amie avec Florence et William. Je pensais pas devenir amie avec Gabriel, mais finalement, c'est mon meilleur ami, celui que j'ai toujours souhaité avoir. Faut que tu comprennes que c'est dur de me sentir à part constamment, mais avec lui, j'ai quelqu'un qui connaît mon passé, qui comprend ce que je traverse. Je veux pas m'empêcher d'avoir cette amitié-là, je viens à peine de comprendre ce que ça fait d'être proche des autres.

Il hoche la tête en silence. Je comprends maintenant Gabriel, quand il m'expliquait ce que ça fait que de ne pas avoir les mêmes références que William. Je me faisais confiance pour que tout se passe naturellement, pour ne pas m'opposer aux belles choses comme Gabriel l'avait fait au départ. Peut-être que je me suis perdue là-dedans, que j'ai fait du mal à Alexis sans le savoir.

— Je veux pas que tu t'empêches d'être amie avec lui. C'est juste le côté physique que j'aime moins. Je préfère qu'on garde ça pour nous deux.

— William, ça le dérange pas, je pensais que ça serait la même chose pour toi.

— Emma... William le sait que Gabriel est pas attiré par toi. Mais... toi, t'es attirée par les gars, je sais qu'il est plus beau qu'un mannequin, qu'il te connaît mieux que moi... J'aime pas ça, mais je me dis souvent que tu préférerais être avec lui qu'avec moi si c'était possible.

Je sais que ce que je ressens en sa présence est fort, différent de tout le reste. Quand j'ai commencé à développer une amitié avec Gabriel, mon envie de me rapprocher de lui physiquement est devenue intense. Peut-être parce que nous abordons souvent des choses difficiles, qu'il me donne envie de m'aimer moi-même. Mais Gabriel aime William, il n'y a aucune chance que je puisse l'attirer de cette façon. Je ne comprends pas pourquoi Alexis veut imaginer un monde où ce serait possible.

— J'ai juste envie que Gabriel soit heureux avec William, pas d'être avec lui. Ç'a aucun sens.

— OK, dit-il après un long silence. Mais, pour vrai, je pourrais pas accepter que tu l'embrasses encore ou que tu colles sur lui quand je suis là.

— OK... Mais toi, j'aimerais ça que tu fasses des efforts pour le connaître un peu. C'est mon ami. Surtout si on habite ensemble à l'automne, tu pourras pas l'éviter chaque fois que tu vas venir me voir.

Il m'adresse un demi-sourire, entrelaçant ses doigts aux miens.

— Tu t'imagines vraiment avec moi après l'été?

— Ben oui! Je suis bien avec toi. Je sais qu'on est encore au début, que je connais rien à ça, être en couple, mais j'aime ça le découvrir avec toi.

— Moi aussi, je suis bien avec toi. Je veux pas que tu penses que je suis le genre super jaloux à créer des problèmes. C'est vraiment pas ça. Je veux juste qu'on soit honnêtes pis transparents avec nos émotions. Ça, c'est important pour moi.

— Je comprends, c'est juste que j'ai pas les mêmes repères que toi. En fait, j'en ai pas. C'est plus difficile pour moi.

Je le sens se détendre. Il a retrouvé son sourire et il se rapproche de moi, mais je ne sais pas s'il continue à avoir des doutes, si tout ça veut dire que je devrai faire attention quand Gabriel sera avec nous. Je suis perdue. Et j'ai envie d'en parler à Gabriel. Est-ce que c'est mal?

— Je sais. Mais quand ça va pas, tu peux m'en parler. Y a aussi ça qui me rend jaloux de Gabriel.

En ce moment, j'aimerais qu'Alexis ait la même compréhension que William, qu'il accepte simplement que j'aie quelqu'un à qui me confier, quelqu'un qui me fait avancer. Je ne peux pas transférer ma relation avec Gabriel dans celle que j'ai avec Alexis. Ce n'est pas la même chose et ça ne le sera jamais. Mais on dirait bien qu'il ne peut pas comprendre.

— Alexis... je peux accepter de garder tous mes gestes d'affection pour toi. Mais... mes pensées, ce qui concerne mon passé, faut que t'acceptes qu'y a des choses que je vais dire juste à Gabriel. Ça aussi, c'est me respecter, moi.

— Je comprends, mais ça m'empêche de me sentir complètement intime avec toi. Alors que lui... il manque pas grand-chose pour qu'il ait plus l'air de ton chum que moi.

Il est particulièrement obstiné. Je me demande comment ça se passerait si nous étions réellement dans ce monde hypothétique où Gabriel n'est ni homosexuel ni en couple avec William. Je n'aurais pas le droit d'être amie avec lui? Je commence à me sentir prise au piège comme avec toutes les restrictions que m'imposaient ma mère et la Cité, avec ma sœur qui me surveillait par-dessus tout le reste. Je ne veux plus jamais étouffer ni avoir à dissimuler ce que je veux vraiment pour suivre des règles auxquelles je n'adhère pas. C'est terminé, et ce l'est depuis que je me suis retrouvée dans la voiture de Gabriel, essoufflée, mais tellement libérée.

— Alexis, toi, combien t'as de personnes autour de toi? Des gens avec qui tu peux parler, rire, te rapprocher, te confier? Parce que moi, j'en ai seulement quatre. L'intimité, comme tu dis, t'as pu connaître ça avec plein de gens, la vivre différemment, la vivre toute ta vie. Pas moi. Jamais. Je réalise que ça m'a manqué, que ça m'a fait mal de pas connaître ça avant. Si tu me demandes d'être moins intime avec Gabriel, c'est comme me demander de redonner ce que j'ai voulu pendant dix-neuf ans.

Maintenant, c'est moi qui adopte un ton plus sec, exaspéré. Ça m'étonne, ça ne va pas bien avec notre relation. Mais je ne m'attendais pas du tout à ce qu'il me fasse des reproches ce matin ni à me retrouver devant une totale incompréhension des lois non écrites des relations amoureuses. Je ne suis pas certaine que je pourrais suivre le genre de règlements qui amoindriraient l'amour que je peux avoir ailleurs. Je ne vois pas à qui ça profite.

— OK. Je m'excuse. Peut-être que je t'en demande beaucoup pis que j'ai oublié de penser à toi là-dedans. Je veux pas tout gâcher.

Il me prend les deux mains, jouant avec mes doigts en gardant les yeux baissés. Je pense que même pour lui, cette discussion est difficile, qu'elle fait ressortir toutes sortes d'émotions qu'il n'a pas envie de ressentir. Je ne sais pas si ça devient plus fréquent quand on entretient une relation avec quelqu'un, je me demande si William et Gabriel en viennent à se parler froidement à l'occasion.

— Je t'aime, Emma. J'ai peur que l'été finisse pis que tu disparaisses avec Gabriel.

— Aucune chance. Mais avoue que ça ferait ton affaire que Gabriel disparaisse... dis-je en le défiant du regard, un peu amusée.

— Non. Je te le jure. Je sais que ça te ferait trop de peine. Y a William aussi que j'ai vu complètement déprimé la dernière fois, ma sœur qui parlait toujours de son été avec lui... En tout cas, je te dis que vous l'aimez, ce gars-là, dit-il en secouant la tête.

Je le pousse pour qu'il tombe sur les coussins, m'assoyant au-dessus de lui.

— Aujourd'hui, j'accepte de faire toutes les activités que tu veux. Même tes trucs de sport que je connais pas pis dans lesquels je vais être tellement mauvaise que tu vas rire de moi toute la journée. Mais ce soir, tu viens autour du feu avec nous pis tu te sauves pas de Gabriel. Toi aussi, tu vas l'aimer.

— OK, répond-il finalement, ne perdant pas son sourire. Je vais juste pas m'asseoir trop proche parce que ça m'écœure le monde qui fume. Pis comment il fait pour avoir d'aussi belles dents en fumant autant? Il me gosse.

— C'est toi qui me gosses! Comment tu fais pour être aussi beau *et* aussi jaloux?

Je vois qu'il veut encore rouspéter et se comparer à Gabriel, alors je l'interromps en m'emparant de ses mains qui tentent de se défaire de moi et je me penche pour l'embrasser. Je ne comprends pas comment il arrive à éprouver autant d'insécurité alors que nos moments ensemble sont toujours parfaits, remplis d'amour. Peut-être qu'il redoute de perdre ce que nous avons, un peu comme moi quand je me mets à avoir peur que nos différences nous rattrapent, tout comme la vraie vie quand l'été tirera à sa fin. J'ai perdu une grande partie de mes insécurités quand j'ai compris que même si tout déboulait autour de moi, il me resterait Gabriel. Mais je ne devrais pas penser à lui pendant que les lèvres d'Alexis sont sur les miennes, même si c'est plus fort que moi ; je ne veux pas me demander lesquelles me font le plus de bien.

Gabriel

Ça commençait à me manquer, ces moments où Florence arrive à me faire parler, à me faire sourire et à me faire sentir plus confiant, plus sûr de mes émotions. J'ai passé tellement de temps avec William dernièrement, profitant de cette nouvelle façon de s'afficher, me laissant imprégner peu à peu du bonheur qu'être en couple m'apporte. C'est un nouveau pan d'intimité, un besoin d'être à deux plus souvent que d'être seul. Je n'aurais jamais cru ressentir ça un jour.

— J'ai tellement aimé ça te voir dans ma famille, me dit Florence. J'espère que t'as pas trouvé ma mère too much. Déjà que William est intense, je veux pas qu'on te fasse fuir encore plus.

— Ben non, c'est tout ce que j'ai toujours voulu d'une famille. Tu rencontrerais ma mère pis… en tout cas. Je suis bien avec vous.

— Je suis contente que tu deviennes le vrai chum à Will. T'es genre mon beau-frère si on étire un peu.

Elle caresse mon bras comme elle le fait toujours, tellement semblable à William dans sa façon d'entrer dans ma bulle. Pour moi, ils sont bel et bien de la même famille, nul besoin d'étirer ce que ça implique réellement. Elle commence même à remonter la manche de mon t-shirt pour observer mes tatouages, se tortillant pour me regarder de plus près. C'est fou combien ils ont réussi à tester mes limites, amincissant ma carapace. Ce n'est pas seulement la prostitution qui m'avait rendu réticent au contact des autres, c'est avant tout l'inconnu. Avec eux, le contact physique fait partie de ce qu'ils sont, c'est même au cœur de leur façon d'exprimer de l'attachement pour quelqu'un.

C'est une immersion totale pour moi, mais ça me fait sourire que ça me fasse simplement du bien aujourd'hui.

— Gab ? Est-ce que je me trompe où y a encore beaucoup de choses qui te font peur ? Je te parle pas de William qui veut t'attacher à sa roulotte pour pas que tu te sauves, mais dans le fait de commencer une vie normale...

Tellement. Énormément. Beaucoup trop. Mais ça devra arriver, même si je réussis la plupart du temps à remettre mes peurs au lendemain. Florence, rien ne lui échappe ; même si elle me voit plus souvent en train d'embrasser William dernièrement, elle sait déceler ce qui se trame en moi.

— Oui. J'ai peur. Je sais pas dans quoi je suis bon pour vrai, comment je vais m'en sortir avec d'autres gens. J'ai peur que ça finisse par épuiser William de toujours devoir m'aider, qu'il réalise que je suis plate en dehors de nos étés ici. J'ai peur des grosses décisions qui vont suivre. J'ai pas de rêves, pas de projets, pas de famille. J'ai jamais eu d'avenir, juste un présent où j'avais du mal à exister.

J'arrive à passer par-dessus durant mes soirées avec William ; son humour m'aide à oublier mes idées noires, son sourire et son corps me font dévorer l'instant présent. Mais rien ne s'efface définitivement, c'est ce qui ressort quand je me retrouve seul avec Emma, quand Florence me décode lorsque je regarde le soleil se coucher.

— J'ai peur aussi, Gabriel. Même si j'ai une famille, que je suis bonne dans mille affaires pis que je suis à l'aise avec n'importe qui.

— T'as peur de quoi ?

— De la même chose que toi. De l'avenir, des grosses décisions. J'arrive pas à me brancher, je change d'idée sans arrêt. J'ai essayé plein de choses, mais on dirait que je le fais parce que j'arrive pas à me trouver des passions. T'sais, à l'école, fallait toujours faire une maudite présentation orale sur notre passion. J'inventais toujours quelque chose de différent qui sonne cool. Ça avait l'air clair pour tout le monde, pourtant.

— Une passion... je sais pas trop ce que ça veut dire. J'ai l'impression que toi pis William, vous en avez plein.

Elle soupire, continuant de jouer avec la bordure de ma manche. C'est rare qu'elle se montre vulnérable, qu'elle semble vouloir se confier plutôt que de m'écouter.

— Justement, plein de petites choses m'intéressent, ça m'incite juste à procrastiner ma vie. Depuis le jour où j'ai dû choisir un programme d'études, je prends toutes mes décisions en me disant "on verra ben". Mais pendant ce temps-là, je construis rien, je me rapproche pas de quelque chose de concret pour mon avenir. J'ai vingt-sept ans pis je sais même pas ce que je veux faire dans la vie, j'arrive pas à aimer quelqu'un pour vrai, à bâtir une relation stable. Ma vie, c'est juste des "en attendant".

— Je me disais ça aussi, que je vivais en attendant. En attendant d'être majeur, de me décider à partir, en attendant que ma mère aille mieux...

— Mais on attend encore. On attend quoi ?

Je n'avais jamais pensé me sentir sur la même longueur d'onde qu'elle et William, eux qui sont étourdis par les milliers de possibilités et leurs talents qui s'éparpillent dans tellement de domaines. Je n'arrive pas à comprendre d'où vient la souffrance, l'inquiétude quand la vie leur a tant donné. Mais on dirait bien que nous en sommes au même point : cette impasse quand vient le temps de choisir pour vrai. Ça demande de s'arrêter, de faire le point sur qui on est, ce qu'on veut pour le reste de nos vies. Ou du moins pour une bonne partie.

— Au début, j'attendais presque de me réveiller. Parce que j'arrive pas à croire à tout ce qui m'arrive ici. Je voulais pas me laisser aller, j'attendais que les choses se brisent d'elles-mêmes. Mais ça arrive pas, ça devient même de plus en plus beau.

Je n'ai pas le choix de le constater, de l'accueillir, pour une fois. Mais ça revient à changer complètement ma façon d'exister que de ne plus vivre en attendant. J'ai fini d'attendre après le bonheur, d'attendre après la vie. Il faut que j'apprenne à me déposer, comme Florence.

— William et moi, ajoute-t-elle, on a toujours été pareils là-dessus. Le genre à rester à l'école un peu trop longtemps, à acheter une auberge sur un coup de tête, à avoir aucune stabilité dans nos relations amoureuses... Mais là, tu viens de revenir dans sa vie. Je le vois changer tranquillement. Parce que tu deviens sa stabilité, la seule chose qui lui donne envie de prendre des vraies décisions. C'est pas pour rien qu'on dit "l'amour de sa vie". Tu donnes un sens à tout le reste.

— Je le comprends maintenant, moi aussi. Avec lui, j'ai commencé à arrêter d'attendre après certaines choses.

Je n'attends plus de savoir ce que ça fait que d'être heureux, je ne remets plus à demain ce que mon cœur et mon corps me demandent depuis toujours. Chaque jour passé avec lui m'a rappelé qu'il était ce que j'attendais.

— Qu'on soit deux à être aussi étourdis, ça venait me rassurer que je fais pas n'importe quoi. Mais maintenant qu'il se voit avec toi, qu'il se décide à devenir prof... Je me sens toute seule dans ma vie de perdue.

— Voyons, t'es tellement pas toute seule. Tu penses que William est soudainement devenu sérieux et rangé parce que j'ai débarqué ici sans prévenir ? Ça pas d'allure, lui pis moi. Comme dit ta mère, on est tous des pas d'allure, dis-je en riant.

— J'avoue qu'on est rendus quatre à vouloir passer notre vie à l'auberge sans trop savoir où ça nous mène.

— On est tous dans le même bateau, à se demander ce qu'on va faire une fois l'été terminé.

Même si nous commençons peu à peu à faire des plans, nous le faisons presque par obligation, à regret de laisser derrière nous la beauté des lieux, la simplicité de nos soirées, la liberté à profusion. Nous vivons sans penser à l'heure qu'il peut bien être, oubliant les jours et les semaines. Le temps ne veut plus rien dire. C'est peut-être ce qui fait que je me surprends à cesser d'attendre.

— C'est vrai qu'on est cool, nous quatre.

— Vous passez le test pour rejoindre notre secte de deux.

Florence se colle à moi, riant doucement.

— Je t'avoue que je suis moins sûre pour Emma pis Alexis. Je suis contente pour elle, mais je le vois que mon frère est un peu dans l'illusion qu'Emma va devenir une fille comme les autres. Il est pressé de la voir changer, ça va créer un écart pour les deux après l'été.

— Je vois la différence avec William, c'est sûr. Lui, il a jamais voulu que je change, c'est ce qu'il aime de moi, que je sois tout croche.

— Arrête ! dit-elle en me poussant l'épaule. T'es unique, c'est pour ça qu'il veut pas que tu changes pour devenir un petit universitaire tout le temps sur son téléphone.

— Lui aussi, il est unique. D'une tellement belle façon.

C'est un autre paradoxe de ma vie que d'avoir été complètement seul tout en voyant défiler d'innombrables corps et personnalités. L'humain en général me dégoûtait, m'ennuyait ou ne faisait que me faire sentir à part. Mais j'ai enfin compris ce que ça fait que de trouver cette personne unique, qui se démarque de tout ce qu'on peut connaître ailleurs.

— Je voudrais connaître ça, ce que vous avez. Peut-être que ça alignerait ma vie.

— Ça va t'arriver, c'est sûr. Tu ressembles tellement à William, je pense que ça te prend juste un pas d'allure, mais en attendant, je te vois finir la soirée avec des gars tous pareils qui ont un téléphone à la place d'une main.

Elle se met à rire, mais je vois qu'elle approuve, dans un sens.

— C'est vrai qu'on se ressemble, Will pis moi. Même si lui est mille fois plus loud pis que je dois le ramener à l'ordre, c'est un peu mon âme sœur, mon frère, mon meilleur ami. Mon pas d'allure.

— Je pense qu'avec moi, il assume encore plus qu'il fait un peu n'importe quoi.

— Peut-être que je devrais faire pareil. Assumer pis être bien là-dedans, comme lui, jusqu'à ce que je me trouve un évadé d'une secte qui va venir boucler la boucle de ma vie n'importe comment.

— Oh, je te le souhaite pas. Sont bizarres ce monde-là, dis-je en souriant.

— Pourtant, j'en connais deux qui sont assez extraordinaires.

— C'est quand même fou que ces deux-là aient pu tomber sur les plus belles personnes au monde pour leur apprendre la vraie vie.

— Même si c'est une vie de pas d'allure.

— C'est celle qu'on a toujours voulue, pendant qu'on attendait.

J'étire mon bras pour entourer ses épaules. Ça lui fait plaisir quand je deviens démonstratif. Complémentaire à William, Florence aussi m'a énormément apporté. J'avais besoin d'une personne comme elle.

— Faudrait qu'on prenne des résolutions pour nous brancher un peu, dit-elle en tournant la tête pour me regarder.

— Ouais. On fera ça demain.

— Bon plan.

Ça nous fait rire tous les deux, cette évidence que le temps renferme nos angoisses. C'est dur de les affronter quand demain est si facile à envisager.

— Je pense qu'on devrait s'appeler "la Municipalité des procrastinateurs", dit-elle en balayant l'air de la main.

— Ça ressemble aux titres de tes vieux livres.

— On est une secte de gens très distingués, tu sauras.

— Ben là. J'ai même pas un secondaire trois.

— Mais tu m'as appris plus que des gens qui ont deux doctorats. T'es plus distingué que tu le penses à fumer sans arrêt comme un cinéaste incompris, dit-elle avant de me voler ma cigarette.

— J'en connais une qui me comprend bien. Dans mon film, elle enseigne plusieurs matières, parce que c'est dur d'en trouver une plus passionnante que les autres.

— Clairement un film en noir et blanc avec un fond de boucane pis des longs silences.

— C'est moi le cinéaste.

Elle hoche la tête en regardant au loin, songeuse.

— Ça parle de quoi, ton film?

— C'est l'histoire de deux bizarres qui débarquent chez deux autres bizarres. Mais ça parle de liberté, de leur façon de la créer. Ils ont redéfini ce que ça voulait dire de s'émanciper. Le temps d'un été. Un été qui sera jamais terminé.

— Gab! On a trouvé ta carrière! T'as déjà le look pis l'esprit tourmenté. J'aurais dû y penser. Tu vas à Cannes l'an prochain.

— Pis toi, tu vas devant une classe pour transmettre tes passions. Toutes tes passions. Pis l'été, on revient ici, de la fin mai au début septembre.
— Parce qu'on doit mettre à jour nos libertés.

Emma

Il s'est mis à pleuvoir au début de la soirée – une soirée différente, moins bruyante, vite endormie. Nous avons décidé de fermer le bar, de mettre l'écriteau affichant que la cuisine ne sera disponible aux touristes que demain matin. De toute façon, la plage et le terrain semblent déjà déserts. Ça sentait l'orage, ce temps si rapidement devenu sombre, froid et pluvieux, mais maintenant, tout est calme et les nuages dégagent peu à peu les étoiles. Ça fait du bien d'avoir presque froid, de se réchauffer près du feu et d'écouter William jouer à la guitare les demandes de Florence et Alexis.

— Celle-là, faut être trois à la chanter, dit-il avant de commencer quelques accords.

Je ne sais pas de quelle chanson il s'agit, mais ça semble emballer Alexis et Gabriel, qui chantent à tour de rôle avec William. C'est drôle de les voir presque s'amuser ensemble. Alexis a appris que Gabriel et lui avaient des goûts musicaux semblables, ce qui a semblé l'étonner, mais ce qui lui a aussi donné un bon prétexte pour s'intéresser un peu à lui.

— Give me life...
— Give me peace...
— Give me noise...

Tous les trois chantent avec entrain, s'arrêtant parfois pour rire, essoufflés. Florence se montre impressionnée, m'assurant que leur interprétation est excellente pour une chanson aussi difficile.

— Wow, bravo! s'exclame-t-elle en applaudissant. Vous êtes écœurants. Vous devriez vous partir un band.

— Merci, merci. Gab, je savais pas que tu connaissais cette toune-là, elle est quand même récente, dit William en se tournant vers lui.

— Des fois, je regarde ce que t'écoutes sur ton téléphone quand tu dors encore. C'est mes devoirs de l'école de la vie.

— Ça vous tente pas de vous acheter des cells? demande Alexis en faisant la moue.

Il m'en a déjà parlé trop souvent. Je ne sais pas pourquoi cette idée me repousse autant, mis à part la tentation d'appeler ma famille.

— Quand vous aurez des jobs, intervient William assez rapidement.

— Pour vrai, ajoute Florence en se redressant, ç'a pas d'allure que vous ayez pas d'adresse en ce moment. On est pas corrects de vous laisser de même. Franchement. Pas de numéro d'assurance sociale, des cartes d'assurance maladie passées date… Voyons!

— Gab a son certificat de naissance. Du moment que t'as ça, ça sera pas compliqué d'aller te chercher le reste pour que tu deviennes une vraie personne et non un fidèle de chez les fuckés.

— Ah ouais, c'est vrai, monsieur Destiné Miséricorde, ajoute Florence en riant.

— Hey! dis-je en posant ma main sur le bras de Gabriel, moi aussi j'ai Destinée, c'est drôle.

Alexis se dégage un peu de moi, fronçant les sourcils en me regardant.

— De quoi vous parlez? Ton nom c'est pas juste Emma?

Je ne lui avais pas parlé de ça. Si un jour je me prends vraiment en main, je ferai les démarches pour changer mon nom une deuxième fois. Emma seulement, le nom que j'ai un peu choisi, celui que je n'associe pas à ma mère ni à la Cité, juste à moi, peu importe ce que ça veut dire. Je soupire, regardant Gabriel avec un demi-sourire.

— Emmanuelle Destinée Ange Aimée. C'est ça, mon nom.
— Sérieux?

Alexis me prend les bras pour me faire me retourner vers lui. Il me regarde comme s'il était stupéfait, comme si je devais lui donner encore plus de détails.

— Ben oui. Juste Emma, ça me convient mieux, t'sais.

William commence à rire doucement. Il dépose sa guitare avant d'attirer Gabriel plus près de lui.

— C'est ben du n'importe quoi cette secte-là. Genre vos noms qui finissent tous par "E.L" ou "E.L.L.E", c'est quoi le but?

— C'est une référence aux anges. Mais ça pris ben des variantes, répond Gabriel.

— Emma, son nom, ça me donne le feeling d'une boutique qui sent beaucoup trop l'encens où tu peux acheter des petites statues quétaines pis des faux cristaux. Toi, t'as l'air d'un religieux cloîtré qui a fait vœu de silence. Je vois pas le rapport dans vos affaires de croyances pis de spiritualité.

Je n'ai jamais compris moi non plus. Mais je ne cherchais pas vraiment à comprendre, je ne faisais que suivre, obéir, essayer de croire ma mère qui nous avait promis qu'on serait avec des gens extraordinaires auprès de qui nous aurions une vie meilleure dans la communauté. Après, le lien entre les anges, la vie, la mort, la hiérarchie, la privation... je n'ai jamais pu me pencher sur tout ça pour y voir des liens clairs, une cohérence quelconque. Nous vivions ainsi, avec des règles et des contacts limités aux gens de la communauté. Ça s'arrêtait là pour moi.

— On dirait que vous avez des trucs qui ont l'air carrément sortis de la fiction pis d'autres que même mes arrière-grands-parents trouveraient trop religieux. C'est fucké rare, ajoute Florence en secouant la tête.

— On a manqué une assemblée aujourd'hui, d'ailleurs, dis-je en roulant les yeux.

— C'est la troisième. Là, c'est clair pour eux qu'on est partis pour de bon.

— Pis il se passe quoi dans ce temps-là? demande Florence.

— Ils vont le reprocher à nos familles. Comme quoi c'est leur faute si on s'est laissés tenter par l'extérieur, qu'ils devaient pas assez suivre les règles pis toute la bullshit. Dans ce temps-là, y en a qui essayent de compenser en allant chercher du nouveau monde. Je sais pas trop ce que nos mères vont faire, dit Gabriel avant de soupirer.

Normalement, Gabriel ne fume jamais de *pot* avec William, ça me surprend de le voir lui voler son joint pour en prendre une longue bouffée. J'imagine que ça le tracasse de parler de sa famille. Je vis un peu la même chose chaque fois que le sujet revient sur le tapis, même si une soirée comme celle-ci arrive à me faire retrouver mon absence de culpabilité. Gabriel et moi savons toutes les horreurs que renferme réellement ce que nous nommons avec détachement. Être ici en ce moment, enroulée dans ma couverture, appuyée contre l'épaule d'Alexis, et profiter de la soirée à rire et chanter avec les gens que j'aime, c'est bien assez pour me confirmer que j'ai pris la plus belle décision de mon existence en m'enfuyant le 2 juin dernier. William embrasse Gabriel sur le front, lui assurant que sa mère doit bien aller malgré tout. Je n'en suis pas certaine, mais nous ne le contredirons pas.

— Vous aviez des assemblées ? Genre tout le monde de la Cité, comme à l'église ? demande Alexis.

— Ben juste le monde d'une même région. On était quand même beaucoup à Montréal.

— Pis comment ça vous vous connaissiez pas avant, vous deux ?

— Moi, je savais Gabriel c'était qui. Je l'avais remarqué avec ses tattoos parce qu'on est pas censé en avoir. À moins d'en avoir eu avant.

— Ouh. Mon chum, c'est un petit rebelle, dit William après avoir laissé s'échapper doucement la fumée.

— Y a aussi que t'avais toujours ta face de celui qui a le goût de tuer tout le monde... Pis t'es vraiment pas subtil quand tu roules les yeux !

Gabriel se met à rire. C'est vrai que je l'avais remarqué, avec sa beauté difficile à ignorer, son langage corporel qui traduisait une immense colère. Mais je voyais qu'il était plus vieux que moi et qu'il restait malgré tout. Si j'avais su, j'aurais peut-être cherché bien avant à me rapprocher de lui. Mais je sais bien que ça aurait été impossible. Avant mon été ici, me rapprocher des autres était inimaginable. Même pour lui, sa façon de parler, tout ce qu'il dégage a tellement changé. Je pense que William a raison, nous sommes beaux à voir.

— Oh, mon petit Gab. Je t'imagine tellement là-dedans, le petit emo qui a juste le goût de tout faire exploser.

— J'avais pas mal les mêmes scénarios en tête, dis-je en regardant Gabriel.

— Dites-vous que c'est un peu fait, sans le show de boucane pis le jump à plat ventre. Maintenant, vous avez le droit de devenir qui vous voulez, d'aimer qui vous voulez pis de faire ce que vous voulez de votre peau.

— Ouais. J'aimerais peut-être ça avoir un tattoo pour être aussi rebelle que Gab.

— Tu voudrais quoi ? demande-t-il avec intérêt.

— La fleur sur ta main, je trouve ça super beau.

— Avoue. C'est tellement sexy, approuve William en baissant les yeux sur la main de Gabriel.

Même si elle est seulement tracée à l'encre noire, on peut presque y voir de la couleur, de la vie, son aspect sauvage et sa soif de soleil. Elle me rappelle aussi sa main sur le volant, ses jointures blanchies, crispées, que j'observais quand nous avons fait le trajet en silence.

— T'iras avec Will pour son prochain projet, voir si t'as toujours le goût, suggère Florence.

— Un autre niveau de l'école de la vie, dit William avec enthousiasme.

— Pour vrai, je sais pas trop ce qui me reste à apprendre. En tout cas, dites-le-moi.

— Oh, t'as besoin de ben plus qu'un été, répond Gabriel en me tendant son joint.

J'en prends une longue bouffée, de plus en plus à l'aise et rapidement détendue quand j'en fume. Ça m'aide aussi à dormir quand je pense trop à ma famille, à l'automne, à l'adresse que je n'ai pas. Au nom qui n'est pas vraiment le mien.

— Bon, ça manque de chansons, lance William en se redressant.

Je commençais à être dans la lune, jouant avec les doigts de Gabriel pour observer de près son tatouage que j'aimerais bien voir sur moi. Florence m'assure que ça m'irait super bien si je lui faisais suivre la courbe de mes côtes sous mon sein droit, que ça éclipserait ma scarification. J'y pense. Ça serait sexy, comme dit William.

— Vous aviez pas une chanson de secte ? Genre comme les scouts ? Pour motiver les troupes à… à quoi ? Donner son cash pis son jugement ?

Gabriel éclate de rire, cette fois, un peu comme William quand il a trop fumé. Ce rire qu'on n'entend presque plus, qui fait manquer d'air et oublier rapidement ce qu'il y avait de si drôle. Il commence à réciter ce que les Élus disaient à chaque début d'assemblée, me tendant la main en se redressant. Je la prends comme nous devions le faire, enchaînant avec ce que les Initiés doivent répéter d'une même voix. Ce qui m'avait pourtant toujours fait rouler les yeux, même si je n'avais jamais osé le faire autrement que dans ma tête, me fait maintenant rire moi aussi. Florence essaye de décortiquer tout ce que nous disons avec un sérieux et une révolte qui ne m'étonnent pas d'elle, alors que William tente d'en faire des couplets pour une chanson. Normalement, ça m'aurait donné des frissons de répéter ce qui résonnait entre les murs fissurés de la grande salle où avaient lieu les assemblées. Mais maintenant, ça me fait simplement retrouver mon cynisme, mon mépris pour l'absurdité de ce que nous faisions, à genoux devant tant d'incohérence, récompensés par le vide de nos têtes.

— Mon dieu. Vous sortez ça de même ? Pourquoi vous nous avez pas montré ça avant ? s'étonne William.

— Parce que c'est du n'importe quoi. Penses-tu qu'on est fiers de savoir ça par cœur ?

Je continue à rire avec Gabriel, un peu étourdie d'avoir parlé si vite sans cesser de fumer.

— Ben… vous me faites réaliser que je me rappelle même plus de mon *Notre Père*. C'est malaisant dans les enterrements.

— On le connaît pas plus que toi.

— Anyway, toi pis moi on brûle dans les églises, ajoute William avant d'embrasser Gabriel.

— Si tu le dis.

Florence semble vraiment absorbée dans l'interprétation approfondie de ce que nous venons de réciter, mais ça me fait aussi remarquer qu'Alexis n'a rien dit, qu'il semble toujours vaguement choqué.

— Emma, je pense que t'as assez fumé, dit-il à voix basse alors que je tente de revenir près de lui.

— Qu'est-ce que ça fait ?

— Rien. Laisse faire.

— No way! s'écrie Florence en fixant son téléphone. Simon m'a répondu. Ma tante peut nous louer sa maison. Son locataire s'est acheté quelque chose pis il part la première semaine d'octobre. Oh my god! Êtes-vous down ?

William se lève rapidement pour prendre place à côté de Florence. Je vois qu'ils font défiler des photos sur son téléphone, s'emballant de plus en plus en commentant l'espace et les pièces.

— Ça, ça serait ma chambre!

— Ça serait moins cher si on prend juste le haut. À moins que vous deux, vous vouliez votre propre appart en bas ?

J'ai l'impression qu'ils s'attendent à ce que Gabriel et moi réagissions. Lui s'est allongé sur le sol, continuant de fumer. Je ne sais pas du tout quelle réaction avoir. J'aimerais qu'on décide à ma place, un peu comme quand on m'a emmenée ici. C'est plus simple pour moi de m'adapter que d'avoir à prendre des décisions.

—En plus, ajoute William, ça se fait à pied jusqu'à notre bar préféré. Faut qu'on vous emmène, c'est là qu'on a passé toutes nos sessions.

— Donnez vos CV en même temps! s'emporte Florence. Ben oui! Ils manquent toujours de staff quand le cégep recommence. Ça serait parfait. Oh mon dieu. On vient de vous trouver une vraie vie.

Je rejoins Gabriel dans le gazon, m'assoyant en tailleur à côté de lui. Il me regarde en faisant la moue, comme si lui aussi avait envie de se laisser porter sans trop réfléchir. Honnêtement, je ferais confiance à Florence et William pour n'importe quoi.

— OK, Will. Demain, on se fait un vrai meeting sur notre plan pour le reste de la saison. Pis vous deux, là, vous êtes ben gelés. Réveillez-vous! On vous emmène visiter la maison en fin de semaine. On fait les démarches pour vos papiers pis on vous fait des CV qui vous donnent pas l'air de venir tout juste d'atterrir parmi les vivants.

— Flo, tu devrais être travailleuse sociale, dit Alexis en coupant son élan d'organisation.

— Rajoute-moi pas une option! Mais j'y avais pensé. T'as vu comment je les ai sortis du trouble! Mais là, Gab m'avait motivée à être prof comme Will…

— Je savais que t'allais me suivre partout, dit William en lui poussant l'épaule.

— Euh, c'est toi qui me suis partout!

Je les comprends de tout faire ensemble. Je ressens ce que ça fait que de compter sur eux et j'en suis rendue accro. Je me souviens de mon état d'esprit quand je venais tout juste de m'enfuir, m'imaginant devenir totalement indépendante, seule au monde, fière et forte. Peut-être que la liberté est moins intéressante lorsque nous ne pouvons pas la partager, l'embellir avec celle des autres. Maintenant, je n'aspirerai plus jamais à être seule et encore moins à m'éloigner de la mer. J'irai dans n'importe quelle maison si elle se trouve quelque part parmi les paysages gaspésiens et que j'y habite avec ceux qui m'ont fait découvrir ce que ça fait que d'avoir hâte à demain. Tant mieux si je passe mes soirées à servir des bières avec Gabriel, si je me lève tard pour apprécier les vents salins qui me rafraîchissent, ceux qui me feront oublier tranquillement cette vie où l'air me manquait. Je saurai enfin ce que ça fait que de vouloir rentrer à la maison.

— T'en penses quoi? me demande Gabriel à voix basse.

— Ça me tente. Tout ce qu'ils disent.

— Moi aussi.

— Est-ce qu'on va pouvoir avoir un chat?

— Si tu veux. Les chats m'aiment.
— Je le savais.

Je n'ai pas l'impression d'avoir trop fumé. Je me sens simplement bien, détendue, prise de fous rires comme Gabriel. C'est tellement rare que je le voie dans cet état, j'ai seulement envie de l'accompagner dans cette apparente méditation.

— Florence, t'as clairement une bénédiction! s'exclame William. Tu dis que t'aimerais qu'on vive les quatre dans la maison à ta tante, pis boum! Elle est disponible. Tu voulais acheter l'auberge à Simon pis boum! Ta grand-mère meurt pis tu reçois plein de cash. Sorry, mamie Marguerite, t'étais nice en crisse.

— En plus, tu me gossais avec tes chums pas rapport, pis boum! Le petit Destiny qui débarque ici. Ben, les deux Destiny, dans le fond. Vous devriez vous partir un groupe de musique pop.

Gabriel recommence à rire, toujours allongé sur le sol en cachant son visage avec son bras.

— Le pire, c'est que c'était mon nom de pute le plus fréquent. Misery, ça pognait moins.

— Esti de Gab. T'aurais tellement eu un Skyrock en 2007. Misery. Franchement.

William se lève pour aller rejoindre Gabriel. Il lui reprend son joint.

— Je vais prendre en note ce *pot*-là. Je t'ai jamais vu gelé de même. Tu voulais même pas me dire tes noms d'escorte, avant.

— Toi, t'étais supposé plus jamais dire mon nom au complet.

— C'est Florence qui l'a dit!

— Vous connaissez trop ma vie.

Gabriel avait raison. Il me l'avait dit au tout début : avec eux, on parle beaucoup, beaucoup plus que ce dont nous nous croyons capables. J'en suis arrivée à parler par besoin, puis à étaler ma vie sans que ça ne fasse vraiment mal. Il est même possible d'en rire, comme ce soir.

— Je me suis déjà appelé William.

— Non!

— Juste une fois. Mais c'est parce que c'était pas un client comme les autres. Le genre qui était pas game d'essayer avec un gars, il m'a raconté sa vie pendant une heure. Il avait juste aucune confiance en lui parce que sa famille acceptait pas qu'il soit gai. Anyway, il était quand même cute pis il me faisait penser à toi. Je lui ai donné une expérience plus lover que ce que je faisais d'habitude, mettons.

— Oh, Gab, c'est ben cute. Tu l'as clairement aidé à s'assumer.

— Je voulais que ça ressemble plus à ce qu'il vivrait avec quelqu'un qu'il aime. Ça, c'est toi qui m'as appris ça.

Maintenant que tous les deux recommencent à s'embrasser comme ils le font sans arrêt dernièrement, je retourne m'asseoir près d'Alexis qui discute à voix basse avec Florence.

— Ben non. Ç'a pas rapport avec leur secte.

— De quoi ?

— Tu m'avais pas dit que Gabriel, c'était une pute, dit Alexis en chuchotant.

— Parce que c'est pas le cas. Plus maintenant. Y a juste lui qui le dit comme ça.

Ça me choque un peu, sa façon de le dire. Je ne veux pas que ça change sa perception de lui, qu'il le juge trop facilement. Surtout que ce n'est rien quand on compare à ce que nous avons fait. Il connaît trop peu le passé de Gabriel pour se faire une véritable idée des choix qui en ont découlé.

Florence me montre la maison en question et j'avoue que je commence à être aussi emballée qu'elle. Je n'ai jamais vécu dans un endroit aussi vaste, aussi chaleureux – à part l'auberge, si ça compte comme une maison. Moi aussi, je me sens comme si j'avais une bénédiction depuis que je suis arrivée ici. Les belles choses me tombent dessus et on dirait bien que ça ne s'arrêtera pas à l'été, comme je l'ai pourtant toujours redouté.

Le feu commence à s'éteindre peu à peu, mes yeux se ferment pendant qu'Alexis joue dans mes cheveux et je vois du coin de l'œil que les garçons ont complètement oublié notre présence. Alexis parle d'école avec sa sœur, je pense qu'il est question de ses cours et de ses enseignants, de la session qui commence bientôt. Ça m'endort encore plus.

— Emma pourrait s'inscrire pour commencer ses cours de base cet hiver.

— Laisse-la décider. Peut-être que te voir étudier et savoir que Will pourrait être son prof de philo va lui donner le goût. Ça serait drôle, c'est son coloc.

— Ça sert à quoi la philosophie ? dis-je en ouvrant les yeux.

— Je pensais que tu dormais. Ça sert à penser.

— Mmm. Ça doit faire peur, des fois.

Alexis semble amusé par ma réponse, me serrant doucement contre lui.

— T'es belle quand t'es tout endormie.

— Elle est surtout gelée comme l'autre Misery.

— Non. Je suis bien.

— William l'a un peu trop initiée, cet été.

— Ben là. C'est drôle pis ça m'aide à dormir, dis-je en calant ma tête contre l'épaule d'Alexis.

— T'as de la misère à dormir ?

— C'est nouveau.

— Tu liras de la philo. Ça endort beaucoup plus que ça fait peur, dit-il en riant.

Il y a tellement de choses que j'ignore... J'ai peut-être avancé dans beaucoup de domaines, mais chaque fois que j'écoute une conversation qui ne m'implique pas, je réalise que je viens bel et bien d'atterrir parmi les vivants.

— Pourquoi William aime ça, si ça endort ?

— Ben, lui il est spécial. Tu le pars sur Marx pis il monte sur sa chaise. T'en as pour une heure.

— Ben c'est sûr ! s'exclame William en se redressant.

— Will, l'interrompt Gabriel, ça va être correct pour ce soir. Je suis tombé amoureux de toi quand tu m'as parlé de socialisme pis de lutte des classes, mais là, j'irais me coucher.

— C'est de même que Will excuse sa vision du travail très flexible. Faudrait pas qu'il se sente comme un prolétaire, ajoute Florence en se levant.

Effectivement, William est déjà sur une lancée. C'est encore plus flou que ce à quoi j'aurais pu m'attendre, mais c'est peut-être l'heure et les embrouilles de la fumée. Gabriel nous souhaite bonne nuit en coupant William dans son cours universitaire. J'en comprends que Gabriel et moi sommes un bon exemple des failles du capitalisme.

Je me retrouve rapidement dans mon lit avec Alexis, réconfortée par l'odeur du feu de bois qu'il a gardée dans ses cheveux. Ça m'a fait plaisir qu'il passe toute la soirée avec nous et qu'il parle un peu avec Gabriel.

— Pourquoi tu m'avais pas dit ton vrai nom ?

— Pour moi, c'est plus mon vrai nom.

— Quand même.

— Maintenant, tu le sais. Tu pourras rire de moi comme William.

Il répète mon nom en entier, me questionnant sur sa réelle signification, ce que ça implique que de devoir changer de nom légalement. Je ne lui avais pas dit non plus que j'ai eu un prénom différent jusqu'à douze ans, mais même ce nom-là, il n'est pas le mien aujourd'hui.

— C'est sûr que tu vas continuer à apprendre des affaires bizarres sur ma vie. Même William pose encore des questions à Gab.

— C'est bizarre que ça le dérange pas, la vie à Gabriel.

— Qu'est-ce que tu veux dire ?

Je me redresse sur mes coudes pour le regarder. Il semble réfléchir même s'il a son air habituel quand il parle de Gabriel.

— Ben, t'sais, pour moi c'était clair que ce gars-là, c'est un ancien drogué. Mais pas une… escorte.

— Pourquoi ça devrait déranger William ? Il l'aime tellement. Il a arrêté pour être avec lui.

— Ouais, c'est juste que c'est un gros clash avec la vie à William.

— Ben… J'ai pas grand-chose en commun avec ta vie à toi non plus. J'ai pas d'études, pas de téléphone, pas de permis de conduire, ta sœur m'a rappelé que j'ai pas d'adresse. J'ai aucune idée c'est quoi Skyrock, les scouts, le *Notre Père*, la chanson que vous chantiez super vite… Encore moins la lutte des classes.

— Oui, mais bientôt ça sera du passé. Un jour, tu vas étudier, avoir un téléphone, une auto, une vraie place où vivre. Tu vas connaître plein de gens. Je le sais, ça. T'es tellement brillante, tu pourrais avoir la vie que tu veux. Je sens pas que ça clash avec moi.

— Pis si ça me tente jamais d'étudier ? Que je veux pas de téléphone, pas d'auto, que je veux rester avec Gab dans le sous-sol chez ta tante ? Si c'est ça la vie que je veux ?

— Je pense que tu te sous-estimes. C'est normal que ça fasse peur.

— C'est pas de la peur. Je commence à me connaître pis à savoir ce que je veux.

De plus en plus. Et ça devient facile à comprendre. En ce moment, je voudrais me contenter de m'imaginer dans la maison que j'ai vue sur le téléphone de Florence. C'est bien assez, et ça ressemble déjà à la vie que je veux.

— C'est juste que... je recommence l'école bientôt. Je pourrai plus venir ici aussi souvent. Si t'acceptais le téléphone que je veux te donner, on pourrait au moins se parler les jours où on peut pas se voir.

— Je peux prendre celui de Florence.

— Mais je veux qu'on puisse se texter. Je vais pas gosser ma sœur sans arrêt avec des textes qui sont pour toi. Surtout qu'il y a certaines choses que je voudrais te dire quand tu me manques le soir...

— Je vais y penser, dis-je avant de l'embrasser, allumée par son regard.

Peut-être que l'automne fait le même effet à tout le monde. Depuis que je le sens approcher, j'ai du mal à trouver le sommeil, je me laisse facilement tenter par l'idée de terminer la soirée en m'embrouillant l'esprit. De nouvelles pensées s'installent, prennent trop de place. Un peu comme Alexis, qui me parle sans cesse de nos vies qui devront changer, des choix que je devrai faire. Il n'a plus la tête et le cœur aussi légers qu'à la fin juin quand nous venions à peine de nous rencontrer. Maintenant, il essaye de penser à la vraie vie en forçant son cadre pour que je puisse y figurer. Je ne sais pas à quoi ressemble la vraie vie, mais si elle implique de bouleverser la simplicité des bonheurs de l'été pour s'y conformer, je ne l'idéaliserai plus jamais.

Gabriel

J'ai l'impression d'être réapparu dans l'Univers, d'avoir lancé des feux d'artifice qui viendraient rappeler mon existence. Moi qui étais passé inaperçu pendant toutes ces années, jamais recherché, jamais soupçonné. J'aurai des papiers, la possibilité de travailler, d'aller chez le médecin. J'ai presque une adresse. Je suis devenu quelqu'un. Une personne dans une masse de monde. Un monde que j'ai connu sans m'y inscrire. Mais j'ai commencé à vouloir en faire partie, ne plus être un fantôme, ne plus attendre de vivre comme je l'avais toujours fait. J'ai encore du mal à croire que mon arrivée soudaine m'aura finalement conduit vers la vie que j'ai toujours voulue. Mais c'est ce qui m'arrive et je ne peux plus chercher à gagner du temps. Maintenant, j'ai peur d'en manquer, comme Emma.

Je me doutais bien qu'elle serait déjà assise au bord de l'eau. Nous nous y retrouvons de plus en plus tôt et parfois de plus en plus tard. J'ai besoin comme elle de ce temps d'arrêt, de me sentir de nouveau seul au monde, avec elle, quand tout le monde dort encore. Penser sans nous laisser distraire, penser à nous ; il n'y a qu'ensemble qu'on y arrive.

— Salut.
— Salut.
— William se rend pas compte que tu te lèves avant lui ?
— Je pense que oui. Il sait que je passe du temps avec toi.

Elle tourne la tête vers moi, me regardant avec hésitation. Le vent défait ses cheveux ; elle semble avoir froid, perdue dans ses pensées. Je me rapproche d'elle et je la sens se coller à moi rapidement.

— Ça va ?

— Je suis bien avec toi.
— Moi aussi.
Elle soupire, calant sa tête contre mon épaule.
— Alexis est jaloux.
— De moi ? Lui pis sa vie parfaite ?
— Il aime pas qu'on soit proches, nous deux. Mais je comprends pas pourquoi. J'ai essayé de penser comme une personne normale, mais on dirait que ça marche pas. Y a quelque chose qui m'échappe. On dirait que ça vient mélanger l'amour que j'idéalisais pis le contrôle dont je voulais me sauver.

J'ai connu la même chose. C'est révoltant, quand on essaye à tout prix de changer de vie, de comprendre enfin ce que veut dire la liberté. Et puis on aime quelqu'un, mais il semble y avoir des conditions, des sacrifices, de nouvelles privations. Je ne pouvais pas aimer William et continuer à me prostituer, éviter de me mêler à sa vie même si elle me faisait peur. Je ne pouvais plus agir dans mon unique intérêt. Ça devient mêlant, on ne sait plus ce qui est sain, ce qui ne l'est pas, ce qu'on veut vraiment à travers tout ça. Parce qu'on veut tout, tout en même temps. C'est une grande séquelle de la privation : ne plus avoir d'équilibre, de repères dans ce que ça veut dire que de réellement choisir.

— Ouin. Ça donne l'impression de recommencer à se faire contrôler, han ? Un moment donné, tu vas faire la part des choses. Ce que tu veux pour vrai, tu vas le sentir. Je me sens pas comme si je devais sacrifier des choses pour William, pas plus que lui doit le faire pour moi. Mais c'est ce qui me faisait fuir au début : l'impression que je devais me soumettre à certaines conditions.

— Comme quoi ? William a tellement l'air de te prendre exactement comme t'es !

— Mais j'ai su qu'il se sentait pas respecté si je continuais à voir des clients, que ça lui avait fait peur de me voir en sevrage la dernière fois, qu'il avait eu de la peine que j'essaye pas de rencontrer ses parents.

— Pis t'as changé à cause de lui ?

— Non. C'est ce que j'ai réalisé. Je voulais changer pour moi. Parce que j'étais mille fois plus heureux avec lui. Au début, je me suis braqué parce que je m'étais promis de plus jamais me faire dire quoi faire. Mais après, j'ai compris que ça devenait mes choix à moi, mon choix d'être avec lui avant n'importe quoi d'autre.

Ça me fait du bien de le dire parce que ça devient encore plus vrai. William a réussi à m'influencer avec toutes ses déclarations d'amour, son insistance pour que je sorte de ma coquille et que j'arrive à nommer ce que je ressens moi aussi. C'est l'une des plus belles récompenses de l'école de la vie.

— Je pense que dans toutes les relations, on a pas le choix de s'adapter à l'autre, si je comprends ce que ça veut dire d'être en couple. Mais ça sert à rien si t'es pas heureuse là-dedans. Tu dois le faire pour toi autant que pour lui.

— Je sais pas ce que je veux. C'est ça le problème. Quand je suis avec lui, je suis super bien, c'est facile de lui dire que je vais garder mon affection juste pour lui. Mais j'ai rien réussi à changer. Parce que je veux pas.

— Je veux pas que tu changes non plus.

— Mais on dirait qu'y a des règlements quand on est avec quelqu'un. Je les connais pas pis je veux pas les connaître, ajoute-t-elle.

— C'est drôle. J'avais demandé à William de m'expliquer les règles. Il m'en a pas vraiment donné. En gros, ça voulait juste dire d'arriver à se construire une vie à deux, d'être bien ensemble.

— Je voulais connaître ce que t'as avec William. Mais je pense que vous êtes exceptionnels, comme dit Florence. Alexis, il voudrait que j'aie la même vie que lui, que j'aille à l'école, que je fume pas chaque soir, que je me soûle pas un lundi, que je t'embrasse pas... William, il s'en fout. Pis on s'entend que t'es ben moins sage que moi.

Florence avait raison de présager l'écart entre Emma et Alexis. Je ne sais pas si c'est mal, ce qu'il lui demande pour être bien avec elle et pour pouvoir s'imaginer à deux encore un bout de temps... Mais c'est vrai que ça n'a rien à voir avec ma relation avec William. Lui me laisse aller, s'amuse quand je m'amuse, me soutient, peu importe ce que je décide. Je pense qu'il me connaît trop, qu'il arrive à me cerner mieux que moi-même, que plus rien n'arriverait à le choquer sur ce que je suis. J'imagine que c'est ce que ça veut dire que d'aimer inconditionnellement.

— Comme tu sais, moi non plus je suis pas un expert des relations. J'ai juste connu ça avec William. Mais les choses se sont faites toutes seules. Peut-être que tu vas te dire que tu préfères être avec Alexis beaucoup plus que de te soûler avec moi, dans le fond.

— Je sais pas. Je veux pas choisir. Laisser une chose que j'aime pour une autre. Je comprends pas ce que ça m'apporte. J'ai le droit de vivre pis de ressentir tout ce que je veux, tout ce que j'ai manqué.

Elle le dit en me regardant dans les yeux, approchant son visage pour poser ses lèvres sur les miennes. J'imagine qu'elle veut tester ses nouveaux dilemmes, montrer qu'elle n'a pas flanché. Je ne m'étais jamais questionné sur ces baisers que nous échangeons, parce qu'ils me font du bien à moi aussi, qu'ils sont calmes, doux, légitimes sur notre planète.

— Moi, je pense que ça compte pas avec toi, dit-elle en reculant.

— Je sais pas. Mais pour lui, ça compte. Surtout avec moi, on dirait.

— Donc c'est pas correct ? Même si t'aimes pas les filles ?

— Ça change rien.

— T'es vraiment chanceux avec ton chum, dit-elle avant de soupirer.

— Je sais. Lui, il aime ça qu'on soit bizarres. Il sait surtout que ça m'aide d'avoir une autre bizarre dans ma gang, dis-je en lui souriant.

Emma glisse ses doigts entre les miens. Elle perd peu à peu son air songeur, ce tiraillement qu'elle devait ressentir. Ce n'est pas évident de vouloir tout prendre au vol sans basculer. Je pense avoir trouvé mon équilibre, même si la facilité de fuir me manque parfois. J'espère qu'elle trouvera le sien, mais je sais que ça demande plus qu'un été.

— Quand tu penses à la maison en octobre, à essayer de se trouver une job, à s'établir ici, tu t'en sens capable ?

— Plus qu'avant. Je sais que je veux rester ici, être avec William tout le temps. C'est vrai qu'on est rendus bons avec le bar, on a pas l'air complètement perdus comme au début. Peut-être qu'on est pas si pires.

— C'est vrai qu'on s'en sort bien. J'ai hâte de vivre avec toi.

— Tu me diras tes règlements, dit-il en riant.

— Mmm... pas le choix de te garder du temps juste avec moi. Pis remets pas le pot de crème glacée dans le congélateur avec la cuillère encore dedans. C'est dégueu !

— Ben quoi ? Comme ça, c'est déjà prêt pour toi. C'est ben mieux.

Elle se met à rire avec moi.

— Toi, c'est quoi tes règlements ? me demande-t-elle.

— Mmm... Va falloir que t'acceptes que j'aie beaucoup de visite.

— Ben là. Will, ça compte pas.

— Avoue qu'il est sexy quand il parle de philo en s'énervant.

— Je sais pas. Il a genre trente ans.

— Vingt-sept ! dis-je en lui poussant l'épaule.

— Je veux aussi qu'on continue de passer plein de temps les quatre ensemble, continue-t-elle en ne perdant pas son sourire. On est loin d'avoir gradué de l'école de la vie.

— C'est vrai. Une chance que ça finit jamais.

Emma

J'ai gardé ma main dans celle de Gabriel, simplement pour me rappeler que tout ça nous arrive à nous deux. Si ça peut lui arriver à lui, ça devient vrai pour moi. Ç'a toujours été ainsi. Je me sens comme à mon premier jour en Gaspésie, perdue, incapable de parler, constamment ébahie par tout et rien à la fois. Je n'arrive pas à faire autre chose qu'observer, me laisser distraire par mon imagination. Eux parlent de chiffres, de documents, d'ententes. Je ne veux même pas savoir ce que ça veut dire. J'en retiens seulement la conclusion. Je vivrai ici dans cinq ou six semaines. J'aurai une chambre à moi, une place rien qu'à moi. Le plus bel endroit du monde. Et je le partagerai avec Gabriel, Florence et William. J'ai presque envie de pleurer, de crier au monde entier que j'ai officiellement réussi à m'échapper. Je serai enfin chez moi, pour devenir moi.

Gabriel est demeuré taciturne, mais je sais que William le rassure, lui qui s'emballe en parlant à toute vitesse avec Florence ; il a quand même une main posée sur sa cuisse. J'ai l'impression qu'il arrive à lire ses pensées, à lui dire silencieusement que tout ira bien. Comme moi, Gabriel n'a jamais connu le confort d'un foyer, ce que ça veut dire que d'y contribuer. Tous les appartements dans lesquels j'ai habité n'ont été que des nids d'angoisses où les cris, la violence et la peur régnaient. J'y accourais pour protéger ma sœur, m'assurer que ma mère ne soit pas en danger, même si je n'y pouvais rien. Aujourd'hui, j'aimerais leur dire que je suis enfin en sécurité quelque part au bord de la mer. Pardonnez-moi de ne plus avoir la force d'espérer vous y inviter.

J'ai un peu perdu la notion du temps entre la visite, les centaines de questions de Florence, les papiers de sa tante, ce long moment autour de la table. J'ai rêvé en grande partie, souhaitant ne jamais me réveiller. Puis j'ai compris que tout ça arriverait bel et bien – à moi, à Gabriel, à notre planète. Nous ne sommes plus des visiteurs, des intrus. On nous a donné la clé.

Nous nous retrouvons dehors, sur le porche de bois dont la peinture bleu clair s'écaille. C'est joli, romantique, unique. Le soleil plus bas dans le ciel nous inonde de ses rayons orangés, illuminant les cheveux de Florence qui s'est jetée dans les bras de William. Je ne l'ai pas pressenti, mais maintenant, c'est Gabriel qui semble vouloir les imiter, me serrant contre lui avec une émotion palpable, une force qu'il ne laisse jamais aller.

— J'arrive pas à y croire, dit-il à mon oreille.

— Merci tellement. C'est grâce à toi.

— Non, c'est grâce à toi.

Gabriel le dit souvent : toute cette progression, cette chaîne parsemée de petits et grands bonheurs, est le résultat d'une volonté que nous arrivons à créer à deux. Une force combinée de nos deux âmes perdues, trop souvent brisées, qui n'avaient pas le choix de se rencontrer pour arriver à se recoller.

— Bon, les Destiny, vous allez me faire pleurer.

— Arrête de nous appeler de même !

Gabriel se retourne vers William, met sa main sur sa poitrine pour le pousser, faussement agacé. William s'empare de ses mains pour l'attirer à lui puis l'embrasser, encore ému.

— Merci, Florence, dis-je en me dirigeant vers la voiture avec elle. Tout ce que tu fais pour nous depuis le début, je sais pas comment te remercier.

— T'as pas à me remercier. Juste me promettre que tu t'en iras jamais.

Parce qu'on dirait bien que cette fin d'après-midi est celle des démonstrations d'amour, je me laisse aller à la serrer dans mes bras.

— Jamais. Merci d'avoir pris ton été au complet pour m'expliquer toutes les choses que je connais pas, me parler de sexe pis de féminisme. J'ai su ce que ça faisait d'avoir une sœur. Une vraie.

— Oh, Emma. Ce que vous savez pas, toi pis Gab, c'est que vous nous avez autant appris sur la vie. Tu m'as ouvert l'esprit sur tellement de choses. Vous êtes étonnants, forts, trop matures pour votre âge. Arrêtez jamais d'être exceptionnels.

— Arrêtez jamais d'être aussi cool, d'être le genre à vouloir vivre avec deux bizarres qui parlaient à peine y a trois mois.

— Sont cool, ces deux-là, dit-elle en me souriant.

Gabriel et William nous rejoignent sur le gazon, toujours collés l'un à l'autre.

— On peut dire que la Municipalité a maintenant son adresse officielle !

— On aurait dû garder "Le bout de la rue" comme nom, c'est plus concept.

— On est pas au bout, on est au coin.

— Ben c'est le bout de l'autre rue !

— Non !

Je me demande si c'est ce sentiment de plénitude et cette solidarité spontanée que nos parents ont cherché en se joignant à la Cité. Parce que c'est ce que j'arrive à connaître avec eux, ce qui m'aide à vouloir me lever chaque matin. Souvent, la peur se dissipe d'elle-même, parce qu'elle a de moins en moins de place quand nous sommes plusieurs à l'affronter. Je ne me sens plus seule au monde, seule dans ma révolte, dans mon impuissance. Je connais aujourd'hui ce besoin humain, vital, de compter sur les autres – être moi ne se résume plus à l'errance de mon corps qui cherche à comprendre où ça nous mène. Probablement comme ma mère, comme les parents de Gabriel. Ils ont erré longtemps, seuls et vides. Ils ont cru avoir enfin ce que je vis maintenant, la sécurité, une famille. Trouver un sens. Et parce que nous en avons tous besoin, beaucoup sauront comment en profiter, déguiser la force d'une communauté jusqu'à ce qu'on oublie ce qu'on venait y chercher. Maintenant, je le sais. On ne me bernera plus jamais.

— On fête ça ce soir ? Faudrait profiter de la dernière fin de semaine où ton cousin peut nous dépanner.

— Ouais. Hey, vous vous rendez compte ? On est presque en septembre. Je sais pas pour vous, mais pour des pros de la procrastination, on s'en sort pas pire.

— Je pense que je vais quand même pleurer quand tu vas fermer l'auberge, dis-je en baissant les yeux.

— Oh. T'es cute. Ça me fait le même effet chaque fin d'été. Surtout que cet été-là, notre premier comme proprios avec vous deux qui débarquez, c'est dur à battre.

— Ç'a été le plus bel été de ma vie, ajoute William en tournant la tête vers Gabriel pour poser un baiser sur sa joue.

Gabriel est de plus en plus proche de ce qu'il ressent, c'est beau à voir. Sa façon de regarder William, de ne plus se braquer ni détourner les yeux quand l'émotion prend toute la place, ça me confirme que les progrès sont là pour de bon. Un peu comme cette maison derrière nous ; elle ne bougera pas jusqu'à l'automne, nous attendant patiemment pour qu'on y commence notre vie ou qu'on la poursuive à l'image de cet été qui nous aura tant appris.

Si j'avais eu un téléphone, je les aurais probablement pris en photo. Tous les deux devant la maison, William qui soulève Gabriel en l'embrassant, cette heure parfaite de la journée qui rend le décor si chaleureux, à l'apogée de sa beauté.

— Avouez que ça serait le timing parfait pour ma demande en mariage ! lance William en reposant Gabriel sur le sol.

— Tu m'énerves, répond-il en détournant la tête avant de le pousser.

— Toi, tu m'énerves !

J'ai tellement redouté de devoir me marier… Mais ça allait m'arriver bientôt, comme ça aurait dû arriver à Gabriel s'il ne s'était pas enfui une première fois. Cette conception de l'union entre deux personnes est complètement distordue pour nous, à l'inverse de ce que ça devrait réellement vouloir dire.

— C'est fou quand on pense que ces deux-là auraient jamais dû se connaître, dit Florence en baissant la voix.

Je les observe avec la même émotion, le sourire aux lèvres en les regardant se chamailler dans l'herbe. C'est fou ce qu'ils sont différents, ce qu'ils vont bien ensemble.

— La vie fait bien les choses. Même pour nous.

— Votre bonne étoile est arrivée tard. Je dirais qu'elle s'est réveillée en laissant le char à Gab se rendre jusqu'ici, dit-elle en riant.

— Un peu avant. Quand Gabriel est arrivé dans ma vie.

Florence pose sa main sur mon bras, m'incitant à reculer pour m'appuyer sur la voiture avec elle.

— Ça doit te faire drôle. De l'aimer, mais de vouloir qu'il aime quelqu'un d'autre.

— Je voudrais pas autre chose pour lui. Parce que je l'aime.

Je me donnais le droit de ne pas savoir, de ne pas chercher à le nommer. Parce que je ne connais rien à l'amour, aux humains et aux sentiments. Puis j'ai su que ça ne servait à rien de me définir moi-même et les autres par ce que je peux bien pouvoir ressentir. J'ai compris en peu de temps que, dans ce vrai monde que j'ai tant convoité, des lois non écrites encadrent l'amour de façon arbitraire, à l'inverse des nuances que la beauté du cœur renferme. J'ai connu l'amitié avec Florence, puis avec William. Elle est à l'image de la définition que j'ai vue ailleurs, la proximité, le plaisir, l'envie de tout dire. Puis il y a eu l'amour avec Alexis, le désir comme j'en avais rêvé. Mais Gabriel a toujours été là, sans étiquette, parce qu'il correspond à tout et à rien à la fois. Je ne sais pas si c'est lui, la façon dont il est arrivé dans ma vie, le fait qu'il soit la seule personne à me connaître réellement, mais je l'aime à en avoir mal ; nous formons l'amitié que je n'aurais jamais osé souhaiter, et je ne veux rien voir changer. Il est l'amalgame de mes passions naissantes, de ma soif de vivre, de l'envie de tout brûler qui sommeille en moi. Mon reflet, mon opposé, ma moitié, mon ancrage.

Ça ne me fera jamais mal de le voir aimer William, parce que j'ai mal si lui a mal, parce que j'arrive à respirer son bonheur avec lui. Peut-être que cette forme d'amour n'existe que chez moi, qu'elle est incohérente, extraterrestre. Mais il y a eu toutes ces nuits où j'ai rêvé de lui faire l'amour, ces matins où cette soif ne voulait plus partir. Ils m'ont rappelé que je n'étais qu'un humain comme les autres, à la fois corps et esprit, prise entre les deux. J'ai besoin de lui, même s'il ne pourra jamais combler ce que mon corps réclame. Savoir qu'on aime le sien me fait du bien, me suffit dans un paradoxe trop complexe pour l'école de la vie. Et ça me convient de ne jamais chercher de réponse.

J'ai appris que penser pouvait blesser, torturer plutôt qu'éveiller. Je voudrais souvent revenir à celle que j'étais en juin, incomplète, diffuse, mais submergée par les envies de ma chair. Quand cette quête de sensations ne me permettait pas de comprendre l'amour dans ses douloureuses subtilités. J'en avais rêvé dans sa simplicité, dans sa cohérence frappante comme lorsque j'observe Gabriel et William. Puis j'ai connu Alexis, l'évidence du désir, le bien-être qui s'installe par la simple présence de l'autre, son rire et ses mots qui m'ont fait oublier mes propres différences. J'ai enfin eu droit de vivre ce que je pensais trop beau pour moi, l'enfant brisée qui avait tué. Mais Gabriel est arrivé avant, avant que je n'aie eu le temps de prendre mon souffle, d'apaiser mon corps, de l'aimer pour aimer celui de l'autre. Mon besoin de lui s'est mêlé à l'émergence de ma soif de vivre, à mon amour naissant pour ma propre personne, ma place dans le monde qui s'inscrivait avec la sienne. Je n'ai eu aucun modèle pour m'aider à identifier cette forme de passion, mais elle a toujours été là, chassant malgré moi celle que j'arrive à trouver ailleurs. Et elle est incohérente, sans issue, trop souvent nourrie par mes lèvres qui se heurtent à l'absence de désir des siennes, mes mains qui le voudraient en entier, limitées par les surfaces qu'on laisse découvertes à l'amitié.

Je ne choisirai jamais de cesser de l'aimer, parce que je le voudrai toujours près de moi, dans cette amitié insolite qui devrait pouvoir exister. Elle est imparfaite pour le vrai monde, singulière comme nos ressemblances, le nom que nous partageons, les vies que nous avons enlevées.

— Tu devrais être honnête avec Alexis.

— Je l'ai toujours été.

Je ne lui ai jamais menti – seulement à moi-même. Je lui en ai voulu d'avoir la lucidité de voir ce que je m'efforçais d'enfouir. J'ai voulu devenir normale, tellement. Mais j'ai toujours su que ce que je ressentais pour Gabriel n'avait rien de normal, rien qui ne justifie que je sois si bien avec quelqu'un qui ne m'aimera jamais d'une façon qui puisse me combler. Je n'ai pas voulu que ça change pour Alexis. Ni pour moi.

— Ç'a toujours été vrai que j'aime Alexis.

— Comme les amours d'été arrivent à être vraies. T'es pas obligée de te faire souffrir en prenant chaque bonheur qui passe.

C'est peut-être ce que j'ai essayé de faire, trébuchant malgré moi dans une normalité mal comprise. Elle sera toujours déformée par mon regard, je le sais aujourd'hui, après trois mois où je ne suis pas parvenue à la trouver dans chaque chose que j'ai aimée.

Florence m'adresse un sourire sans joie, empathique et impuissante à la fois. Je ne sais pas comment elle a su, si au fond j'échoue lamentablement dans l'art de la subtilité. Peut-être que l'amour se voit mieux dans les yeux des autres, même si je me demande encore à quoi ça peut bien ressembler quand ça ne mène à rien. Mais j'ai toujours été ainsi, sans direction. Ce genre de fille qui aime pour la première fois celui qui ne l'emmènera nulle part, le chemin le plus évident de toute sa vie. Une liberté nouvelle dans une constante dérive, la promesse de ne plus échouer, de ne jamais plus reculer comme le fait la marée. Celle que nous aimons tant regarder, matin et soir, dans cette rassurante réalité où la route du 2 juin ne s'est pas encore terminée.

Les garçons arrivent presque partout à créer cette bulle où ils semblent seuls au monde, oubliant le contexte et le regard des autres. Entre leurs baisers, ces mots qu'ils se chuchotent à l'oreille, leurs corps qui ne sont jamais assez proches, il y a l'extravagance de William qui se reflète dans les rires de Gabriel, sa sensibilité qui se traduit dans leur façon de se regarder dans les yeux. C'est un amour pur, anormal, parce qu'il n'y a qu'eux deux pour le faire vivre ainsi.

— Rien à faire, il veut pas se marier! lance William en se rapprochant de nous tout en gardant sa main dans celle de Gabriel.

— T'es ben rendu old school, dit Florence en ouvrant la portière.

— C'est sûr. Il a pas de cell. Ça m'influence !

— En tout cas, j'ai sa première photo pour son futur compte Instagram.

— Ouin, Gab, faut que tu saches que sur Instagram, on déforme un peu la réalité. Dans ton caption, j'aimerais mieux que t'écrives pas que c'était le moment où tu disais non avec une agressivité inutile à ton chum qui te demandait en mariage après un mois de couple officiel.

— Six semaines. Mon chum est pas si intense que ça, quand même.

Gabriel s'installe sur la banquette arrière avec moi. L'émotion est encore visible sur son visage, sa beauté toujours plus rayonnante. Il tourne la tête pour me regarder, probablement parce qu'il sait que derrière tout l'enthousiasme que Florence et William peuvent dégager, la grande étape que représente cette journée nous a marqués tous les deux, confrontant nos vieilles blessures et notre nouvelle envie de penser à l'avenir. La voiture démarre en même temps que la musique résonne dans l'habitacle et que la douce fatigue s'installe alors que le paysage défile par la fenêtre.

— J'espère qu'un jour, tu vas lui dire oui, dis-je à voix basse en mettant ma main sur celle de Gabriel.

— J'espère que tu vas être là.

Il le dit avant d'appuyer sa tête contre la mienne, de poser ses lèvres sur mes cheveux. On sera toujours là, tant que l'autre le sera, dans les bonheurs comme dans les peines. Parce que nous nous sommes connus en enlevant une vie, nous serons ensemble pour ressusciter la nôtre. Tant que les saisons continueront de passer.

Gabriel

Cet endroit va me manquer. Il y a eu cette première fois où je suis parti sans réfléchir, m'arrêtant après deux heures de route pour pleurer à en manquer d'air. Je me rappelle la pluie intense, les larmes qui me brouillaient la vue. Je ne savais plus ce que je choisissais : retourner dans cette vie, ou prendre le risque de ne jamais arriver à m'y rendre. J'ai bien fait de m'arrêter. Ça m'aura permis de revenir.

Il commence déjà à faire froid quand le soleil se couche, ce qui me rappelle le temps qui passe, l'été qui s'achève, les choix qui tracent ce qui m'attend. Si la fermeture de l'auberge risque de faire pleurer Emma, pour moi, ce sera de ne plus dormir dans la roulotte de William avant l'été prochain. Notre bulle d'amour, là où j'ai appris à aimer, à m'aimer moi…

Je ne sais pas si c'est cette journée pleine d'émotions, l'entente que nous avons prise pour vivre ensemble à l'automne ou le fait que je m'installe bel et bien en Gaspésie, mais je sens William encore plus passionné que d'ordinaire. Ça me transporte aussi, ça me fait même oublier les touristes qu'on entend sur la plage tout près. Je n'ai rien à faire de ce qui peut bien se passer à l'extérieur, je veux simplement profiter de ses mains qui me saisissent, du poids de son corps contre le mien, de ses lèvres qui me font frémir, et n'entendre rien d'autre que nos souffles qui se mêlent, nos douces plaintes qui s'amplifient. Comme le désir de nos corps, les battements de nos cœurs, la tension de chacun de nos mouvements. Il m'a appris à me laisser porter, à ne plus chercher à contrôler les envies et la durée. Ça l'amuse que je prenne les devants, de m'en apprendre encore sur les subtilités de l'amour et de me voir surpris par les propres échos de mon plaisir. Ils sont de plus en plus forts, assumés, à l'image de nous deux, de cet amour d'été qui ne finira plus.

Parce qu'il se délecte toujours de faire durer mes derniers frissons, il m'embrasse dans le cou, puis sur l'épaule avec une sensualité qui m'étourdit. Je me tourne sur le côté pour lui faire face, fermant les yeux pendant que ses doigts dégagent les cheveux qui tombent sur mon front.

— Je t'aime. Je vais m'ennuyer de ta roulotte.

— L'été est pas fini. Mais c'est vrai que dans notre future maison, va falloir être plus discrets, dit-il avec un sourire en coin, glissant son index sur ma poitrine.

— Parce que tu serais capable?

— Non. Mais je fais semblant d'avoir de la bonne volonté. Tu diras à Emma d'aller prendre une marche.

Emma. J'ai encore du mal à croire que tout ça puisse nous arriver, à elle et moi. Cette amitié accidentelle qui m'aura valu la vie que j'ai toujours souhaitée. J'ai hâte de me retrouver seule avec elle pour faire le point sur cette journée, cet automne qui se dessine devant nous.

— La colocation, c'est tout un chapitre de l'école de la vie. Écoute jamais la version de Florence, elle exagère tout le temps. Je suis super facile à vivre, tu me connais.

— Si ça ressemble à nos étés, je devrais être bon pour t'endurer.

— Je veux surtout pas que t'aies peur de ce qui s'en vient, dit William avant de poser ses lèvres sur les miennes. Je sais que ça fait beaucoup, la demande pour tes papiers, la maison… J'espère que tu te sens bien.

— Je veux plus avoir peur, mais ç'a fait partie de moi trop longtemps. Je sais que tout va bien. Trop bien…

— C'est pour ça que t'as essayé d'appeler ta mère? Pour lui dire que tout va bien?

Je baisse les yeux et j'appuie mon front contre son épaule. J'ai flanché, échoué. Mais ce n'est pas comme la dernière fois. Je n'ai pas voulu savoir ce qui peut bien se passer depuis ma fuite, convaincre qui que ce soit de venir me rejoindre. Je voulais seulement faire une croix sur la seule chose qui me rattachait à mon passé. Je voulais dire au revoir à ma mère, lui parler une dernière fois pour qu'elle sache que je l'ai abandonnée pour être heureux. J'ai voulu m'apporter une dernière paix d'esprit, entendre sa voix, qu'elle entende la mienne. Ma mère était abîmée, vulnérable, mais elle n'avait pas perdu toute lucidité par rapport à son propre enfant, son seul enfant. Elle savait la vie que je menais – en partie. Elle m'a vu affecté par les drogues, les bras couverts de bleus, m'a vu réapparaître après des semaines d'absence, puis des mois. J'ai lu le soulagement dans ses yeux à plusieurs reprises ; la peur et l'inquiétude aussi. Quelque chose m'empêchait de profiter pleinement de ma nouvelle vie, de l'assumer dans son entièreté. Je ne voulais pas que ma mère pense que j'étais mort. Comme le reste de sa famille.

— Elle a pas répondu. Je sais pas si c'est parce qu'elle paye pas son téléphone, qu'elle a pas reconnu le numéro sur l'afficheur... J'ai pas laissé de message.

Je le sens caresser mon dos du bout des doigts puis pencher la tête pour poser ses lèvres dans mes cheveux.

— Ça m'étonne que t'aies pas capoté en voyant que j'ai voulu l'appeler.

— Non. Plus maintenant.

— Même si elle m'avait dit qu'elle s'en sort pas sans moi, ça aurait rien changé. Je te ferais jamais ça.

— Je sais. En fait, c'est surtout que je sais que tu ferais jamais ça à Emma.

Je ne peux pas vraiment le contredire. Elle est à la fois mon ancienne vie et ma nouvelle, l'équilibre qui fait que les deux arrivent à cohabiter. Tant qu'elle reste, j'arrive à rester, tant qu'elle m'aime, j'arrive à m'aimer. Je ne m'imagine pas lui gâcher sa nouvelle existence en m'enfuyant, c'est complètement impossible.

— T'es jamais jaloux d'elle ?

— Non. C'est grâce à elle que je suis sûr que tu t'en iras plus. Pis je la comprends de vouloir t'embrasser quand vous pensez que personne vous voit le matin, dit-il avec un sourire moqueur.

— Ça arrive pas si souvent.

Même pour moi qui n'y connais rien, je sais que notre amitié est hors norme. Mais elle est totalement à l'image de ce que nous sommes, le résultat de nos essoufflements combinés pour réapprendre à vivre, à aimer. Je ne vois pas pourquoi ça devrait changer. C'est grâce à elle que je ne partirai plus, mais c'est aussi grâce à elle que j'accepte d'être moi, que j'arrive à oublier les horreurs de ma vie quand William me fait l'amour, quand je me laisse aller à chanter autour du feu et quand je m'endors en oubliant les vies que j'ai fauchées.

— Je lui ai pas dit que j'ai essayé d'appeler ma mère. Je me sens faible par rapport à elle. Je sais qu'elle a complètement lâché prise sur sa famille.

— Elle est un peu plus psychopathe que toi, même si elle en a pas l'air à première vue, la petite Ange Aimée...

— Elle est vraiment forte. À cause de toi, je suis rendu trop émotif.

J'enroule mes mains autour de son cou, me délectant du bleu de ses yeux avant de l'embrasser.

— J'ai essayé, mais maintenant, je ressens plus le besoin de parler à ma mère. Peut-être plus tard, mais je vais recommencer à penser juste à moi pour encore un bon bout.

— Et à moi un peu ? Quand même ?

— Sans arrêt.

Je l'embrasse à plusieurs reprises, conquis par son sourire qui revient toujours quand je lui fais des déclarations d'amour.

— Tu peux pas savoir comment ça m'a rendu heureux aujourd'hui, dit-il en gardant son visage près du mien.

— Après trois demandes en mariage, j'ai eu une bonne idée.

— La quatrième va être tellement parfaite que tu pourras pas dire non.

— Tu me gosses, dis-je en levant les yeux au ciel.

Il s'empare de mes épaules pour me faire basculer et prendre place au-dessus de moi. Je glisse mes mains dans ses cheveux, rejoignant ses lèvres en tendant le cou.

— On devrait aller au bar avec les filles. Faut qu'on fête notre future colocation.

William m'embrasse rapidement, s'assoit sur le lit et enfile son t-shirt qui traînait sur les draps défaits. Ses cheveux sont toujours plus blonds quand l'été avance, marqués par les rayons du soleil dans leurs ondulations. Je ne peux jamais m'empêcher de l'observer s'habiller, de contempler cette simplicité qui ne fait que conclure nos parfaits moments d'intimité. J'aime voir ses muscles qui se tendent, ses tatouages, ses yeux qui croisent le désir qui revient dans les miens. Il est magnifique.

— Je t'aime, William. Pour toute la vie.

Emma

Alexis me regarde m'habiller pendant que je lui raconte à toute vitesse ma journée, et l'excitation qui s'installe dans ma tête quand je pense à la maison de sa tante. J'ai hâte de rejoindre Florence et les garçons au bar, d'en reparler maintenant que la tension vient de tomber, que le réel s'est installé.
— T'es super belle dans cette couleur-là.
— Merci.
J'ai emprunté la robe kaki de Florence, moi-même surprise qu'elle épouse si bien mes nouvelles formes. Ça aurait dû être mon corps depuis longtemps, celui que j'aime voir dans la glace, qui m'enlève toute gêne de me dévêtir sur la plage et de voir les lèvres d'Alexis s'y poser.
— Je vais devoir repartir. J'irai pas au bar avec vous.
— Pourquoi?
Je me retourne et je constate qu'il rassemble ses affaires. Il revient s'asseoir sur le bord du lit, fermant son sac sans lever les yeux vers moi.
— Écoute, Emma, j'ai réfléchi toute la semaine. Je pense que... on veut pas les mêmes choses, en ce moment.
— Comment ça?
Il soupire, les yeux fixés sur le plancher. Je ne sais pas pourquoi je me sens si stressée tout à coup, mais j'ai envie de le presser à me parler.
— Ça fait une semaine que j'ai recommencé l'école... Tu m'as pas posé une seule question. J'arrive ici le soir, t'es tout le temps soûle ou gelée, collée sur Gabriel. Y a rien qui a changé. Et là, j'apprends après tout le monde que tu t'installes ici. T'as

même pas pensé à regarder des options pour être avoir moi, connaître mes plans.

— Mais… je pensais pas qu'il fallait…

— Il faut rien, Emma. Ça devrait juste être naturel que tu penses à moi. Mais c'est pas le cas. Et moi, pendant ce temps-là, je pense à toi sans arrêt.

Je ne sais plus quoi dire. J'ai une boule dans la gorge, le cœur qui cogne dans ma poitrine. Ça me rappelle ce que Gabriel me disait: pour lui, avec William, les choses se sont faites naturellement. Et si ce n'était pas possible pour moi? Peut-être que je ne comprendrai jamais rien aux relations, que je ne saurai jamais comment aimer adéquatement. Je m'assois près de lui sur le lit, attendant qu'il comble ce silence pesant.

— Je comprends que t'aies des choses à vivre, mais je vois bien que c'est pas les mêmes que moi. Ce qui se passe, c'est que tu veux faire aucun compromis. Mais moi, c'est pas ma façon d'être avec quelqu'un.

— Mais… dis-moi comment ça devrait marcher.

— Emma, tu penses que je veux te contrôler quand je te dis ce que j'attends d'une relation, quand je te fais part de ce que je ressens quand t'embrasses quelqu'un d'autre. Mais je pense pas que tu veux vraiment comprendre comment ça devrait marcher. Si tu veux juste vivre ta vie, faire le party chaque jour pis fantasmer sur un gars que tu pourras jamais avoir, fais-le sans moi.

Je le vois s'essuyer les yeux, soupirer encore avant de détourner la tête. J'essaye de comprendre, une fois de plus. Peut-être qu'il a raison. Je ne veux pas comprendre parce que je ne veux pas changer.

— Tu veux plus être avec moi.

— Ça marche pas, Emma. Pas en ce moment.

— C'est encore à cause de Gabriel?

— Non. C'est juste que je pense que tu devrais pas être en couple si t'as besoin de penser juste à toi. Tu peux pas avoir tout en même temps. M'aimer moi, l'aimer lui, coucher avec moi, l'embrasser le lendemain, penser à ta vie sans penser à la mienne.

J'ai voulu demeurer égoïste, sachant que c'était ce qu'il me fallait pour tout saisir autour de moi, ne plus jamais me laisser porter par la culpabilité. Ça avait marché, mais ça semble incohérent pour lui alors que je ne suis pas prête à laisser tomber ce qui me vaut ma force aujourd'hui. Il a raison, je ne veux pas choisir entre toutes les choses que je veux vivre.

— Mais je t'aime.

— Moi aussi, Emma. Je regrette pas ce qu'on a eu cet été, mais je pense que c'est mieux pour nous deux qu'on arrête ça ici. T'as des choses à découvrir, des erreurs à faire, ton passé à mettre en ordre. C'est mieux que tu le fasses sans moi.

Je n'ai jamais ressenti quelque chose de comparable avant. Ça me ramène à ce que Florence m'avait expliqué en me racontant la rupture de Gabriel et William. Le rejet fait mal. C'est la première fois que je me retrouve devant une telle blessure, déstabilisée parce qu'il dit m'aimer, parce que nous venons tout juste de faire l'amour. Mais il ne veut plus être avec moi. Parce que je lui ai mal rendu son amour, parce que ma façon de voir la liberté ne va pas avec la sienne. Parce que la fin de l'été aura eu raison de nous.

Je me retrouve encore à ne plus savoir quoi dire, en perte totale de repères, regrettant une fois de plus de ne pas connaître la marche à suivre. J'ai voulu vivre l'amour avec la naïveté de croire que je ne m'en retrouverais jamais blessée, probablement comme lui au début de l'été. Les larmes continuent de couler en silence sur ses joues, rougissant ses yeux verts qui me ramènent à cette première soirée avec lui, puis à toutes celles qui ont suivi. Je ne veux pas qu'il parte, qu'il cesse de m'aimer, qu'il mette fin à ce que j'avais réussi à vivre de si beau. Mais il voudrait que je le choisisse avant tout le reste, et même la douleur des cœurs brisés ne viendra pas à bout de ce que j'ai choisi d'être le 2 juin dernier. Cette fille qui se donnera le droit de prendre tout ce qu'on l'avait empêchée de ressentir.

— Je te laisse pas parce que je t'aime plus. Je le fais parce que c'est pas le bon moment pour nous. C'est sûr qu'on va se revoir, tu vis avec ma sœur pis mon demi-frère.

— Mais… ça veut dire quoi, si on est plus ensemble ?

— Tu fais ce que tu veux, j'ai plus rapport dans ta vie. Pour vrai, ça va être dur de te revoir, au début, mais la vie continue. C'était juste trop tôt pour toi d'avoir quelqu'un comme moi, quelqu'un qui veut une vraie relation.

« Trop tôt. » Je ne comprends pas ses références au temps, ce que ça veut dire. Je m'étais donné trois mois pour devenir une personne normale, rattraper toutes les expériences que j'avais manquées. On dirait que certaines d'entre elles ne pouvaient pas se vivre simultanément, pas aussi rapidement dans ma nouvelle vie. Je ne sais plus ce que je ressens, ce que je devrais dire. Je me sens complètement perdue, à l'écart, comme quand je venais tout juste de franchir la porte de l'auberge. Je n'ai pas envie de pleurer comme lui parce que je ne sais tout simplement pas comment je me sens. J'ai envie de le retenir, de décortiquer encore ce qui nous arrive en ce moment. Je ne veux pas avoir échoué dans cette sphère de la vie que j'ai tant désirée, qu'il quitte la pièce en me laissant avec cette immense faille qui n'aura pas eu assez de cet été pour être réparée.

— Peut-être qu'un moment donné, tu vas être prête à vivre ça. Mais donne-toi le temps.

— Le temps de quoi ?

— De te connaître, de savoir ce que tu veux.

Il serre doucement mes doigts entre les siens puis se lève, me regardant finalement dans les yeux.

— J'espère que tu réalises à quel point t'es forte, brillante, exceptionnelle. J'aurais jamais pensé rencontrer quelqu'un comme toi. Encore moins laisser quelqu'un que j'aime encore.

Je ne sais pas si je devrais répondre. J'essaye de réaliser ce qui se passe, comment il peut être possible qu'il m'aime en me rejetant. Je baisse les yeux pour ne plus me retrouver confrontée à sa peine. Je l'entends renifler puis se diriger vers la porte.

— À bientôt, Emma. Je suis content que vous restiez en Gaspésie.

Je n'ai même pas la force de le regarder partir. Je suis perdue, complètement. J'aurais préféré ne pas avoir à vivre ce genre de normalité. J'ai bien souvent entendu parler des ruptures de Florence, de celles de William aussi. Mais je suis partie pour aimer et être aimée. Ça avait si bien fonctionné... Il a dit que j'avais des choses à découvrir, des erreurs à faire, mais l'été s'achève. Je ne veux plus voir la vraie vie me couper les ailes comme elle vient de le faire ce soir.

Gabriel

Florence et William ont repris la gestion du bar, cette soirée particulièrement festive méritant d'être orchestrée par leur talent pour mettre de l'ambiance. Je me sens un peu comme lors de mon premier été, presque à l'aise dans cette masse de monde tactile et vocal, seulement parce que j'ai envie de faire la fête comme j'aurais dû le faire si j'avais eu une vraie jeunesse. Si tout le monde est déjà ivre, plusieurs d'entre eux sont sur autre chose que l'alcool ; j'en comprends que c'est parce que nous sommes le dernier week-end avant la rentrée universitaire. C'est ce que la fille qui me suit partout m'a rappelé trois fois dans les cinq dernières minutes. Je sais que ça allume William quand il voit qu'on cherche à me séduire. Je suis blasé de ce genre de choses depuis trop longtemps, mais je ne suis pas d'humeur à faire fuir tous ceux qui m'approchent. Je me suis mis à boire un peu trop vite, accompagnant Emma qui enchaîne les shots de tequila et qui m'offre toutes sortes de cocktails.

Ça m'amuse presque de m'inventer une vie devant cette fille qui me bombarde de questions, me répétant très souvent qu'elle est seule dans sa chambre. Ça pourrait me rappeler mon ancien métier, mais les choses ne se passaient pas dans cet ordre, l'attente et la séduction étant quasi inexistantes. Elle y va dans les classiques, me pose des questions sur mes tatouages pour commencer à me toucher, soulève ma manche et baisse mon collet en s'imaginant que ça puisse initier un quelconque rapprochement. Je suis habitué à son approche, ça vient souvent après les compliments sur mes yeux et la façon nonchalante de présumer que je travaille dans les bars. J'ai bien aimé la contredire et changer de version pour parler de mon film indépendant.

Florence avait raison, ça semble tout à fait cohérent pour cette fille qui se mord la lèvre pendant que je lui parle de scènes en noir et blanc. J'ai vraiment appris à dire n'importe quoi.

— T'es pas sur Instagram ? J'aurais pensé que t'étais mannequin.

— Non, il est minimaliste, répond Emma en arrivant à côté de moi, reprenant mon verre vide pour l'échanger contre un plein.

Je ne sais pas pourquoi Alexis est venu la rejoindre s'il ne comptait pas passer la soirée avec elle, mais je ne suis pas certain qu'il apprécierait sa façon de se laisser aller dans la séduction depuis la dernière heure. Je ne suis pas bien placé pour parler, mais mon chum est plus cool que le sien – c'est entendu depuis longtemps.

La fille, je pense qu'elle s'appelle Marie quelque chose, dévisage Emma, qui retourne s'asseoir au bar, déjà un peu chancelante. Je l'avais trouvée paisible aujourd'hui, assez sereine malgré tout ce qui s'en vient pour nous. Or je commence à la connaître : je sais qu'elle aime bien faire la fête, mais quand elle abuse ainsi, c'est que quelque chose envahit son esprit. Elle essaye de le faire taire, de retrouver sa légèreté, d'oublier d'où elle vient. Je devrais dire à William de la surveiller un peu, mais ça m'agace qu'on l'infantilise trop souvent. Je sais qu'elle me parlera de ce qui ne va pas demain matin, probablement après m'avoir exprimé le regret d'avoir vomi.

— À date, je pensais que les Gaspésiens étaient pas mon genre…

Marie-Ève, c'est ça, commence à s'approcher de plus en plus alors que je me retrouve adossé au mur.

— On m'avait dit qu'ils étaient tous super hot, souffle-t-elle jusqu'à ce que son nez touche le mien.

— Je confirme la rumeur. Le gars au bar, meilleure baise de ma vie.

Je tourne la tête pour sourire à William, qui surveillait mon petit jeu depuis tout à l'heure. La fille se refroidit assez vite, ses yeux faisant des allers-retours entre William et moi. Je suis une si mauvaise personne.

— Je vais aller me chercher un verre, dit-elle finalement, faussement détendue.

Je me trouve presque drôle. J'ai le droit de faire la même chose que tout le monde une fois de temps en temps. Je n'ai fait de mal à personne, j'ai même un peu pimenté ma fin de soirée. Je le vois dans les yeux de William qui me reluque sans la moindre subtilité alors qu'il sert celle qui s'imaginait dans mon lit.

Je reste adossé au mur, surpris par la rapidité d'Emma qui est venue remplacer la fille qui se tenait devant moi. Il me manque une information, mais elle me prend de court en m'embrassant avec une passion complètement hors contexte. Je ne sais pas si c'est l'alcool, mais j'ai du mal à suivre, à comprendre ce qui se passe dans sa tête. Elle me prend par le cou, se collant à moi en devenant de plus en plus insistante. Je lui ai rendu son baiser un peu par automatisme, attendant probablement une explication logique.

— Woh, la petite. On se calme.

C'est William qui est arrivé derrière elle, la tirant par les épaules. Il me regarde en adoptant probablement le même air que moi, une totale incompréhension de ce qui vient de se passer. Emma a du mal à se tenir debout, le visage blême. Elle me rappelle mes vieux excès, les mauvaises combinaisons. Ce qui arrive quand on boit en attendant que les pires pensées disparaissent d'elles-mêmes. Mais ça n'arrive pas.

William fait signe à Florence de venir l'aider. Elle semble un peu en panique de voir Emma dans cet état et l'accompagne à l'extérieur.

— Qu'est-ce qui s'est passé ? demande William, qui semble tout aussi dérouté que moi.

— Aucune idée.

William tourne la tête vers le bar, où le cousin de Florence semble en contrôle.

— Alexis l'a laissée, lâche-t-il à voix basse.

— Quand ça ?

— Tantôt, juste avant qu'elle descende. Je pense qu'elle capote.

— J'aurais cru que ça serait elle qui le laisserait.
— Ben voyons. Pourquoi ?
— C'est beaucoup trop tôt pour elle.

C'était évident pour moi depuis le tout début. Je ne veux pas être celui qui prédit les malheurs, mais je suis passé par les mêmes étapes. Mêler une vie à la nôtre quand on ne la connaît pas encore, ça ne peut pas fonctionner.

— Pis pourquoi elle t'a sauté dessus ?
— Je sais pas. Elle est vraiment soûle, elle a de la peine, apparemment. Elle est mêlée dans ce qu'elle ressent.

Dans ce qu'elle veut, dans ses choix, dans ce qu'elle aime. Elle ne sait plus où donner de la tête, jongler avec ce que son corps réclame, ses émotions qui voudraient qu'elle fasse une pause. Elle est un peu comme tout ce monde qui cherche à oublier que les livres et les cours les abrutiront lundi. Elle veut se faire croire que l'été ne finira pas.

— En tout cas, si y en a une de mêlée, c'est la belle rousse qui vient de voir ça juste après que t'aies brisé sa bulle en lui disant que tu préférais les grands blonds.
— C'est encore évident, dis-je en lui prenant les mains, le tirant vers moi pour l'embrasser.
— T'as le goût du rouge à lèvres à Emma, mais on va faire semblant que c'est pas bizarre pantoute.
— Je t'avoue que c'est bizarre. Je vais lui parler quand elle aura dessoûlé.

Même si je ne me suis pas senti à l'aise avec ce qui s'est passé, je n'ai pas eu le réflexe de la repousser. Je l'aurais fait si ça avait été quelqu'un d'autre. Mais avec Emma, c'est différent, j'arrive à me mettre à sa place, à construire avec elle une relation qui nous sécurise. Cette fois, ça n'avait rien à voir avec notre amitié. Je sais ce que c'est que d'être désiré, j'en ai gagné ma vie pendant des années.

— Viens donc m'aider au bar pendant que Florence aide Emma à vomir. Je vais pouvoir te surveiller un peu. Y a trop de demoiselles qui veulent me faire compétition.
— Y avait ce gars-là aussi, tantôt.
— Tu gosses.

— T'aimes trop ça.

— Un peu, dit-il avec un sourire malicieux. Sauf quand t'as l'air en détresse.

— Merci d'être venu me secourir. Je vais venir t'aider, la compétition m'ennuie pas mal quand je te regarde faire ton show de mixologue. C'est la fille de tantôt qui m'a appris ce mot-là.

Je me dirige vers le bar en gardant ma main dans celle de William, lui qui s'amuse à croiser le regard de la rousse qui cherchait à me séduire.

— Ç'a l'air que tu tournes un film ? dit-il à mon oreille.

— Ah, ouais. Un petit projet de même. Je m'ennuyais entre mes deux doctorats.

— Ça parle de quoi ?

— D'amour. Entre autres.

Emma

Florence m'a ramenée à ma chambre. J'ai vomi tout ce que j'avais dans l'estomac, bien assez pour qu'elle ait peur que j'en sois au stade de perdre connaissance. Je ne me souviens déjà plus de tous ces mots qui sont sortis de ma bouche, mais je commence à avoir honte de moi. Je suis épuisée, dépassée, en colère contre je ne sais quoi. Je veux juste que ça s'arrête, qu'on soit demain, ou encore le mois prochain. Ma chambre est bien vide sans les affaires d'Alexis, mon lit trop grand, trop froid. Il ne veut plus être avec moi. Je ne veux pas faire de compromis. Comme je ne veux pas avoir de peine. Cet été ne devait pas me faire de peine.

J'ai dû dormir une heure ou deux, mais les bruits dans l'auberge m'empêchent de retrouver le sommeil. Je meurs de soif, j'ai mal à la tête, j'ai des souvenirs qui me bombardent. Je me redresse dans mon lit, j'allume la lampe de chevet pour boire un peu d'eau.

— Hey. Je te réveille ?

Gabriel se tient dans l'embrasure de la porte. Je ne suis pas très à l'aise qu'il soit là, conscient de ma dérape, de la tête horrible que je dois avoir. Mais ça me fait toujours du bien de le voir, peu importe l'heure de la nuit et les circonstances qui devraient me donner envie de me cacher.

— Non, j'étais déjà réveillée. Vous venez de fermer le bar ?

— Oui. Il est passé trois heures. Ç'a fêté fort.

— Même toi ?

— On dirait, dit-il avec un vague sourire, entrant finalement pour s'asseoir sur le lit.

Ça m'étonne qu'il vienne me voir, encore plus qu'il laisse William s'endormir seul. Il doit être tellement heureux d'avoir vu Gabriel s'amuser. Ça m'a fait le même effet.

— Ça va pas, han?

— Je sais pas. Je m'en fous.

— Emma... T'as le droit d'avoir de la peine.

— Non. Parce que je voulais pas faire de compromis. Tu connaissais ce règlement-là, toi?

Il se met à rire doucement. J'ai l'impression d'être encore ivre avec la tête qui tourne, les mots qui sortent n'importe comment. Gabriel a l'air fatigué. Il s'étire avant de s'allonger à côté de moi, me surprenant un peu par son aisance. Il fixe le plafond, plaçant ses mains derrière sa tête.

— Tu devrais t'allonger. T'as ta face de celle qui va encore vomir.

— Euh, non, dis-je en l'écoutant tout de même.

Ça me rappelle nos premières semaines ici, avant qu'il ne rejoigne William dans sa roulotte – nos fins de soirée, certaines nuits où je le réveillais parce que la panique me tirait du sommeil. Nous n'étions jamais si proches physiquement à cette époque, bien que ça ne remonte qu'à trois mois. Je suis toujours aussi réconfortée par son odeur de cigarette, tentée de jouer dans ses cheveux presque noirs, d'en ressentir la douceur que leurs reflets m'inspirent. Il est tellement beau.

— Tu veux pas me parler? Me dire comment tu te sens? On va inverser les rôles un peu. C'est toi qui veux toujours me faire parler.

Je soupire, incapable de faire semblant quand je suis avec lui.

— Je me sens stupide. Complètement pas rapport. Comme au début.

— Ben non. Hey, j'étais mille fois pire que toi quand je suis arrivé ici la dernière fois. Pour moi aussi, c'était beaucoup, épeurant, tellement différent. J'avais pas réussi à m'assumer avec William, à vouloir vraiment construire quelque chose. Pis je me suis sauvé.

— Mais maintenant, ça marche.

— Trois ans plus tard pis beaucoup de travail sur moi. Tu peux pas me prendre en exemple, j'ai eu un été de pratique avant toi.

— Tu penses que l'été prochain, je vais comprendre comment ça marche ?

Je me tourne sur le côté pour le regarder. Je le trouve étonnamment de bonne humeur, menant cette conversation avec une aisance qui me rappelle celle de William. L'art de renverser les choses pour que les tourments et les questions sans réponse cessent, ne nous empêchent plus jamais de dormir.

— Je pense que l'amour, ça se comprend jamais, répond-il.

— Ouais. Ça, je le sais.

— Alors cherche pas à comprendre. On fait juste le vivre, mais on le vit encore mieux quand on est prêt.

— Tu te souviens quand je t'avais demandé ce que ça fait d'être amoureux ?

— Oui. C'était avant que tu me demandes d'être ton ami.

J'aime toujours l'entendre rire, ressasser nos souvenirs. Nous en avons peu quand on les compare à l'ensemble de nos vies, mais ils sont à la fois forts et tellement doux.

— Je te trouvais pas clair. Mais c'est vrai que c'est pas clair, que ça ressemble à rien. C'est même différent selon pour qui on le ressent. Mais t'aurais dû me dire que ça pouvait faire mal.

Il se retourne, replaçant mes cheveux qui tombent devant mes yeux. La chambre est uniquement éclairée par la lampe tamisée, mais j'arrive à me plonger dans ses iris orangés, à contempler les ombres sur sa mâchoire parfaitement découpée. Il s'étire en bâillant, laissant ensuite sa tête reposer sur sa main.

— Ça prend toute la place, aimer quelqu'un. Oui, ça fait mal quand on te l'enlève, dit-il à voix basse.

— Ça fait mal quand tu peux pas l'avoir.

Il a cet air songeur, quand sa lèvre inférieure est légèrement boudeuse et qu'il me regarde à travers ses longs cils noirs. J'ai envie d'oublier cette soirée, de ne penser qu'à ce dont j'ai envie, comme avant. Je m'avance pour poser mes lèvres sur les siennes, d'abord doucement. Je me sens rapidement transportée par mes pulsions, mon désir que je retiens trop depuis que je m'avoue enfin que j'en ai toujours eu envie – maintenant qu'Alexis ne veut plus de moi, que je me sens seule au monde, sauf quand Gabriel est près de moi. Je suis déjà au-dessus de lui, l'embrassant comme si ça n'allait jamais pouvoir être suffisant. Il se redresse sur ses mains et je m'assois face à lui, m'agrippant à sa nuque. Mes lèvres veulent descendre sur sa peau, mes mains explorer son corps. Il s'empare de mes poignets pour me forcer à reculer.

— Emma...
— J'ai envie de toi. Tellement.

Mon souffle est haletant, mon cœur bat la chamade. J'en ai les lèvres tremblantes tellement cette tension est insupportable pour mon corps.

— Tu sais que ça peut pas être comme ça entre nous, dit-il en relâchant son emprise sur mes poignets.
— Mais... t'as déjà couché avec des filles...

Je remets mes mains sur ses épaules, rejoignant ses lèvres à nouveau. Cette fois, il recule et me repousse brusquement.

— Emma... tu me manques de respect.

Son ton est sec, son regard glacial. Maintenant, j'ai honte, horriblement honte. J'ai encore une fois pensé uniquement à moi, oubliant ses sentiments. Je ne suis plus aussi naïve que j'aimerais parfois l'être pour excuser ce genre de comportement. J'ai appris cet été ce que ça faisait d'être désirée, d'avoir envie du corps de l'autre et de se laisser porter dans une passion réciproque. Gabriel n'a pas envie de moi. Il n'aura *jamais* envie de moi. Je l'ai toujours su, même si je me suis contentée bien souvent de ses lèvres qui trouvaient sur les miennes le confort de notre amitié. J'ai bien peur d'avoir tout gâché. Mais il reste avec moi, s'appuyant au mur en repliant ses jambes vers lui.

— Je m'excuse. J'aurais pas dû faire ça. Je le sais que c'est pas ce que tu veux. Je suis mêlée, tellement mêlée. T'es mon meilleur ami, la personne que j'aime le plus...

Je me mets à pleurer. Toutes les larmes que j'aurais dû verser depuis le départ d'Alexis, depuis que j'ai quitté ma famille, depuis qu'on a tué quelqu'un. J'ai mal à ma vie, tellement mal.

— J'aimerais mieux que tu t'en ailles, dis-je en me laissant tomber sur le dos.

Je replie mon coude sur mon visage pour cacher mes yeux, cacher ma peine. Je n'ai pas su respecter ma personne préférée au monde, la plus belle réussite dans ma découverte des relations humaines. J'ai encore échoué.

— Je te laisserai pas toute seule, Emma. Pourquoi tu penses que je suis venu te voir ? T'es ma meilleure amie, pis je sais que tu vas pas bien.

— J'ai l'impression d'avoir gâché ce qu'on avait.

— Ben non. T'as voulu recommencer à écouter seulement ton corps, arrêter de penser. T'as trop bu, t'avais trop de peine.

— J'étais jalouse de la fille qui arrêtait pas de te toucher.

— C'est vrai ?

J'entends son sourire dans sa voix. C'est difficile de croire qu'il ne m'en veut pas, que mon écart de conduite ne l'a pas refroidi définitivement. Il a dû se sentir utilisé, de nouveau traité comme s'il n'était qu'un corps. Ce n'est pas ce que je voulais et je ne l'ai jamais vu ainsi.

— Elle avait pas le droit d'entrer dans ta bulle comme ça. Y a juste William qui peut le faire.

— Et toi. D'une autre façon.

— Oui. Je sais que c'est con, que t'es avec William, que cette fille-là avait aucune chance avec toi.

— Mais t'es jalouse quand même. Maintenant, tu comprends Alexis ?

Je soupire. Je n'ai pas envie de parler de lui. Mais je comprends ce qu'il veut dire.

— Tu m'avais pas dit que l'amour rendait possessif. Toutes les formes d'amour.

— C'est vrai. J'ai souvent eu peur de te perdre.

Il s'allonge de nouveau à côté de moi. Je m'essuie les yeux, tentant de respirer plus calmement.

— T'as évolué tellement vite. Après, y a eu Alexis. J'ai eu peur que tu te choisisses une vie dans laquelle y aurait pas de place pour moi. Des fois, je me dis que ça aurait du sens que tu décides de m'oublier. Pour tout oublier.

— Jamais. J'ai tellement besoin de toi.
— Moi aussi. Je sais que ça peut devenir mêlant, nous deux.
— Parce que c'est pas juste de l'amitié pour moi.
— Pour moi non plus.

Peut-être que ce n'est pas uniquement une question d'attirance physique, ce qui départage l'amitié du reste. Il y a cette intensité, ce besoin de l'autre, notre façon de communiquer qui sort des cadres. C'est une intimité différente qui s'exprime parfois par nos corps, sans que ça ressemble à l'amour dans sa vaste conception. Nous sommes à part, mais nous avons besoin de l'être ensemble.

— Tu penses que ça serait différent, si t'aimais les filles ?
— Est-ce que c'est vraiment important ? Ça sert à rien de s'imaginer une autre réalité. La nôtre est déjà assez compliquée.
— Je la voudrais pas, cette réalité-là, de toute façon. Je t'aime pour tout ce que t'es. Je voudrais pas que ce soit autrement.
— Moi non plus. Je sais qu'on est bizarres, mais je nous aime comme ça.

Je lui prends la main, un peu pour m'assurer que nous sommes revenus à ce que nous avons toujours été, en dehors de cette soirée où j'ai essayé de changer la réalité. Pourtant, je l'aimais, moi aussi, notre réalité un peu bizarre, mais à notre image.

— Je te jure que je recommencerai plus. Je veux pas que les choses changent entre nous.
— Ça va. J'espère juste que tu comprends mes limites. Si j'avais eu une vie normale, la vie que je veux, j'aurais jamais couché avec des filles. Je l'aurais seulement fait avec des gars que j'aurais aimés, ou avec d'autres pour finir certaines soirées. Le genre où on mélange l'alcool et les émotions, qu'on fait n'importe quoi pour arrêter de penser.
— Ça m'excuse en rien.
— On oublie ça. Pour moi, c'est tout excusé. J'espère que tu me crois, dit-il en se rapprochant de moi.

Je me sens plus calme, plus lucide. Ç'a été une dure soirée. Je pensais qu'après toutes les horreurs que j'avais pu commettre sans en éprouver la moindre culpabilité, je ne serais jamais du genre à déraper pour une peine de cœur et les tiraillements de ma chair. Apparemment, je suis aussi humaine que le reste du monde. Ce n'est ni mon passé ni cette cicatrice étrange sur mes côtes qui y changeront quoi que ce soit. Même si parfois j'aimerais bien être à l'épreuve de la vraie vie, elle arrive aussi à me surprendre, à réchauffer mon âme usée. Et ça prendra toujours le dessus sur cette ancienne vie. Celle qui était malgré tout souvent facile par son absence de choix, mais qui ne m'aurait jamais permis de m'endormir avec Gabriel, de connaître l'amour et l'amitié dans leurs subtilités qui s'entremêlent, qui forment ce qu'il y a de plus beau au monde. Peu importe quel est ce monde.

Septembre

Gabriel

J'aurais aimé avoir eu un téléphone pour prévenir William que je n'allais pas dormir avec lui. Mais il doit bien savoir où je me trouve… La soirée a été forte en émotions, en revirements. Je ne sais pas si nous avons fait les choses comme il faut, Emma et moi, mais je sens que rien n'a changé. Ça me suffit amplement. Nous avons dormi blottis l'un contre l'autre, instinctivement, oubliant que ce genre de choses ne devrait plus se faire après les événements d'hier. C'est peut-être incohérent, mais cette nuit n'aura pas suffi à nous soumettre à la normalité et ses lois non écrites. J'ai besoin de savoir que nous affronterons la suite ensemble, que cette force que nous avons créée pour nous démener dans le vrai monde est infaillible. À l'inverse du désir, des étourdissements du corps. Je savais que notre amitié n'en était pas à l'abri, surtout pour elle. Mais nous avons toujours été plus que ça, mêlant passion et platonisme. Nous trébucherons souvent. Ça lui fera mal. À moi aussi. Et ce sera souvent beau, comme maintenant, solide et imparfait. J'ai déjà hâte de me réveiller dans cette vieille maison au coin de la rue – la promesse d'un automne totalement improbable il y a trois mois. Nous serons des novices de la routine des gens normaux, du travail et des week-ends, de l'envie de rentrer chez soi. Puis d'avoir hâte que les vacances reviennent. Pour nous retrouver ici.

Quelqu'un frappe à la porte, me forçant à ouvrir les yeux. Je ne crois pas avoir dormi bien longtemps, malgré que la chambre soit déjà inondée par la lumière du jour. Emma se redresse dans le lit en même temps que moi, visiblement plus mal en point. Florence et William entrent sans attendre que l'un de nous deux réagisse. Ils ont l'air agité, claquant la porte derrière eux. J'essaye de retrouver mes esprits, de replacer mes cheveux, de comprendre ce qu'ils font dans la chambre d'Emma.

— Euh. Allô. Il est quelle heure ? Vous voulez qu'on vienne aider en bas ?

— Achetez-vous un cell ! Vous allez arrêter de demander l'heure tout le temps ! s'énerve Florence avant de s'asseoir sur le lit.

William me regarde étrangement. Je sors des couvertures pour m'asseoir aussi, un peu déstabilisé qu'il m'étreigne à m'en faire presque mal.

— Qu'est-ce qui se passe ? demande Emma.

Florence nous dévisage tous les deux, puis William. Je ne sais pas ce que leurs yeux veulent dire, mais ils semblent se comprendre.

— Venez ici.

Florence allume son téléphone. William nous laisse la place, nous incitant à nous asseoir de chaque côté d'elle. Il se colle encore à moi, s'agrippant à ma main.

— C'est sorti ce matin.

Je regarde l'article défiler à l'écran, moi qui ai à peine eu le temps d'ouvrir les yeux. Je me raidis immédiatement, envahi par une angoisse immense, une peur qui appartient à la Cité. Comme si j'y étais encore.

«Incendie dans un immeuble de Montréal-Nord», «Découverte macabre», «Suicide collectif», «Quarante-huit morts», «Un mouvement religieux serait en cause», «Des plaintes enregistrées depuis 1976», «Aucun témoin collaboratif», «L'identité des victimes n'a pas encore été révélée».

J'ai du mal à lire, l'impression d'entendre mon cœur cogner dans ma tête. C'est l'immeuble d'Emma qu'on voit sur la photo, celui où ma mère habitait. L'autre image, plus bas, c'est notre marque – les trois triangles qui forment une ligne verticale, celle que nous avons tous. Je pense que Florence essaye de nous dire quelque chose, de commenter ce que nous sommes en train de lire. Je n'entends rien. Je ne fais que chercher à me réveiller de nouveau. Quarante-huit morts.

«Enquêtes difficiles», «Des plaintes retirées», «Un mouvement discret depuis près de quarante ans», «Les membres de la communauté appelés à témoigner».

Il n'y a pas d'autre information. Un bref encadré sur la Cité, son histoire et son origine à Montréal, un résumé nébuleux de rites et de croyances... Ils ne savent absolument rien.

Les yeux d'Emma croisent les miens. Une impression de déjà-vu me donne froid dans le dos. Le regard qu'elle avait quand je l'ai vue pour la première fois : la peur, la détresse, l'envie de tuer. J'ai les mains tremblantes, la tête qui tourne. Je recule pour m'adosser au mur et poser mon front sur mes genoux. J'ai besoin d'air, d'assimiler cette information.

— Rachel Auclair, c'est ta mère ? demande William en baissant la voix.

— Oui.

— Ils ont appelé ce matin. La police. Ils ont retracé ton appel. C'est le dernier qu'elle a reçu.

Je n'ose pas lever les yeux. Je ne veux pas en savoir plus. Emma se colle à moi de toutes ses forces.

— Gabriel, je suis tellement désolé. Je devais pas l'apprendre avant toi.

— Il faut que tu les rappelles. Il faut que vous rentriez à Montréal. Vous deux, ajoute Florence en retrouvant son ton paniqué.

Ma mère est morte. C'est ce que les yeux de William me disent, remplis de larmes alors que je n'arrive toujours pas à respirer, à identifier mes propres émotions. J'avais réussi à me sortir de cette vie, à m'en éloigner pour toujours. Je ne veux pas y retourner, sous aucun prétexte. Je me l'étais promis. Cent fois. Mille fois. Je ne veux pas savoir qui sont ces gens, pourquoi ils sont morts tous ensemble. Je n'ai rien à voir avec eux depuis le 2 juin dernier. J'ai le droit de vivre, de les oublier, de continuer de mépriser ce qui les aura tués.

Ma mère en aura perdu la vie, même si elle n'en avait plus depuis longtemps. Elle n'aura jamais pu entendre ma voix, savoir que je m'en étais sorti. Savoir ce que j'avais choisi. Elle ne connaîtra jamais cette histoire où elle a refait sa vie, ailleurs et libre. Cette histoire où mon cœur se serre quand je lui présente William. Ça n'arrivera jamais. Je suis bel et bien seul, le dernier de ce monde qui appartient aux vingt dernières années, au chaos de ma courte vie. Ce monde que je voulais fuir pour en habiter un nouveau. Mais ça n'aura duré qu'un été. Encore une fois.

— Gab, faut que tu répondes à leurs questions, dit Florence. Va falloir que t'ailles au poste, que t'identifies le corps, que tu signes un refus de legs.

Je ne sais si ce qu'elle dit est vrai, si c'est comme ça que les choses fonctionnent. Mais je m'en fous. J'ai le droit de disparaître, de faire comme si je n'avais jamais été le fils de qui que ce soit.

— Je voulais juste la crisse de paix.

J'ai envie d'être complètement seul, de fumer sans compter mes cigarettes, de m'enfuir encore. Parce que je me sens pourchassé, même ici. Cette vie me rattrape sans arrêt, me tient à la gorge. Et elle a toujours raison de moi, me donnant espoir jusqu'à la toute fin. Je me suis encore fait avoir.

— C'était chez moi. Ma mère vit là. Ma sœur.

Emma a parlé pour la première fois. Mais je n'arrive pas à lire ses pensées, les miennes sont beaucoup trop pesantes, bruyantes.

— Ils vont essayer de me trouver. Mon adresse est encore là. Ils doivent se demander où je suis.

— Vous pouvez pas vous cacher. Ça sert à rien. Vous aurez pas le choix de collaborer. Les choses vont bien se passer. Vous reviendrez ici quand tout sera fini.

Mais ça ne sera jamais fini. Je n'y crois plus.

Emma

— C'est grave, ce qui est arrivé. Ça reste vos parents. C'est sûr que la police va vouloir vous parler. Ils vont se demander où vous étiez, ils vont vouloir comprendre ce qui se passait là-dedans.

Ça va trop vite. J'ai la tête qui veut exploser. Je n'y comprends rien. Ça ne peut pas être vrai. Pas maintenant, pas ce matin. Je ne peux pas retourner là-bas, être interrogée, me retrouver dans un poste de police. Je ne veux rien dire sur moi, sur eux. Je veux seulement la paix, moi aussi, une fois pour toutes. Mais maintenant, ça ne sera jamais possible. La mère de Gabriel était là, ma mère devait l'être aussi. Nous aurions dû y être. On ne peut plus faire semblant que nous n'avons jamais vécu avec eux. Tout est gâché. Réduit en cendres.

— On va s'arranger, ajoute William. On peut vous prêter de l'argent, mon auto. Gabriel, je vais y aller avec toi.

Son ton est angoissé, sa voix tremblante. Je ne l'ai jamais vu si déstabilisé. « S'arranger. » Je ne sais pas ce que ça veut dire. Il n'y aura plus jamais de solution, de deuxième chance.

— On peut pas y aller, dis-je finalement.

J'ai l'impression d'évacuer une immense pression, de briser les chaînes des émotions qui m'empêchaient d'ouvrir la bouche. Gabriel tourne les yeux vers moi, m'implorant du regard.

— On ira pas, ajoute-t-il. C'est pas notre problème.

— Ça marche pas de même! Vous allez devoir répondre à leurs questions! répète Florence. Y a une enquête pis s'ils ont besoin de vous interroger, vous devez collaborer. Vous avez rien fait de mal. Vous allez passer un moment à Montréal pis vous allez pouvoir revenir. Ils auront plus besoin de vous après ça.

Ça bourdonne dans ma tête. Ça repasse en boucle. Notre dernier matin dans cet immeuble. L'agitation, la rapidité, la violence, la fin. Puis vouloir oublier, y arriver presque. Les jours qui passent, les semaines, les mois. Rien à ce sujet. Ils n'ont rien dit. Pour rester en dehors des enquêtes. Comme nous avons réussi à nous en échapper. Une fois. Deux fois. Il ne nous arriverait rien. Les oubliés du système, récompensés d'appartenir à un chaos fermé, ignoré. Maintenant, les portes sont ouvertes, la lumière y entre, puis le feu.

— On a tué quelqu'un.

Gabriel vient de me gifler. Je le frappe à mon tour. Il me pousse. J'arrive à saisir ses mains, à le faire tomber sur le dos. Il se débat, je me débats. De toutes mes forces. De toutes nos forces. Contre moi, contre lui. Contre nous. Il arrive à se redresser, à me refaire tomber. Je n'arrête pas de le frapper, de serrer ses bras qui me frappent aussi. Je ne sais plus ce qu'on fait, si nous sommes en train de nous battre ou de nous défendre, qui a le dessus sur qui. Florence et William n'arrêtent pas de crier. Nous de pleurer.

— Arrêtez! Vous faites quoi? Arrêtez ça!

William a réussi à maîtriser Gabriel, à le faire reculer de force. Je me redresse sur mes mains, cherchant mon souffle. Maintenant, nous nous fixons. Dans un brouillard de larmes, de colère, de peine.

— Il se passe quoi, là?

Ils nous fixent comme si nous étions de parfaits étrangers. William relâche son emprise sur Gabriel. Je l'entends chercher son air, je le vois serrer les dents. J'ai fait mal à son beau visage, abîmé sa peau claire maintenant marquée de rouge. Je me suis défoulée sur lui, sur ce que nous sommes. Il tend la main pour rejoindre la mienne, ne me quittant pas des yeux. Je m'y agrippe pour me redresser et il m'attire à lui, me serrant jusqu'à ce que je manque d'air. Nous recommençons à pleurer, à nous aimer, à nous accrocher. Nous sommes aussi pathétiques qu'au tout début.

— OK, les chatons. On va se calmer un peu, ordonne Florence en nous regardant à tour de rôle.

Le silence nous accapare peu à peu, aspirant nos pleurs avec lui. J'ai envie de ne plus jamais bouger, de garder ma tête enfouie dans le cou de Gabriel, d'entendre son cœur qui me rappelle que le temps continue d'avancer. Un temps où nous sommes encore libres.

Gabriel

Je ne sais plus ce qui se passe. Ici, ailleurs, dans ma tête, dans la sienne. J'ai mal partout. Nous avions en nous cette tension qui menaçait d'exploser à tout moment. Mais ce moment n'aurait jamais dû arriver. Jusqu'ici, nous avions remercié la vie pour ce jour de juin où nous nous étions rencontrés. Parce que tout ce qui a suivi était notre œuvre commune, ce que nous n'aurions jamais pu faire seuls. Mais si tout éclate dans les prochains jours, ce sera *parce que* nous nous sommes rencontrés. Nous sommes devenus habiles pour déguiser notre rencontre en hasard qui fait croire aux miracles, oubliant ce matin qui n'était qu'un meurtre de nos mains. Un meurtre qui n'aurait jamais eu lieu si je n'étais pas entré chez elle. Je ne l'aurais jamais aidée. Il n'y aurait pas eu d'été.

— OK. On respire un peu, dit Florence en rompant le silence.

Emma se dégage de moi. Elle semble vouloir se ressaisir, recommencer à respirer. Je me sens terriblement mal. Elle a le visage rouge, des marques sur les bras. Les miens sont couverts d'égratignures. J'ai le cou qui brûle, l'épaule qui m'élance. Nous sommes de beaux désastres.

— Bon. Ça va. On va parler tranquillement. Ça veut dire quoi ? Vous avez pas tué quelqu'un…

— Oui. On a tué quelqu'un. Ensemble. Nous deux.

Maintenant, c'est moi qui le dis. Je ne pensais pas y arriver un jour. Je lui en voulais d'avoir flanché. J'avais l'impression d'assister à la scène de l'extérieur, de l'entendre le dire comme si j'étais un spectateur. C'est la dernière chose à laquelle je m'attendais. Mais qu'est-ce qu'on a à perdre à le leur avouer ?

Je comprends qu'elle ait lâché prise... Nous serons interrogés, puis tout le reste se fera comme si nous n'étions que des criminels ordinaires. On remontera jusqu'à nous. Et c'en sera fini de la liberté. Ça n'aura duré qu'un été.

— Vous? Qui ça? Où ça? Avec quoi?

— Crisse, Will! On est pas en train de jouer à Clue!

Florence recommence à s'énerver, les yeux écarquillés, le ton paniqué. J'ose enfin regarder William, qui semble attendre la suite, incapable de supporter toutes les questions qui doivent envahir sa tête. Ce sera difficile pour lui de m'aimer comme avant. De m'aimer pour vrai.

— À quoi? demande Emma en se tournant vers eux.

— T'sais, le jeu, le Colonel Moutarde avec le couteau dans la salle de bal? Non? Ben voyons! Tout le monde a joué à ça!

— Esti, Florence! C'est-tu le temps de parler de ça? Ben non, ils ont pas joué à ça! Ils étaient dans une esti de secte de fuckés qui finissent par tuer tout le monde pis crisser le feu après! C'est là qu'ils étaient! Pendant que nous, on jouait à Clue ben relax!

— Hey, arrête de me crier après! Comment ça, vous avez tué quelqu'un? Pis là, tout ce monde-là? C'est quoi?

— Ç'a pas rapport, répond Emma en baissant les yeux.

Maintenant que c'est dit, ils attendent qu'on s'explique. Qu'on raconte tout.

— Tu penses que ç'a pas rapport?

« Suicide collectif », « Incendie ». Un Élu avait été tué. Par quelqu'un de la communauté. Est-ce qu'ils ont voulu se venger? Est-ce qu'ils ont voulu montrer jusqu'où leur pouvoir pouvait aller? Est-ce qu'ils avaient voulu rétablir l'ordre, éviter que d'autres têtes ne puissent tomber? « Un mouvement discret depuis près de vingt ans... » Peut-être qu'à force de taire les coups d'éclat, le pouvoir s'illumine de moins en moins, engendre une soumission trop faible. S'incliner demande une peur redoutable. Il fallait les redouter encore plus, s'agenouiller plus bas.

— C'était un Élu, répond Emma en me fixant.

Nos pensées sont de nouveau les mêmes. Tangibles. Les choses auraient dégénéré après ce que nous avons fait. Peut-être que d'autres fidèles ont suivi le pas. Je ne sais plus ce qui est de l'ordre du possible. J'essaye encore de lutter, de ne plus chercher à retrouver ma façon de raisonner quand j'y étais encore. Je ne veux rien savoir de cette vie.

William pose sa main sur mon bras, me faisant sursauter. Je suis soudainement mal à l'aise à l'idée de le regarder, de rester près de lui comme avant. Je me sens différent.

— C'est pour ça que vous êtes venus ici. Vous vous êtes sauvés.

— Parce qu'on venait de tuer quelqu'un. Le matin même.

Malgré le torrent de questions dont William m'avait bombardé, il ne m'avait jamais interrogé plus longuement sur les raisons de mon départ. Mon deuxième départ. Pour lui, toutes les raisons du monde sont bonnes pour quitter la Cité, pour choisir de revenir. Mais je ne crois pas qu'il en aurait été ainsi si je n'avais pas tué quelqu'un avec Emma. Je ne veux pas que ça change sa façon de voir les choses entre nous. De toute façon, c'est impossible que les choses restent les mêmes. Il ne savait pas qui j'étais vraiment. Même si j'y croyais, comme je voulais croire aux deuxièmes chances, à l'inconditionnel.

— Là, vous allez nous dire ce qui s'est passé, dit Florence d'un ton catégorique. Toute l'histoire. Je m'en fous d'où vous venez, de toutes les choses qu'on peut pas comprendre. Parce que vous avez encore besoin de nous. Pis vous le savez.

Emma

Ce meurtre appartenait à mon monde. À notre monde, à lui et moi. Florence a raison. Nous sommes vulnérables, ignorants. Comme au tout début. Nous avons besoin d'eux, c'est vrai. Je ne connais rien à toutes ces choses qui semblent évidentes pour Florence et William. La police, les procédures, les enquêtes, les témoins. Même le deuil. J'ai encore envie de me cacher, puis qu'on choisisse à ma place. Dites-moi comment me sentir, quoi dire et quoi faire. Demandez-moi le silence à nouveau. Mais les mots déboulent tout seuls, parce que c'est ce qui m'arrive depuis que Florence et William sont entrés dans ma vie. Eux qui m'ont aidée à devenir moi, à aimer la vie, à parler, puis à penser. J'ai besoin qu'ils sachent, qu'ils en fassent ce qu'ils veulent, mais j'ai surtout besoin de ne plus faire semblant. Gabriel reste silencieux. Puis il m'interrompt, baissant les yeux, la voix. Son arrivée dans l'appartement. Dans ma vie. C'est une histoire bien courte, sans explosion ni revirement.

Pour moi, la suite est plus intéressante, le fruit d'un hasard qui m'a tenue en haleine par les inattendus d'un bonheur qui m'a surprise jusqu'à cette nuit. J'ai appris dans cette initiation à la vraie vie que derrière cette masse d'informations, de fiction et de création qui divertissent les gens qui en sont bombardés, les drames et la violence arrivent au premier plan. Ils relayent les amours d'été au rang de l'ennui, balayent du revers de la main ces soirées où la jeunesse s'épanouit. C'est bien triste que les baisers et les rires autour du feu ne soient que secondaires, un remplissage en attendant la fin tragique. Mais il y a Gabriel et moi, blasés par la violence dans toutes ses expressions, tentant d'effacer ces chapitres où on lui donne trop d'importance, la glorifiant presque.

— Je m'attendais à quelque chose dans le genre. Ça avait pas d'allure que vous vous connaissiez pas.

Florence a repris un air songeur. La panique a quitté ses yeux ; elle semble assembler les pièces du casse-tête. Mais je sais qu'elle a peur, que son cœur doit battre à toute vitesse. J'ai vu ce regard bien souvent dans la glace.

— C'est à cause de moi. Gabriel l'aurait jamais fait si j'avais pas commencé. Je savais pas quoi faire d'autre…

— Je voulais le tuer autant que toi. Je l'ai jamais regretté. Comme toi.

— C'est pas de votre faute. C'est celle de votre crisse de vie de marde qui aurait ben pu vous tuer comme les quarante-huit autres.

William serre Gabriel contre lui, ignorant les larmes qui coulent sur ses joues. Il le touche comme s'il voulait s'assurer qu'il est encore avec lui.

— Je voulais pas te mentir. Je voulais me mentir à moi. Oublier ça pour être bien avec toi.

— Gab, ça va aller. On va vous aider. Je te jure qu'on va passer au travers. Vous allez être de retour ici avant qu'il fasse froid, on va vivre ensemble dans notre maison comme prévu.

— Il fait déjà froid.

— Florence, crisse !

— Quoi ? OK. On se détend. Vous avez vu aucune série policière ? Non ? Anyway, c'est toujours la même affaire pis y a beaucoup trop de saisons pour rien. On va vous préparer à leurs questions. Ils vont ben voir que vous faites juste pitié, que vous avez rien à voir avec un suicide collectif ou n'importe quel autre niaisage de votre gang de débiles.

— Niaisage ? Sa mère est morte !

— William, laisse-la parler.

Moi aussi, j'ai envie d'écouter Florence, d'arriver à comprendre ce qui nous attend. Je ne pensais pas que ce genre de scénario s'inscrivait dans l'école de la vie, mais apparemment, même les gens les moins à même de commettre un crime sont plus préparés que nous.

— Vous étiez partis. Partis parce que vous vouliez rien savoir de ça. Vous étiez pris avant à cause de vos familles, mais là, vous êtes des adultes. Vous vous êtes connus pis vous êtes partis ensemble. Le classique d'aller planter des arbres en Colombie-Britannique quand on a pas une cenne pis qu'on veut pas aller à l'école, sauf que c'est deux petits maganés qui sont allés servir des bières en Gaspésie. Ça tient la route. Vous êtes pas louches pantoute avec vos cent livres mouillés…

— Cent vingt et une.

— Cent trente-deux.

— C'est sûr que vous êtes rendus tellement plus menaçants! Écoutez-moi un peu. Vous allez pouvoir être honnêtes pour la grosse majorité des questions. Vous êtes super jeunes, vous êtes juste des victimes là-dedans. Pas d'études, pas de vraies jobs, vous alliez devoir vous marier de force, en plus. Ils vont juste se dire que vous avez bien fait de vous en aller. Vous signez tout ce qu'il faut pour hériter d'aucune dette. Après, ils vont continuer l'enquête sans vous, avec des gens mille fois plus louches qui ont l'air d'être des illuminés.

— Ben… on a quand même l'air bizarre.

Nous nous regardons un instant. J'ai toujours eu l'impression que c'était écrit dans mon visage que j'étais différente. Mais c'est vrai que Gabriel a changé. Je repense à ce qu'il dégageait quand je l'observais dans la voiture, à ses cernes, à ses mâchoires osseuses… Il n'est plus le même. Moi non plus, c'est ce que je me disais hier soir en m'observant dans la glace.

— Mais c'est évident que vous faites plus partie de la Cité. Surtout que toi, t'es super gai.

— Wow. Super gai. C'est quoi, ça? le défend William en s'emportant.

— Elle a raison, Will. Ça prouve que j'ai refait ma vie, que je suis pas un fidèle.

— Ben ouais, pis elle, quand elle aura un chum, on va-tu lui dire qu'elle est super hétéro?

— Ben tu le diras si tu veux! s'énerve Florence.

Gabriel les dévisage pendant qu'ils commencent à se disputer. Je ne comprends pas pourquoi ils s'énervent l'un contre l'autre depuis que nous avons cette conversation. Peut-être que ça leur permet de détourner leur attention de la réalité qui s'est imposée à nous ce matin, d'essayer de s'accrocher à ce à quoi ils sont habitués.

— OK, calmez-vous! intervient Gabriel. Ben oui, je suis super gai. Je vois pas la différence avec juste gai. Y a-tu du monde un peu gai? Ben, ils peuvent... On s'en fout!

— Y en a qui s'inscrivent différemment sur l'échelle...

— Will, je m'en fous. On fait quoi s'ils prennent nos empreintes? S'ils sont au courant de la disparition de l'autre gars? Ils vont faire le lien...

— Vous êtes cinq cents. C'est pas sur vous qu'ils vont mettre leurs soupçons. En plus que vous avez un super alibi. La seule chose qu'ils vont vouloir, c'est que vous dénonciez ce qui se passait. Pour avoir des noms, des pistes.

— Pis si on veut pas? dis-je en regardant Gabriel.

— Vous avez pas le choix de répondre honnêtement. Mais vous êtes jamais obligés de porter plainte.

J'ai du mal à comprendre tout ce qu'ils disent. Des références légales, à la police, à notre rôle dans tout ça... Je vois que Gabriel aussi a la tête ailleurs, probablement avec la mienne. Je ne sais pas comment on va y arriver. Parler sans tout dire. Nous poser en victimes alors que nous avons tué. Détourner l'attention pour ne pas qu'on nous sollicite une fois de plus. Je ne veux pas témoigner, chercher une quelconque justice. Ma plus grande justice sera d'avoir le droit de vivre ici et de ne plus jamais entendre parler d'eux. Quarante-huit fidèles sont morts. Peut-être ma mère. Ma sœur aussi. Mais la Cité est encore là, et les quarante-huit morts seront bientôt oubliés, remplacés. Il n'y aura jamais de justice.

Le téléphone de William se met à sonner, nous faisant sursauter tous les quatre.

— Gab... C'est encore eux. Il faut vraiment que tu répondes.

Gabriel enfouit son visage dans l'épaule de William. Je pense qu'il lutte de nouveau contre les larmes.

— Non. Je sais pas quoi dire.
— Gab, mon amour, t'es capable. On est là. On va toujours être là.

Il se dégage finalement de William et prend son téléphone avec hésitation. Maintenant, il me regarde. Je ne sais pas ce qu'on est en train de lui dire, mais il semble entendre la suite de notre été. Il n'en reste qu'une vingtaine de jours, et c'est déjà trop.

Gabriel

J'ai eu du mal à rester concentré, à entendre ce qu'on me disait au bout du fil. Cette voix qui se voulait douce pour m'annoncer une telle tragédie, me demandant de quitter ma vie ici… J'aurais dû faire partie de ce drame, alors je devrai en essuyer la poussière. J'ai dû leur dire que je n'avais pas parlé à ma mère depuis plus de trois mois, sachant très bien qu'elle n'avait personne d'autre sur qui compter. Même si on lui faisait croire qu'elle en avait cinq cents. Je ne sais pas si ma réaction était appropriée, moi qui ne faisais qu'attendre la suite, cherchant à comprendre ce qu'on attendrait de moi. « Collaborer. » On m'a répété ce mot une dizaine de fois dans cet appel. Mais on ne me donne pas vraiment le choix, je l'entends clairement. Tout comme le fait qu'on ne me donne pas beaucoup de temps. Je dois partir le plus tôt possible avec Emma. Nous devrons répondre à des questions, identifier des gens sur des photos, faire la liste des membres de la Cité que nous connaissons. Je suis déjà épuisé, complètement brûlé. Pour le reste, faire comme Florence dit : nous poser en victimes, affirmer notre décision de partir, parler de nos nouvelles vies – même si j'ai du mal à croire que ce sera suffisant.

Florence est restée avec Emma pour la soutenir pendant son appel avec la police. Je suis presque certain que sa mère et sa sœur se trouvaient dans l'immeuble, et ça sera terrible quand elle l'apprendra. Je sais que William voulait se retrouver seul avec moi. Les événements de ce matin doivent le bouleverser profondément, l'amener à remettre en question la vie qu'il nous imaginait vivre ensemble. Je l'imaginais moi aussi. Nous nous sommes rendus à sa roulotte en silence, puis j'ai craqué quand j'y suis entré. Ça ne fait que me rappeler qu'on ne me laisse toujours pas le droit de m'en sortir, d'être heureux comme tout le monde. On ne fait que m'accorder des pauses, me narguer avec un bonheur éphémère qu'on m'arrache quand septembre arrive. J'ai besoin de pleurer. Pleurer pour cette vie qui n'arrive pas à simplement m'ignorer. William demeure silencieux. Même lui, les mots lui manquent. Il s'allonge à côté de moi, me caressant les cheveux et me donnant tout le temps dont j'ai besoin. Mais je n'ai pas besoin de temps, au contraire ; je veux oublier ce que le temps me fait subir. Je ne sais pas si William comprend ce qui m'habite. Ce n'est pas la mort de ma mère, l'émotion d'avoir parlé de ce que nous avions fait : c'est ma peur de ne jamais pouvoir revenir.

— J'ai peur, William.

— Je sais.

— S'ils se mettent à enquêter sur tout le reste, sur la mort du gars qu'on a tué... je vais finir en prison.

— Emma s'est défendue... Après ce qui vient de se passer, je pense que même s'ils le découvrent, ils vont être indulgents.

Je ne sais pas s'il croit vraiment ce qu'il dit. Mais il me regarde avec compassion, impuissance. Il me touche comme lors de ma première semaine ici, comme s'il avait peur que je disparaisse, qu'il voulait prendre des réserves de ma présence.

— C'était la deuxième fois que je tuais quelqu'un.

J'essaye de soutenir son regard pour qu'il me voie enfin. Pour qu'il voie qui je suis vraiment. Cette fois, il ne bronche pas. J'imagine que plus rien n'arrive à le surprendre.

— Ça s'est jamais su. Si je tombe dans le système, je serai peut-être accusé de deux meurtres. Ils pourront pas être indulgents.

— Un autre malade de votre secte ? demande-t-il comme s'il avait déjà la réponse à sa question.

— Non. Michael Harrison. Avec le couteau que j'ai dans mon sac. Dans un motel de la rue Saint-Jacques.

Maintenant son regard vient de changer. Il recule la tête et passe une main dans ses cheveux. Comme lorsqu'il est nerveux, dépassé, qu'il cherche à comprendre. Mon visage à moi ne doit laisser transparaître que de la fatigue, un lâcher-prise.

— L'Ontarien qui tuait des escortes ?

Il vient de retrouver son ton paniqué, ses yeux qui trahissent le désordre dans sa tête. Tout le monde avait entendu parler de cette histoire. Et personne ne savait qui avait tué Michael Harrison. William ne doit plus rien comprendre. Il n'a jamais vraiment su avec qui il partageait son lit.

— J'aurais été le onzième.

Je lui dois bien cette histoire aussi. Ce sera peut-être moins difficile pour lui de me laisser partir s'il sait qu'il ne m'a jamais réellement connu. Il m'écoute en gardant son calme, mais des larmes coulent doucement sur ses joues. Ses doigts caressent mon bras, puis serrent les miens. Je ne sais pas si cette histoire est pire que celle avec Emma. Pour moi, elles sont semblables, parce que l'adrénaline les a rendues tout aussi floues. Le même mode survie qui prend possession de moi, les jours qui passent sans que j'arrive à réaliser ce que j'ai fait… Je me demande si William le mesure, lui qui n'est pas affecté par un passé comme le mien, et dont l'esprit n'a jamais été distordu par un monde manipulé.

Mais il m'embrasse avec une passion presque violente, entourant mes bras, mes épaules, s'agrippant à mes cheveux. Ses joues encore humides se collent aux miennes, ses lèvres ne me quittent plus. Je ne sais pas ce qu'il fait, s'il cherche à arrêter de penser, ou bien s'il veut aimer mon corps une dernière fois. Il me savait différent de lui, c'est ce qu'il aimait de moi. Ça m'avait appris à m'aimer, aimer étrangement les horreurs qui m'ont mené à lui, qui ont fait de moi la personne qu'il aime. Mais je ne pensais jamais lui dire que j'avais tué. Parce que j'étais devenu égoïste, trop amoureux, trop possessif. Je me donne le droit de cesser de penser, comme lui en ce moment, et de m'abandonner complètement pour laisser la passion me faire oublier que tout ça prendra fin en même temps que la saison. Ce n'est pas comme d'habitude, mais moi non plus, je n'ai pas envie de douceur ni de prendre mon temps. Nous n'en avons plus.

— Je t'aime, Gabriel. Tellement, tellement fort.

— Si je t'avais tout dit, dès le début, t'aurais jamais aimé quelqu'un comme moi.

— Tu sais pas ce que tu dis. Peu importe la suite, que ça se sache demain ou jamais, je vais être là. Pis je vais t'aimer.

— Pis si j'en ai pour vingt-cinq ans de prison?

Je ne sais pas comment il arrive à sourire en ce moment, mais il me regarde avec amusement.

— Légitime défense quand t'étais mineur: un tueur en série. Une autre légitime défense: un gars qui agresse des mineures dans une secte qui commande une tuerie de masse. Gab, tu devrais te mettre aux séries policières. Tu capoterais ben moins.

— Will, essaye pas de me faire croire que tu capotes pas. Je connais pas les séries policières, mais je connais mon chum.

Lui que j'aime à en oublier d'où je viens, qui me fait presque croire que tout ira bien. Je sais qu'il a une tonne de questions, mais il les garde pour plus tard, quand les temps redeviendront calmes. C'est ce qu'il semble croire en promenant ses lèvres dans mon cou, pendant que je glisse mes doigts dans ses cheveux. Il m'étonne encore, constamment.

— Oui, j'ai peur. Mais j'ai pas peur que t'écopes de mille ans de prison. Je m'inquiète pour toi. Je sais que tu vas recommencer à souffrir, que t'as perdu ta mère, que tu vas devoir te replonger là-dedans. Je veux pas que tu recommences à avoir mal comme avant, que tu te laisses convaincre que tu devrais pas faire partie de ma vie.

— Tu réalises tout ce que je te fais endurer? Tu mérites tellement mieux.

— Non. Je te mérite, toi. C'est vrai, Gab, que t'es l'amour de ma vie. Ça va toujours être vrai. Quand bien même t'aurais tué dix autres débiles. Mais y a des limites à ce que tu peux faire avec tes cent trente-deux livres…

— Voir que t'arrives à me niaiser quand on parle de ça! Je t'aime, William. Tellement, tellement. Je veux rester caché ici toute ma vie.

Je m'allonge sur lui pour le serrer de toutes mes forces, enregistrer cet amour qui me permet de m'accrocher à l'instant présent. Je recommence à pleurer, parce que je n'arrive plus à penser froidement. Je ne suis plus celui que j'étais à dix-huit ans, retournant dans mon enfer en rationalisant mon amour et le sien. Je ne veux plus faire demi-tour et me retrouver privé de lui.

— Peu importe ce qui arrive, dit-il à mon oreille, aucun de nous deux va disparaître. On va être ensemble, même si ça veut dire de faire dix heures de route pour aller te parler à travers une vitre avec un gros téléphone à fil plein de microbes. Je sais pas si c'est de même au Québec, mes références appartiennent à l'empire Netflix.

— J'ai rien compris.

— On a du rattrapage culturel à faire. Dans notre belle maison au coin de la rue, avec Florence et Emma. Parce que ça va arriver, je veux que tu y croies toi aussi.

— J'ai voulu croire à ton histoire. Celle où je te présente à ma mère.

William me serre plus fort. Je sais que je viens de lui faire de la peine. Mais j'en ai assez de me faire avoir par l'espoir. Je l'entends soupirer, puis il se redresse, me forçant à m'asseoir devant lui. Il me regarde dans les yeux longuement et tend la main pour replacer mes cheveux. J'ai déjà envie de retrouver la chaleur de son corps, mais sa façon de me regarder arrive à me réchauffer, comme depuis que nous nous sommes rencontrés. William est exceptionnel, il est la seule personne au monde qui arrive à sourire et à m'apaiser, peu importe les mots qui sortent de ma bouche, la violence de ma vie que je ne finirai jamais d'étaler. J'ai du mal à croire en l'amour qui reluit dans ses yeux bleus, mais il est inchangé, intact. Parce qu'il est inconditionnel, comme le mien. Il me prend la main et la caresse doucement, soutenant mon regard.

— Épouse-moi, Gabriel Auclair. Si tu veux que je sois prioritaire sur ta liste de visiteurs pour tes cent cinquante ans de prison, ou si tu veux avoir l'air super gai pour ton alibi, ou juste parce que tu sais qu'on va s'aimer toute notre vie.

Emma

— Cent vingt et une livres pis t'as ces fesses-là ? Tu gosses.
— C'est vrai que c'est l'information la plus choquante de la journée.

Florence m'a suivie jusque dans la salle de bain. Je ne sais pas si elle a peur que je craque ou que je m'enfuie par la fenêtre, mais elle a même fait plusieurs appels pour que quelqu'un prenne la relève avec l'auberge. Je ne sais plus quoi faire de ma peau, comment me sentir, à quoi penser. Ils ne savent toujours pas où se trouve ma sœur, ils ne sont pas encore certains que ma mère figure parmi les victimes. Mais ils veulent que je rentre à Montréal. Une semaine. Peut-être plus. «Collaborer.» Je n'en peux plus de ce mot. C'est une façon déguisée de m'obliger, de me contrôler, de se foutre complètement de ma vie. Ils ne savent pas à quel point ils me feront souffrir, tout ce que je dois laisser derrière moi. Tout ça pour une vie que j'avais choisi de quitter. On ne devrait plus m'obliger à en faire partie d'une quelconque façon.

Je ne sais plus quelle heure il est. Ça prend un téléphone pour le savoir, apparemment. L'adrénaline me donne mal à la tête, un beau mélange avec ma soirée d'hier. Florence m'a conseillé de prendre une douche pour m'apaiser un peu. Le jet est presque brûlant, mais ce n'est jamais assez chaud, jamais assez pour me calmer. J'ai comme des absences, de longs moments où j'oublie complètement où je me trouve, imaginant tous ces gens morts dans la même nuit. Dans l'immeuble où j'ai passé les sept dernières années. La police n'a pas voulu me dire ce qui les a tués avant que les flammes n'attirent l'attention sur le drame. «Découverte macabre.» Je ne les imaginais pas capables d'une telle atrocité. Ils avaient besoin qu'on soit en vie pour nous utiliser.

— Est-ce que ça te soulage de savoir que ta sœur était pas là?

Florence m'attend encore de l'autre côté du rideau. Elle qui semble toujours en contrôle, je sais qu'elle est complètement dépassée et que c'est plus fort qu'elle d'essayer de gérer la situation. Mais ça relève du pire désordre, et c'est bien au-delà de tout ce qu'elle a réussi à reconstruire dans nos vies à Gabriel et moi.

— Je sais pas. Ç'a pas de sens qu'elle ait pas été là.

— Elle est peut-être au Panama comme l'autre bitch.

— Quoi?

— L'amie à Gab. Gaëlle. Tu penses que ta sœur aurait pu se marier avec un gars qui l'aurait amenée au Panama?

Gabriel m'en avait vaguement parlé. Je n'avais pas trop posé de questions. Je le sentais particulièrement affecté et je ne voulais pas que ma curiosité le force à retomber dans ses idées noires. Mais je savais que certaines filles partaient en Amérique latine avec des Élus qui les choisissaient. Je n'ai jamais su comment ça fonctionnait, mais cette idée m'a toujours donné froid dans le dos.

— Elle va avoir dix-huit ans cette année. Elle se serait mariée c'est sûr, mais je sais pas avec qui.

— Je comprends pas que personne trouve ça louche, ces mariages-là. C'est pas un peu évident?

— Ben... y a rien d'illégal non plus.

Florence et William ont toujours le réflexe d'essayer de comprendre comment les pratiques de la Cité arrivent à se faufiler dans une société comme la nôtre. Pour eux, ça n'a aucun sens que des mariages arrangés, des enfants retirés de l'école et une communauté qui cohabite dans de vieux immeubles insalubres puissent exister sans intervention des autorités. Mais même après ce qui s'est passé, je sais très bien que la Cité continuera d'exercer son pouvoir, à Montréal et ailleurs. Le système dans lequel nous vivons n'est pas infaillible, souvent bien maîtrisé par ceux qui sauront comment en abuser sans enfreindre la loi, ou la détourner habilement.

Je ferme l'eau de la douche, réalisant que la chaleur se dissipe peu à peu. La vapeur gêne ma respiration, m'étourdit de plus en plus. Florence me tend une serviette. J'ai du mal à rester debout, à savoir à ce que je devrai faire une fois sortie de la salle de bain. Je ne veux pas penser à la suite sans avoir Gabriel près de moi. Je m'assois sur le plancher, m'appuyant à la baignoire.

— On dirait que je me serais sentie soulagée si j'avais été à la place de Gabriel. Si j'avais su qu'il reste plus rien de ma famille, que j'aurai plus jamais à leur parler. Si elles sont encore en vie, encore à Montréal, je vais devoir me retrouver avec ma mère et ma sœur. Je voulais que ce soit fini. Mais je voulais pas qu'elles meurent non plus...

Florence s'assoit près de moi, séchant avec une autre serviette mes cheveux qui dégoulinent. Elle n'arrive pas à demeurer passive quand les émotions débordent, mais ça m'aide à garder contact avec la réalité, à m'accrocher à cette routine qui est devenue ma vie à moi dans les trois derniers mois.

— Écoute, tu retourneras pas avec elles. Tu vas être avec Gabriel dans un hôtel. On va laisser retomber la poussière un peu. Je vais donner du temps à William pour qu'il soit seul avec Gab, qu'il arrive à avoir espoir que ça sera pas comme la dernière fois. Mais on va vous arranger la suite des choses, fais-moi confiance.

— Tu penses qu'on va pouvoir revenir? Qu'on va vivre dans la maison comme prévu?

Parce que maintenant, j'ai du mal à y croire. Cette vie me tire en arrière, beaucoup trop loin, beaucoup trop creux. J'ai peur qu'on m'arrache ma liberté à tout jamais.

— Mais oui, voyons.

Je lève les yeux pour la regarder, les siens me rappelant ceux d'Alexis, évoquant mes moments de bonheur du dernier été. Il n'est pas terminé. Je dois me le rappeler constamment.

— Ce que moi pis Gab on a fait, ça change rien pour toi?

— Bien honnêtement, non. C'est comme le reste de ce que vous êtes, le résultat d'avoir eu des parents de marde. Désolée.

— J'essaye souvent de me répéter ça. Mais c'est pas si simple. On a fait des choix, quand même.

— Vous avez fait le choix de repartir à zéro. On est devenus tellement proches de vous cet été, y a rien qui me ferait changer d'idée sur mes deux petits maganés préférés. Vous êtes tellement sensibles, ouverts, avec plein d'amour qui bout en dedans. Pour moi, vous êtes pas des meurtriers. Vous êtes des rescapés. De justesse.

— Merci, Florence. Mille fois. Pour les plus beaux trois mois de ma vie.

Elle laisse tomber sa tête sur mon épaule, sans se soucier de mes cheveux encore humides contre son visage. C'est peut-être fou, mais je la crois quand elle dit que rien n'a changé. En fait, c'est cohérent avec ce que sont Florence et William. Avec eux, il n'y a pas de tabous, de non-dits, rien n'est choquant quand ça fait partie des gens qu'ils aiment.

— Arrête de me faire tes adieux.

— Mais on va devoir partir.

— Sauf que vous allez revenir. Parce que votre maison est ici. Peu importe ce qui arrive, on finit toujours par rentrer chez nous.

Gabriel

Emma et moi avons retrouvé nos longs silences, nos regards fuyants, nos postures qui se braquent. Parce que nous avons envie qu'on choisisse à notre place, comme avant. Je sais qu'elle aussi fait semblant de comprendre ce que nous disent Florence et William, qu'elle acquiesce par automatisme, seulement pour éviter de nouvelles explications étourdissantes. Papiers, hôtel, identités, argent, police... Je dirai oui à tout. J'ai seulement envie que ce soit déjà derrière moi. Emma me tient la main sous la table, la serrant fort par moments. Tous ces mots qui déboulent, ce qu'on nous montre sur l'ordinateur n'est pour nous qu'une source d'angoisse, de l'inconnu et des responsabilités de la vraie vie que nous devrons affronter sans eux. Seulement elle et moi. C'est bien pire que d'avoir à nous démener entre l'amour et les relations. Nous ne sommes pas prêts pour tout ce qui nous attend, elle le sait aussi bien que moi.

— Bon, OK. Oubliez ça, vous aurez jamais le temps d'avoir un compte en banque.

— Je vais leur donner la carte de crédit que j'ai pour mes achats en ligne. Genre la limite est tellement poche que tu peux même pas t'acheter un ordi qui a de l'allure avec.

— On a de l'argent cash, dit Emma pendant que William fouille dans son portefeuille.

— Oui, mais aujourd'hui, ça te prend une carte de crédit pour presque tout.

— On a jamais utilisé ça.

— C'est pas compliqué. Je vais te donner mon code.

Florence pose sa main sur mon poignet, me forçant à lever les yeux vers elle.

— Toi là, tu t'achètes pas de coke avec ça. On va le savoir !
— Ben là, Flo, franchement. De la coke, ça s'achète pas avec une carte de crédit, l'interrompt William en roulant les yeux. Genre, tu penses que le vendeur y a sa petite machine ?
— Ben si tu l'achètes en ligne !
— Gab, il sait pas comment acheter en ligne !
— Hey, je suis pas si cave que ça ! Pis personne achète sa coke en ligne, franchement.

J'aurais dû me taire. Je sais que ça fait peur à William de m'imaginer de retour en ville, dans mes vieilles habitudes. J'ai peur aussi.

— Emma, surveille-le, dit Florence en se tournant vers elle.
— Elle ? Elle est rendue pire que lui. Elle me gosse encore pour avoir de la MD.
— Oh mon dieu. Hey, là, vous deux, promettez-nous d'être sages. On va s'appeler chaque soir, on va venir vous voir si vous devez rester plus qu'une semaine.

William a insisté pour m'accompagner, mais il sait aussi bien que moi que ce n'est pas réaliste, qu'il a beaucoup trop d'engagements ici. Je dois lui prouver que je m'en sortirai sans lui, que les trois derniers mois m'auront permis de me débrouiller dans le vrai monde. Je sais qu'il est mort d'inquiétude et que ce sera difficile de me laisser partir, de me faire confiance pour la suite.

— Bon, pour votre adresse, vous avez la référence de ma tante, vu que vous avez signé le bail. Vous donnez notre contact pour prouver que vous avez bien passé les trois derniers mois ici. On va leur dire à quel point vous êtes rendus ailleurs, très, très loin de la Cité. Oh my god. J'ai hâte qu'ils nous appellent. Je me sens comme dans un film policier.
— Franchement, Flo ! C'est super stressant pour eux !
— Ben oui, ben oui. Mais regarde le beau plan qu'on leur a fait.

Effectivement, nous avons maintenant de l'argent, un alibi détaillé, une adresse, des cartes, et même deux téléphones. Nous devrons prouver que nous sommes devenus des gens ordinaires, des Gaspésiens qui ne veulent plus rien avoir à faire avec la Cité.

Le genre complètement désintéressé, à l'inverse de ce que nous étions quand nous avons tué quelqu'un le 2 juin dernier. J'y crois presque.

— Je pourrais aussi vous donner mon vieil ordi super lent. Ça fait quand même la job, propose William.

— Pis l'auto ? Hey, on va pas les laisser retourner à Montréal avec le char à Gab ! C'est impossible qu'ils se rendent. Vous avez déjà poussé votre luck, dit Florence.

— Ça va être correct. Je veux mon auto.

— Non, non. Elle va t'attendre bien sagement ici. Je peux te passer la mienne, de toute façon, on prend toujours celle de Will. Faut juste que je te mette sur mes assurances... Hey ! Comment ça se fait que t'as un permis de conduire ? J'y avais jamais pensé. Tu le renouvelles, j'espère ? Comment tu fais ?

— Ben là ! Il vivait pas dans une grotte, non plus !

— Ben presque !

Emma lève les yeux vers moi. Je partage ce qu'elle ressent. J'ai envie de me retrouver seul avec elle, de laisser tomber la tension qui m'habite depuis que nous sommes forcés de nous organiser. Je voudrais seulement revivre encore et encore les derniers mois, me sentir à nouveau libre, croire que mon plus grand défi sera d'avoir un travail et d'être à la hauteur de la personne que j'aime.

J'ai l'impression que ça fait des heures que nous sommes autour de la table. Il fait déjà sombre dehors. Je m'autorise des regards en direction du bord de l'eau, une boule dans la gorge, retenant mes larmes, quand je réalise que je devrai quitter cet endroit dans deux jours. Florence et William parlent encore à toute vitesse, empilant sur la table des papiers couverts de notes qui nous sont destinés. J'ai envie de fermer les yeux, de m'endormir, de disparaître.

— Emma, ça va ? demande Florence en me sortant brusquement de mes pensées.

Je me tourne vers elle, réalisant qu'elle pleure.

— Hey... ça va aller. On est rushant, c'est ça ? Inquiétez-vous pas. Ça fait beaucoup en même temps, mais si y a quoi que ce soit, vous allez pouvoir nous joindre n'importe quand.

— Je veux pas y aller, répond Emma en s'essuyant les yeux.
— Je sais, dit William en nous regardant tous les deux. Je voudrais que vous restiez ici. Mais si on fait tout ça, c'est justement pour s'assurer que vous reveniez le plus vite possible. Faites-nous confiance.

J'ai du mal à regarder Emma sans que ça me donne envie de pleurer moi aussi. Je me sens tellement épuisé. Je voudrais seulement avoir du temps pour moi, regarder le soleil se coucher, se lever. Parler pendant des heures avec Emma, puis m'endormir avec William, me réveiller pour refaire le monde avec Florence. Je voudrais que tout reste comme avant. Mais il fait déjà froid.

Emma

Je me sens comme si je n'avais pas fermé l'œil de la nuit, alors que j'avance doucement sur la plage, aux premières loges du spectacle du soleil se levant sur la mer. Je n'ai pas envie de rater une seule seconde du temps qui passe ici avant de devoir repartir à Montréal. M'imprégner du paysage, respirer l'air salin pour ne jamais l'oublier. Ne jamais oublier celle que j'ai été durant mon été ici.

Depuis que septembre a frappé, le vent glacé s'est levé, emportant avec lui la spontanéité de nous baigner, de profiter des vagues et de se délecter du soleil qui réchauffe la peau découverte. Gabriel est déjà assis au bord de l'eau. Il porte le chandail à capuchon de William, beaucoup trop grand pour lui. Il a l'air au chaud, pensif, aussi fatigué que moi.

— Salut, dis-je en m'assoyant près de lui.

Il se rapproche un peu plus, s'allumant une cigarette.

— Je m'excuse de t'avoir frappée.
— Je m'excuse d'avoir essayé de coucher avec toi.
— On fait dur.
— Je pense qu'on a coulé solide l'école de la vie.
— De toute façon, on vient de se faire expulser.

Je me sens moins tendue quand je suis avec Gabriel. Nous sommes dans le même état, confrontés au même échec. Hier soir, enfin seuls tous les deux, nous avions fait le tour des scénarios possibles, de ce qui aurait pu mener à un suicide collectif dans la Cité. Nous n'avons pas pris le temps de nous calmer, de digérer nos émotions. Il nous fallait seulement une pause de Florence et William, nous retrouver dans le monde sordide que nous seuls pouvons comprendre, sans censure.

C'est peut-être ce qui m'a empêchée de dormir. Ça dû être la même chose pour lui, peu importe les bras qui ont tenté de le bercer.

— Je suis désolée. Pour ta mère.

— Ça va. Je sais pas trop comment je me sens. Toi? Ça t'angoisse de pas avoir de nouvelles de ta mère et de ta sœur?

— J'ai peur de les revoir. J'aimerais mieux savoir qu'elles sont au Panama.

— Au quoi?

— Je sais pas.

Je ferme les yeux, apaisée par l'odeur de cigarette de Gabriel. J'espère que nous ne serons jamais séparés. Savoir qu'il sera avec moi encore demain est la seule chose qui arrive à me rassurer, à mettre un baume sur la déchirure qui m'habite. Ce sera comme la première fois, tous les deux dans la voiture, mais complètement à l'inverse de cette introduction à notre tentative de liberté. Nous ferons marche arrière.

— Gabriel, promets-moi qu'on va jamais se lâcher. Même si on doit rester un an à Montréal, même si on finit tous les deux en prison. Même si la Cité arrive à nous tuer.

— Promis, juré.

— Je t'aime.

— Je t'aime.

Je pose ma tête sur son épaule, tentée de l'embrasser, parce que ce sera toujours ainsi. Je ne sais pas ce que nous deviendrons une fois que nous nous mettrons en route, mais je veux croire que parmi toutes les incertitudes qui nous rongent, il restera toujours nous deux, comme au début. J'ai l'impression que c'était hier à peine que je l'entendais dire que rien n'arriverait à changer quoi que ce soit entre nous. En fait, il est vrai que c'était hier, dans ce monde où je refusais déjà de voir l'été s'achever, volontairement, dans un brouillard d'alcool pour oublier mes premiers faux pas dans ce qui a pourtant été l'apogée de ma courte vie. Je me surprends à afficher le même sourire cynique que Gabriel, sourcillant quand ce genre de souvenir me renvoie en pleine face que j'ai eu plus de mal à avaler le rejet d'un amour d'été qu'un meurtre commis de mes propres mains. Mais j'ai encore du mal à comprendre pourquoi il devrait en être autrement. La fin des grands bonheurs a toutes les raisons du monde de troubler les âmes les plus froides. La fin des grands malheurs, peu importe qui l'a entraînée, n'est pour moi qu'une page qui se tourne, une petite tempête qui a eu le dessus sur une autre pourtant plus dévastatrice. Il n'en reste qu'une pluie passagère, celle qui tombe avec la lucidité des cœurs qui retrouvent leur rythme, le silence des doux matins.

— J'ai dit à William que j'avais tué une autre personne.
— Il a réagi comment ?
— Il m'a demandé en mariage. Pour vrai.

Je me redresse pour le regarder, surprise qu'il ne m'en ait pas parlé plus tôt. Il ne bronche pas, fixant l'horizon en continuant de fumer. C'est pourtant la plus belle chose que j'aurais pu entendre. Ça m'étonne de le percevoir ainsi, moi qui étais tout aussi réticente que Gabriel avec ce que le mariage représentait dans la Cité. Mais c'est complètement différent. C'est Gabriel, avec William. Mon premier modèle d'amour. Je comprends son empressement de lui promettre sa vie, la promesse que ce qu'ils sont n'est pas attribuable aux saisons, à la fuite ou au calme avant la tempête. C'est la promesse qu'il transcende tout ce qui fera partie d'eux, le temps comme les pauses, le chaos comme la facilité.

— T'as dit quoi ?

Il soupire. Je le vois sourire, rouler les yeux comme à son habitude.

— Je lui ai fait un truc qu'il aime pour le distraire. Mais je sais qu'il attend ma réponse.
— C'est parce que t'as peur de jamais revenir ?
— On dirait que j'y crois plus.
— Dis pas ça. J'ai besoin qu'on y croie ensemble.
— Mais on s'était promis de jamais repartir.

Je me rappelle toutes nos promesses. Déjà, dans les premiers mots que nous avions échangés, je lui avais assuré que je ne comptais jamais retourner là-bas. Et nous nous sommes connus, étrangement, tranquillement, parfois trop rapidement. Nous avions promis encore et encore, promis que nous serions deux à tenir bon, à prendre racine dans cette vie que nous méritions. Rester voulait dire être avec lui, ensemble, aussi simplement que de respirer. C'est encore plus facile quand mon souffle se mêle au sien, faisant vivre toutes ces promesses qui ont teinté nos nuits, ces levers de soleil songeurs et ces soirées qui resteront floues à jamais.

— Mais on est forcés de le faire. Ça nous prouve qu'on serait jamais repartis, si ça tenait juste à nous.

— Jamais, répète-t-il.

Trois mois. Tellement d'efforts depuis le premier jour, depuis ce matin précipité où mes yeux ont croisé les siens pour la première fois... Pour vrai. Nos yeux qui criaient les mêmes choses, qui trahissaient les horreurs de nos vies, la tristesse de nos âmes, le vide de nos cœurs. Puis nos corps carencés qui fuyaient les autres ont été réparés, doucement, rapidement, à la même vitesse que nos esprits se sont imprégnés du bonheur ordinaire, de l'extraordinaire dont on nous avait privés. M'enlever un meurtre de ma tête, oublier ma propre famille, rassembler pièce par pièce un passé en mille morceaux, arriver à en jeter la poussière. Puis devenir moi, peu à peu. Prendre goût à la vie, penser à l'avenir. Ressentir, parler, penser. Et aimer. Surtout aimer.

— Mais l'automne est arrivé.

Gabriel

Je m'appuie sur la voiture, me délectant de ma cigarette jusqu'à la dernière bouffée. Florence et William remplissent le coffre en continuant de nous donner des indications, nous rappelant encore et encore de leur donner des nouvelles le plus souvent possible. Je m'ennuie parfois de l'ombre que j'étais il y a trois mois, de la façade de glace qui m'avait fait oublier la sensation des larmes dans mes yeux, du cœur qui se serre quand on aime et qu'on doit dire au revoir. Je n'avais personne à saluer, personne pour me répéter qu'il m'aimera toujours, personne à qui répondre qu'il me manquera. Je n'avais ressenti la nostalgie qu'une seule fois, dans la maladresse d'un esprit émergent, trop jeune, trop vite réparé. Je sais que cette fois, les morceaux se tiennent, forment un tout presque solide, rassemblant l'avant et l'après, soudé par la parenthèse du dernier été.

J'ai les idées claires, trop claires. Parce qu'elles me font mal, parce que j'ai perdu le réflexe de les chasser. Simplement parce que c'est ce que ça fait que de penser. J'ai voulu cette liberté toute ma vie, l'embrassant enfin cet été parce qu'elle m'avait permis de connaître les subtilités du corps et du cœur, d'en comprendre la beauté dans ses nuances les plus pures. Elles étaient en moi, bien cachées, pourtant pressées de s'exprimer. J'étais celui qui avait eu un avant-goût trop bref de l'amour, qui s'en était sauvé pour retrouver ce dans quoi il était né. Mais j'avais eu tort de croire que je pouvais oublier, tromper mon propre corps qui se débattait chaque jour pour me raisonner, me hurlant à tue-tête de tout quitter pour me retrouver au bord de la mer, me retrouver chez moi. Et il y a eu ce matin du 2 juin, la porte de sortie, le cadeau d'un ciel auquel je n'ai jamais cru.

Dans une tornade d'adrénaline, dans le brouillard de nos gestes qui ont mis fin à une vie, il y a eu ses yeux à elle. Ceux qui m'ont demandé de nous emmener loin.

Je la regarde du coin de l'œil, elle est appuyée sur la voiture. Florence la tient par les épaules, sèche ses larmes. Je sais qu'elle n'en peut plus d'entendre que tout ira bien. Nous savons tous les deux que les mots sont bien faibles, que le simple fait de devoir partir nous confirme que rien ne va plus. C'est déjà un drame d'avoir à remettre nos habits de résilience, de laisser derrière nous ne serait-ce qu'une seule journée ici. Mais la vraie vie comme la plus distordue a décidé que nous n'avions d'autre choix que de nous soumettre, s'amusant à nous faire chanter. Nous ne sommes pas des anges, à l'inverse de ce que nos noms prétendent, et même dans le monde à part que nous avons construit elle et moi, ce que nous sommes ne tient qu'à un fil. Nous devrons nous soumettre encore, parce que c'est parfois le prix à payer pour avoir une quelconque forme de liberté. J'espère que la prochaine que nous connaîtrons ne sera plus une parenthèse, qu'elle sera fluide et vaste comme les vents salins, l'eau de la mer, les vagues que j'essayais de suivre.

— Je veux pas te dire bye.

William s'avance vers moi, s'emparant de mes deux mains pour y glisser ses doigts. La nuit dernière a été difficile, entre l'insistance de ses mots, les miens qui ne le rassuraient jamais, et nos corps qui voulaient faire des réserves l'un de l'autre. Je n'arriverais pas à compter le nombre de fois où nous nous sommes dit que nous nous aimons, parfois en pleurant, parfois en riant, ou alors simplement pour rompre le silence. Je sais qu'il lutte encore contre les larmes, lui qui garde ses yeux vers le sol, me privant de leur éclat qui me brisera bientôt le cœur.

— William, je te promets que c'est pas comme la dernière fois. Je m'en vais pas sans prévenir, je m'en vais pas parce que c'est ma décision. On va revenir bientôt. J'ai peut-être jamais su ce que je voulais dans la vie, mais maintenant, ma certitude, c'est que je veux passer ma vie avec toi. Ici.

Il se rapproche un peu plus, levant finalement la tête pour m'embrasser. Il va tellement me manquer, même dans le meilleur des mondes où nous ne serions partis que sept jours, il me manquera sans arrêt. Lui et son attachante maladresse, ses mots à toute vitesse, sa faculté de me faire voir la vie à travers ses yeux. Lui qui m'aime pour qui je suis vraiment depuis le premier jour, qui semble bien souvent me connaître encore mieux que moi-même. William et ses innombrables déclarations d'amour, ses bras qui me font sentir à l'abri des horreurs du monde, ses talents qui s'éparpillent, son rire qui me fait oublier la tristesse des dernières années. Son corps qui me fait mourir d'envie, ses cheveux qui brillent au soleil, ses yeux qui ne perdent jamais leur étincelle, celle de l'amour, même quand les larmes les embrouillent, même quand mes mots la mettent au défi, même après trois ans d'absence. Elle est restée dans mes yeux aussi, cette étincelle, malgré la noirceur de mes pensées, car elles n'ont jamais eu le dessus sur lui, l'amour de ma vie.

— Oui.

Je garde mon visage près du sien, m'agrippant à sa nuque.

— Oui?

— À ta quatrième demande en mariage. T'avais raison. Elle est parfaite.

Je l'entends reprendre son souffle avec émotion, souriant de plus en plus malgré les larmes qui perlent à ses yeux. Il m'embrasse avec une force fébrile, passionnée.

— Je t'aime. Tellement, tellement.

— Je veux pas partir.

Je me redresse pour me coller à lui, enfouissant mon visage dans son cou. Il me serre de toutes ses forces, oubliant que mon corps est bien plus frêle que le sien. Mais ça fait tellement de bien.

— Bon, les gars, personne s'en va à la guerre.

William se retourne vers Florence, relâchant son étreinte. Elle a aussi du mal à retenir ses émotions, mais elle a toujours été ainsi, tentant de se montrer plus forte – totalement à l'inverse de William, qui n'a jamais su être autre chose que ce livre ouvert qui m'aura appris à aimer. Je m'avance pour la serrer dans mes bras. Elle aussi va énormément me manquer. Elle a été un vrai pilier dans ma quête d'identité, encore plus habile que William pour me faire parler. Comme pour Emma et moi, je sais que rien n'arrivera à les séparer. C'est le résultat de ce qu'ils sont ensemble qui nous aura permis de déployer nos ailes cet été. Florence vient de craquer, je l'entends renifler, étouffer un sanglot.

— Promets-moi que tu feras pas de niaiseries.
— Promis.

Elle se détache de moi, me souriant avant de s'essuyer les yeux. Emma s'est collée à William qui entoure ses épaules de son bras.

— Prenez soin de vous, maintenant que vous savez ce que ça veut dire, ajoute William. Mais faites pas le party sans nous.
— Ben non, répond Emma en souriant. Mais si on doit rester genre un mois pis que vous venez passer du temps à Montréal, on va vous apprendre comment ça se passe en ville.
— Parce que vous le savez ?
— Aucunement.

Emma me rejoint pour s'appuyer sur la voiture elle aussi. Florence et William nous font face, partageant ce silence qui précède la fin que nous connaissons tous. Nous ne sommes plus les mêmes qu'il y a trois mois, mais c'est ainsi que j'espère nous retrouver, intacts, une fois l'orage passé. Mes éternels sauveurs, ces âmes libres qui m'auront appris la vie en accéléré, sans jamais enterrer ma singularité. Ils l'ont fait pour Emma aussi, sans question, sans détour. Derrière leurs rires et leur complicité qui résonne un peu fort, j'ai toujours su qu'il se cachait la plus belle des maisons pour âmes égarées, qu'il n'y avait qu'eux pour y déceler l'évidence de la naïveté, l'innocence qui étouffe sous les nuages les plus noirs.

— Textez-nous en chemin. Appelez-nous en arrivant. On veut tout savoir.
— Oui. Merci pour l'auto. Pour tout.

William me regarde avec hésitation, me rejoignant à nouveau pour m'embrasser, me serrer plus fort.

— OK, OK. J'arriverai jamais à te laisser partir.
— Dis-toi qu'on est juste partis faire un petit tour, dis-je en caressant le dos de sa main.

— On sera rentrés avant que le froid fasse peur aux touristes, ajoute Emma en tournant les yeux vers moi.

— Ben, t'as vu la Française avec sa tuque à matin?

— Florence, gâche pas le moment.

— J'aurai jamais froid ici, dis-je comme pour moi-même. En tout cas, pas un froid qui fait peur.

— C'est pour ça qu'on va rentrer vite. Vous nous donnerez un couvre-feu, oubliez pas qu'on est encore des campeurs, dit Emma en me prenant la main.

William m'embrasse une dernière fois et finit par aller retrouver Florence.

— Je peux encore vous donner plusieurs deadlines, répond-il. Octobre pour notre déménagement, novembre pour fermer l'auberge, décembre juste parce que Noël, c'est le fun, janvier pour te frencher à la nouvelle année…

— Mai pour nous marier?

— Avant qu'on ouvre pour la saison?

— Tu voulais que ça soit en cachette. Sur la plage, ici. J'ai pas oublié.

Maintenant, c'est moi qui me fais avoir par son sourire qui s'agrandit, ses yeux qui s'illuminent. Nous serons quatre à pleurer, mais je préfère profiter de ces derniers moments où je me laisse contaminer encore par toutes ces émotions qui m'étaient étrangères il y a à peine trois mois.

Florence pousse un cri de joie en se jetant dans les bras de William. Ça me fait sourire aussi, c'est la plus belle preuve du chemin que j'ai parcouru.

— Tu lui as dit oui? chuchote Emma.

— Je t'avais dit que tu serais là.

— Je serai toujours là.

Je la regarde dans les yeux, retrouvant cet espace où nos mots sont les mêmes, dans leur silence qui fait taire les joies comme les peines qui se mélangent. Les au revoir me surprennent par l'immensité de leur douleur, la beauté de ce qu'ils renferment, les jours et les mois qu'ils doivent conclure. Mais parce que je ne repars pas seul, qu'il me reste la meilleure des alliées, la plus insolite des amitiés, je laisserai l'espoir avoir raison de moi une fois de plus. J'ose croire que nous ne partirons que pour faire un tour, que la fin de mon film n'est pas encore écrite.

— Je vous aime, mes deux extraterrestres. Bonne chance sur votre vieille planète. Vous leur direz que c'est super plate ici, dit Florence en nous serrant dans ses bras.

Emma prend place sur le siège passager et referme la portière à contrecœur. Je m'assois derrière le volant et je baisse ma vitre.

— Bye, mon amour, dit William en s'approchant. Merci d'avoir choisi de revenir. J'ai hâte que tu le fasses une troisième fois.

— Mais je reviendrai pas. Je vais juste rentrer chez moi.

— C'est vrai. Oublie pas ton couvre-feu. Emma, continue de le faire rire.

— C'est sûr. Je te le ramène avant minuit.

Je démarre finalement, nous éloignant dans le chemin de gravier que nous avions traversé au tout début de l'été, cet été où la chaleur des jours nous donnerait une pause, un espace-temps qui nous ferait oublier le poids de nos vies.

— Avant minuit ? dis-je en me tournant vers Emma.

Elle a fermé les yeux, s'appuyant à son siège en penchant la tête vers l'arrière.

— J'ai pas dit minuit de quel jour.

— Le jour où on va rentrer.

— Il va arriver. Comme le jour où on s'est trouvés.

— Mais ce sera pas l'été.

— J'espère que non. Parce que cette fois, ça va compter.

Remerciements

J'ai tapé les premières lignes de cette histoire en remerciant celle que j'étais à l'adolescence, et c'est encore avec le cœur serré que je pense à cette période de ma vie où les rêves émergeaient avec une intensité que seuls les novices savent embrasser. Merci à la petite Marianne qui voulait écrire, pour les ébauches qui m'ont fait sourire et qui m'ont donné envie de mettre au monde ces centaines de pages avec la confiance que je dois aux années qui se sont écoulées jusqu'ici.

Un merci spécial à Lysane, qui m'a fait comprendre bien vite que cette histoire avait le pouvoir de nous transporter et de rejoindre notre unicité. Merci d'être la meilleure pour me faire aimer l'été. Merci à Hélène, ma sœur et meilleure lectrice, qui m'a rappelé qu'on n'en aura jamais assez de définir l'amour et ses singularités. Merci à Laurent, tellement, d'avoir été là tout au long du processus, et sans qui la fin de cette histoire n'aurait pas été la même. Merci d'avoir reconnu la beauté dans l'abondance de mes mots et d'avoir insisté pour que je continue de les laisser aller. Comme toujours, merci à mes précieux amis, Audrey, Valérie, François, de ne jamais perdre votre enthousiasme de premiers lecteurs. Merci à ma mère, toute une mère, d'y avoir toujours cru, mais de ne jamais en revenir non plus. Merci à Mélanie, pour l'invitation en Gaspésie qui aura complètement tissé la toile de fond de ce roman et pour m'avoir fait tomber en amour avec les auberges de bord de mer.

Je ne remercierai jamais assez toute l'équipe d'Hurtubise, cette grande maison où je me sens chez moi, avec de plus en plus de plumes à mes ailes. Et merci à Jacinthe, mon incroyable éditrice, aussi habile avec les détails des mots que pour décortiquer les tréfonds de ma pensée.

Finalement, un immense merci aux lectrices et lecteurs qui rendent ma passion vivante, tangible et dont les messages m'atteignent comme la douceur des vagues arrive à le faire, en laissant leur souvenir et l'envie de replonger dans mon clavier.